불멸의 노래
3

불멸의 노래 3: 빛으로 가는 길

교회 인가	2021. 5. 4.(서울대교구)
초판 1쇄 인쇄	2023년 11월 15일
초판 1쇄 발행	2023년 11월 20일

지 은 이	류은경
발 행 인	이종주
감 수	김영수·서종태·조한건·송란희
편 집	김이수
마 케 팅	김민화

펴 낸 곳	책마실
주 소	서울 구로구 구로중앙로 198 기계공구상가 9동 221호
전 화	02-2633-4509
팩 스	02-2636-4509
이 메 일	chaekms@naver.com
출판등록	제312-2013-000006호(2013. 1. 29.)

ⓒ 류은경, 2023
ISBN   978-89-98891-06-0 (04810)
         978-89-98891-03-9 (세트)

불멸의
노래

류은경 역사소설 **3**

빛으로 가는 길

책마루

한국 천주교는 특별하다. 선교사들에 의해 전파된 세계 각국의 가톨릭 역사와 달리 한국 천주교는 성품성사를 받은 사제 한 명 없는 악조건 속에서 평신도들에 의해 자생적으로 뿌리를 내렸다.

나는 이 작품을 통해 세계 교회사에서 유례를 찾아볼 수 없는 한국 천주교의 특별한 역사를 당시의 조선 정치사와 맞물려 풀어내고자 했다. 첫 번째 장편 역사소설 《이산, 정조대왕》을 집필하면서 정약용이라는 인물에 대해 관심을 갖게 되었다. 그는 천주교인이라는 이유로 고초를 겪었고 유배를 떠났다. 세종에 버금가는 성군으로 추앙받는 정조대왕도 천주교 때문에 곤란을 겪었다. 자세한 내막이 궁금했지만, 당시는 깊게 파고들 여건이 되지 않았다. 언젠가 기회가 된다면 초기 조선교회에 무슨 일이 있었는지 작품으로 다뤄보고 싶다는 생각을 했다. 두 번째 장편 역사소설 《선덕여왕》을 탈고할 무렵에 유항검이라는 인물을 알게 되었다. '호남의 사도'로 불린 천주교인이다. 그의 생애를 중심으로 초기 조선교회의 역사를 소설로 풀어보자는 출판사의 제안을 받았다. 이미 나의 관심사가 된 주제여서 그 제안을 받아들였다.

그러나 작업 과정은 순탄치 않았다. 집필 도중에 병마가 찾아왔고, 우여곡절도 많았다. 그리하여 최종 탈고하기까지 12년이 걸렸다.

독자들에게 미리 밝혀둘 부분도 있다.

이 책의 주인공들인 이벽과 유항검, 강완숙이 어린 시절부터 막역한 사이였다는 설정은 작가가 상상으로 만들어낸 허구다. 그 외에도 작품의 극적인 재미를 위해 작가의 상상이 곳곳에 배치되었다. 사도세자의 서록과 천주회의 존재, 이벽이 하늘의 계시를 받는 등의 장면이 그러하다. 소현세자가 볼모로 청나라에 갔을 때 이벽의 고조부 이경상도 함께 따라갔다는 설정과 대왕대비 김씨의 입김으로 김달순이 전라감사에 임명되었다는 설정, 말복이 정약종의 책롱을 옮기다가 발각되었다는 내용도 마찬가지다.

조선왕조실록과 승정원일기에 의하면 이경상은 소현세자가 심양에 볼모로 가 있던 기간에 국내에서 관리로 재직했다. 김달순이 전라감사로 임명된 것은 정조가 생존했던 1800년 윤4월 6일이었다. 정약종의 책롱은 임대인이라는 천주교인이 신유박해가 터지자 한양 우물골에 사는 송재기의 집에서 황사영의 집으로 옮기려다가 발각되었다는 것이 역사적 사실이다. 송재기의 집으로 옮겨지기 전에는 포천에 사는 홍교만의 집에 숨겨두었는데, 홍교만은 책롱의 주인인 정약종의 사돈이자 정철상의 장인이다.

이벽의 죽음에 대해서는 돌림병으로 급사했다는 설과 독살되었다는 설이 제기되었지만, 둘 중 어느 것이 진실인지는 아직 밝혀지지 않았다. 이 작품에서는 독살설을 따랐다.

작품의 배경이 된 초대 조선교회의 신자들은 한자로 된 기도문을 사용했다. 그 뜻을 번역하지 않고 중국에서 온 그대로의 기도문을 조선식 한문 발음으로 독음하여 기도를 올린 것이다. 1837년에 조선으로 들어와 사역을 시작한 앵베르 주교는 조선 신자들이 기도문의 뜻도 모른 채 해괴한 말로 기도하는 것을 목격하고 기겁했다. 그는 제대로 된 기도를 위해 네 명의 통역에게 공동기도문을 번역하도록 했고, 조선 신자들은 비로소 기도문이 내포한 뜻을 이해하게 되었다.

독자들이 등장인물들의 심리와 상황을 좀 더 가깝게 느끼고 공감하길 바라는 마음에서 소설에서는 현대식 기도문을 사용했다. 온전한 역사를 접하고자 하는 분들의 너그러운 포용과 이해를 바라며 작업에 임했다.

12년은 긴 세월이다. 완성본이 책으로 출간되기까지 걸린 시간도 제법 길다. 가족들이 곁에서 힘이 되어주지 않았다면 버티지 못했을 것이다. 사랑하고 고맙다는 인사를 전한다.

오랫동안 원고를 기다려준 도서출판 책마실에도 감사드린다. 작품이 사장되지 않도록 여러모로 애써주고 인내해준 덕분에 오늘이 있을 수 있었다. 나를 위해 기도해주시는 천호성지의 김진소 아버지 신부님과 애틋한 나의 친구 로셀리나, 작품을 감수해주신 서종태 박사님,

천주가사를 비롯해 여러 자료를 도와주신 김영수 박사님과 한국천주
교회사의 조한건 전담신부님, 편집하느라 고생한 김이수 주간님, 어
려운 시기에 도와준 김효준 신부님과 수경에게도 고마움을 전한다.

그러나 고마운 이들이 어디 이분들뿐이랴. 미안한 분들 또한 많다.
인고의 세월을 거쳐 소설을 완성했으니 그걸로 인사를 대신한다.

류은경

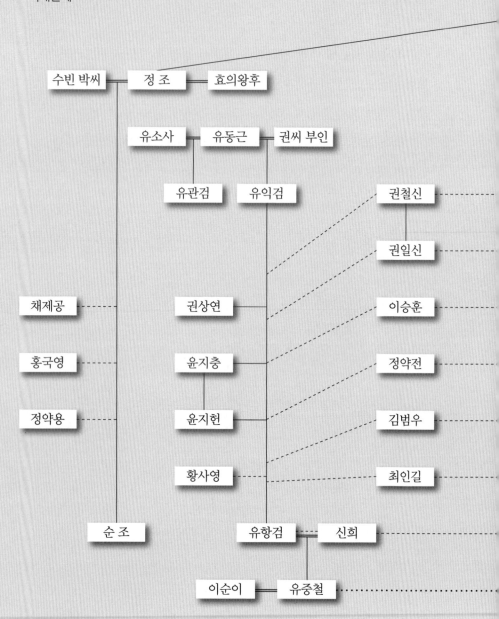

〈인물 관계도〉

· 혼인관계 ═════
· 혈연관계 ─────
· 우호관계 ┄┄┄┄┄
· 적대관계 ·············

수빈 박씨 ═══ 정 조 ═══ 효의왕후

유소사 ┬ 유동근 ┬ 권씨 부인

유관검   유익검

권철신

권일신

채제공   권상연   이승훈

홍국영   윤지충   정약전

정약용   윤지헌   김범우

황사영   최인길

순 조   유항검 ┄ 신희

이순이 ═══ 유중철

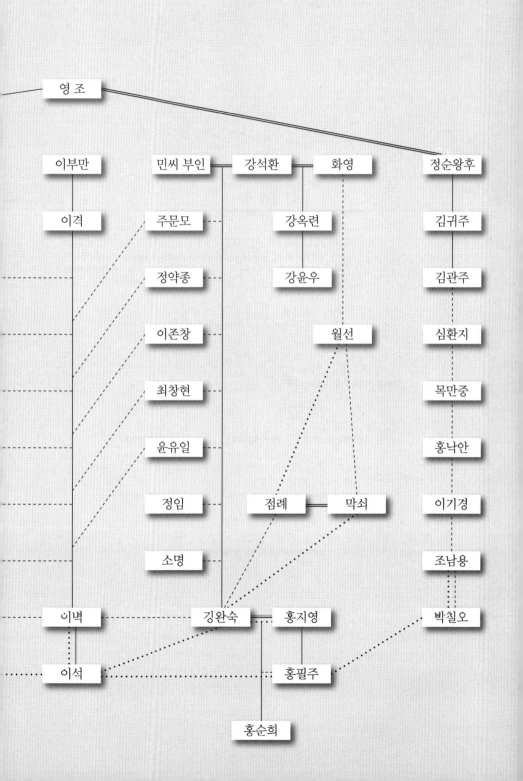

〈친인척도〉

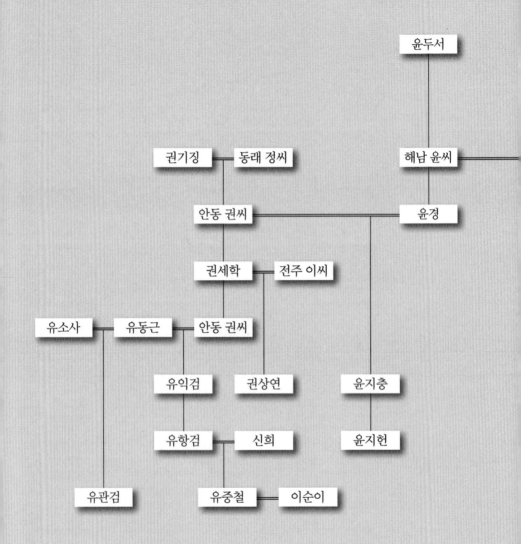

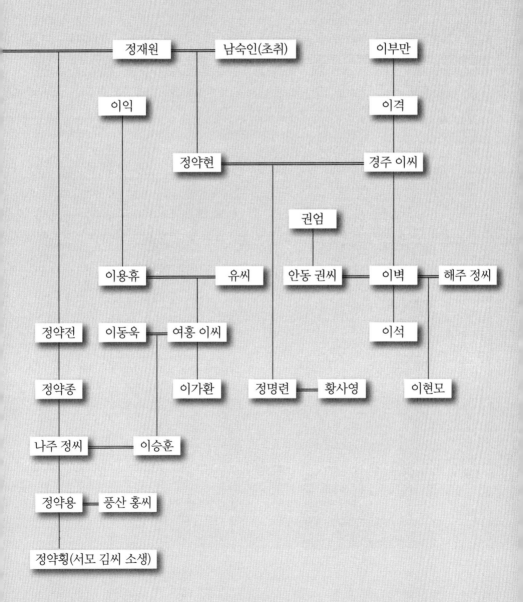

〈붕당 분파 과정〉

★ 득세

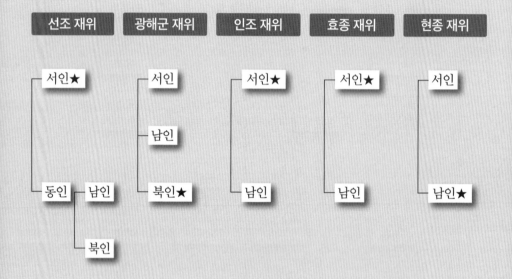

| 선조 재위 | 광해군 재위 | 인조 재위 | 효종 재위 | 현종 재위 |

숙종 재위	경종 재위	영조 재위	정조 재위
서인 ─ 노론 　　　 └ 소론 남인★	노론 소론★ 남인	노론★ 소론 남인	노론 ─ 벽파 　　　 └ 시파★ 소론 남인 ─ 공서파 　　　 └ 신서파

차례

응답

완숙은 딸 순희 그리고 소명, 정임과 함께 한양의 두 칸짜리 초가에서 두 달째 생활해오고 있다. 덕산으로 내려가지 않겠다고 고집을 부리자 항검이 구해준 거처다. 하루가 멀다 하고 여사울로 건너와 완숙을 데려와 달라며 눈물로 매달리는 정 노인과 필주의 부탁을 받고 이존창이 찾아와 통사정을 했지만 완숙은 흔들리지 않았다.

이승훈을 비롯한 교회 지도자들은 완숙의 이혼을 여전히 반대하면서 덕산으로 내려가 결혼생활을 계속할 것을 종용했다. 이혼은 천주의 계명을 거스르는 일이고, 신자가 아닌 상태에서 올린 혼인이라도 예외가 없다는 것이 그들의 주장이었다.

어찌해야 하나….

터덜터덜 걸어나가던 완숙은 답을 구하는 눈길로 하늘을 올려다봤다.

"천주님, 좀 알려주세요."

완숙이 천주님을 향한 기도에 빠져 있는데, 문득 쾌활한 음성이 날

아들었다.

"순희 어머니! 여기에요!"

흰 수건을 두른 젊은 여인이 손을 흔들어댔다.

"고마웠어요. 전 그만 가볼게요."

주모에게 꾸벅 인사를 건넨 여인이 광주리를 챙겨 들더니 완숙에게 달려왔다. 옆집 사는 명순이다.

어느 아침나절에 옆집에서 무언가 와장창 깨지는 소리가 들려 가보니 술에 취한 명순의 남편이 난동을 부리고 있었다. 어린 두 아들을 끌어안고 바들바들 떨고 있는 명순은 피투성이였다. 오금이 풀려 비틀대는 완숙을 소명이 부축했다. 겨우 기운을 차린 완숙이 부엌에서 식칼을 들고나와 명순의 남편에게 들이대고는 고함을 쳤다.

"내 손에 죽기 전에 썩 꺼져라, 이놈!"

겁먹은 명순의 남편이 뭐라 웅얼거리더니 슬그머니 뒤돌아 집을 나갔다. 완숙은 그 자리에 털썩 주저앉았다.

완숙은 명순을 의원에게 데려갔다. 명순은 신세를 한탄했다. 행상하던 사내에게 겁탈을 당했고, 혼인했지만 남편은 떠돌아다니느라 집안을 돌보지 않았다. 명순은 두 아들을 혼자 키우면서도 억척을 부려 살림을 일구고 집까지 장만했다. 남편은 그런 아내를 귀히 여기기는커녕 잊을 만하면 한 번씩 술에 절어 들어와 행패를 부렸다.

완숙은 명순의 다친 팔이 나을 때까지 대신 행상에 나섰다. 별 기대 없이 광주리를 넘겨준 명순은 매번 상당한 이문을 남겨오는 완숙에게 탄복했다. 이문의 절반을 떼어 완숙에게 건넸지만, 완숙은 끝내 사양했다.

처음엔 완숙이 자신에게 전교하려고 그러는 줄 알았다. 한 달이 지나도록 완숙은 아무 얘기도 꺼내지 않았다. 명순은 완숙의 진심을 알고 나서 마음의 문을 열었다. 천주교에 대한 편견도 하나둘 깨지면서 천주님이 궁금해졌다. 그러던 어느 날, 명순은 완숙에게 교리를 가르쳐달라고 부탁했다.

완숙은 뛸 듯이 기뻐했다. 매일같이 명순에게 교리를 가르쳤다. 그리고 영성체 전례가 빠진, 기도만이 행해지는 집회에 명순을 참여시켰다. 완숙의 장사수완을 눈여겨 봐온 명순이 난전을 함께 해보자는 얘기를 조심스럽게 꺼낸 것은 그러던 어느 날이었다. 완숙은 그 제안을 망설임 없이 받아들였다. 덕산을 떠나올 때 완숙이 지니고 왔던 돈이 바닥이 나고 있던 터였다. 명순과 함께 난전을 시작한 덕분에 완숙은 주위에 아쉬운 소리 하지 않고 생계를 꾸려나갔다.

"그나저나 다들 어디 갔어요?"

완숙이 휑한 주막거리를 보며 물었다.

"박 행수 그 사람, 참 실없어요."

명순이 가리키는 언덕 너머에 시장이 열리고 있었다. 수유현에서 십 리 거리의 누원점이다. 시전상인들의 텃세로 종루에서 밀려난 영세 난전 상인들이 이곳에서 장사했다. 누원점은 어물이 주로 유통되는 칠패와 도성 근교에서 재배된 채소들이 판매되는 이현과 더불어 한양의 삼대 난전으로 꼽혔다. 이들 난전상인 가운데 자금이 풍부한 일부 상인은 도매로 큰돈을 벌었다. 객주다.

더워지면 금방 상하는 것이 생선이다. 산지의 어부들은 염장하거나 내장과 뼈를 발라내서 말려 오래 두고 먹을 수 있는 상품으로 만들어냈다. 북어와 말린 오징어, 청어포와 대구포, 여러 생선의 알이나 멸치 등을 항아리에 담아 발효시킨 것도 있었다. 완숙과 명순은 그 상품들 중 가격이 맞는 것을 그날그날 떼어다가 팔았다. 토하고 설사할 때 먹으면 직방으로 낫는 문어 알은 구하지 못해서 못 파는 상품 중 하나였다. 그런데 그 귀한 약이 장시에 나온 것이다. 그 문어 알을 갖고 장난을 치는 박 행수를 명순은 못마땅해했다.

"여기서 날 기다리고 있으면 어째요! 먼저 가서 챙겼어야죠!"

완숙의 목소리가 저도 모르게 높아졌다.

"가 봤자 소용없어요."

"그건 또 무슨 소리예요?"

"오늘은 장이 안 설 거예요. 박 행수네 잔칫집에 왔던 손님들이 자기들끼리 속닥대더라고요. 동촌여점 분위기가 심상치 않대요. 문어 알도 있고 하니까 오늘은 십중팔구 장맞이를 하고 있다가 그쪽으로 물건을 빼돌릴 거래요."

금상이 즉위 초에 장헌세자의 사당인 경모궁을 축조하면서 모민 정책으로 조성한 시장이 동촌여점이다. 그곳의 여객들은 국가로부터 금난전권의 특혜를 누리면서도 더 큰 이익을 욕심냈다. 누원점의 입구는 물론이고 홍인문과 혜화문 앞까지 막아서고 있다가 도성으로 들어오는 동북어상들을 강제로 자신들의 상점으로 끌고 가 매점매석을 일삼았다.

그뿐이 아니었다. 열 냥도 너끈히 받을 상품을 대여섯 냥에 팔지 않으면 점촌으로 들어가지 못하도록 횡포를 부렸다. 이런 일이 빈번하다 보니 누원점 여객들의 손해가 막심했다. 동북어상들이 들여오는 물건을 팔아서 먹고사는 그들이었다. 서울로 반입되어야 할 어물이 중간에서 유통이 막혀버리자 도성 안의 물가가 덩달아 치솟았다. 운종가의 시전상인들은 시전상인들대로 난전상인들의 물건을 가혹하게 빼앗았고, 평시서에 신고하는 등 문제가 끊이질 않았다. 그 일로 조정도 골치를 앓고 있었다.

"설마 이번에도 그 짓을 하려고요. 누원점 행수들도 가만히 당하고 있지만은 않을 거예요. 그러니 어서 갑시다."

완숙은 머뭇대는 명순을 기어이 끌어당겼다.

무언가 이상하다고 느낀 것은 누원점 입구에 도착해서였다. 물건을 사러 나온 손님들을 상대로 한창 호객행위를 하고 있어야 될 상인들이 어찌된 일인지 삼삼오오 몰려서서 웅성대고 있었다. 부러 누원점까지 나왔건만 찾는 물건이 없자 빈손으로 투덜대며 되돌아나가는 손님들도 부지기수였다.

"왜들 그러세요? 무슨 일 생겼어요?"

완숙은 자신의 곁을 스쳐가는 상인을 붙잡고 물었다.

"물건이 올 때가 한참 지났는데도 통 나타나질 않고 있소. 동촌여점의 염병할 그놈들이 또 장맞이를 하고 있다가 동북어상들과 도매상들을 죄다 끌고 간 모양이오."

초로의 상인은 잔뜩 화가 나 있었다. 그러고 보니 어물을 실은 평차와 동북어상들의 짐바리가 전혀 보이지 않았다.

"거봐요. 내가 뭐랬어요. 오늘은 공치는 날이라니까요."

멀뚱히 몰려서 있던 난전상인들이 하나둘 흩어졌다.

"이대로 오늘 벌이를 망칠 순 없어요. 가요."

완숙은 명순의 손목을 다짜고짜 잡아끌었다.

"어쩌려고요?"

"동촌여점이든 이현이든 칠패든, 어디든 가서 물건을 뗄 수 있으면 뗄야지요."

누더기를 겨우 면한 낡은 치마저고리 차림의 젊은 처자가 휘청휘청 걸어오다가 두 사람 앞에서 픽 쓰러진 것은 그때였다.

"에그머니나!"

완숙은 깜짝 놀라 쓰러진 처녀를 일으켜 안았다. 다음 순간, 완숙의 심장이 철렁 내려앉았다. 핏기 하나 없이 창백한 얼굴로 의식을 잃은 여인은 막비였다. 덕산의 교리방에서 사내들에게 강제로 끌려간 막비가 거지 행색으로 길거리에 쓰러진 것이다.

"일단 그늘로 옮겨야겠어요! 명순 자매님, 저 좀 도와주세요!"

완숙은 늘어진 막비를 제 등으로 잡아 올렸다. 아침 해의 열기가 벌써부터 뜨거웠다.

사흘 낮밤을 잠에 빠져 있던 막비가 스르르 눈을 떴다. 사흘 내내 꼬박 곁을 지키며 간호하던 완숙은 뛸 듯이 기뻐하며 미음을 끓여 내왔다.

"잘 먹었습니다."

미음 한 사발을 뚝딱 비운 막비가 낯을 붉히며 배시시 웃었다.

"그동안 어찌 지냈어? 소비는 어디 두고 혼자 거기 있었던 거야?"

"소비는 결국 억지로 시집을 갔어요. 저는 혼례 올리기 하루 전날에 겨우 도망쳐 나왔고요. 가진 돈은 없고⋯ 차마 구걸은 하지 못해서 그냥 굶었어요."

"그랬구나. 내 앞에서 쓰러진 걸 보면 나더러 널 거두라는 천주님의 뜻인 것 같다. 앞으로 나랑 같이 살자. 여긴 여자들뿐이니까 덜 위험할 거야."

"고맙습니다⋯."

막비가 닭똥 같은 눈물을 뚝뚝 흘렸다.

"우선 기력을 찾아야 하니 아무 생각 말고 더 쉬렴."

밖으로 나온 완숙은 가진 돈을 털어 소명에게 쥐어주며 푸줏간에 가서 사골을 사오라 심부름을 보냈다. 얼마 뒤, 소명이 뛰어들며 외쳤다.

"아씨! 드디어 태어나셨나 봐요!"

"앞뒤 없이 무슨 소리니? 누가 태어났다는 거야?"

"수빈마마께서 오늘 원자아기씨를 출산하셨대요, 글쎄!"

"오래 기다려 얻은 귀한 왕손이구나."

"임금님이 크게 잔치를 벌이신대요. 사람들이 전부 궐 쪽으로 가고 있어요."

그러고 보니 골목이 텅 비어 있었다. 사립문 저 너머로 내다보이는 한길은 인파와 환호성으로 북적댔다.

"우리도 갔다 와요. 오다가 만났는데 명순 자매님도 애들 데리고 그쪽으로 가고 있었어요."

"명순 자매가?"

새벽장사를 끝낸 명순은 막비의 곁을 지키느라 집에 남아있던 완숙에게 찾아와 오늘 매상을 알려주고는 곧장 아이들에게로 갔다.

"건넛집 사람이 명순 자매님한테 같이 가자고 한 모양이에요. 아씨는 손님이 있어서 나오기 어려울 거라면서 자기들끼리 간다고 하던걸요."

"그랬구나."

"우리도 가요, 아씨."

"저도 가고 싶어요."

소명에 이어 정임도 완숙을 보챘다.

"엄마, 나도! 나도 갈래!"

순희가 까만 눈동자를 반짝이며 손을 번쩍 들었다.

"너도?"

완숙은 큰길로 이어지는 골목길을 갈등하는 눈으로 내다봤다. 그때였다.

"어머나!"

완숙은 제 눈을 의심했다. 키 낮은 바자울 너머로 낯익은 얼굴 둘이 이집 저집 기웃대며 골목 안쪽으로 걸어 들어오는 것이 보였다. 허청거리는 걸음을 몇 발짝 떼어놓던 완숙이 마당을 가로질러 사립 밖으로 내달렸다.

"에미야!"

"어머니!"

시모와 필주가 완숙을 알아보고 손을 흔들었다. 두 사람의 몰골이 말이 아니었다. 완숙은 억장이 무너져 그저 눈물만 흘렸다. 필주가 울음을 터뜨리자 세 사람은 부둥켜안고 오열했다.

필주가 울먹이며 완숙의 팔을 잡아끌었다.

"우리랑 내려가요."

완숙을 바라보는 필주는 간절하고 필사적이었다.

이것이… 이것이 정녕 당신의 뜻입니까? 제가 이 둘을 보면 차마 뿌리치지 못할 걸 다 아시잖아요. 그런 제 마음을 다 아시면서 제게 보낸 이유가 무엇입니까? 이렇게라도 해서 제 마음을 돌려놓고 싶으셨나요?

완숙은 고통스런 낯을 들어 하늘에 대고 약속했다.

알겠습니다, 천주님…. 천주님의 뜻이 정 그러하시다면 그 뜻에 따르겠습니다.

● ● ●

"날이 밝고 있습니다. 소자를 언제까지 잡아두실 작정이십니까?"

본가로 불려온 뒤로 지금껏 이승훈은 방에 갇혀 꼼짝을 못하고 있었다. 앉은 그대로 밤을 꼬박 새우고 나니 피곤이 밀려왔다.

아들의 고통은 제 알 바 아니라는 듯 부친 이동욱은 난초 손질에만 열심이었다.

"네 외숙부에게 듣자 하니 평택 현령 자리가 비었다는구나. 너를 천거해달라고 부탁해 놓았다."

"그러실 필요 없습니다!"

"성사되면 여기 일은 다 잊고 거기서 새로 출발해라."

"진사면 충분합니다! 더는 욕심이 없어요!"

이동욱은 멀쩡한 난을 싹둑 잘라냈다.

"아니. 넌 명예욕이 강한 아이다."

"그랬다면 출사를 해도 수십 번은 했을 겁니다."

"네가 얻고자 했던 명예를 교회에서 충분히 누렸기 때문이겠지."

이승훈은 실소를 터트렸다.

"대체 소자가 뭘 어찌 누렸다는 말씀입니까?"

"조선인 최초의 영세자이자 신부."

이승훈은 정곡을 찔린 기분이었다.

"너는 어려서부터 그랬다. 뭐든 최고라는 얘길 들어야만 직성이 풀리는 아이였어."

이 또한 사실이었다.

"그런 네가 벽이와 어울려 다니면서 변했다. 포의선생처럼 구는 벽이가 네 눈에는 그럴싸해 보였겠지. 그런 너를 당시에는 웃어넘겼다. 네 나이 또래다운 치기구나, 그리 생각했거든. 출사가 막힌 남인 선비였으니 그런 식의 허세도 부릴 법하다 여겼지. 하여, 진득이 기다렸다. 너의 그 승부욕이 언제고 다시 깨어날 거라고 믿으면서 말이다."

"이제 그런 일은 없을 테니 포기하세요. 천주교도 버리지 않을 겁니다."

"너는 천주교를 말할 자격이 없는 사람이야."

"천주교인이 되는 데 자격 같은 건 따로 없어요!"

"너로 인해 사람이 죽었다. 게다가 너는 그 일을 교인들에게 털어놓지 못했다. 네 자신을 속인 것이지."

순간, 이승훈은 아찔한 현기증을 느꼈다. 긴 침묵 끝에 이승훈이 체념한 듯 물었다.

"소자가 어찌하길 바라십니까?"

"말했질 않느냐. 평택으로 가거라."

한참을 말이 없던 이승훈이 작정한 듯 짧게 대답했다.

"…가겠습니다."

이동욱의 표정이 비로소 편안해졌다.

"잘 생각했다."

"대신 시간을 좀 주십시오."

쾅!

난초 화분이 경상을 내리치는 이동욱의 성난 손길에 풀쩍 솟구쳤다가 이승훈의 무릎 앞으로 떨어져 산산조각이 났다.

"지금까지 준 시간으로도 충분해!"

"소자는 교회에서 중요한 위치에 있습니다. 교회와 교인들에게 할 도리는 마무리하고 떠날 수 있게 해주십시오. 그리하지 아니면 평택에 가서도 편치 않을 것 같습니다."

"으음…."

이동욱은 미간을 찡그렸다. 일리가 있는 말이었으나 아들에 대한 불신이 돌이킬 수 없도록 깊었다.

"너는 일전에도 나와의 약조를 어겼다. 널 어찌 믿으란 말이냐?"

이승훈은 날카로운 화분 조각을 집어 들었다.

"무, 무슨 짓이냐?!"

미처 말릴 새도 없이 이승훈은 손목을 힘껏 그어버렸다.

"피로 맹세하겠습니다."

• • •

홍수보가 대청마루에서 내려서자 홍의호가 부축했다. 다과상을 들고 대기하던 계집종들이 홍수보 부자를 따라 후원으로 들어섰다.

"대감, 그간 별고 없으셨습니까?"

미리 와 있던 사내들이 인사를 건넸다. 목만중과 홍낙안, 이기경이었다.

"나 같은 노인네야 죽지 않고 살아있는 게 별고지."

몇 달 사이에 부쩍 거동이 불편해진 노구를 이끌고 정자에 올라선 홍수보는 좌정하며 뼈 있는 농담을 던졌다.

"어찌된 영문인지 들어봄세. 만천한테 큰 경사가 생겼다던데…. 사실인가?"

홍수보는 마뜩찮은 표정으로 세 사내를 쏘아봤다. 홍의호로부터 이승훈의 평택 현령 제수 사실을 듣고 난 터라 심기가 편치 않았다.

"오늘 아침 상참에서 전하가 교지를 내리셨습니다. 짐작도 못한 일인지라 저희도 당혹스럽습니다."

"그러니까 어이하여 짐작조차 하질 못했느냐, 이 말이야. 그쪽 사람들을 몇 달째 염탐해온 자네들이 아닌가!"

홍수보는 변명을 늘어놓는 이기경을 꼬나봤다. 그런 홍수보가 서운하다는 듯 목만중이 투덜댔다.

"우리가 귀신도 아니고… 그자들 속마음까지 어찌 안답니까?"

유항검과 그의 사촌들이 윤지충의 노모에게 병자성사를 봉헌하다가 문중 사람에게 들켜 한바탕 난리가 났다는 걸 말복의 서찰로 알게 된 목만중은 이 사실을 즉시 홍의호에게 알렸다. 그 일이 있고 나서 전주 쪽 교인들이 이상하리만치 조용해졌다. 목만중과 홍파 쪽 사람들이 무슨 계략을 꾸미고 있는지 마치 다 알고 있다는 듯, 권철신 형제와 그들의 친척들도 꼬투리가 될 만한 행동을 자제하고 있었다.

"녹암은 바깥출입을 삼간 채 거의 종일 노모랑 보냅니다. 이암이 그 댁을 들락거리긴 하는데, 무슨 얘기를 나누는지는 도통 알아낼 수가 없어요. 경계가 아주 심해요. 노복도 새로 쓰지 않고, 방물장이조차 집안으로 들이질 않아요."

그 와중에 이승훈이 평택 현령으로 가게 된 것이다.

"필시 다른 속셈이 있을 걸세. 그렇지 않고서야 벼슬엔 관심조차 없던 만천이 갑자기 교지를 받들었을 리가 없어."

홍의호가 의혹을 제기했다.

"그래서 제가 약용을 만나 은근슬쩍 떠봤습니다만, 약용은 아무것도 모르는 눈치였습니다."

이기경이다.

"정약전한테 약용이 말고 아우가 또 하나 있지 않았어?"

홍수보가 느닷없는 질문을 던졌다.

"약종을 말씀하시나 봅니다."

"그래. 약종일 캐보란 말이야. 교회 일에 미쳐 있다니, 그자를 캐다 보면 뭔가 나올 게야."

"이를테면…?"

이기경이 묻자 홍수보가 혀를 찼다.

"쯧쯧! 이쯤 손에 쥐어줬으면 먹는 건 자네들이 해야지, 그걸 나한테 물어."

"당연히 그리해야지요."

무안해진 이기경을 대신해 홍낙안이 홍수보의 비위를 맞췄다.

"알아들었으면 어서들 일어나. 이승훈이 평택으로 떠난 다음에나 움직일 건가?"

"예! 당장 움직이겠습니다!"

다들 자리를 박차고 일어났다. 침통하게 앉아 있던 목만중도 불만이 가득한 얼굴로 몸을 일으켰다.

홍수보는 목만중과 눈이 마주치자 고개를 팽 하고 외로 틀었다. 목만중이 노여움으로 부들부들 떨었다. 이런 대접을 받자고 홍수보 패거리와 어울린 것은 아니었다.

●　●　●

인왕산 중턱을 부지런히 올라가던 정약종은 방향을 틀었다. 왔던 길로 되돌아 내려가자니 누군가 재빨리 옆 골목으로 숨어들었다. 언제부턴가 미행해오던 자였다.

"제길…."

사내가 들어간 골목의 반대쪽 길로 스며든 정약종은 거미줄처럼 얽힌 미로를 바람처럼 휘달렸다.

"아이고! 이게 웬일입니까?"

온몸이 땀으로 젖은 정약종이 불쑥 들어서자 최창현은 깜짝 놀랐다.

"미행이 있었습니다."

"예? 미행이요?"

최창현이 밖의 기척을 살폈다.

"다행히 따돌렸습니다만, 노련한 솜씨였어요."

정약종은 오랜 수련 덕분에 예민한 감각을 지닐 수 있었다. 그런데 예까지 다 오도록 미행을 전혀 눈치채지 못했다. 지금껏 겪어보지 못한 자였다.

황망해하는 정약종에게 최창현이 걱정스럽게 물었다.

"곧 예비자들이 도착할 텐데 이대로 진행해도 괜찮을까요?"

오늘은 신입 예비자들이 첫 모임을 하는 날이다.

"왠지 불길해요. 오늘은 그만두고 다른 날을 잡는 게 좋겠어요."

그때 밖에서 헛기침 소리가 들렸다.

"이런!"

최인길이 떡 지게를 지고 마당으로 들어섰다. 최창현이 신입 예비자를 환영하기 위해 주문한 떡을 찾아오는 길이다.

"내릴 것 없다! 그냥 거기 둬!"

"예?"

"오늘 모임은 취소하기로 했다."

그때였다.

"취소라니요?"

바자울 건너에서 놀란 목소리가 건너왔다.

"무슨 일입니까? 갑자기 취소라니요?"

젊은 여인과 함께 들어선 황사영이 물었다.

"그럴 만한 사정이 생겼네."

정약종이 방에서 나오며 말했다.

"그간 강녕하셨어요, 숙부님?"

젊은 여인이 인사를 올렸다. 황사영과 혼인한 정약종의 조카 정명련이다. 황사영의 전교로 예비자 모임에 온 것이다.

"밤길에 예까지 왔는데 미안하게 됐구나."

그때 김이우, 김현우 형제가 서너 명의 신입 교우를 데리고 교리방 앞쪽의 골목을 휘돌아 나오는 것이 보였다. 정약종의 마음이 급해졌다.

"요한 형제님한테 얘기 듣거라."

정약종은 황급히 황사영 부부를 최창현 쪽으로 밀어주고 바자울을 뛰어나갔다.

"벌써들 오는가?"

정약종은 김이우 형제의 앞을 막아섰다.

"큰 아우구스티노 형제님!"

정약종은 유항검과 세례명이 같아 교인들은 약종을 큰 아우구스티노, 항검을 작은 아우구스티노로 불렀다.

김이우가 의기양양하게 두 젊은이를 소개했다.

"일전에 말씀드린 제 불알친구들입니다."

두 청년의 인상이 순해보였다. 정약종이 청년들 옆에 서 있는 남녀를 바라보았다.

"아, 제용감에서 일하는 강영수입니다."

김이우가 노파와 동행한 키 작은 남자를 가리켰다. 정약종은 재빨리 남자를 살폈다. 강영수는 김이우가 자신은 배교했다고 거짓말로 돌려보내도 하루가 멀다고 찾아와서 천주가사를 불러주고 갔다. 그 가사를 가르쳐준 이가 이모라고 했다.

'저이가 그 이모라는 사람이겠군.'

김이우는 김범우의 형제라는 이유로 역관 시험에 통과하고도 보직을 받지 못하고 있었다. 그 연좌제를 풀어달라고 사역원에 탄원서를 제출하러 갔다가 강영수의 도움을 받았다. 김이우는 교회 내부의 방침대로 강영수와 그의 이모를 한 달가량 제집으로 오게 하여 이러저러한 이야기를 시켜보며 상대가 진심으로 입교를 희망하는지 살폈고, 믿을 만한 사람이라는 판단이 서자 오늘 신입 예비자 모임에 데리고 나온 것이다.

"……."

정약종은 볼에 사마귀가 붙어있는 강영수의 이모를 뚫어져라 쳐다보았다. 정약종과 시선이 마주치자 두 사람 모두 당황한 기색으로 눈길을 피했다.

'느낌이 좋질 않아….'

정약종의 직감이 그렇게 경고하고 있었다.

"이번 모임은 다음으로 미뤄졌습니다. 새로 일정이 잡히면 연락드릴 터이니 오늘은 일단 돌아가세요."

강영수와 노파가 서로의 얼굴을 히뜩 쳐다봤다. 정약종은 찰나의 그 순간을 놓치지 않았다. 두 사람 사이에 오간 의뭉스런 눈빛이 정약종의 의심을 확신으로 바꿔놓았다.

이윤하는 권철신 형제의 매제다. 한림동 이윤하의 집으로 말을 달려온 정약종은 집 안으로 뛰어들었다. 이승훈이 평택으로 떠나기 전에 북경 밀사 파견 문제를 의논코자 다들 모여 있었다. 예비자들의 첫 교리 수업이 끝나면 최창현도 이곳으로 넘어오기로 되어 있었다.

"그래서 요한 형제는 지금 어쩌고 있나?"

권철신이 초조해하며 정약종에게 물었다.

"지각한 예비자들을 기다렸다가 사정을 설명하고 곧장 귀가하겠다고 했습니다. 또 미행이 있을지 모르니까요. 여러분도 속히 돌아가시는 편이 좋겠습니다."

이 얘기를 전하기 위해 한달음에 달려온 정약종이었다.

"아니 될 얘길세. 사신단이 떠날 날이 멀지 않았어. 아무 논의도 없이 이대로 헤어질 수는 없네."

권일신은 동의를 구하는 눈빛으로 사랑방에 모인 교회 지도부들을 둘러봤다.

"맞습니다. 더는 미룰 수 없어요."

다들 한 목소리로 말했다. 항검이 한 가지 건의를 하고 나섰다.

"밀사 파견을 논의하기 전에 암호에 대해 먼저 상의하는 것이 어떻겠습니까?"

암호는 노출되기도 쉽거니와 교인들이 번거로워 해서 설왕설래 끝에 교인증으로 대체하기로 했다.

"나도 찬성이네."

권철신이었다.

"교인증으로 어떤 표식을 쓸지 여부는 차후에 따로 의논하기로 하고, 이제부터는 성물을 어찌 들여올지에 대해 얘기들을 해보세.”

　구베아 주교가 신부 파견을 약속한 마당이었다. 하지만 성체성사를 봉헌할 때 반드시 필요한 포도주를 주조하는 방법조차 몰랐다. 교회 입구에 설치해두는 성수대는 작은 놋대야를 가져다가 집회장 앞에 두었다. 성혈인 포도주와 성수를 담아두는 주수병, 성혈을 따라 마시는 성작도 유교식 제기로 대체해 사용 중이었다. 영성체인 밀떡을 모셔두는 성합과 성체를 담는 접시인 성반도 역시 구비해놓지 못하고 있었다. 성작 덮개와 수건, 성작포, 여성 교인들이 미사 때 머리에 쓰는 미사포는 무명천을 잘라 만들어 사용했다. 성체 강복과 성체현시, 성체 행렬 때에 신자들에게 성체를 보여주기 위해 사용되는 성광, 사제가 미사를 봉헌할 때 착용하는 정식 전례복은 아예 구비조차 되어 있지 않았다.

　더 큰 문제는 윤유일과 북경으로 떠나기로 했던 지황의 신상에 문제가 생긴 것이다.

　“우리 예비자 중에 왕실에서 근무하는 분이 계십니다. 그분을 윤유일 바오로 형제님과 함께 북경으로 보내는 건 어떨까요?”

　정약종이 의견을 내놓았다.

　“말도 안 되는 소리! 조선교회의 앞날과 교인들의 안위가 달려있는 중차대한 일일세! 세례도 받지 않은 예비자에게 이토록 막중한 소임을 맡길 순 없어!”

　권일신은 펄쩍 뛰었다.

　“꼭 그리 생각할 것만은 아닌 듯합니다. 왕실에서 들여오는 물건은 군사들이 함부로 뒤짐을 못한다고 들었습니다.”

항검이었다. 정약종이 항검을 거들었다.

"그 말씀대로입니다. 왕실 소속의 관리인이 아니면 그 물건은 손도 못 댑니다. 제가 방금 말한 예비자가 바로 왕실 물건을 담당하는 관리입니다. 예비자 교리를 진행하다보니 신심이 깊고 진중한 분이에요."

"조만간 시간을 잡아보게. 믿을 만한 사람인지 우리 눈으로 확인을 해보세."

"자리를 마련하지요."

권철신이 이승훈을 건너다봤다.

"평택이 가깝진 않지만 자네도 되도록 올라와서 봐줬으면 하네."

"애는 써보겠습니다만, 발령 받은 직후라 어찌 될지…."

이승훈이 품에서 봉투 하나를 꺼내놓았다.

"부탁하신 서신입니다. 우리 교회의 문의할 내용을 모두 적었습니다."

● ● ●

집복헌을 되돌아 나오는 정순왕대비의 발걸음이 허방이라도 딛는 것처럼 비틀거렸다. 한달음에 달려왔지만, 엄습하는 분노와 모멸감에 치를 떨며 온 힘을 다해 집복헌을 벗어났다.

왕대비는 황금빛 비늘로 감싸인 거대한 용이 집복헌을 휘감는 꿈을 꾸었다. 집복헌에는 출산을 앞둔 수빈 박씨가 머물고 있었다. 이 비범한 태몽을 알려주려고 늦은 시각임에도 집복헌을 찾았지만 문 밖에서 발길을 돌려야 했다. 담당 궁녀와 의원 외에는 그 누구의 출입도 불허

한다는 어명이 떨어져 있었다. 왕대비는 어명이 자신을 겨냥한 것임을 알고는 허를 찔린 기분이었다.

'내 이것들을 그냥 두지 않을 것이야!'

왕대비의 성난 발길이 임금의 집무실에 도착했을 때였다.

"좌상대감께서 알현 중이십니다, 마마."

내시감이 난감한 표정으로 앞을 가로막았다.

"비켜라!"

난폭하게 내시감을 밀친 왕대비가 문을 벌컥 열어젖혔다.

뭔가 골똘히 들여다보던 이산과 채제공은 왕대비가 예고도 없이 성큼 들어서자 당황하여 솟구치듯 일어섰다.

'저것들이 또 무슨 작당 중인가….'

왕대비의 눈길이 재빨리 책상 위를 더듬었다. 이현과 칠패, 누원점과 동부여점, 운종가의 위치에 붉은 동그라미가 표시되어 있는 커다란 지도가 눈에 들어왔다. 책상에 활짝 펼쳐놓은 지도 한쪽에 그것들이 있었다.

'시장별 외상인 명부!'

어지럽게 놓여있는 여러 권의 장부 중 하나였다. 책의 겉표지에 적힌 문구가 눈에 들어온 순간, 왕대비는 아찔했다. 그녀의 안면에 어린 공포가 의미하는 바를 이산 역시 한눈에 간파했다.

"좌상은 이만 나가보시오."

이산은 장부를 지도로 덮어 가리며 채제공에게 명했다.

"아, 아니오. 내가 나가리다."

왕대비가 휘청거리며 돌아나갔다. 이산이 허둥대며 쫓아왔다.

"앉으십시오, 마마. 소손에게 하실 말씀이 있으셔서 납신 게 아니십니까?"

"별일 아니오. 나는 그만 가볼 터이니 보던 일이나 마저 보시오."

왕대비는 안간힘으로 집무실을 나섰다.

'외상인 명부라니! 주상이 기어이 우리 목을 비틀려 하는구나!'

그전에 서둘러 대책을 마련해야 했다.

"급히 궐 밖에 다녀와 줘야겠다."

왕대비는 지밀상궁에게 명했다. 귀에 익은 음성이 왕대비의 발길을 잡아챈 것은 그때였다.

"마마, 소인이옵니다."

회랑의 기둥 뒤에서 늙은 궁녀가 슬그머니 걸어 나왔다. 오른쪽 볼에 큰 사마귀를 매단 늙은 나인이었다.

"아니, 너는!"

왕대비는 당혹했다. 밀명을 받고 궐 밖에 나가 있던 이덕빈이 예상보다 빨리 돌아온 것이다.

"어찌 된 일이냐?"

"그것이…."

이덕빈이 귓속말로 소곤거렸다.

"으음!"

왕대비가 미간을 찌푸렸다.

"따로 명을 내릴 때까지 기다려라. 절대 그자들과 접촉해서는 아니 돼."

"다음으로 연기된 집회도 참석치 말라는 말씀이시옵니까?"

"그래. 저쪽에서 낌새를 차렸다면 당분간 얼쩡거려선 안 된다. 두 사람 모두 입조심하고, 역으로 미행당하지는 않는지 항시 살피고 다녀라. 그리고 박 대감을 만나줘야겠다. 시급을 다투는 일이니 속히 가서 내 말을 그대로 전해라."

얼마 후, 늙은 궁녀의 전언에 박철오가 비상대책 회의를 소집했다.

"아뢸 것이 없다?!"

정순왕대비가 날카롭게 소리쳤다.

"예, 마마. 전주는 조용합니다."

목만중은 애써 침착하게 답했다.

"조용하다?"

"예, 마마. 극도로 몸을 사리는 모양입니다."

"이보게!"

박철오는 화가 치민 얼굴로 입을 열었다. 왕대비가 손을 들어 그를 제지했다.

"정약용 형제들은 어떠한가?"

왕대비가 물었다.

"다들 옴짝달싹 못하고 있습니다."

이기경이 답했다.

"옴짝달싹 못한다…. 제 아비가 마재에 눌러 앉혔다던 셋째도 그러하단 말이지?"

"그러하옵니다, 마마."

"으음…."

정순왕대비는 가슴 저 밑바닥에서부터 분노가 솟구쳤다. 교회 중역들을 은밀히 감시하라는 명을 저 셋에게 내린 것이 몇 달 전이었다. 말복이라는 천것의 면상을 촛농으로 지져버릴 정도로 목만중의 열의는 뜨거웠다. 홍낙안과 이기경 역시 열심이었다. 그런데 그들이 홍의호의 집을 드나드는 걸 심환지가 목격했다. 그 즈음부터 세 사람의 보고가 뜸해졌다. 그들이 홍파와 결탁했다는 정황을 확인하기 위해서라도 남인과 별도로 움직여야 한다고 심환지는 간언했다.

왕대비는 대비전의 나인 이덕빈을 강영수에게 보냈다. 이덕빈은 조카인 강영수와 짜고서 대비전으로 들어오는 의복을 빼돌리다가 들킨 적이 있었다. 그 일은 왕대비가 눈을 감아줘 조용히 무마되었다. 이덕빈과 강영수는 약점이 잡힌 뒤로 왕대비의 명이라면 무조건 복종했다.

그런데 이덕빈과 강영수가 인왕산 중인촌에서 봤다는 정약종을 이기경은 본 적이 없다고 잡아떼고 있다. 더구나 마재에서 한 발짝도 나오지 못하고 있다고 했다. 천주교인들이 괘씸하게도 여전히 비밀 교리방을 운영하고 있건만 세 사람은 거짓보고를 하고 있었다. 이로써 심환지의 추측이 사실로 드러났다.

"그만 가보게."

왕대비는 싸늘하게 일행을 물렸다.

"저대로 보내시면 어쩝니까? 마마를 기만한 죄를 물으셔야지요!"

"무엇하러 우리 손에 피를 묻힌단 말이오? 홍파가 채파를 끌어내리려 하는 거라면 그냥 두고 보는 것도 방법이 아니겠소?"

김관주가 감탄하여 무릎을 쳐댔다.

"흐흐흐! 같은 남인끼리 치고받고 싸우는 꼴이 꽤나 볼 만하겠사옵니다."

"이거야말로 차도살인이로군요."

김용주와 김일주 형제가 고소하다는 듯 히죽댔다.

"경망스럽게 굴지 말고 행동들 조심하게!"

김관주 형제에게 일갈한 왕대비는 측근들을 가까이 불러 모았다.

"혹시 시전상인과 외상거래를 한 것이 있다면 여기서 나가는 즉시 모두 갚도록 하게."

"예? 갚을 필요도 없는 외상을 갑자기 왜…."

왕대비는 임금의 집무실에서 본 외상인명부를 말했다. 측근들의 얼굴이 샛노랗게 질렸다.

시장에 부는 회오리

온 나라가 왕자의 탄생으로 떠들썩한 가운데 진하사은사는 북경으로 떠날 채비를 마쳤다. 건륭 황제의 팔순 성절을 축하하기 위한 사신단은 임금에게 출발을 고한 뒤 정전을 나섰다. 악대와 호위 군사를 앞세운 사신단이 창경궁 홍화문을 통과했다. 황제에게 바칠 공물을 실은 마차 행렬이 뒤따랐다.

"아니, 저 사람이 어이하여⋯."

사신단 행렬과 마주친 정약용은 수행원들의 면면을 살피다 말고 고개를 갸웃했다. 한 사내의 얼굴이 낯설지 않았다.

"!!"

제게 와 닿는 따가운 시선을 의식한 사내가 움찔 놀랐다. 교회의 밀사 윤유일이었다. 왕실 관리인 우가 그를 수행했다.

"저 먼저 나가겠습니다. 나중에 뵙지요."

윤유일은 우에게 말고삐를 건네고는 수행원들 틈을 비집고 앞쪽으로 나아갔다. 다행히 우는 정약용이 배교한 뒤에 입교한 신자여서 정약용이 알아볼 염려는 없었지만, 정약용이 밀사 파견을 거니챌까봐 윤유일은 조마조마했다.

"아는 사람인가?"

사신단 행렬이 지나가기를 기다리며 대화를 나누던 채제공은 정약용이 문득 조용해지자 무슨 일인가 싶어 그의 시선을 좇다가 윤유일을 보고는 눈 꼬리가 올라갔다. 윤유일의 흘끔대는 꼴이 어쩐지 수상쩍었다.

"모르는 사람입니다."

정약용은 시치미를 뗐다. 중요한 일을 앞두고 채제공의 심사를 어지럽히고 싶지 않았다.

"우리도 가지요."

사신단 행렬이 멀어지자 채제공과 정약용은 광통교로 향했다. 칠목기전으로 스며든 두 사람은 손님인 양 물건을 살피며 어슬렁거렸다. 가게 주인이 슬그머니 다가와 속삭였다.

"열어두었습니다."

"고맙네."

채제공과 정약용은 일층 점포의 뒷문을 통해 시전거리 뒤편으로 나가 상가와 상가 사이에 난 샛길을 따라 걸었다.

딸깍!

비단을 파는 선전의 후문에 다가서자 기다렸다는 듯 점포 뒷문이 살그머니 열렸다.

"올라가시지요."

선전 주인이 이층 창고로 이어지는 나무계단을 가리키고는 돌아섰다.

"어서 오십시오, 영감."

창고에서 이야기를 나누던 십여 명의 사내들이 채제공을 맞았다. 뜻을 함께하는 시전 상인들이었다.

"정 정언을 통해 자네들 얘기는 많이 들었네. 앉지."

"예, 대감."

정약용이 물었다.

"장부들은 가져왔는가?"

"예, 정언 나리."

키 큰 상인이 장부를 모아 채제공 앞에 대령했다. 정약용이 사내를 소개했다.

"광통교에서 싸전을 하는 배봉한입니다. 금상의 명이 계신 뒤로 제가 크게 도움을 받고 있습니다."

현륭원을 천봉한 임금은 다음으로 시행할 개혁안으로 금난전권의 전면 철폐를 꼽고 있었다. 시전상인들의 반발이 우려되는 개혁안이었고, 정약용은 묘안을 내놓았다. 시전상인들의 애로사항을 조사하여 살피자는 것이다. 현륭원을 천봉하면서 장헌세자의 원찰인 용주사도 함께 착공했고, 시전상인들이 막대한 금액을 내놓았다. 정약용은 시전의 실태를 파악하기 위해 은밀히 시전상인들과 접촉하는 과정에서 배봉한을 알게 되었다.

장대처럼 큰 키에 마른 몸매의 배봉한은 천진난만해 보였다. 그러나 왕실의 인척들과 세력가들의 외상 문제에 있어서는 매섭게 돌변해 열변을 토했다. 후환이 두려워 그간 쉬쉬했던 권세가들의 외상 문제를 더는 함구해서는 안 된다고 목소리를 높였다. 정약용이 신분을 밝히자 그간 골치를 앓아온 왕실 인척의 외상 문제를 소상히 털어놓았다.

"같은 고통을 겪는 시전들을 소인에게 연결해준 것도 저 사람입니다. 배 각전이 발 벗고 나서준 덕분에 오늘 모임도 가능했지요."

"억울함이 무척 컸나보군. 그래, 자네는 누구한테 외상을 얼마나 줬는가?"

채제공이 물었다.

"흥은부위께서 쇤네의 가게로 사람을 보낸 것이 작년 초였습니다."

흥은부위는 임금의 누이 청선군주의 남편 정재화다.

"선왕께서 계실 적에도 채폐를 일으켰던 분인지라 어떡하든 핑계를 대어 거절하려 했으나 구실을 도저히 찾지 못하여 결국 외상을 주고 말았습니다. 여기, 여기, 그리고 또 여기…."

배봉한은 외상 내역을 일일이 짚어주었다. 그때 피륙상이 화채가 담긴 다과상을 들고 올라왔다.

"드시면서 하시죠."

배봉한이 쪽지를 꺼내 정약용에게 건넸다.

"말씀하셨던 그겁니다."

따로 적어둔 외상장부였다.

"그분이 그간 외상으로 가져가신 쌀이 자그마치 100석입니다."

피륙상이 흥분하여 끼어들었다.

"청성부위께서 외상으로 가져가신 비단이 200냥 어치라네. 황소 네 마리 값이야."

청성부위는 화령옹주의 남편 심능건이다.

"청성부위는 저한테도 56냥이나 외상을 지고 있습니다."

"그분들 소개로 외상을 줬다가 한 푼도 받지 못한 사람들이 바로 저희들입니다요."

"예. 저희 가게에서도 가죽신을 가져다 신고는 여태 값을 치르지 않고 있습니다."

"저한테 종이를 맡겨놨는지 끄떡하면 사람들을 떼로 끌고 와서 마음대로 집어주고 값을 지불하지 않는 통에 아주 미치겠습니다."

"세금을 깎아준다는 말에 저도 혹해서 처음 거래를 텄다가 못 받은 돈이 한두 푼이 아닙니다."

유푼각전의 상인들이 울분을 토하자 세금을 내지 않는 시전인 무푼각전의 상인들도 한 마디씩 거들고 나섰다.

"저희들 사정도 마찬가집니다. 매일같이 사람을 보내서 찬거리를 쓸어가고는 장부에 달아두란 말만 하고 그걸로 끝입니다."

"저는 돈을 꾸어주고 받질 못하고 있습니다. 왕실 인척 운운하며 생떼를 쓰는데 당할 재간이 있어야지요."

상인들의 고발이 이어질수록 채제공의 미간에 주름이 깊어졌다.

"그 사람들이 대체 누군가?"

채제공은 무푼각전들에게 물었다.

"소인이 말씀드리겠습니다. 별례방 낭청 출신 전 군수 황은이 55냥, 임영효가 83냥, 전 판관 서일보가 57냥, 전 수사 이철운이 72냥, 그리고…."

정약용은 쪽지를 한 장씩 읽어가다가 문득 의아한 점을 발견했다.

"전 형조판서 박철오가 200냥을 꾼 적이 있다고 들었네만… 어찌하여 이 명단에는 보이질 않는가?”

“이틀 전에 사람을 보내 외상 빚을 갚았다고 합니다.”

배봉한은 당사자로부터 들은 대로 고했다.

“무슨 곡절인지는 모르겠지만 이자까지 아주 후하게 쳐주더랍니다.”

“으음….”

채제공은 뭔가 짚이는 게 있었다. 임금의 집무실로 불쑥 들어왔다가 허둥지둥 나가던 왕대비가 떠올랐다.

‘거기 있던 외상인명부를 보고 이런 상황을 예측했다는 얘기로군. 역시. 허허허….’

채제공은 입맛이 썼다.

“귀한 자료를 내주어 고맙네. 빠른 시일에 해결책을 마련할 테니 이제 마음 놓게.”

상인들은 감읍했다. 용무를 마친 채제공과 정약용이 종각 앞에 다다랐을 때였다. 이가환이 이현 쪽에서 말을 달려와 물었다.

“가신 일은 잘 되었습니까?”

“자넨 어찌 되었는가?”

“소인도 약조를 받아내고 오는 길입니다.”

“수고했네. 당장 성상께 아뢰고 다음 수순을 밟도록 하세.”

금난전권 철폐 법안이 정식으로 발의되었다. 채제공은 영세상인의 기본 생활 보장과 물가 안정, 금난전권의 행사로 인한 폐단 등을 이유로 도가권 폐지를 강력하게 주청했다.

채제공은 시전과 난전의 자유경쟁으로 물가가 안정될 것으로 보았다. 금난전권이 철폐되면 산지의 생산자들이 물건을 직접 도성으로 가져와 판매하거나, 영세 상인들이 산지로 직접 가서 물건을 떼다가 시장에 내다파는 판로가 열린다. 채제공은 또 공시인들이 그동안 겪어온 외상 문제를 지적하며 통공정책과 더불어 시장에 만연한 외상의 폐단 역시 척결해야 된다고 주청했다.

벽파의 반대는 결사적이었다. 채제공의 건의대로라면 육의전 이외의 시전상인들은 국역은 국역대로 부담하면서 그들만의 특권인 금난전권을 포기해야만 했다. 그런데도 임금은 채제공의 발의를 윤허한 것이다.

"망극한 하교를 거두어주시옵소서!"

"통촉하시옵소서!"

벽파의 신료들이 편전이 떠나가라 목청을 높였다.

"모두를 만족시키는 정책이란 없다. 경들은 좌상을 도와 도가권 폐지에 나서라!"

"하오나 호조에서는 아무런 준비도 없사옵니다!"

심환지는 노여움으로 파들파들 떨었다.

"이미 병오통공을 겪은 호조다. 그 경험이 이번 정책에도 도움이 될 것이야."

"밥줄이 달린 문제입니다! 도가권 폐지에 반발하여 철시라도 하면 어쩌시렵니까?"

심환지는 절박한 심정으로 항의했다.

"철시에도 불구하고 시장이 원활히 돌아간다면, 그땐 어찌하겠는가? 더는 왕왕대지 않고 금난전권의 폐지를 받아들이겠는가?”

박철오가 느닷없는 말을 꺼낸 것은 그 순간이었다.

“그렇다면 어명을 받들 수밖에 없사옵니다. 허나, 그렇지 않다면 성지를 거두어주시옵소서.”

“좋다. 오늘로부터 열흘 뒤, 한 달간 모든 시전을 철시토록 하되 철시 여부는 시전상인들의 자율에 맡긴다.”

명정전 안의 신료들이 웅성거렸다. 조정의 정책에 반발하여 시전상인들이 철시를 자처한 사례는 있었지만 시장의 철시를 조정에서 주도한 전례는 이제까지 없었다.

“대감이 막아 주십시오!”

“전하께서 저리 강경하게 밀어붙이는데 내가 무슨 수로 막는단 말인가?”

“하오면 왕대비마마께서 나서주셔야지요!”

“어허! 그 무슨 가당치도 않은 말인가! 그분은 아무런 상관이 없어! 다시는 그분을 입에 담지 말게!”

“왜 상관이 없습니까? 그동안 바친 게 얼만데요? 일이 잘못되면 대감이나 왕대비마마나 무사하실 성싶습니까?”

“지금 나를 겁박하려는 겐가? 해볼 테면 어디 해보게!”

“이걸 보시고도 그런 말씀이 나오는지 궁금하군요.”

상인들은 비밀장부를 박철오 앞으로 집어던졌다.

“!!”

장부를 본 박철오는 가슴이 철렁 내려앉았다.

험상궂은 인상의 상인들이 살기등등해져서 박철오를 몰아부쳤다.

"배봉한이가 각전상인들을 부추겨 외상장부를 번암대감께 넘겼다고 들었습니다."

"왕실사람들과 벽파 쪽 대감들이 그동안 가져간 외상이 어마어마한데, 그걸 다 받아내 주겠다고 번암 대감이 약조했답니다. 듣자하니 대감도 외상이 있더군요."

'배봉한, 내 이 작자를 요절내고야 말리라….'

박철오는 으드득 이를 갈았다. 그러나 지금은 복수보다 먼저 할 일이 있었다.

"외상 얘기를 꺼내는 이유가 뭔가? 자네들도 배봉한 그 작자처럼 뇌물장부를 성상께 바치기라도 하겠다는 게야?"

박철오는 상인들을 잡아먹을 듯 노려보았다.

"못할 것도 없지요."

"예. 어차피 이리 된 마당에 우리도 줄을 바꿔 타보지요, 뭐."

상인들은 지지 않고 으름장을 놓았다. 박철오는 외상장부를 상인들에게 건넸다.

"알았네. 왕대비마마를 뵙고 자네들 뜻을 전하겠네. 이거 갖고 그만 돌아들 가게."

상인들이 장부를 박철오의 면전에 흔들어보이고는 방을 나갔다.

'감히 날 겁박하다니…. 불한당 같으니라고….'

박철오는 서둘러 의관을 갖추고 왕대비를 찾았다.

"퇴청한 것이 아니었소? 이 시각에 어쩐 일로?"

박철오는 시전상인들이 다녀간 이야기를 고했다.

“으음….”

왕대비의 고민이 우물처럼 깊어졌다. 이윽고 명이 떨어졌다.

“…대감이 안고 가주시오.”

“마마!”

“모든 조치를 취하겠지만 만약의 경우도 대비해야 하오. 장부에 대감만 올랐다니 대감 선에서 마무리 지읍시다.”

“하오나 마마! 그리 되면 소신은!”

“관직을 삭탈당하겠지요.”

“그걸 아시면서….”

“저들은 잇속에 밝은 장사치들이오. 자기들이 손해다 싶으면 언제든 장부를 공개할 거란 말이오. 벽파가 시전상인들과 유착했으니 성상은 대대적인 조사를 벌일 것이오. 결국 우리 쪽 사람들이 줄줄이 끌려가 고신을 받겠지.”

“…….”

충분히 예측 가능한 일인지라 박철오는 끙, 신음만 뱉었다.

“대감이 혼자 꾸민 일이라고 실토하면 얘기는 달라지오. 대감이 모든 걸 떠안고 관직에서 물러났으니 더는 그 장부가 우리 족쇄가 되지 않을 것이고, 최후의 보루였던 뇌물장부가 대감에 의해 공개되었으니 우리를 조정할 명분을 잃은 시전상인들은 결국 철시를 감행할 것이오. 시장거래는 자연히 얼어붙고 말겠지요.”

“종국엔 성상의 정책이 실패로 돌아가게 된다는 말씀이시군요.”

“한 달 동안 시범적으로 운영해보겠다던 난전 허용이 실패로 돌아가면 제 아무리 성상이라도 달리 도리가 없을 것이오.”

"결국은 신을 희생양으로 삼겠다는 말씀이로군요."

"대감에게는 미안한 일이오만 지금으로선 이 방법밖에 없소."

"만일 금난전권이 폐지되면 어찌 되는 겁니까? 시전상인들이 철시를 감행할 것을 성상께서도 짐작하고 계실 겁니다. 필시 대책을 마련해놓았을 겁니다."

"왜 아니 그렇겠소. 이가환과 정약용을 시도 때도 없이 집무실로 불러들이는 걸 보면 분명 다른 꿍꿍이가 있어서일 것이오. 그래서 더더욱 대감의 자백이 필요하오."

"무슨 말씀이신지…."

"우선 성상을 만나 자백부터 하시오. 자세한 얘기는 그 다음에 들려주리다."

"그리하겠습니다."

박철오는 그길로 곧장 대전으로 향했다.

"으음!"

이산은 뒤통수를 세게 얻어맞은 기분이었다. 박철오를 한동안 망연히 바라보던 이산은 사헌부에 조사를 명했다. 박철오를 협박한 상인들이 줄줄이 끌려 들어왔고, 비밀장부가 이산의 손에 쥐어졌다. 박철오는 유배형을 받았다.

느낌이 좋질 않다…. 뭔가 석연치가 않아….

박철오가 유배지로 떠나는 날이었다. 이산은 집무실을 서성거렸다. 가슴에 들어찬 불안의 정체가 오리무중이었다.

그러나 한 가지는 명확했다. 왕실의 세력을 믿고 시전상인에게 누를 끼친 두 옹주의 부군들에게서 관작을 삭탈하고 문외로 출송하는 일을 서둘러야 한다는 것이다. 시전상인들을 조금이나마 다독이는 당근이 될 터였다.

● ● ●

정부에서 말미로 준 열흘 중 닷새가 지났다. 남은 닷새 동안 물건을 팔아 없애려는 상인들과 최대한 물건을 확보하려는 상인들로 종루는 아우성이었다.

생물은 팔아치우느라 바쁘고, 그 밖의 상품은 사재기하느라 여념이 없었다. 종루 싸전들의 움직임은 특히나 예사롭지 않았다. 자기들끼리 담합하여 곡식 판매를 중단했다.

나머지 닷새가 또 지났다.

금난전권 폐지에 반대하는 상인들은 일제히 점포 문을 닫아걸었다. 철시 소식을 듣고 나온 사람들로 종루는 연일 시끄러웠다.

그와는 아랑곳없이 한림 마을 아낙들은 강변에서 빨래가 한창이었다. 아낙들의 방망이질에 아이들의 시끌벅적한 함성이 섞여들었다.

"누가 먼저 서낭나무 찍나 시합하자!"

"좋아! 일등한 사람 소원 하나 들어주기다!"

"진짜지? 그럼 한다. 시이— 작!"

멱을 감던 아이들이 와아, 소리를 지르며 아랫도리를 양손으로 가린 채 물 밖으로 튀어나갔다. 물가에 벗어놓은 바지를 허둥지둥 꿰어 입은 아이들은 비스듬한 둔덕을 뛰어올라 마을 초입을 향해 달음박질을 놓았다.

"헉!"

서낭나무 쪽으로 터덜터덜 걸어가던 복건 차림의 소년이 저만치서 달려오는 사내아이 무리를 발견하고 황급히 몸을 숨겼다.

'좋겠다.'

소년은 아이들을 부러운 눈으로 쳐다보았다. 땡볕에 그을린 아이들의 맨몸이 햇빛에 그을려 반짝였다.

'난 평생 쟤들처럼 못 놀겠지….'

아이 하나가 문득 서낭나무 쪽으로 시선을 돌렸다가 곱사등이 소년과 눈이 딱 마주쳤다.

"저 꼽추새끼가 또 나와서 우릴 훔쳐본다!"

그 소리에 아이들의 표정이 돌변했다.

"오지 마! 다신 안 쳐다볼게!"

하얗게 질린 소년이 아이들을 피해 강변 쪽으로 정신없이 내달렸다.

"으아악!"

둔덕에 튀어나온 돌에 발이 걸려 넘어진 소년의 몸이 비탈 아래로 굴러 떨어졌다.

풍덩!

소년의 작은 몸이 물보라를 일으키며 강물 속으로 빠져 들어갔다.

"에구머니나! 저를 어째! 저러다 일 나겠네!"

아낙들 틈에 끼어 빨래놀이를 하던 계집아이가 고개를 돌렸다가 사색이 되어 벌떡 일어섰다.

"살려주세요! 우리 오라버니 수영 못해요! 제발 으흐흑!"

마침 둔덕 위를 지나가던 사람들이 그 소리를 듣고 비탈길을 미끄러져 내려왔다.

"이것 좀 갖고 있어라."

항검은 흑립을 풀어 아들에게 건넸다.

"아버님께서 들어가시게요?"

나이는 열세 살이었지만 훤칠하고 조숙해 보이는 유중철이다.

"사람이 빠졌는데 구해야지!"

미지근해진 물살이 물에 뛰어든 항검의 발목을 휘감았다.

"헉!"

놀란 숨과 함께 항검은 그 자리에 얼어붙었다. 물이 맨살에 닿은 찰나, 그동안 잠잠했던 물 공포증이 엄습했다. 비명이라도 지르고 싶은데 정수리부터 발가락까지 뻣뻣하게 경직되어 움직일 수 없었다.

"아버님! 괜찮으세요?"

옴짝달싹하지 못하는 항검을 보고 중철이 황급히 다가왔다.

"주, 중철아…. 아, 아버지는…."

"이리로 오세요."

중철은 항검을 물에서 끌어냈다. 그런 중철의 팔에 계집아이가 매달렸다.

"제발요! 빨리요! 저러다 우리 오라버니 죽어요! 으아앙!"

중철은 냅다 물에 뛰어들어 소년을 구해냈다. 자갈밭에 눕혀놓은 소년은 항검의 인공호흡을 받고서야 물을 토해내며 가까스로 살아났다.

"으아앙!"

멍한 눈으로 주위를 둘러보던 소년이 둔덕을 떠나지 못하고 이쪽을 보며 서성이는 사내아이들을 발견하고 울음보를 터트렸다.

"집이 어디니? 얼른 옷을 갈아입히고 안정을 취하게 해줘야 한단다."

항검이 계집아이에게 물었다.

"절 따라오세요!"

이윤하는 항검 부자의 손을 힘껏 쥐고 흔들어댔다.

"내가 두 분한테 큰 은혜를 입었습니다. 며칠 있으면 아들놈 생일인데 생일상도 못 차려주고 보낼 뻔했어요. 정말 고맙습니다."

"중철이가 살렸지요. 저는 한 일이 없어요."

부끄러움이 치고 올라와 항검은 귓불까지 붉어졌다.

"물 공포증이란 거, 나도 겪어봐서 압니다. 그게 얼마나 무서운지요. 그러니 민망해하지 마세요. 형제님의 소생법 덕분에 아들놈이 숨이 트였잖아요."

"아닙니다. 따님이 소리를 질러준 덕분이에요. 안 그랬으면 그냥 지나쳤을 겁니다."

그때 단아한 중년 여인이 다담상을 앞세우고 사랑으로 들어서며 인사를 했다. 이윤하의 아내 권씨 부인이다.

"서방님과 체격이 비슷한 것 같아서 다림질해둔 옷을 일단 가져와 봤어요. 우리 경도랑은 두 살 차이밖에 안 나는데 어쩜 이리 체격이 좋아요? 정말 듬직한 아드님을 두셨어요. 사위 삼고 싶을 정도예요."

권씨 부인은 항검 부자가 갈아입을 마른 옷을 내려놓으며 중철에게서 시선을 떼지 못했다.

"하하하! 사돈 좋지요! 저도 따님이 마음에 쏙 듭니다."

기분 좋게 웃어젖힌 항검이 똘망똘망한 계집아이에게 물었다.

"이름이 어찌 되니?"

"이순이예요. 우리 오라버니 이름은 금대 어른께서 직접 지어주셨어요."

이순이가 묻지도 않은 말까지 보탰다.

"금대께서 말이냐?"

항검은 뜻밖이었다.

"금대한테 특별히 부탁했답니다. 부와 명예, 다 필요 없으니 건강하게 잘 자랄 이름 좀 지어달라고…."

이윤하가 쓸쓸하게 웃었다.

"아무렴요. 건강이 최고지요. 그나저나 자제분들이 형제애가 아주 돈독해 보입니다. 경도가 변을 당한 걸 보고 차남이 어찌나 서럽게 울던지…."

"차남이요?"

"예. 아까 마당에서 보니 경도더러 형이라고 하면서 펑펑 울던 걸요."

이윤하의 둘째아들 이경중은 형 이경도가 항검에게 업혀 돌아오자 너무 놀라 울음을 터트렸다. 그런 이경중을 보고 이순이가 덩달아 눈물을 쏟았다.

"아, 그런 일이 있었군요. 예. 그 아이가 둘째 맞아요. 경도 위로 누이가 있는데, 출가해서도 동생들을 아주 끔찍이 아낀답니다."

"그렇군요. 어쨌거나 우애 좋은 것도 복인데 순이랑 경중이가 저리 형과 각별하니 경도가 외롭지는 않겠어요."

항검은 권씨 부인이 따른 차를 받아 공손히 탁자에 내려놓는 이순이를 기특하게 바라보았다.

"경도 오라버니는 저희가 즐겁게 해줄게요. 태어날 막내도 걱정하지 마세요."

이순이의 말에 항검은 놀랐다.

"오! 좋은 소식이 있는 건가요?"

"하하하! 이 나이에 늦둥이를 보게 생겼으니 민망하기 그지없습니다."

이윤하는 멋쩍은 표정으로 껄껄 웃었다.

'내게도 저런 누이동생이 있었으면….'

중철은 이순이를 빤히 보면서 속으로 생각했다. 오빠를 챙기는 이순이의 모습이 몹시도 좋아 보였다. 그런 중철의 마음을 아는지 모르는지 항검의 관심은 온통 다른 곳에 가 있었다.

"그나저나 그건 어찌 됐는지요?"

항검은 무언가를 찾아 방안을 두리번거렸다.

"아차! 내 정신 좀 보게."

이윤하는 문갑의 서랍을 열었다.

"이번에 결정된 교인증입니다."

이윤하는 서랍 안에서 물고기 모양의 나무 조각을 꺼내 항검에게 건넸다.

"아니, 이건 익튀스^{ΙΧΘΥΣ}가 아닙니까!"

항검은 환희에 찬 탄성을 내질렀다.

예수^{Ιησους}, 그리스도^{Χριστος}, 하느님^{Θεου}, 아들^{Υιος}, 구세주^{Σωτηρ}를 뜻하는

그리스어의 첫 글자를 합친 것이 익튀스다. '물고기'라는 그리스어와 '익튀스'의 철자가 같았다. 고대 가톨릭 신자들은 박해를 받을 당시 교인들끼리만 통하는 암호로 물고기 그림을 그려 보였다고 했다. 그리스인들에게 이 물고기는 예수에 대한 신앙 고백의 상징이자 자신이 그리스도인임을 나타내는 비밀 징표였던 셈이었다. 그 얘기를 북당의 주교로부터 전해 들었던 것을 기억해낸 윤유일이 '익튀스'를 교인의 증표로 제안하고 북경으로 떠났다고 했다. 그 제안대로 증표로 만들고 있다는 소식을 받자마자 항검은 중철을 데리고 서둘러 상경했다.

"꼬리지느러미를 당겨보게."

물고기 모양의 나무 조각을 조심조심 어루만지던 항검이 이윤하의 말에 고개를 바짝 들었다.

"혹시…?"

항검은 떨리는 손으로 물고기의 몸통 끝에 붙은 꼬리지느러미를 잡아당겼다. 순간, 꼬리가 물고기의 몸통과 분리되며 둘로 나뉘었다.

"와아! 부절이네요!"

순이가 눈을 동그랗게 뜨며 환호했다.

"몸통에 맞는 꼬리를 가져오는 사람만 교인으로 인정해주는 건가요?"

중철이 이윤하에게 물었다.

"그렇단다."

떼어냈던 꼬리를 물고기의 몸통에 도로 끼워 넣은 항검이 익튀스 신표를 보물인 양 가슴에 품고 기도를 올렸다.

"천주님, 예수 그리스도의 이름으로 저희를 보호해주소서…."

기도를 마친 항검이 중철의 손에 익튀스 신표를 쥐어주었다.

"내가 돌아올 때까지 잘 지니고 있거라."

"어딜 가시려고요?"

이윤하가 물었다.

"완숙 자매가 덕산으로 내려가질 않았습니까. 자매님이 살던 그 집 주인이 보증금을 돌려주겠다고 해서 겸사겸사 올라온 길이랍니다."

"형님들이 도착하려면 서너 시각은 더 있어야 합니다. 중철이 걱정은 말고 다녀오세요. 사제가 되겠다는 말을 들으면 두 형님이 어떤 표정을 지으실지…."

항검을 따라 일어서며 이윤하가 말했다.

"사제요? 이 오라버니께서 신부님이 되신다고요?"

이순이는 놀란 눈으로 중철을 올려다봤다. 독실한 신자인 부모의 영향을 받아 진즉에 교리서를 완독한 이순이였다. 동정 순교자에 관한 책도 읽었는데, 특히 3세기에 순교한 '아가타 성녀'가 이순이의 마음을 사로잡았다.

끔찍한 육신의 고통을 겪으면서도 끝까지 동정을 지켜낸 아가타 성녀의 신심이 어린 마음에도 사뭇 감동적이어서 본받고 싶다는 생각까지 들게 했다. 그런데 저와 같은 결심을 한 이가 있다니 반가웠다.

"우리 친하게 지내요, 오라버니!"

이순이는 발딱 일어나 유중철의 손을 잡고 흔들어댔다.

"어? 어, 어…."

엉겁결에 손이 잡힌 유중철은 얼굴이 새빨개져서 어쩔 줄을 몰라 했다. 그런 두 아이를 지켜보던 항검과 이윤하 내외가 웃음보를 터트렸다.

"하하하! 뭐가 바뀌어도 한참 바뀐 것 같구나."

"그러게요. 순이야, 그럼 못써."

"하하하! 아닙니다. 싹싹해서 좋은데요. 조용한 중철이한텐 잘 어울려요."

항검은 기분 좋게 웃어젖혔다.

"자, 그럼 이제 슬슬 나가볼까요?"

배웅을 나오겠다는 이윤하를 눌러 앉힌 항검은 곧장 종로로 향했다.

"네 살 차이는 궁합도 안 본다는데 이참에 둘을 정혼시킬까?"

혼잣말을 하고 나서 항검은 피식 웃었다.

● ● ●

철시의 여파로 종루거리는 혼란스러웠다. 왔던 길을 되돌아나가던 항검은 낯익은 얼굴을 보았다.

"여기서 뭐하십니까?"

정약전이 황사영과 함께 문을 닫아건 잡곡전 앞에 우뚝 서 있었다.

"그러는 형제님은 여기 웬일이십니까?"

"약속이 있어 잠깐 나왔다가 허탕을 치고 돌아가는 길입니다만…."

쌀가마니가 가득 실린 평차가 그들이 서 있는 곳으로 다가와 멈추었다. 맨 상투 차림의 사내들이 가마니를 하나씩 어깨에 짊어지더니 부려놓았다.

"막내 처숙부님께서 부탁하신 게 있어서요."

황사영이 말했다.

"막내 처숙부라면….."

"예, 맞아요. 약용이가 우리한테 도움을 청해 와서 이러고 있답니다."

정약전이 설명했다. 곡식을 사러 나온 사람들이 적은 양이라도 구입해갈 수 있도록 창고의 미곡을 풀어달라는 부탁이었다.

"종루의 싸전들이 죄다 철시했다질 뭡니까. 다행히 미리 구입해둔 곡식이 제법 있어서 모조리 싣고 나온 길입니다."

"운종가에도 미전이 있잖아요. 육의전은 이번 철시 정책에서 빠졌다고 들었습니다만….."

"종루가 이 지경이다 보니 운종가의 싸전들이 값을 터무니없이 부르고 있는 모양입니다."

정약전이 한심하다는 듯 혀를 끌끌 찼다.

"그랬군요."

종전의 가격대로 쌀을 판다는 소식을 어디서 들었는지 삽시간에 사람들이 몰려와 빈 자루를 들이밀고 있었다. 쌀값을 받던 황사영은 목을 길게 빼고 길가 저 끝까지 늘어선 줄을 건너다봤다.

"숙부님! 한 됫박으로 줄여야 할 것 같습니다. 두 됫박씩 팔면 뒷줄까지 차례가 안 갈 것 같아요."

뒤쪽에 있던 사람들이 그 소리를 듣고 한꺼번에 앞으로 몰려들어 삽시간에 아수라장이 되고 말았다. 이를 말리려던 황사영이 넘어져서 다치기까지 했다.

"아무리 급하기로서니 너무들 하질 않소! 선의를 베풀러 온 사람에게 이 무슨 짓이오!"

항검은 격분하여 사람들을 나무랐다.

그때였다.

둥! 둥! 둥!

종루거리의 소란을 뚫고 북소리가 연달아 울려 퍼졌다.

"저것들이 다 뭐여…?"

미쳐 날뛰던 사람들이 난데없는 북소리에 고개를 돌렸다가 두 눈이 휘둥그레졌다. 갖가지 생필품이 하나 가득 실린 수십여 대의 수레가 이쪽으로 오고 있었다.

"물건이다!"

사람들이 몰려들자 북을 들고 선두에서 걸어오던 푸른 저고리의 사내들이 북채를 휘저어대며 길을 트라고 소리를 질러댔다.

"막내 숙부님?!"

황사영이 수레 행렬을 이끄는 정약용을 발견하고 반갑게 소리쳤다.

"사영이, 넌 여기 있거라."

정약전이 항검과 함께 정약용에게로 향했다.

"저 사람들은 누구냐? 저 물건들은 또 뭐고?"

"이현과 칠패에서 상단을 운영하는 행수들과 난전상인들이랍니다. 이곳 종루에서 장사를 하려고 물목들을 싣고 오는 길입니다."

"뭐? 여긴 난전이 금지된 곳이잖아."

"오늘부터 보름간 종루에 난전을 허용한다는 어명이 떨어졌어요."

이가환이 이현과 칠패의 행수들을 만나 설득한 끝에 얻어낸 쾌거였다. 임금이 종루의 철시령을 과감하게 단행한 배경이기도 했다.

"철시령이 한 달이라면서? 나머지 보름은 어쩌려고?"

항검이 물었다.

"내포와 호남 쪽 지주들을 상대로 협상하고 있는데, 터무니없는 값을 불러서 타결이 쉽지 않네요."

정약용은 말꼬리를 흐리면서 항검을 뜨겁게 쳐다봤다. 그 눈길의 의미를 항검은 단박에 거니챘다.

만경강 일대 개간에 성공한 항검은 거기서 그치지 않고 금구와 부안, 고창과 영광 등지의 무주지를 개간하여 입안을 발급받았다. 게다가 만경강의 개간지를 매각한 돈으로 여산의 옥답을 사들였다. 그렇게 해마다 늘어난 전답이 수만 마지기에 달했다. 항검이 오래전부터 소망했던 대로 그의 땅을 밟지 않으면 한양에 갈 수 없다는 말까지 나돌 정도였다. 물고기가 용이 된다더니, 항검을 두고 하는 말이라고 다들 부러워했다. 그 남전북답에서 거둬들인 곡식이 창고에 산처럼 쌓였다.

"……."

항검은 물건을 사려고 아우성인 사람들을 물끄러미 보았다. 당장 시급한 물목이 도착했는데도 저 난리들이었다. 먹을 쌀이 부족한 지경까지 이르면 어떤 사태가 벌어질지 불을 보듯 훤했다.

항검은 배교한 약용이 괘씸해서 모른 체하고 싶었지만, 금난전권 척결이라는 대의 앞에서 사사로운 감정은 접어두기로 했다.

"그 쌀, 내가 대겠네."

반격

보름은 금세 지나갔다. 비상 물목을 조달한 덕에 시장은 빠르게 안정되었다. 처서가 되자 조석으로 부는 바람이 제법 선선했다.

밤이 깊어가자 환하던 보름달이 먹장구름에 가려 종루 거리는 칠흑 같은 어둠에 잠겼다.

하루 장사를 마치고 한잔 술로 피곤을 풀 겸 주막에 들렀다가 만취한 상인 하나가 비틀비틀 몸을 흔들며 으슥한 골목 안으로 들어갔다.

스스슥!

몸을 숨긴 채 그 모습을 주시하던 복면 사내가 주위를 한 번 살피더니 순식간에 상인의 급소에 칼을 꽂았다.

"컥!"

복면 사내가 상인의 허리춤을 뒤져 호패를 확인하는 사이에 다른 술꾼이 소란을 떨며 그쪽으로 왔다.

"어, 아니라니까. 소피 보고 금방 올겨!"

복면 사내는 호패를 제자리에 쑤셔 넣고는 바람처럼 사라졌다.

"사, 사람이 죽었다!"

술꾼이 쓰러진 상인을 발견하고는 기겁해서 외쳤다.

"뭐? 사람이 죽어?!"

주막 안에서 술꾼들이 우르르 몰려나왔다.

포도청에 접수된 살인사건은 채제공에게 즉각 보고되었다.

"살해된 이는 염상 박병세였사옵니다."

이튿날 채제공이 임금에게 보고했다.

"그 사람이라면 지난번 배다리를 설치할 때 일을 주도한 경강상인이 아니오?!"

용안이 당혹감으로 일그러졌다.

"그러하옵니다. 그가 경강상인들을 설득해낸 덕분에 일이 제때 끝날 수 있었습니다."

정약용이 아뢰었다.

"박병세가 마포에서 염전을 크게 운영한다고 들었네. 헌데 어이하여 종루에서 그런 변을 당한단 말인가? 혹 그 사람한테도 종루로 와달라 한 건가?"

"예, 전하. 종루염전이 철시하여 소금 거래가 막힌 탓에 박 염상더러 마포염전의 소금을 종루로 옮겨 판매해달라고 부탁했사옵니다."

정약용은 괴로웠다. 그를 종루로 불러들인 것이 그의 목숨을 앗아간 셈이 되었다.

"종루의 시전상인들과 마찰이 있었는가?"

이산은 채제공에게 물었다.

"그런 일은 없었사옵니다."

"상인들끼리 시비가 붙어서 살해당한 게 아니다…."

"예, 전하."

"허면 누가 무슨 연유로 그를 죽였단 말인가….'

이산은 불현듯 박철오가 유배를 떠난 날이 떠올랐다. 불길한 예감이 그날 하루 종일 가시지 않았다.

"유배를 떠난 박철오와 무슨 관계가 있는지 조사해보게."

그때 이가환이 알현을 청했다.

"어서 들라."

"전하, 살인사건이 또 발생했사옵니다."

"뭐라?!'

용안에서 핏기가 가셨다.

"행수 둘이 광통교 아래서 주검으로 발견되었사옵니다. 종루에서 난전을 벌이는 상인들에게 물건을 대주던 행수들입니다. 죽은 박병세와 같은 수법으로 살해되었습니다."

"그러고 보니 셋 다 전하의 통공정책을 돕던 상인들이옵니다."

채제공의 눈썹이 치켜 올라갔다.

"누군가가 상인들을 공포에 떨게 할 요량으로 이런 일을 벌인 게 분명합니다."

"과인의 정책에 협조하면 세 사람처럼 변을 당하게 된다는 걸 보여주고자 했을 걸세. 난전상인들이 스스로 장사를 그만두게 하려는 속셈이겠지."

"막아야 하옵니다. 군사를 풀어 속히 살해범을 잡아들이고 순라군을 증원하여 상인들의 불안을 잠재우시옵소서."

"그렇게 하라."

이산은 세 사람에게 신표와 함께 특명을 내렸다.

● ● ●

종루의 객관 마당에 항검의 마바리가 부려졌다. 빠듯한 일정에 강행군을 한 터라 지칠 대로 지쳐있던 짐꾼들은 땀과 먼지로 얼룩진 몸을 대충 씻고 밥상이 차려진 평상에 둘러앉았다. 고봉밥과 고깃국에 탁주까지 곁들여 허기를 채운 그들은 각자의 방으로 들어가 초저녁잠에 빠져들었다.

"어이쿠!"

손에 든 약도에 시선을 내리꽂은 채 마당의 노을을 밟아나가던 항검이 다급한 표정으로 비명을 질렀다.

"형님! 괜찮으세요?"

객방을 나서던 관검은 마당에서 엉덩방아를 쿵 찍는 항검을 보고 화들짝 놀라 달려왔다. 무슨 일인가 싶어 부엌 밖으로 얼굴을 삐죽 내밀던 객관의 여주인이 허둥지둥 달려왔다.

"어디 다친 데는 없읍니까요? 에고, 이를 어째!"

"허허, 이것 참….."

넘어지면서 떨어뜨린 약도를 땅에서 주워 몸을 일으키던 항검은 낭패감을 감추지 못했다.

"죄송합니다, 나리. 어제 해놓은 선지국이 그만 상해버려서 오월이한테 버리라고 했습니다요. 헌데 고것이 글쎄 여기다 엎었나봅니다. 어디 가시려던 참이었나본데 비싼 옷을 이리 버려서 어쩐다지요? 죽

66

을죄를 졌습니다."

"내가 미처 보지 못해 미끄러진 걸 누굴 탓하겠는가. 옷은 여벌이 있으니 걱정 안 해도 되네. 오월인가 하는 여종에게 뭐라 하지도 말고."

항검은 겁먹은 여관을 부드러운 미소로 안심시켰다.

새 옷으로 갈아입고 나온 항검은 여관에게 돈 꾸러미를 건넸다.

"나와 같이 온 짐꾼들이 자는 방에 군불을 뜨끈하게 넣어주게나. 자다 깨서 출출하다는 사람들이 있으면 양껏 먹을 수 있게 야식도 만들어주게."

어느덧 계절은 가을이었다. 볕이 따가운 한낮과 달리 새벽녘이면 기온이 급격히 떨어져 꽤나 쌀쌀했다. 원로에 고생이 많았을 짐꾼들을 찬 방에서 자게 둘 수는 없었다.

"걱정 마세요, 나리."

"그럼 부탁하네."

관검과 함께 객관을 나서 큰길을 밟아나가던 항검이 주위를 휘 둘러보았다.

"이쪽이다, 관검아."

항검은 큰길 우측으로 난 골목길로 재빨리 방향을 틀었다.

"어디로 가십니까?"

"네가 꼭 가보고 싶다던 집회소."

"예? 집회소요?"

"쉿! 누가 듣기라도 하면 어쩌려고 그러느냐!"

항검은 바짝 긴장한 채 약도를 따라 더듬더듬 길을 찾아나갔다.

"이보시오."

시장 뒷골목의 허름한 연죽전이었다. 항검은 꾸벅꾸벅 졸고 있는 가게 주인을 깨웠다.

"담뱃대 사시려고요?"

"이것과 맞는 물건을 찾소만…."

행인이 없는 것을 확인한 항검은 물고기 모양의 조각을 슬그머니 내보였다. 교인을 입증하는 익튀스 부절의 꼬리였다.

"이게 어디서 나셨소?"

이윤하의 집에서 꼬리 조각을 받아온 항검은 그 즉시 제작에 돌입했다. 그리고 예상보다 빨리 전주 일대의 교인들에게 증표를 나눠줄 수 있었다. 한양에서도 증표 제작이 끝났다고 소식이 날아왔다. 정약종은 한양의 새 집회지 약도와 함께 항검의 상경 날짜에 맞춰 그곳에 가 있을 테니 꼭 들러달라는 부탁까지 적어두고 있었다.

"이거랑 맞는 게 있는지 먼저 알려주면 나도 출처를 말해주리다."

"잠시만 기다리십쇼."

상인이 물고기 부절의 몸통 조각을 꺼내 항검의 꼬리 조각에 갖다 댔다. 둘이 한 몸인 양 딱 들어맞았다.

"헌데 이걸 뭐라 부르는지 혹 아십니까?"

상인이 속삭이듯 물었다.

"익튀스."

"기다리고들 계십니다."

상인은 매대 뒤로 돌아가 점포 문을 열어주었다. 지난달부터 점포 뒤편에 붙은 살림집을 집회장으로 내놓은 교인이었다.

"어서들 오십시오."

정약종과 최창현이 환하게 항검 형제를 맞았다.

"우린 구면이지요?"

정약종이 먼저 관검에게 아는 척을 했다. 김범우가 유배를 떠난 날, 맏형 익검이 쓰러졌다는 소식을 항검에게 알리기 위해 상경했던 관검이었다. 관검은 정약종에게 머리를 숙여 인사했다.

"사암이 내일 정오에 객관으로 온다는군요. 그전에 창현 형제님 댁에 쌀을 옮겨놨으면 합니다."

항검의 말에 최창현은 눈을 동그랗게 떴다.

"제 집에 말입니까? 무슨 쌀을요?"

가진 것을 나눠 가난한 사람을 돕고 아픈 이웃을 치료해주는 것은 천주교가 강조하는 덕목 중 하나인 이웃사랑이었다. 그것을 몸소 실천하기 위해 최창현은 그동안 사비를 들여 어려운 형편의 사람들을 도왔고, 그것이 곧 전교로까지 이어지고 있었다. 그런 최창현에게 쌀을 선물하는 것은 천주께 봉헌하는 것과 같다고 항검은 여겼다.

"아닙니다! 저는 됐어요!"

최창현이 사양했지만, 항검은 오히려 뭉칫돈까지 얹었다. 최창현의 의원이 경영난을 겪고 있다는 소식에 챙겨온 돈이다.

"이거야 원…. 이리 큰 신세를 져서 어찌할지…."

"창현 형제님께 드리는 게 아니라 천주님께 봉헌하는 겁니다. 부담 갖지 마세요."

"요긴한 곳에 잘 쓰겠습니다. 천주님께서 기뻐하시겠어요."

"가져온 쌀들을 어디로 옮길까요?"

"제 집이 아무래도 편하겠지요."

정약종이 힘을 보탠 덕분에 스무 섬의 쌀을 신속하게 최창현의 집으로 옮길 수 있었다. 정약종은 종로로 향하며 항검에게 물었다.

"예비자들을 위한 입문서를 새로 만들까 하는데 형제님 의견은 어떠세요?"

"벽이 형이 만든 거는요? 여태 그걸로 잘 써왔잖아요."

"요즘 예비자들 중에 글을 모르는 양민이 꽤 됩니다. 요한 세례자 형제님의 입문서가 좋긴 한데 다 한자로 되어서 양민 예비자는 읽지 못합니다. 그래서 언문 입문서가 필요합니다."

"미처 거기까지는 생각지 못했습니다."

그때였다.

"으악!"

겁에 질린 누군가의 비명이 들려오더니 골목 맞은편에서 웬 사내가 비호처럼 튀어나왔다.

"도와주십쇼!"

목덜미를 칼에 찔린 사내가 애원했다.

"무슨 일입니까?"

항검이 물었다.

"누, 누가 날 죽이려고…."

사내가 골목을 돌아보며 바들바들 떨었다.

"!!"

저만치 복면 괴한이 방향을 틀어 달아나고 있었다. 순간, 객관에 짐을 풀던 중에 얼핏 들은 이야기가 항검의 뇌리를 스쳤다.

"이 사람을 부탁한다."

항검은 괴한을 쫓아갔다.

그때였다.

휘익!

정약종이 바람소리를 내며 항검의 곁을 빠르게 스쳐갔다.

"살인범입니다! 꼭 잡으십시오!"

앞서가는 정약종을 향해 있는 힘껏 외치다 말고 항검은 주춤 멈춰섰다. 괴한이 휘달려 달아난 골목 바닥에 미투리 한 짝이 떨어져 있었다.

"이, 이건!"

삼으로 엮은 미투리를 주워 이리저리 살피던 항검은 바닥을 보고 소스라쳤다. 소털로 촘촘히 엮은 미투리는 포졸이 용의자를 미행할 때 발소리를 죽이기 위해 신는 것이었다. 그런데 누군가의 피를 밟았는지 괴한의 미투리 바닥 쇠털이 검붉게 변해 있었다. 제법 시간이 흘렀는지 혈흔이 말라 있기까지 했다.

"헉!"

손가락으로 미투리의 털을 조금씩 벌려가며 자세히 그 안을 살피던 항검은 피와 함께 굳어 있는 검은 덩어리를 발견하고 숨이 턱 막혔다.

'틀림없어! 내가 봤던 그거야!'

항검은 피 묻은 미투리를 소맷자락에 챙겨 넣었다. 관검에게 되돌아가 칼 맞은 사내를 부탁하자마자 그대로 몸을 돌려 그곳을 향해 뛰었다.

"왜들 이러십니까? 무고한 사람을 이리 막 잡아가도 되는 겁니까?!"

한 무리의 순라군이 배봉한의 집을 급습했다. 배봉한은 끌려가면서 항의했다.

"명백한 증거가 나왔는데도 모르는 일이라고 시치미를 뗄 셈이냐!"

"나는 모르는 물건이오. 모함입니다!"

"거짓말 마라! 피해자들은 성상의 통공정책에 협조했던 난전상인과 강상이었다! 헌데 너는 어떠냐? 금난전권이 풀리면 손해를 입는 시전상인이다! 전하의 통공정책에 불만을 품고도 남아! 게다가 전하께서 종루의 난전이 자리를 잡지 못하면 통공정책을 그만두겠다고 약속하셨어. 그 사실을 누구보다 잘 아는 네가 자객을 고용한 것이다. 난전상인과 강상들이 겁을 먹고 종루를 떠나게 만들려는 수작이었을 게야. 그래야 네놈 밥그릇이 무사할 테니까. 내 말이 틀렸느냐?"

"아닙니다! 저는 억울합니다!"

정약용을 통해 왕의 시장개혁 의지와 금난전권 폐지에 관해서 이미 들었던 배봉한이었다. 그럼에도 동료 상인들을 설득해 외상장부를 정약용에게 건넸다. 전매권이 폐지되면 손해가 생기는 것은 불가피하겠지만 그 피해조차 감수할 각오가 이미 서 있었다. 전매권을 빌미로 외압을 가하고 외상을 일삼는 왕실과 고위 관료들의 횡포를 더는 두고 볼 수 없었기 때문이었다. 먹고 살기 위해 장사를 나왔다가 시전상인들에게 치도곤을 당하는 난전도 더 이상 보고 싶지 않았다.

"저는 전하의 정책에 반대한 적이 없습니다! 더구나 자객을 고용하다니요? 저는 살인사건과 무관합니다."

"허면 이 칼은 무엇이냐?"

형조판서는 피 묻은 단검을 들이대며 추궁했다.

"그게 제 집에 있었다면 누군가 저를 모함하려는 수작이에요. 제발…!"

배봉한은 억울하고 답답해서 속이라도 까 보이고 싶은 심정이었다.

"물증이 있으니 빼도 박도 못할 겁니다."

"네가 한 짓이란 걸 본 사람은 없겠지?"

"아마도 그럴 겁니다."

"아마도가 아니라 기필코 없어야 한다."

"걱정 마십쇼. 그자의 식솔들 누구와도 마주치지 않았습니다."

"여기 온 걸 본 사람도 없어야 한다. 순라군한테 미행을 당하거나 하진 않았겠지?"

"……."

문가에 꿇어앉아 김관주에게 보고하던 주먹코의 사내가 미투리 얘기를 보고하는 게 맞는지 잠깐 고민했다.

'그깟 신발 하나 잃어버렸다고 별일이야 있으려고…'

주먹코의 사내는 엉덩이 밑으로 나온 흙 묻은 버선발을 반대쪽 버선발로 슬그머니 덮어 감췄다.

"소인을 찾느라 경황이 없어서 월담해 나오는 줄도 모르던 걸요."

"잘했다."

김관주는 흡족하게 웃으며 엽전 다발을 꺼냈다.

철그렁!

주먹코의 사내는 묵직한 엽전 꾸러미에 입이 헤벌쪽 벌어졌다.

"어디 먼 섬에 들어가 숨어 있어라. 종루가 잠잠해지면 내 다시 불러 일을 주마."

"감사합니다요, 나리!"

주먹코의 사내가 넙죽 절했다.

"노파심에서 하는 얘기다만, 이번 일은 저승에 가서도 함구해야 된다."

"여부가 있습니까요. 이놈 오정구, 별명이 자물통입니다요."

오정구는 이름을 걸고 맹세했다.

"암, 그래야지."

방문을 나선 오정구가 대문을 열었을 때였다.

척! 척! 척!

수십 개의 창검이 일제히 오정구의 목을 겨눴다.

"왜, 왜들 이러십니까요?"

겁먹은 오정구는 목소리가 기어들어갔다.

"김관주 대감은 안에 계시느냐?"

군졸을 몰고 온 지휘관이 물었다.

"예, 계십니다만….'"

창검의 위세에 눌려 얼결에 대답한 오정구가 그의 앞으로 걸어 나오는 정약용을 보고 하얗게 질렸다. 정약용의 입가에 회심의 미소가 번졌다.

"내 짐작이 맞았어. 너는 이곳이 김 대감 댁인 줄 애초부터 알고 있었다. 순라군을 피하려고 무작정 뛰어든 집이 아니었던 게야."

"예?"

"종루에서 도망친 네가 이 집 안으로 들어가는 걸 목격한 사람이 있다."

최인길과 나란히 서서 이쪽을 응시하는 정약종을 보고 오정구는 눈이 휘둥그레졌다.

"이럴 수가…. 분명 따돌렸는데…."

"그래. 역시 날 알아보는군."

"당장 저자를 포박하고, 나머지는 나를 따르라. 김 대감이 살인범과 무슨 관계인지 알아봐야겠다."

● ● ●

"전하께서 그토록 공을 들이시는 사안이건만 어이하여 자객을 고용하여 시장을 혼란에 빠뜨렸는가?"

채제공은 형조로 끌려온 김관주에게 물었다.

"당치도 않으십니다, 영감! 저는 자객을 고용한 적이 없습니다!"

"괴한으로 지목된 오정구가 자네 집 앞에서 체포되었네. 목격자의 증언에 따르면, 오정구는 조금의 망설임도 없이 자네 집으로 곧장 들어갔다 하였어. 자기 손으로 문을 열고 들어가 자기 발로 나왔단 말일세. 추격을 피하려고 어딘가로 급하게 숨어드는 자의 태도는 아니지. 하물며 그자의 수중에서 엽전 다발이 나왔네."

"그놈한테 외상을 진 것이 있어서 이번에 갚은 것뿐입니다. 물건 값을 치른 게 죄가 되는 건 아니질 않습니까?"

"산 물건이 무언가?"

"그것까지 밝혀야 합니까?"

"살인사건과 관련된 일일세! 응당 밝혀야지!"

채제공이 노한 소리로 으르댔다. 현장에서 체포된 김관주와 오정구를 수차례 추궁했지만 두 사람은 모르쇠로 일관하고 있었다. 태연자약하다 못해 능글맞은 태도로 혐의를 부인하는 두 사람으로 인해 채제공의 인내심이 한계에 다다랐다. 보다 못한 이가환이 속삭였다.

"이런 때일수록 침착하셔야합니다, 영감."

정약용이 다급하게 취조실 안으로 뛰어든 것은 그때였다.

"이걸 좀 봐주십시오."

정약용은 무언가를 싼 종이뭉치를 두 손으로 올렸다.

"웬 신인가?"

종이를 풀어헤친 채제공은 낡고 더러운 미투리 한쪽과 가죽신 한쪽을 번갈아 보았다.

"오정구가 종루에서 흘린 신발입니다. 그리고 이건 박병세가 죽던 날 신었던 가죽신입니다."

항검이 정약용을 찾아와 주고 간 신발들이었다.

"바닥을 보아주십시오."

채제공은 미투리와 가죽신을 뒤집어 밑바닥을 자세히 살폈다.

"둘 다 뭐가 묻었군. 피 같은데….."

"예, 영감. 사람 피와 짐승 피가 섞였습니다."

"짐승 피?"

"죽은 박병세는 소피를 보러 주막에서 나갔다가 봉변을 당했습니다. 그런데 그날 박병세가 술을 마셨던 객관의 몸종이 상한 선짓국을 박병세가 소피를 보러 들어간 골목에다 버렸답니다."

"그런데 같은 선지를 박병세와 오정구가 밟았다?"

"예. 이건 박병세가 죽던 날 신은 신발입니다."

그 신을 살펴봐달라고 청해온 것이 항검이다. 핏자국이 남은 오정구의 미투리 털 사이에서 선지로 보이는 알갱이를 발견한 항검은 그가 객관에서 밟았던 시래기줄기와 선지 알갱이들을 떠올렸다고 했다. 죽은 박병세의 신에도 오정구의 미투리와 같은 흔적이 남아 있을 것이라는 확신도 들었다고 했다. 항검이 관검과 다친 사내를 종루 골목에 남겨두고 정약용의 집으로 휘달린 연유였다.

"그 제보를 해온 사람이 제게 간곡히 부탁하더군요. 자신의 추측이 맞는지 확인해달라고요."

정약용은 항검을 대동하고 박병세의 주검과 유품을 보관 중인 한성부로 향했다. 그리고 그곳에서 항검이 갖고 있던 미투리와 박병세가 살해 당시 신었던 가죽신을 비교해보았다. 항검의 예측대로였다. 정약용은 박병세가 참변을 당했던 객관의 골목으로 휘달렸고, 사람들의 발에 짓이겨진 선지 덩어리와 여관의 증언을 확보했다.

그리고 정약종이 보낸 최인길과 마을의 초입에서 마주쳤다. 그 길로 병조로 달려가 신표를 내보인 뒤 소집한 군대를 이끌고 북촌의 누각으로 출동했다. 중간 연락책인 김이우는 이미 그곳에 와 기다리고 있었다.

"오정구를 데려오게."

"예, 나리!"

채제공의 명이 떨어지자 군졸들이 취조실을 튀어나갔다. 얼마 뒤, 미투리 한 쪽을 신은 오정구가 군졸들에게 끌려 취조실 안으로 들어왔다.

"신을 가져와라."

"예!"

군졸 중 하나가 꿇어 앉힌 오정구의 뒤로 돌아가 미투리를 벗겼다.

'아아… 부디….'

정약용은 양쪽 손에 쥔 신들을 지그시 그러쥐며 채제공을 주시했다. 군졸에게 건네받은 오정구의 미투리를 바닥 털까지 일일이 젖혀가며 채제공이 면밀히 살펴보고 있었다.

"과연 사암의 말대로군…."

채제공은 피가 엉겨 딱딱하게 굳어있는 미투리를 오정구의 면전에 들이댔다.

"네 눈으로 직접 보고 말해라. 이것이 우연이냐?"

"……."

채제공은 묵묵부답인 오정구에게 재차 물었다.

"사실대로 자백하면 형량이 줄어들 것이다. 종루에서 있었던 살인사건이 네 짓이 맞느냐?"

"그게…."

오정구는 우물쭈물 김관주의 눈치를 살폈다.

"내가 약속하질 않느냐? 바른대로 토설하면 형량에 참작하고 고신도 면해주겠다. 허나 그렇지 않으면 반역죄로 삼족을 멸할 것이다. 저 사람의 사주를 받고 상인들을 살해했느냐?"

"그렇습니다. 김관주 대감께서 시켜서 한 일입니다."

"네 이놈! 내가 언제 너한테 사람을 죽이라 시켰느냐! 어이하여 죄 없는 나를 끌고 들어가는 게야!"

취조실의 심문의자에 묶여있던 김관주가 의자 채 일어서며 고함을 질러댔다.

"송구합니다, 대감…. 하오나 물증이 나온 이상 저도 어쩔 수가 없습니다."

오정구의 말에 김관주가 발악해댔다.

"네놈이 살인한 물증은 될지 몰라도 내가 교사를 했다는 물증은 되질 않는다!"

그 순간이었다.

"좀 전에 대감의 입으로 직접 말씀하셨질 않습니까? 이 사람에게 돈을 줬다고요. 그 말은 곧 대감의 죄를 인정한 것과 같습니다."

이가환이 정곡을 찔렀다.

"그게 왜 같아? 그 돈은 외상값을 갚은 거라 하질 않았어!"

김관주는 침을 튀기며 길길이 날뛰었다.

"저분에게 외상을 준 적이 있느냐?"

김관주를 싸늘하게 노려보던 채제공이 시선을 오정구에게로 돌리며 부드러운 목소리로 물었다.

"아니요. 그럴 물건이 소인에겐 없습니다. 제 몸뚱어리가 전 재산인 걸요."

"마음 같아서는 배후가 누군지 끝까지 찾아내어 일벌백계로 삼고 싶사옵니다. 하오나 때가 때인지라 죄인 김관주를 귀양 보내는 선에서 이 일을 마무리 지을까 하옵니다."

이산은 김이 하얗게 올라오는 찻잔을 들어 향을 음미했다. 왕대비는 그런 임금을 앙칼진 눈으로 노려봤다.

"김관주가 귀양 가는 얘기를 왜 내게 하는 것이오?"

"중신 김관주는 할마마마의 인척이 아니옵니까? 인척이 중죄를 지어 귀양을 가게 되었으니 마마께오서도 아셔야 할 것 같아 미리 말씀드리는 것이옵니다."

"상감이 언제부터 이리 자상하게 구시었소? 이 할미의 친 혈육을 사사하고 귀양 보낼 적에는 일언반구 언질도 없더니, 작금은 어인 일로 친히 찾아와 미리 귀띔을 주는 것이오?"

"소손이 이제야 철이 드는가 보지요."

이산은 왕대비의 찻잔을 그녀 쪽으로 살짝 밀어주었다.

"드시지요. 요즘 같은 환절기에는 감잎차를 자주 마셔주어야 고뿔에 걸리지 않는다고 합니다. 안팎으로 너무 신경을 쓰시다 보면 건강이 상하기 십상입니다. 원자가 무탈하게 장성하여 소손의 뒤를 잇는 걸 보시려면 할마마마께서 건강하셔야지요."

왕대비의 눈매가 사나워졌지만, 이산은 태연자약했다.

"만일 소손의 국사를 가로막는 불충한 일이 또 벌어지면 그때는 그냥 넘어가지 않을 겁니다. 부디 자중하시옵소서. 하오면 소손은 이만⋯."

이산이 왕대비를 똑바로 응시하며 일어섰다.

"방금 자중이라 하였소? 내 받은 그대로 주상에게 건네리다! 부디 자중하시오! 백성들이 겪는 고초를 헤아려 금난전권 폐지안을 거둬들이시오! 주상의 안위가 염려되어 드리는 말씀이오!"

"할마마마의 고언은 새겨듣겠사옵니다. 밤이 깊었사옵니다. 이만 쉬시지요."

왕대비의 따가운 시선을 뒤로하고 이산은 천천히 밖으로 나왔다.

"전하!"

대전에서 기다리던 정약용이었다.

"명대로 하였느냐?"

"예!"

임금이 내관들을 물리자 정약용이 부용지로 안내했다.

"전하!"

항검과 약종이 예를 올렸다.

"그대들의 공으로 무고한 희생을 막을 수 있었다. 원하는 것이 있으면 말해보라."

절호의 기회였다. 정약종은 심장이 벌렁거렸다.

"하옵시면!"

그때였다.

"단, 천주교에 관한 청은 빼고 말하라."

"예? 그것 말고는 드릴 청이 없습니다."

이산의 눈길이 항검을 향했다.

"전답은 어떠하냐? 전주의 옥답을 하사하마."

"지금 가진 것만으로도 충분합니다. 교회 일 아니고는 바라는 것이 없사옵니다."

"참으로 욕심 없는 사람들 아닌가. 아니지, 불가한 것을 바라니 욕심이 과하다 해야겠구나."

두 사람을 바라보는 이산의 눈길이 그윽했다.

"너희가 지금은 원하는 것이 없다 하나 사람 일은 아무도 모르는 것이다. 뭔가 바라는 것이 생긴다면 하나는 꼭 들어주겠노라 약조하마."

"전하의 약조를 믿지 못하는 저희를 용서하시옵소서!"

"과인에 대한 불신이 참으로 크구나. 자업자득이니 뭐라 하겠느냐만, 이번에는 원자에 대고 맹세하니 믿어다오. 너희가 위험에 처하거든 내 꼭 한 번은 구해주마."

"성은이 망극하옵니다."

두 사람이 궐문을 막 나섰을 때였다.

"소인, 배봉한! 두 분 나으리께 이제야 감사의 인사를 올립니다!"

다리가 상했는지 절뚝대는 걸음으로 달려온 큰 키의 사내가 두 사람 앞에 넙죽 엎드렸다.

"아! 누명을 쓰고 잡혀갔다던 그 싸전상인!"

약종이 반갑게 아는 척을 했다.

"예, 나으리! 소인의 집으로 모시고자 하니, 가시지요."

배봉한은 항검과 약종의 소매를 잡아끌었다.

"시장의 분위기는 어떠하오? 여전히 철시를 고집하고들 있소?"

술잔이 한 순배 돌고 나자 약종이 배봉한에게 물었다.

"예. 여전합니다. 생계가 걸린 문제이니 아무래도 반발이 심할 수밖에 없어요. 허나 너무 염려 마십시오. 그리 오래 갈 것 같지는 않아요. 그간 입은 손해가 막심한데다 통공에 순응하는 상인들에게는 점포세를 인하해주겠다는 전하의 천명도 계셨으니까요."

배봉한의 대답은 항검을 놀라게 했다.

"언제 그런 천명이 있었소?"

"오늘 낮에 방이 붙었습죠. 시전상인들이 혹하는 눈치였습니다. 시장 혁파가 순리라면 받아들여야 하질 않겠냐는 의견이 지배적입니다. 시전상인들을 뒤에서 들쑤셔대던 조정의 나리들도 어쩐 일로 조용하고요."

"죄인 김관주가 유배를 떠나게 되었으니 몸을 사릴 만도 하지요."

"전하께서 우릴 불러 그런 약조를 하실 법도 하구먼. 살인사건의 배후가 잡힌 덕분에 만사가 순조롭게 되었으니 말이야."

1791년 정월, 신해통공이 반포되었다. 북경에서 돌아온 윤유일 일행이 청천벽력 같은 소식을 전한 것도 그 무렵이었다.

제사 금지령

　고을 중심을 관통하는 강물과 크고 작은 못에서 피어오른 물안개로 평택의 아침은 한 치 앞도 보이지 않았다. 안개를 헤치고 산마루로 올라선 권철신은 축축하게 젖은 얼굴에서 연신 물기를 훔쳐내며 거친 숨을 몰아쉬었다.

　"여기 어디 즈음이라 하였네."

　권철신은 빽빽한 나무들 사이를 유심히 살폈다.

　"저곳인가 봅니다."

　항검이 속삭였다.

　"가시지요, 형님."

　권일신이 앞장서서 일행을 이끌었다.

　"어서들 오세요. 보는 눈들을 피하고자 이곳으로 모셨습니다."

　윤유일과 나란히 앉아 있던 이승훈이 서낭당의 당집 안으로 들어서는 교회 중진들을 반갑게 맞았다. 북경에서 주교를 만나고 돌아온 윤유일에게 직접 보고를 받는 것이 좋겠다 싶어 마련한 자리다.

　구베아 주교가 조선 교인들에게 보내는 서한을 윤유일이 평택으로 내려와 이승훈에게 전달했다. 서한을 읽고 난 이승훈이 중진들을 긴급히 소집한 것이다.

"이런 말씀 올리게 되어 죄송합니다. 윤 바오로 형제께서 청국 교인에게 들었던 말이 허언이 아니었습니다. 주교님께서 제사를 폐지하라는 지시를 내리셨어요."

이승훈의 말에 좌중은 절망했다.

"조상 제사는 우리 조선의 근간입니다. 주교님의 명을 따르려면 우리 스스로 우리 삶의 근간을 부정해야 합니다. 이제 우리 교인들은 다른 사람들이 우릴 비난했던 것처럼 반사회적이고 반체제적인 사람들이 되어야만 천주교인으로 남을 수 있게 된 겁니다."

"이 엄청난 얘기를 듣고 과연 몇이나 교회에 남으려 할까요? 관직에 있는 교인들은 십중팔구 교회를 떠나려고 할 겁니다."

이총억과 권상학이 차례로 불만을 토로했다.

"자네들 생각은 어떠한가?"

권일신이 정약전, 이승훈, 홍낙민, 벼슬길에 있는 세 사람을 바라보았다.

"교회의 지침을 따르려 하지 않을 겁니다. 그런 불충을 저질렀다가는 평생 녹을 먹을 수 없을 테니까요."

정약전의 장담에 홍낙민이 인상을 찌푸렸다. 제사 폐지에 동참하지 않겠다는 뜻을 정약전은 다른 사람을 빗대어 표현하고 있었다. 홍낙민은 정약전을 똑바로 응시하며 보란 듯이 자기 뜻을 밝혔다.

"저는 관직보다는 신앙을 택하겠습니다."

"제사 폐지는 관직의 문제가 아닙니다. 나라의 체제가 걸린 엄청난 일입니다."

이승훈이 무거운 표정으로 말을 이었다.

"조상 제사를 허용했을 때조차 핍박받은 천주교입니다. 그런데 제사까지 막는다면 상상할 수 없는 위험에 처할 게 분명합니다."

"…제사를 지낼 다른 방도가 정녕 없다 하시던가?"

권철신이 실낱같은 희망을 품고 물었다.

"그렇습니다. 더 큰 문제는 제사 폐지가 끝이 아니란 겁니다."

"일단 읽어 보시지요."

이승훈이 비밀서한을 꺼내 권철신에게 건넸다.

"오, 이럴 수가…."

"무슨 내용이기에 그러십니까?"

권일신이 물었다.

"신주를 폐기하라는군."

"예?"

청천벽력 같은 통보에 좌중은 경악했다.

"유가에서는 신주를 감실로 여기고 있습니다. 신위 그 자체가 갖는 의미가 엄청 크지요. 북경에서도 이걸 모르지 않을 텐데 이런 명을 내리시다니…."

유교에서 '신위'는 영혼이 의지하며 머무는 장소다.

"신위를 빼고 조상님 이름만 적은 신주는 영정에 불과하므로 금지하지 않겠다고 했어요. 그게 교황청의 입장이라더군요."

"신위가 없는 신주는 괜찮다고…. 허어, 것 참…."

권일신이 혀를 찼다.

"하오나 유교에서도 신주를 두고 감실의 의미보다 신상의 의미가 더 크다고 강조하고 있질 않습니까? '신위'를 생략한다 하여 문제가 될 건 없어 보이는데요."

항검은 희망의 끈을 놓고 싶지 않았다.

"그래. 신주 문제는 그렇게 둘러댈 수도 있어. 허나 제사를 지내지 않는 일에 대해선 어떤 말로도 둘러댈 수 없을 걸세."

16세기말에 최초로 중국에 천주교를 전파한 예수회 소속의 선교사 마테오 리치가 적응주의에 입각하여 유교식 제례를 허용했다. 그리하여 반세기 가량 중국 신자들은 교회의 묵인 아래 제사를 지낼 수 있었다.

그러나 마테오 리치의 뒤를 이은 도미니크회와 프란체스코 수도회가 교황청에 정식으로 문제를 제기했다. 100년간 이어져오던 논쟁이 교황 클레멘스 11세가 조상 제사를 금지하자 일단락되었고, 교황 베네딕트 14세가 이를 재천명함으로써 논쟁은 종지부를 찍었다.

"허어, 이것 참…. 큰일도 이런 큰일이 없구먼…."

"예수회 해산이 우리한텐 독이 된 겁니다. 예수회는 그래도 유도를 아는 선교회였던 것 같은데…."

홍낙민이 아쉬워했다.

항검이 좌불안석인 윤유일을 보다 못해 화제를 돌렸다.

"저 궤짝 안에는 뭐가 들었습니까? 성물입니까?"

"아, 예. 주교님이 보내주신 성물입니다."

성작과 미사 경본, 성석과 미사성제를 드릴 때 사제가 입는 제의가 궤짝에서 쏟아져 나왔다.

"이건 웬 묘목인가요?"

"아주 귀한 겁니다. 주교님이 주신 포도나무예요."

윤유일의 대답에 좌중은 의아한 표정을 지었다.

"포도나무?"

"예! 조선에 성혈로 쓸 포도주가 없다고 하니까 주교님께서 포도주 담그는 법을 알려주시면서 묘목도 챙겨주셨어요."

"이리 고마울 데가!"

묘목을 소중히 받아든 항검은 간절히 기도를 올렸다.

"조선 땅이 낯설 겁니다. 그렇지만 성혈을 갈망했던 우리가 있으니 외롭지는 않을 겁니다. 자주 보러 오고 잘 자라는지 살피겠습니다. 병에 걸리지 말고 튼튼하게 자라서 넝쿨이 뻗어나가고 끝내 열매가 맺는 모습을 우리에게 보여주세요."

"우리도 같이 축원 드리세."

권철신이 좌중에게 청하자 모두 눈을 감고 축원 기도를 올렸다.

"그나저나 무사히 국경을 건너왔으니 이제 묘목이 뿌리를 내려야 할 텐데 누가 그 소임을 맡지요?"

이승훈이 좌중을 둘러봤다. 윤유일이 당연한 일이라는 듯 자신을 가리켰다.

"제가 가져왔으니 제가 키워보겠습니다."

윤유일이 감춰둔 기쁜 소식 하나를 전했다.

"주교님이 내년 3월쯤에 신부님을 조선으로 파견하시겠답니다."

"오!"

"정말인가?"

제사 문제로 침울해 있던 분위기가 한순간에 환해졌다.

"사제 신분으로 국경을 넘는 것은 아무래도 위험 부담이 크다보니 북당에서 다른 방도를 생각해내셨어요. 신부님을 장사꾼으로 변장시켜 보내시겠답니다."

조선의 교인들이 책문까지 가서 신부님을 모셔오기로 구베아 주교와 이야기를 마친 상태였다.

"내년 3월쯤 동지사행이 귀국하는 길에 신부님도 함께 오실 겁니다. 그때 교우들이 국경에 가서 기다렸다가 모시고 오기만 하면 됩니다."

"천주님께서 우리의 숙원을 드디어 들어주셨네!"

하지만 마냥 좋아할 일만은 아니었다. 그 신부가 입국하면 교인들이 제사금지령을 제대로 지키고 있는지를 북경의 주교에게 보고할 것이 틀림없었다.

"어찌하면 좋겠습니까, 형님?"

권일신이 권철신의 의중을 물었다.

"…제사 금지령을 따르기는 힘들 것 같네."

오랜 고민 끝에 권철신이 결정을 내렸다.

"저 역시 금지령을 지키지 못하겠습니다."

정약전은 솔직히 털어났다.

"제가 천주교를 믿게 된 이유 가운데 하나가 유교의 부족한 부분을 천주교가 보완해준다고 여겼기 때문입니다. 하온데 주교님의 서한대로라면 천주교는 유교를 배척하는 셈입니다."

정약전의 고백에 용기를 얻은 중진들이 하나둘 속내를 털어놓았다.

"금지령 하나로 어찌 이리 쉽게 믿음이 흔들린단 말입니까? 벽이 형은 죽음 앞에서도 천주님을 버리지 않으셨어요!"

항검은 격한 소리로 양반 교인들을 힐난했다. 묵묵히 돌아가는 추이를 지켜보던 최창현이 기어이 참았던 분노를 터뜨렸다.

"범우 형님은 어떻고요? 그분은 여러분을 지키는 일이 곧 교회를 지키는 길이라 믿으셨어요! 하온데 여러분은 고작 제사 때문에 이리 쉽게 신앙을 버리셔야 되겠습니까?"

이승훈이 최창현에게 이의를 제기했다.

"고작 제사가 아니라 우리 조선의 근본이 걸린 문제라고 아까 말씀드렸을 텐데요."

"창현 형제, 그렇다네. 조상 제사는 '고작'으로 치부될 문제가 아니야."

권철신의 말마따나 조선사회에서 조상 제사는 신성불가침의 영역이었다.

"저라고 왜 그걸 모르겠습니까? 하지만 천주교를 통해 기존 사회와는 다른 세상을 꿈꾸고자 모인 우리가 아닙니까. 그런데 제사 때문에 믿음을 저버리다니요!"

항검 역시 지도부를 설득했다.

"여러분은 주자의 하늘을 대신하여 천주의 하늘을 신도들에게 열어주셨습니다. 천주님을 공경하는 마음이 없었다면 이룰 수 없는 소명이었어요! 주교님의 제사 금지령 때문에 신심을 버려서는 아니 됩니다. 그것만은 제발 거두어주십시오!"

항검은 끝내 울먹였다. 이존창이 항검을 거들었다.

"저도 부탁드립니다. 어려운 상황이지만 이 또한 신심으로 이겨낼 수 있을 겁니다."

"신심이라⋯."

말없이 생각에 잠겼던 권철신이 마침내 입을 열었다.

"무릇 한 나라에는 그 나라만의 역사가 있는 법일세. 그 역사 속에서 저절로 생겨난 문화라는 것도 있지. 그 역사와 문화 안에서 견고하게 굳어진 정신이라는 게 있어. 이 세 가지는 하루아침에 이뤄진 것이 아닐세. 섣불리 바꾸려 해서도 안 되고, 없애려는 시도는 더더욱 해서는 안 되네. 천주교는 이 중요한 사실을 간과하고 있어. 그 나라만의 민족성, 그 나라만의 토속문화, 그 나라만의 정서를 천주교는 안타깝게도 존중하지 않았네. 이런 식의 선교는 옳지 않아. 유교의 제례의식이 미신 행위처럼 여겨질 수야 있겠지만 그렇다고 이런 식의 강압적인 요구는 옳지 않단 말일세. 벽이가 나를 설득했을 당시에 교황청의 입장이 이런 줄 알았다면 절대로 그 아이의 설득에 넘어가지 않았을 걸세. 천주교가 이렇게 꽉 막힌 종교인 줄 알았다면 내 문하의 아이들에게 교리 공부를 시키지도 않았을 것이야. 나 역시 신앙집회에 동참하지 않았을 걸세. 가족들을 입교시키는 것도 신중했을 걸세."

"결국 배교를 택하시겠다는 말씀이십니까?"

항검의 물음에 권철신은 무거운 표정으로 말했다.

"자네들의 신심은 높이 사겠네. 신자라면 응당 그래야지. 천주님도 기꺼워하실 게야. 하지만 내 신심은 여기까지네. 교회의 명을 받들 수 없으니, 교회를 떠나겠네."

"음⋯."

윤유일이 탄식했다. 천진암 강학 당시부터 지금에 이르기까지 조선 교인들이 교회의 대들보로 여기며 존경해온 권철신이다. 그를 추종하는 양반 교인들이 속속 배교하리라는 것은 불을 보듯 훤했다.

• • •

양반 교인들 대부분이 교회를 떠났다. 그들이 이끌어온 신앙집회는 하루아침에 중단되었다. 창현으로부터 이 소식을 전해들은 중인과 양민 신자들은 일대 혼란에 빠졌다. 변심한 양반 교인들을 관아에 밀고해버리겠다고 복수를 다짐하는 신자도 생겨났다. 정약종은 깜짝 놀라 도성으로 갈 채비를 서둘렀다.

간단히 꾸린 행장을 걸머메고 방문을 나서던 약종은 대문을 들어서는 이들을 보고 길게 한숨을 쉬었다. 맏형 약현을 비롯한 형제들이 부친을 부축하고 마당으로 들어섰다. 본가에 다녀가라는 기별을 받고 닷새가 지나도록 정약종은 악화된 고뿔을 핑계 삼아 집에 머물렀다. 약전이 이따금 들러 살갑게 챙겼으나 방문의 진짜 목적은 명백했다. 아니나 다를까.

"약종아. 내가 교회를 버렸다고 욕하겠지만 제사금지는 누구라도 받아들이기 어려운 명령이었다. 나라가 요동칠 문제란 말이다. 그러니 너도 신중하게 생각해야 한다."

"형님! 벽파와 홍파를 잊으셔서는 아니 됩니다. 필시 세작을 두어 교인들의 동태를 감시하고 있을 거예요."

"약용이 말이 맞다. 저들이 어쩐 일로 아직까지 조용하다만, 신주를 진짜 소각하는 교인이 실제로 생긴다면 그날이 바로 저들의 잔칫날이 될 거야. 그자들이 그걸 빌미 삼아 무슨 패악을 저지르려들지 벌써부터 걱정이다."

정재원과 형제들은 제사 금지령을 따르겠다는 약종의 결정에 크게 걱정했다. 그런데도 약종은 뜻을 굽히지 않았다. 정재원이 약종을 꾸짖었다.

"너는 어찌하여 가족들 생각은 전혀 하질 않는 것이냐? 약용이가 지금 어떤 중차대한 소임을 맡고 있는지 너도 알면서 어찌 이리 고집을 부리는 것이야?"

영우원과 화성행궁이 자리를 잡자 임금은 정약용에게 신읍 조성 설계를 맡겼다. 약용은 신읍 설계에 모든 시간과 정력을 쏟아 붓고 있었다.

"이런 때는 무조건 몸을 낮추고 매사 조심해야 한다. 너의 행실 하나로 만사가 어그러질 수 있어. 그러니 교회 일에서 손을 떼거라. 제사를 폐하는 일에 동참할 생각은 더더욱 말고."

"아버님께서 소자의 뜻을 좀 헤아려주시면 아니 되겠습니까? 앞으로 있을 제사에서는 신위를 세우지 말아주십시오."

"말도 안 되는 소리!"

"하오면 저도 어쩔 수 없습니다. 이제부터 소자는 모든 제사에 불참하겠습니다."

"문중에서 무어라 할 것 같으냐? 지근에 살면서 집안제사에 참석하지 않는 널 그분들이 가만둘 성싶어?"

"하오면 저를 없는 걸로 치십시오."

"뭐라?"

"소자는 이곳을 떠나 살겠습니다. 근처에 살면서 제사에 빠지면 아버님이나 형제들 입장이 난처할 겁니다. 그러니 멀리 떠나 살겠습니다."

그전에 한시바삐 해결할 일이 있었다. 끝내 집을 나온 약종은 비밀 교리방을 향해 바람처럼 내달렸다.

"아니 오셔서 걱정했습니다!"

약종이 헐레벌떡 들어서자 미리 와 있던 네 사내가 비로소 가슴을 쓸어내렸다.

"늦어서 미안합니다. 걱정들 많이 했지요?"

약종은 제사 문제로 빚어진 갈등을 털어놓았다. 최창현과 최인길, 김이우 형제가 약종을 위로했다.

"어디 빈집이 있으면 좀 알려주세요. 하루라도 빨리 본가에서 멀어져야 모두가 편할 것 같습니다."

정약종의 부탁에 최창현이 반가운 소식을 전했다.

"광주 분원리에 제가 아는 빈집이 있습니다. 주인한테 팔 생각이 있는지 물어보지요."

"고맙습니다."

잠시 환해졌던 약종의 얼굴에 다시금 그늘이 드리워졌다.

"누가 고발하겠다고 했을지 짐작 가는 사람이 있나요?"

"예. 대략 알 것 같아요."

김이우였다.

"허면 당장 시작합시다."

곧장 교리방을 나선 그들은 일일이 중인 신자들을 만나고 다니며 선동자를 추려나갔다. 그렇게 알아낸 선동자를 만나 진심을 다해 설득했고, 신고하지 않겠다는 약속을 받아냈다. 양반 지도부의 빈자리가 느껴지지 않도록, 아니 그들이 있을 때보다 더 교회를 번성시키겠다는 맹세를 하고서야 겨우 받아낸 약속이었다. 천주의 이름을 걸고 맹세한 바를 지키기 위해 정약종과 최창현은 머리를 맞댔다.

가족회의를 열어 북경의 제사 금지령을 소상히 전한 항검은 제사의 폐지와 신주의 소각에 대해 가족의 생각을 물었다. 큰형수는 흔쾌히 동의했다. 아내 신희와 동생 관검은 두말 할 나위 없었다. 입교한 뒤로 매일같이 독송하고 기도해온 그들이었다. 독실한 집안 분위기 안에서 신심이 돈독해진 중철은 계율에 따라야 한다고 말했다.

중철의 철없는 아우들은 그 틈에도 장난을 치다가 어른들의 야단을 맞았다. 그런 중에 중철의 가슴은 기대감으로 두근거렸다. 내년 이맘때면 사제가 입국한다! 권철신 형제가 냉담을 선언했다는 소식에 실망이 컸지만, 사제를 직접 뵐 수 있다는 설렘이 더 컸다. 어쩌면 사제의 꿈을 이룰 수 있을 것이다.

항검이 사당에서 중철에게 손짓을 보냈다. 중철은 아우들을 데리고 돌계단을 뛰어올라갔다. 세 아이가 관검 옆으로 가 나란히 섰다.

"세 분의 영혼은 여기 위패가 아니라 하늘나라에 계신다고 믿습니다. 지금 소자와 이 아이들이 보고 있는 이 신주는 세 분의 위령처가 아니라 단순한 목편, 사물에 지나지 않습니다. 하여, 제 손으로 위패를 태우려 합니다. 부디 용서하소서."

기도를 마친 항검이 성호를 그었다. 세 아이도 엉겁결에 성호를 따라 그었다.

"상자를 준비해라."

"예, 형님."

관검은 사당 한 한쪽 구석에 미리 가져다놓은 빈 상자를 집어 들었다. 상자의 뚜껑을 열어젖힌 관검이 항검의 곁으로 도로 가 섰다. 항검은 감실의 문을 차례로 열었다. 부친 유동근과 항검의 친모 그리고 관검의 모친 유씨 부인의 신주를 봉안한 감실이었다. 항검은 유동근의 감실로 팔을 뻗어 신주를 잡았다.

그때였다.

파팟!

손끝에서 시작된 엄청난 충격이 팔뚝을 삽시간에 훑고 올라와 전신으로 퍼졌다.

"으악!"

항검은 전기에 감전된 사람처럼 온몸을 경련했다. 그의 손을 벗어난 유동근의 위패가 공중으로 솟구쳤다가 탕, 소리를 내며 바닥에 부딪쳤다.

"형님!"

"아버님!"

관검과 중철은 동시에 소리를 지르며 항검을 양쪽에서 끌어안았다. 항검의 몸이 두 사람의 팔 안에서 푸덕푸덕 경련했다.

"왜 이러세요?"

"무슨 일이에요, 형님?"

관검과 중철은 항검의 팔다리를 힘껏 잡아 누르며 놀란 목소리로 물었다. 문석과 중성은 너무 놀라 가까이 다가오지도 못한 채 그 자리에 얼어버렸다.

"위, 위패가⋯."

항검은 바닥에 떨어뜨린 위패를 가리키며 말을 더듬었다. 방금 전에 자신을 휩쓸고 간 전율이 그 자신 믿을 수 없다는 표정이었다.

"아버님의 위패가 왜요?"

관검이 허리를 숙이며 위패를 향해 팔을 내리뻗었다.

"조심해라! 위험해!"

"뭐가 위험한대요?"

위패를 집어든 관검은 어리둥절한 낯으로 항검을 보았다.

"괜찮니? 넌 아무렇지도 않아?"

"예. 아무렇지 않은데요."

그 말을 입증이라도 하듯 관검은 위패를 이리저리 돌려보고 나무 표면을 손바닥으로 쓸어 보이기까지 했다.

"그럴 리가⋯. 중철이한테 한 번 줘봐라. 너는 어떤지 얘기해다오."

"그냥 나무 느낌 밖에 안 나요. 아버님은 뭔가 이상한 게 느껴지셨어요?"

관검으로부터 신주를 건네받은 중철은 당혹스러운 표정이었다.

항검은 부친의 위패를 다시 양손으로 힘껏 쥐었다. 이번에는 아무 일도 일어나지 않았다. 나머지 위패를 쥐어도 마찬가지였다.

"그건 뭐였지?"

휘이잉!

때마침 밖에서 불어온 바람이 사당 안의 촛불을 세차게 흔들고 지나갔다. 항검은 촛불의 그림자가 유령처럼 일렁이는 사당 안을 두려운 눈길로 휘둘러봤다. 그때 중철이 물었다.

"아버님, 위패들은 언제 태워요?"

항검은 말없이 부친의 위패를 바라보았다.

"여기 있는 신주들을 태우는 김에 독에다 묻어둔 신주들도 꺼내 와서 같이 태우면 어떨까요?"

형의 두려움을 알 리 없는 관검이 항검에게서 위패를 가져가더니 상자 안에 내려놓으며 말했다.

'그래, 그거야.'

순간 항검은 절묘한 생각이 떠올랐다. 5대 봉사가 끝난 신주는 양반들조차 사당에 두지 않고 독 안에 넣어 묻었다. 신주를 불태우는 것보다는 독에 넣어 묻는 편이 마음 편할 성싶었다.

"빈 독을 가져오너라."

윤지충은 항검과 달리 단호했다. 없는 살림에 제사를 지내오느라 그간 겪어온 고충에 신물이 나기도 한 터였다.

신주를 태우려고 꺼내드는 윤지충을 권상연이 걱정했지만, 윤지충은 조금의 망설임도 없었다.

"형님, 문중에서 알면 난리가 날 텐데요."

아우 윤지헌이 해남 쪽을 바라보며 불안해했다.

"제사 끝난 다음에 조상을 모신 지방을 어찌 하든?"

"태우지요."

예수회가 조상 제사를 허용했던 이유도 바로 거기에 있었다. 조상 제사에 사용되는 위패가 사자의 의빙처가 아니라 단순한 영정이라고 여긴 것이다. 조상 제사도 사자를 기리는 전통의식이라고 해석한 것으로, 윤지충의 신주에 대한 인식도 예수회와 다르지 않았다.

"그러니 너도 두려워할 것 없다. 신주를 태우는 것이 지방을 태우는 것과 다를 바 없지 않느냐."

"그래도 뭔가 개운치 않아."

권상연이었다.

"그렇다면 이렇게 해보세요."

"어떻게?"

"조상님들 평안하십시오, 이렇게 마음으로 기도드리는 거지요. 우리 조상님들을 잘 보살펴주세요, 이렇게 천주님께도 청원을 드리고요. 신주 태웠다고 화난 조상님이 계시다면 천주님께서 달래서 우리한테 해코지하지 않게 해달라고 청을 드리는 겁니다."

"천주님은 모든 영을 다스리는 분이시니 조상님들도 그분한테는 꼼짝 못하시긴 할 거야."

"천주님까지 나서서 제사가 얼마나 부질없는 일인지 알려주시면 조상님들도 충분히 납득하시겠죠. 그분들도 당신들 제사를 지내느라 후손들이 고통 받는 걸 원치 않으실 거예요. 틀림없이 그럴 겁니다."

"아…."

"오…."

권상연과 윤지헌은 그제야 안심했다.

"지충아, 마음이 한결 편해졌다."

권상연은 비로소 환하게 웃었다. 제사금지령에 지끈거리던 두통이 일시에 사라졌다.

"저도 개운해지기는 했지만…."

말끝을 흐리는 윤지헌에게는 아직 근심이 남아 있었다.

"문중 어른들이 어찌 나오실지…. 어머니도 그렇고…."

"어머니는 걱정마라. 교회의 지시라면 다른 말씀 안 하실 거야."

세 계절을 보내는 동안 좀처럼 차도를 보이지 않던 권씨 부인의 의식이 드디어 돌아왔다. 다들 형제의 지극정성이 부인을 살렸다고 칭찬했다. 그러나 윤지충은 모든 공을 천주에게로 돌렸다. 항검의 병사성사 봉헌 이후부터 병세가 조금씩 호전된 것이다. 그 천주를 위해서라면 못할 것이 없다고 윤지충은 생각했다.

"어머니…."

윤지충은 파리한 어머니의 얼굴을 어루만졌다.

"……."

지난 세월의 고통이 스쳐간 걸까. 놀랍게도 권씨 부인의 눈동자에 눈물이 차올랐다. 윤지충이 눈시울을 붉히며 말했다.

"소자는 앞으로 제사를 지내지 않을 생각입니다. 북경의 주교님께서 위패를 세우고 절하는 의식이 미신행위라고 밝혀주셨으니 집안에 모신 위패를 태우려고 합니다."

"……."

"천주님을 믿고 따르시는 어머니시니 허락하실 거라고 믿어요. 허락하신다면 눈을 두 번 깜빡거려주세요. 소자가 어찌할까요?"

믿기지 않는 일이 벌어졌다.

"태워라…."

권씨 부인이 앓아누운 이후 처음으로 말을 한 것이다.

놀란 상연과 지헌이 밖에 대고 외쳤다.

"형수님! 얼른 들어와 보세요!"

연안 이씨가 뛰어들어 왔다.

"무슨 일이세요?"

"어머니께서 방금 말씀을 하셨어요!"

지충이 소란을 가라앉히고 어머니에게 여쭈었다.

"이제 말씀을 하실 수 있겠어요?"

권씨 부인이 고개를 끄덕였다.

"네 생각이 옳아…. 교회에서 금하는 미신은 받들지 않는 게 맞다…. 그러니 태워라….

물기로 목을 축인 권씨 부인이 안간힘을 다해 말을 이었다.

"명심해라…. 내가 죽거들랑 장례는 간소하게 치르고, 모든 것을 천주님 법에 따라라."

"예, 어머니."

권씨 부인이 비로소 안심하듯 편안하게 웃었다.

● ● ●

"잘했어. 아주 잘했어…."

홍지영은 자신이 기특하다는 듯 혼잣말을 주절거리며 여사울 어귀를 빠져나갔다.

완숙이 덕산으로 돌아온 그날부터 밖으로 나돌며 술에 빠져 살아온 터였다. 온 식구가 완숙의 눈치를 살폈다. 다시 가출할까 봐 전전긍긍하는 식구들을 보고 있자니 홍지영은 배알이 뒤틀렸다.

오늘도 일찌감치 집을 나와 밤새 술독에 빠졌다가 주막을 나선 참이다. 갈지자로 꼬이는 발길이 여사울로 향한 것은 순전히 화풀이를 하겠다는 심산에서였다. 완숙의 도성 거처를 노모에게 귀띔해준 것이 이존창이다. 취한 김에 욕이라도 한바탕 퍼붓지 않으면 열불이 나서 죽을 것만 같았다.

히이잉!

이존창의 집 앞에 막 도착했을 때였다. 말 울음에 놀라 그쪽으로 가 보니 하얗게 눈이 쌓인 밤나무 숲길 너머로 낯선 사내 둘이 건너다보였다. 이존창과 낯선 사내들은 너럭바위에 앉아 두런두런 무슨 이야기를 나누는 중이었다.

홍지영은 사내들과 멀찍이 거리를 두고 숲을 돌아 너럭바위 뒤쪽으로 숨어들어 그들의 대화를 엿들었다.

이존창에 이어 한 사내가 신주를 묻고 오는 길이라고 했다. 언젠가는 교회의 명에 따라 신주를 소각하겠노라는 말도 들렸다.

'으흐흐! 이 귀한 정보를 어찌 써먹는담. 당장 관아로 가서 고해바칠까? 신주를 묻었으니 이 사실이 알려지면 단원 형님이 작살나는 건 시간문제잖아.'

홍지영은 취기가 싹 가셨다. 천주쟁이라는 사실이 알려졌는데도 이존창은 여전히 내포 사람들의 존경을 받고 있었다. 그러나 신주를 묻어버린 일이 알려지면 어떤 일이 벌어질지 눈을 감고도 보였다.

'아냐. 그 정도로는 내 분이 풀리질 않지. 단원 형님 때문에 내가 요새 어찌 지내고 있는데! 집에 그 여편네가 죽치고 있으니 이리 밖으로만 나도는 신세인걸. 그러니 단원 형님도 당해봐야지. 하루하루 피 말리며 사는 기분이 어떤 건지 말이야.'

그때였다.

따그닥, 따그닥, 따그닥!

말들이 쏜살같이 내달리는 통에 홍지영은 놀라 자빠지고 말았다. 밤나무 숲에서 밀담을 나누던 사내들이었다.

한편 완숙은 갑작스러운 손님들의 방문에 기쁨을 감추지 못했다.

"명순 자매님은요? 잘 지내나요? 막비 상태는 좀 어때요? 막비 잡으러 온 사람은 없었고요? 집회는요? 집회는 빠지지 않고 나오나요?"

완숙은 속사포처럼 질문을 쏟아냈다. 덕산으로 내려온 지 어느덧 반년. 오랜만에 도성의 교우들을 만나고 보니 물을 것도 많고 듣고 싶은 말도 많았다.

"씩씩하게 잘 지냅니다. 막비 자매님이랑 사이도 좋은 것 같고요. 명순 자매님네 꼬마 녀석들이 막비 자매님을 아주 잘 따르더군요. 함께 교리 수업에도 꼬박꼬박 참석하고 있어요. 주일이면 집회에도 나온답니다. 막비 자매님의 표정이 처음보다 한결 밝아졌어요."

"제가 집을 비울 수 없는 형편인데다 명순 자매랑 막비가 글을 모르니 서신으로 안부를 전해놓고도 얼마나 답답했는지 몰라요. 도성으로 가는 인편도 못 구해서 그동안 발만 동동 구르고 있었답니다."

본가에서 매달 보내오는 생활비와 곳간 열쇠는 홍지영이 관리하고 있었다. 그리하여 완숙은 홍지영이 몇 푼씩 던져주는 돈으로 생활을 꾸려나가고 있었다. 가욋돈이 필요할 때도 홍지영의 허락이 먼저 떨어져야만 쓸 수 있었다.

문제는 홍지영이 순순히 전낭을 연 적이 없다는 사실이다. 기껏 열어 보인 전낭도 비어 있기 일쑤였다. 본가에서 받아온 적지 않은 돈이 홍지영의 술값으로 나가고 있다는 것을 완숙은 모르지 않았다. 그럼에도 완숙은 거기에 대해 일언반구도 하지 않았다. 시모를 따라 덕산으로 내려오면서 홍지영에게 맞춰 살겠다고 다짐한 터였다.

"막비 소식이 궁금했는데 잘 지내고 있다니 이제야 편히 발 뻗고 자겠어요."

"다른 사람 걱정보다 자매님 걱정 먼저 해야 되는 거 아닙니까? 얼굴이 반쪽이에요."

정약종이 안타까움을 감추지 않았다.

"지내기가 그리 힘드십니까?"

최창현이 걱정스럽게 물었다. 하기야 이존창에게 들은 얘기로 보자면 물으나 마나였다.

"저는 괜찮아요. 집회에 참석하지 못해서 속은 상하지만 매일 기도를 올리다 보면 조금은 덜해진답니다. 견딜 만하니 제 걱정은 마세요."

완숙은 부러 밝게 웃었다.

"나라도 자주 와서 얘기 상대라도 해줘야 하는데, 내가 왔다 가면 한바탕 난리가 난다는 소릴 듣고는 차마 넘어올 수가 없었소."

그간의 주저함을 무릅쓰고 덕산으로 달려온 이유를 완숙에게 말할 때가 되었다고 이존창은 생각했다.

"……."

밖의 동태를 살피던 이존창은 조심스럽게 말을 이었다.

"지금 교회가 어떤 지경에 처했는지 종수씨도 알고 있지요?"

"예, 웬만큼."

"그 뒤로 또 안 좋은 일이 생기고 말았답니다."

최창현과 정약종은 교인들 간에 불거진 불신과 고발 논쟁을 전했다.

"앞으로 교우 모임은 제가 담당하고, 약종 아우구스티노 형제님은 예비자 교리 지도에 전념하실 겁니다. 도성의 교리방은 그대로 유지하면서 마재 부근에 또 하나를 열기로 했어요. 아시다시피 양반 교우들이 대거 이탈한지라 전교하는 일이 가장 시급하니까요."

"김이우 바르바나 형제님과 김현우 마태오 형제님이 예비자 모집에 적극 나서주기로 했답니다. 북경에 밀사로 다녀온 윤유일 형제님은 최인길 마티야 형제와 함께 신부님 맞을 준비를 챙기기로 했고요."

"노론은 우리 남인들이 천주교를 믿어서 나라를 망조에 들게 한다고 공격하지요. 노론 중에서도 천주교 신자가 나온다면 저들도 할 말이 없어질 겁니다. 그래서 홍낙민 루가 형제님이 벽파 쪽 신료들 중에서 천주교에 관심이 있는 사람이 누가 있는지 알아보고 계세요."

항검과 그의 사촌들, 정약종과 홍낙민, 권일신과 이윤하 그리고 윤유일은 제사금지령 이후 교회에 남은 몇 안 되는 양반들 중 일부였다.

"녹암선생이 교회를 떠나신 탓에 경기지역 포교가 어렵게 되었소. 윤유일 형제님이 일신 형제님을 도와 전교에 애쓰고는 있는데 성과가

신통치 않아요. 그래서 내가 내포의 집회를 맡아보면서 경기 집회도 같이 맡아보기로 했다오."

이존창은 흔들리는 교회의 안정을 위해서 어떤 소임도 마다하지 않을 생각이었다.

"유항검 아우구스티노 형제님에게는 내가 전주로 내려가서 포교 지역을 넓혀달라 부탁할 작정이오."

그전에 완숙에게 맡길 소임이 있다고 했다. 이존창이 정약종과 최창현을 덕산으로 안내한 이유였다.

"아시다시피 저는 집회도 참석 못하는 처지인 걸요. 제가 도울 교회일이란 없어요. 예전의 제가 아니에요. 저는 그저 기도 밖에 할 줄 모르는 바보가 됐어요."

완숙은 열린 방문 사이로 잿빛 하늘을 응시했다. 완숙은 주눅이 들고 몹시 지쳐 보였다.

"약한 소리 그만 하시고 자매님답게 다시 굳건해지세요."

북받쳐 오르는 설움을 참던 완숙이 정약종의 말에 기어이 눈물을 주르륵 흘렸다.

"이보시게, 형제님….""

당황한 홍낙민이 정약종을 만류했다.

"일단 뵙고 사정이 여의치 않으면 부탁드리지 않을 작정이었습니다. 하지만 억지로라도 이번 소임을 자매님께 맡겨야겠어요."

정약종의 뜨겁고 단호한 눈빛이 완숙을 부끄럽게 만들었다. 약종은 절벽 끝에 버티고 선 심정이었다. 이제 더는 교인들의 무기력한 모습을 두고 볼 수 없었다. 그의 절박함이 잠든 완숙의 열의를 흔들어 깨웠다.

"소임이라면… 어떤…?"

완숙이 관심을 보이자 약종의 낯빛이 밝아졌다.

"언문소설을 집필하는 일입니다."

"예?"

"언문은 어지간한 사람이라면 누구나 읽을 줄 아는 글입니다. 언문 연애소설을 아녀자들끼리 은밀하게 돌려보고 있다는 것도 압니다. 자매님도 한번 써보세요. 언문 천주교 소설. 이 나라 조선에서 아녀자들이 받는 차별 얘기가 들어가면 더 좋겠지요."

"그걸 읽고 아녀자들이 각성해서 천주교를 믿도록 하겠다, 이 말씀이시죠?"

완숙의 눈빛이 달라졌다. 돌연 의욕이 샘솟았다.

"맞습니다. 아녀자들을 위한 전도서인 셈이지요."

완숙의 태도 변화에 약종은 비로소 마음을 놓으며 설명을 이어나 갔다.

"아녀자들은 아녀자들끼리 통하는 게 있길 않겠어요? 전도서를 나눠 읽으며 속에 쟁여둔 화도 풀고, 여인들도 존중받아 마땅한 인간이란 걸 깨닫게 되면 전교는 저절로 될 거라 봅니다."

"남녀가 내외하는 사회인지라 남자 교인들이 아녀자들을 전교하기는 몹시 어려워요. 그래서 자매님께 부탁드리는 겁니다."

최창현이었다.

"주제는 자매님 재량껏 정하시되 무엇보다 재밌게 읽혀야 해요. 그러려면 교리에 너무 치우쳐서는 안 되겠지요."

"그 어려운 작업을 제가 해낼 수 있을까요?"

"물론입니다."

"애들 아버지한테 들키기라도 한다면….”

이존창이 완숙의 두려움을 다독거려 안심시켰다.

"술독에 빠져 지내느라 집에도 안 들어오는 사람입니다. 종수씨가 뭘 하는지도 모를 걸요."

다들 용기를 북돋아주며 한마디씩 조언을 보탰다.

"처음부터 잘 쓰려는 욕심은 버리세요. 하다 보면 길이 보일 겁니다."

마침내 완숙은 용기를 냈다.

"한번 해볼게요."

그때 인기척도 없이 방문이 벌컥 열렸다. 홍지영이 야수처럼 달려들어 다짜고짜 완숙의 쪽머리를 휘어잡았다.

"아악!"

뒷목이 꺾인 완숙이 하얗게 질린 채 비명을 질렀다.

"또 무슨 수작을 부리려고 이놈들하고 섞인 거야, 엉?"

홍지영은 완숙의 머리통을 미친 듯이 흔들어댔다.

정약종과 최창현은 혼겁하여 말렸지만, 홍지영은 더욱 발악했다.

"놔! 이 천주쟁이 새끼들아!"

"이보게, 지영이! 진정하고 내 말 좀… 컥!"

홍지영이 다가서는 이존창의 복부를 발로 걷어찼다.

"이 여편네 꼬드길 시간에 형님 살 궁리나 하십쇼!"

홍지영은 성난 황소처럼 씩씩대며 눈알을 부라렸다.

"그게 무슨 소린가?"

"신주를 묻었잖아요! 형님도, 저기 저 작자도요!"

홍지영의 손가락이 최창현을 겨누었다. 모두가 망연자실하여 홍지영을 바라보았다.

"자, 자네가 그걸 어찌…?"

"세상에 비밀이 있답디까? 형님이 이런 식으로 나오면 나도 안 참습니다! 그러니 당장 이 작자들 데리고 나가요! 이 여편네 데리고 수작부릴 생각도 말고요! 다시 또 내 눈에 띄면 관아에다 확 불어버릴 테니까!"

찬물을 뿌린 듯 조용해진 방안을 둘러보며 홍지영은 심장이 터질 듯 희열을 느꼈다.

훼손된 신주

불안한 날들의 연속이었다. 이존창은 덕산 근처에 얼씬도 하지 않았다. 완숙은 소설 작업을 포기한 채 죽은 듯 지냈지만, 기도만은 한 번도 거르지 않았다. 완숙은 기도할 때마다 묻고 또 물었다. 천주님이 이곳으로 불러 내린 이유를.

천주는 깊고 높은 뜻을 지닌 분. 종국엔 그의 양들을 선한 길로 인도하시리니….

믿었지만 궁금했다. 죄인 아닌 죄인이 되어 온갖 행패를 감내하며 허깨비처럼 살아가는 이 먼지 같은 날들이 대체 무슨 의미일까? 완숙이 할 수 있는 일이라곤 오로지 기도뿐이었다.

정약종과 홍낙민, 김이우 형제와 최인길 등이 뛰어다닌 덕분에 중인 출신 예비자는 제법 늘어났다.

명례방 사건을 겪으며 입교할 용기를 내지 못한 중인들도 교회 문을 두드렸다. 최필공과 그의 종제 최필제가 함께 입교했다. 왕실관리인 우는 궁인들을 전교하여 교회로 이끌었다. 내포와 경기 전역을 돌며 전교 활동을 펼치던 이존창은 덕산 출신 황심이 뛰어난 성품이라며 교회 중진들에게 소개했다. 홍낙민은 노론 신료 김건순을 언급했다.

김건순은 절개와 지조의 상징이 된 김상헌의 후손이다. 김건순은 어려서부터 천주교에 빠져 마테오 리치가 지은 《기인십편》을 즐겨 읽고, 열 살 무렵에는 〈천당지옥론〉까지 저술할 정도로 천주교에 대한 관심의 깊이가 남달랐다.

홍낙민은 경기도 여주로 넘어가 김건순을 만나자마자 흉금을 터놓았다. 김건순은 천주교 입교 제안을 듣고 기뻐했지만, 만시지탄이라며 탄식했다. 어려서부터 천주교를 사모하는 마음이 컸으나 천주를 받드는 사람이 모두 남인뿐이어서 감히 입교할 생각을 하지 못하던 차에 소북 출신 강이천과 교류하면서 술법에 빠졌다는 것이다. 천주교가 술법과 통한다고 오해한 데서 비롯된 어긋남이다.

"일단 돌아오긴 했는데, 반드시 전교할 작정입니다. 그런 인물을 잡지 않으면 두고두고 후회할 것 같아서요."

"하지만 다른 쪽에 빠졌다면서요?"

"그거야 바로잡으면 되지요. 시간문제일 뿐입니다."

홍낙민의 말에 모두들 기대감을 보였다. 신입 예비자 교육에 온힘을 쏟자는 결의를 다지고 그날 모임은 끝났다. 정약종은 교리 교육을 위해 한양과 분원리를 바쁘게 오갔다. 최창현은 관아의 급습에 대비하고자 한양의 곳곳을 훑고 다니며 비밀 교리방과 집회장으로 쓸 만한 장소를 물색하여 대여섯 군데를 빌려놓았다.

포교활동에 전력을 다한 항검 덕분에 호남지역 예비자도 가파르게 늘어나는 추세였다.

"어머니! 으흐흑!"

윤지헌의 통곡이 빗소리에 섞여들었다. 좀 나아지는가 싶던 권씨 부인이 끝내 운명했다. 윤지헌은 어머니의 임종을 지키지 못해 더욱 죄스럽고 서러웠다. 지난밤 폭우에 양부의 집이 무너졌다. 수습하러 간 사이에 어머니가 운명하고 만 것이다.

"너무 슬퍼 마라. 천주님 곁으로 가셔서 영생을 누리실 테니."

지충이 아우를 달랬다.

"하오나… 하필 이런 때에…."

지헌은 장탄식을 쏟았다.

"온 동리가 난리도 아닙니다. 산 밑 집들은 산사태까지 겹쳐서 토사에 파묻혔어요. 무너진 아버님 댁도 언제 고칠 수 있을지 알 수가 없어요. 마을이 온통 쑥대밭이 됐는데 장례를 치러도 될지 모르겠습니다."

"나도 그 걱정 중이었다. 기세로 봐서는 며칠 상관에 그칠 비가 아니야. 장례야 어찌 치를 수 있겠지만 봉분을 쓰면 저 비에 쓸려 내려가고 말 거야. 어찌하면 좋겠니?"

쏟아지는 비를 열린 문 사이로 내다보며 상연이 물었다.

"초빈한 뒤에 장례를 치르는 관례가 있으니, 문 밖에다 공간을 마련해 어머니를 모실까 합니다."

가뜩이나 무덥고 습한 날씨여서 집안에 모시면 악취가 진동할 터였다. 지충은 처자식을 처가로 보낼 생각이었다.

"집사람은 펄쩍 뛰었지만 제가 고집을 부렸어요."

"그래. 잘 생각했다. 부모상은 석 달간 초빈하니 그 정도면 수해 복구도 끝나겠지."

"허면 아버님께 그리 말씀드리겠습니다."

윤지헌이 울어서 쉰 목소리로 말했다.

"초빈 준비는 우리가 알아서 할 테니 걱정하지 마시라고 전해드려라. 숙부님도 다치신 데다 경황이 없으실 거야."

윤지충은 멀리 해남의 문중은 물론이고 인근의 친인척에게도 부고를 내지 않았다. 심지어 친아들 이상으로 권씨 부인을 살갑게 보살핀 항검에게조차 알리지 않았다.

신주 없는 장례였다. 상제들은 제상에 절을 올리지 않았다. 주자가례를 배제한 천주교식 장례였다. 호상은 상주를 대신해 상례를 주관하는 사람이다. 윤지충은 권상연에게 호상을 맡겼다. 권상연은 교인 중에서 상례를 진행할 사람들을 물색했다. 그 일이 여의치 않자 상제들과 의논하여 이웃에 부고를 냈다.

이웃 사람들은 석 달이나 지난 부고에 서운해했지만, 수해로 인한 불가피한 사정을 듣고는 이해하고 넘어갔다. 그러나 신주 없이 천주교식으로 장례를 치른다는 얘기에는 분개해 마지않았다.

"자네들, 제정신인가? 아무리 망자의 유언이 있었다고 해도 어떻게 신주를 안 세울 수가 있어?"

"사교에 단단히 미친 줄은 알았지만, 이 정도인 줄은 몰랐어!"

문상객들은 너나없이 상주를 꾸짖었다. 그때 사립을 노려보던 권상연의 눈에 의뭉하게 웃으며 슬그머니 자리를 뜨는 한 사내가 들어왔다.

'저이가 누구더라…?'

낯익은 뒤통수에 얼굴의 흉터까지 분명 어디선가 본 사람이었다. 뭔가 불길한 예감이 바늘 끝처럼 심장을 찔렀다.

인근 술꾼들이 죄다 모였는지 주막은 미어질 듯 꽉 찼다. 권상희는 의아한 얼굴로 주위를 두리번거렸다. 거나하게 취한 술꾼들 중에서 누군가 팔을 번쩍 들어 올렸다.

"여길세!"

말복이 돌아앉으며 옆자리의 도포짜리들에게 눈치를 주자 술상을 돌아 반대쪽 자리로 갔다. 권상희는 평상 위로 올라서며 툴툴거렸다.

"편찮은 사람을 꼭 이리 오라 가라 해야겠어?"

"자네가 들으면 기함할 소식이 있다니까."

"뭔데 그래?"

"자네가 직접 들어봐. <u>으흐흐.</u>"

말복이 턱짓으로 건너편 평상을 가리켰다. 취기 오른 목소리들이 누군가를 비난하고 있었다.

"말종도 그런 말종이 없어! 신주도 안 세우고 치르는 장례는 머리털 나고 처음 봄세! 지충이 그 사람을 내 그동안 좋게 봐왔는데…."

권상희는 지충이라는 이름에 더욱 귀를 기울였다.

"우리가 그동안 그놈의 얌전한 꼴에 홀딱 속아 넘어간 거야. 제아무리 불상놈이라도 장례를 치르며 제상을 안 차리고 절도 안 하지는 않네."

"아, 그 정도면 내가 말을 안 해. 신주를 태운 건 또 어떻고!"

"뭐? 신주를 태워? 이건 또 무슨 소리야?"

"아, 글쎄, 지충이 그놈이 집에 모셨던 신주들을 죄다 태웠다지 뭔가."

"정말이야?"

"제상에 위패가 없는 걸 두고 조문객들이 난리를 부리니까 지충이가 제 입으로 그러던걸. 조상 신주를 다 태워버렸다고."

"아니, 아무리 그래도 어찌 신주에 손을 대?"

"가만, 그러고 보니 호상을 서던 상연이도 뭔가 이상했어. 그놈도 지충이처럼 신주를 없앤 거 아냐?"

"에이, 설마⋯."

"설마는 무슨! 그놈도 천주쟁이라며?"

사내들의 대화를 듣던 권상희가 얼굴이 하얗게 질려서는 자리에서 벌떡 일어섰다.

"나 먼저 가보겠네!"

말복이 짐짓 당황한 표정으로 권상희를 잡았다.

"온 지 얼마나 됐다고 벌써 가?"

"내 긴히 확인해 볼 것이 있네."

"뭘?"

말복은 시치미를 뚝 떼며 태연하게 물었다.

"사람들이 하는 소릴 못 들었나? 지충이는 그렇다 치고, 상연이 형까지 신주를 없앴을 거라잖아. 내 눈으로 확인해봐야겠네. 천천히 들고 오게."

말복을 뿌리친 권상희가 주막을 빠져나가자마자 다들 비웃음을 한

바탕 쏟아놓았다.

"드디어 시작됐군. 우린 굿이나 보고 떡이나 먹지."

말복은 흡족하게 웃으며 탁주 잔을 들어 올렸다.

"상연이란 자가 신주를 불태웠다고? 정녕 그게 사실인가?"

"그렇습니다, 대감."

권상희는 주막에서 듣고 권상연을 찾아가 확인한 사실을 채제공에게 털어놓았다.

권상연의 일로 발칵 뒤집힌 권씨 문중에서는 이 일이 자칫 남인 전체의 일로 번질까 우려하여 대책을 묻고자 권상희를 문중 대표로 채제공에게 보낸 것이다.

채제공은 끓어오르는 화를 감추지 않았다.

"당장 두 사람을 내 앞으로 데려오게! 그토록 언행을 조심하라 일렀건만."

"송구합니다, 대감."

"자네는 일단 숙소에 가서 기다리게."

권상희를 내보낸 채제공은 사람을 보내 이가환을 불러들였다.

"이보게! 그자들이 그런 무도한 짓을 저지르는 동안 자네는 대체 무얼 했단 말인가!"

채제공의 질타에 이가환은 낯을 들지 못했다.

"저도 믿기지 않습니다."

"사태의 전모를 확인해봐야겠네. 당장 은밀하게 진산으로 사람을 보내게!"

"알겠습니다!"

"종사가 걸린 문제이니, 신속하고도 신중하게 처리해야 하네."

얼마 후, 왕대비전에서는 오랜만에 호탕한 웃음이 터졌다.

"그놈들이 드디어 일을 저질렀구나. 오매불망 기다렸던 때가 결국은 왔어. 호호호!"

박장대소한 왕대비가 다정한 눈빛으로 목만중을 지그시 응시했다.

"나도 사람인지라 오해를 하고, 실수도 한다오. 내게 서운한 바가 있다면 이참에 모두 털어버리시오."

"서운하다니요? 당치 않습니다. 누구보다 말복이 공이 크오니 언제고 따로 치하하시면 더없는 영광으로 여길 것이옵니다."

"그럼, 그래야지. 그래, 말복이란 자는 지금 무얼 하고 있소? 내 안가로 나가 만나고자 하는데….."

"송구하오나 지금은 따로 시켜놓은 일이 있사옵니다. 차후에 편한 시간을 내주시면 제가 말복일 데려오겠습니다."

권상희가 문중 회의에 불려간 사실을 알아낸 말복은 권상희가 채제공의 집으로 들어간 것까지 미행하고 나서 말머리를 돌려 목만중을 찾았다.

"번암 댁에서 어떤 얘기가 오갔을지는 뻔할 뻔자지요. 저들의 대책이란 걸 알아내려고 말복이를 권상희에게 계속 붙여놨습니다."

"자, 그렇다면 번암이 앞으로 어찌 나올지 두고 볼 일만 남았군."

왕대비의 말에 목만중이 놀란 눈을 떴다.

"그저 두고만 보시겠다고요?"

"그럴 리가 있나."

왕대비는 회심의 미소를 지으며 말을 아꼈다.

그로부터 며칠 뒤, 왕대비는 홍수보의 집을 찾았다. 사랑에 마주 앉은 두 사람 사이에 한동안 어색한 침묵이 흘렀다. 홍수보는 진땀을 흘렸다.

"진산에서 천인공노할 일이 있었다던데…. 형판도 혹시 들으셨소?"

"예. 듣기는 하였사온데 너무 기가 막힌 소식이라 믿기질 않습니다."

"권상연과 윤지충은 유자가 아니오? 그런 자들이 조상과 주자를 배반하고 강상의 죄까지 저질렀으니 어찌 용서할 수 있겠소?"

"지당하신 말씀이옵니다. 저도 그 소식을 듣고 잠을 이루지 못했습니다."

"다행이오. 형판은 생각이 온전하니. 다른 남인들도 형판과 같은 생각인가 보구려. 번암조차 별다른 말이 없으니 말이오."

"공연히 일을 크게 만들어서 좋을 게 없다는 걸 번암도 잘 알 테지요."

"허나 천주쟁이들이 허무맹랑한 교리로 혹세무민하고 있는데, 번암이 저리 손 놓고 있는 건 옳지 않은 태도요. 사교를 하루빨리 이 땅에서 몰아내야 삼강오륜이 바로 설 것이오."

"백번 지당한 말씀이십니다."

"나와 생각이 같다면 도와주시오."

"어찌 말이옵니까?"

"형판이 이 문제를 공론화해주시오."

"알겠사옵니다. 제가 상소하지요."

"그걸로는 부족하오. 번암을 치워야 사교를 척결할 수 있소."

"무슨 말씀이온지?"

"번암에게 보내는 고발장을 쓸 사람을 남인 중에서 찾아보시오. 녹암과 줄이 닿는 사람이라면 더할 나위 없겠지요."

왕대비의 의도를 알아차린 홍수보는 모골이 송연했다. 공연히 꼬리 아홉 달린 여우라고 수군거리는 게 아니구나 싶었다.

"마마께오서 찾는 사람을 제가 알고 있는 듯합니다."

"좋구려. 누구보다 깨끗하고 정의로운 줄 알았던 번암이 실은 패륜을 저지른 무리와 한 통속이 되어 그자들의 죄를 감싸줬다는 걸 만백성이 알도록 하는 것이오. 고발장이 그 증거가 될 것이오."

"여부가 있겠습니까."

"맞춤하다는 그자는 어떤 인물이오."

"저희 가문에 홍낙안이라는 가주서가 있사옵니다. 승정원에 재직 중이온데, 녹암의 문하로 들어가 수학한 적이 있지요. 천주교 문제로 녹암과 결별한 뒤로 누구보다 천주교 배척에 열을 올리고 있사옵니다."

"내 어찌 그를 모르겠소. 정미반회사건을 일으킨 장본인이 아니오."

"정약용의 성균관 동료였던 데다 이기경과도 가까이 지내고 있지요."

"호호호, 그야말로 이이제이가 아니고 뭐겠소."

"번암이 고발장을 받고도 묵묵부답이면 곧바로 조정에 진산사건을 투고하도록 일러놓겠습니다. 같은 남인이 먼저 공론화하면 당파 싸움으로 볼 여지도 없겠지요."

"그 전에 먼저 할 일이 있소."

"예?"

"윤지충과 권상연이 신주를 없앴다는 걸 본 사람이 지금으로선 그 집안사람들뿐이질 않소."

권상희는 신서파는 아니지만 권씨 문중에 속한지라 진산사건이 공론화되었을 때 거짓 진술을 꾀할 수도 있었다. 아니면 권씨 문중에서 권상연을 파문하거나 쥐도 새도 모르게 살해할 수도 있었다. 그러니 권상희의 증언을 장담할 수 없었다. 그에 대비하여 빼도 박도 못할 물증을 만들어두어야 했다.

"공식적인 증인이 필요하오. 홍낙안으로 하여금 진산 군수 신사원에게 편지를 보내 가택수색을 한 뒤 신주가 없으면 곧바로 체포령을 내려달라고 청하라 이르시오."

"알겠습니다. 마마, 그 대신…."

왕대비가 홍수보의 말을 자르며 안심시켰다.

"대감, 아무 걱정하지 마시오. 우리가 이미 한 배를 탔는데, 내 어찌 대감을 두고 딴생각을 하겠소."

"망극하옵니다."

홍수보의 얼굴에 그제야 안도의 미소가 퍼졌다.

채제공의 편지를 받고 나서 권철신 형제의 안색이 파랗게 질렸다.

"저들의 움직임이 심상치 않습니다. 필시 크게 일을 키우려 할 겁니다. 그전에 두 분이 해주셔야 할 일이 있습니다."

"우리도 얼마 전까지 교인이었습니다. 이번 일에 자유롭지 못한 우리가 무슨 도움이 되겠습니까?"

"제자들 가운데 교인이 아닌 사람도 있질 않습니까?"

이가환의 질문에 권철신은 가만히 고개를 끄덕였다.

"믿을 만한 사람 둘만 추천해주십시오. 가족 없이 혼자 사는 남자면 더 좋습니다. 지역은 물론 달라야 합니다."

"왜 하필 그런 사람을?"

"윤지충과 권상연을 저대로 가만두지 않을 겁니다. 처벌하라고 벌 떼처럼 들고일어나겠지요. 지금으로선 그걸 말릴 어떤 명분도 없습니다. 큰 문제는 이후에 벌어질 일입니다. 남인 신료를 넘어 주상전하까지 위험해질 수 있어요. 번암이 대책을 마련할 때까지 우리가 시간을 벌어 드려야 해요."

그러자면 무슨 수를 써서라도 윤지충과 권상연의 체포를 막아야 했다.

"만약의 사태에 대비해 둘을 안전한 곳으로 피신시켜야 해요."

"적당한 이가 몇 있긴 하오만 흔쾌히 응해줄지는 장담하지 못하겠소."

제사 금지령을 거부한 뒤로 교인들과의 접촉마저 멀리해온 권철신이다.

"제가 만나서 설득해보겠습니다."

권일신이 자처하고 나섰다.

"고맙습니다."

이가환은 할 말이 더 있다는 듯 머뭇거렸다.

"아예 다 말씀해 보세요."

권일신이 웃으며 말했다.

"인근 관아에 혹 연줄이 있는지요?"

"관아의 동태가 필요한 모양이구려."

권철신이 이가환을 바라보았다.

혹 중앙에서 놓친 정보가 있더라도 현장에서 포착해야 했다.

"마침 연결되는 관속이 있소. 내 그 사람들을 만나보리다."

권철신은 사위 이총억을 불러들였다. 아우 권일신, 아들 권상학까지 내처 부른 그는 세 사람에게 서찰을 한 통씩 맡겼다. 공주와 한산 그리고 진산으로 가는 서찰들이었다.

그즈음, 윤지충의 집 앞이 소란스러웠다. 사립을 막아선 윤지헌과 그의 양부 윤증에게 군사들이 창검을 겨눴다.

"이런 무례가 어디 있소? 제아무리 군수라도 양반의 집을 함부로 수색할 순 없소!"

윤증이 격앙하여 진산 군수 신사원에게 항의했다.

"이 집 주인이 강상죄를 범했다! 강상죄는 대죄로 다스린다는 걸 모르진 않을 터, 썩 비켜라!"

사립을 막아선 윤증과 윤지헌을 군사들이 패대기를 쳤다. 그 사이에 군관 둘이 집안으로 뛰어들어갔다.

이윽고 감실장을 확인한 군관들이 낭패한 얼굴로 되돌아 나왔다.

"왜 그러느냐?"

"주독이 그대로 있습니다."

주독은 신주를 모셔두는 나무 궤짝이다.

"그럴 리가?"

보란 듯이 제자리에 놓인 주독을 보고 신사원은 낭패감으로 얼굴이 빨개졌다. 신사원은 홧김에 주독을 들어 팽개쳤다. 그때였다.

"허!"

신사원은 어이가 없어 헛웃음을 터트렸다. 주독은 텅 비었다. 신주가 있는 것처럼 보이려고 빈 주독을 치우지 않은 것이다.

"나으리!"

군관이 한 무리의 군사들을 이끌고 달려왔다. 권상연의 집으로 보낸 군사들이다.

"그래, 어찌 되었느냐?"

"신주 태운 재를 주독에 담아 땅속에 묻어두었습니다."

"권상연 그놈은?"

"이미 달아나고 없었습니다."

"으음!"

신사원의 노한 눈길이 윤증을 향했다. 마음 같아서는 당장 요절을 내고 싶었지만, 수많은 구경꾼이 지켜보고 있었다.

"감히 나를 기만했겠다. 윤지충은 어디 있느냐?"

"모릅니다."

윤증은 담담했다. 신사원은 화가 머리끝까지 치밀었다.

"허면 그자의 처자식은 어디 있느냐?"

"저희도 궁금하던 참입니다. 어쩌면 형수님은 애들 데리고 친정에 가 있겠네요."

지헌이 태연하게 둘러댔다.

"우릴 바보로 아는 게냐? 너희는 미리 이곳에 와 있었어! 누구냐? 미리 알려준 자가?"

눈알을 부라리는 신사원에게 윤증이 예의 차분한 음성으로 대답했다.

"그런 사람 없습니다. 군사들이 동네로 들어서면서부터 시끄러웠는데, 저라고 그런 눈치가 없겠습니까?"

신사원이 포졸들을 향해 외쳤다.

"이놈을 당장 끌고 가라!"

홍낙안이 윤지충과 권상연의 처형을 요구하는 장문의 고발장을 채제공에게 보냈다. 그런데도 채제공이 반응을 보이지 않자 홍낙안은 지체하지 않고 조정에 투서를 접수했다. 온 조정이 들썩이면서 임금이 수세에 몰렸다.

"방금 무어라 했는가? 누가 무얼 인정했다고?"

이산은 홍낙안을 노려보았다.

"윤지충의 숙부 윤증이옵니다. 두 양적이 저지른 죄를 고백하였다 하옵니다."

"허면, 신주를 태우고 모친의 시신을 내다버렸다는 것이 사실이란 말이냐?"

"예, 전하! 제사를 폐한 것도 부족하여 부모상을 당하고도 혼백을 세우지 않았을 뿐 아니라 조문까지 받지 않았사옵니다!"

"그렇지 않사옵니다! 가주서는 지금 거짓을 아뢰고 있사옵니다, 전하!"

신료들의 눈길이 일제히 채제공에게로 향했다.

"제가 무슨 거짓을…!"

발끈하는 홍낙안을 이산이 제지했다.

"좌상이 알고 있는 진상을 말해보시오."

"소신이 알아본 바에 의하면, 윤지충은 성심을 다한 장례로 망자를 정성껏 모셨다고 하옵니다."

"헌데 어찌 주검을 내다 버렸다는 흉측한 소문이 예까지 날아들었 단 말이오?"

"하필 역병이 창궐한 지난여름에 모친이 운명한 모양입니다."

"그래서 두 달이나 시신을 방치했단 말이오?"

"그렇지 않습니다. 집안 뜰에 관을 안치하고 이엉을 덮어 임시 묘소로 삼았다고 합니다."

"초빈의 예를 행했단 말이오?"

"예, 전하. 윤지충은 두 달여 내내 모친 곁을 지켰다 하옵니다."

"그리 예를 잘 아는 자가 어찌하여 초빈 동안 문상을 받지 않았답 니까?"

홍의호가 비아냥거렸다.

"방금 말하지 않았는가! 역병이 돌아 장례도 치를 수 없었다고! 문상객들이 역병에 전염되어 줄초상이라도 치렀어야 만족하겠는가!"

"그것이 아니라!"

"허면 그 입 다물게! 나름 효심을 다해 장례를 치른 상주에게 누명을 씌우다니! 인간 된 도리로 어찌 그럴 수 있는가!"

"…방금 인간 된 도리라 하셨습니까?"

묵묵히 듣고 있던 심환지가 채제공을 쏘아보았다.

"좌상께 여쭙겠습니다. 윤지충은 인간 된 도리를 아는 자가 모친의 교의에 신주를 세우지 않습니까? 제사를 거부하고, 선대의 신주까지 태워 없앱니까?"

"물론 아닐세!"

그 대답을 기다렸다는 듯 정적들이 벌 떼처럼 천주교인들을 비난하고 나섰다.

"전하! 저들은 임금도 없고 아비도 없는 흉악한 자들이옵니다! 저들이 천당 운운하며 혹세무민한 날들이 한두 해가 아니옵니다! 이번 기회에 저들을 확실히 뿌리 뽑지 않으면 두고두고 화근이 될 것이옵니다!"

"맞습니다, 전하! 흉악무도한 자들을 발본색원하시어 극형에 처하시옵소서!"

끝내는 채제공까지 물고 늘어졌다.

"고발장을 받고도 그냥 넘어간 좌상의 죄 또한 가볍지 않사옵니다! 뭔가 다른 속셈은 없는지 명백히 밝혀야 할 것이옵니다!"

"다른 속셈이라니? 말씀을 삼가시오!"

"발끈하시는 것만이 능사는 아닙니다, 좌상!"

형조판서 홍수보가 공격에 가담했다.

"홍낙안은 고발장에서 가까운 벗들이 사학에 빠졌다고 했습니다. 홍의 증언에 따르면 사교를 이끄는 교주와 신도들이 누구인지 짐작하는 건 어려운 일이 아닙니다. 이가환과 정약용, 이승훈과 권철신이 바로 그들입니다!"

네 사람의 이름이 나오자 편전이 술렁거렸다. 임금의 총신 네 사람을 강상죄인과 하나로 묶어버렸으니 그럴 만도 했다.

"나는 물론 그 네 사람도 진산에서 벌어진 사건과 무관하네."

"그리 당당하시면 좌상께서 앞장서서 진상을 규명하시면 되겠습니다. 홍낙안이 말하기를, 천주교 신자들이 교주로 받드는 인물이 있다고 하던데, 그자가 누구인지도 꼭 밝혀주십시오!"

"나야말로 형판이 심히 의심스럽네. 교주가 있다는 것도 금시초문일뿐더러 설령 있더라도 외부 사람들이 쉬 알 수 없는 내밀한 정보가 아닌가! 내 듣기로 홍낙안은 주어사 강학회 이후로 교인들과 왕래가 끊겼다는데, 그런 사람이 물증도 없이 함부로 교주니 뭐니 떠들고 있으니 사전에 모의한 것 아닌가? 홍낙안이 고발장을 쓰고 통문을 돌린 배후와 속셈이 궁금해지는군."

"배후라니요?"

"형판이 무고한 사람들까지 끌어들여 진산사건과 엮으려 드니 하는 말일세!"

"말씀을 가려 하십시오! 제가 홍낙안을 부추겨 없는 일을 있는 일처럼 꾸미기라도 했단 말입니까?"

그때였다.

쾅!

이산은 탁자를 내려치며 일갈했다.

"그만두라!"

저들이 원하는 바가 무엇인지 간파하고 있는 터라 소란을 더는 두고 볼 수 없었다.

"달아난 죄인들을 하루속히 체포하시오. 진상을 밝힌 연후에 합당한 처벌을 내릴 것이오."

처벌하지 않을 수도 없고 처벌할 수도 없는 난처한 상황에서 묘안을 찾느라 이산의 고민이 깊어졌다.

● ● ●

두 필의 적토마가 저녁놀에 물든 숲길을 바람처럼 달려나갔다. 목멱산 기슭에서였다. 종루에서부터 집요하게 추격해오던 무사들은 보이지 않았다.

종루를 벗어날 때만 해도 모든 것이 순조롭게 풀리는 듯했다. 한감개 밖까지 따라와 준 권일신과 모색한 일은 한 치의 오차도 없었다. 그런데 채제공의 집을 나선 직후에 문제가 생겼다. 매복하던 일단의 무사들이 급습해온 것이다. 권일신의 지시대로 윤유일은 중인 신자들에게 회합 장소를 알려주러 떠나야 했다. 그를 안전하게 보내기 위해 경장 무사들을 다른 곳으로 유인하여 시간을 벌기로 했다.

불가피한 추격전이 한 식경 넘게 이어졌다. 검술로 단련된 십여 명의 무사들을 두 사람이 맨손으로 상대하기란 역부족이었다. 요행히 정약종이 검을 빼앗아 절반 가까이 무사들을 베어 넘긴 뒤에야 종루를 벗어날 수 있었다.

빽빽한 솔숲으로 들어서자 최창현과 윤유일이 모습을 드러냈다.

"괜찮으십니까?"

"천주님이 도우셨네. 그분들은 오셨는가?"

"예. 저기 계십니다."

바위 뒤에 몸을 숨기고 있던 사내들이 주춤주춤 일어나며 인사를 건넸다. 이윤하의 연락을 받고 모인 홍낙민과 이존창, 지황과 황심, 그리고 윤유일이 데려온 충청 신자들이었다. 최창현과 최인길, 김이우와 김현우 형제, 최필공과 그의 종제 최필제가 말에서 내리는 항검을 불안하게 지켜보았다.

"대체 무슨 일이 있었던 거예요?"

김이우의 질문에 항검이 반문했다.

"상연 형님이랑 지충한테 일어난 일을 듣지 못하셨습니까?"

"못 듣긴요. 지금 그 일로 도성이 얼마나 시끄러운데요."

최창현이 한숨을 푹 쉬었다. 명례방을 중심으로 활동하는 신자들 여럿이 불시에 조사를 받았다.

"포청 군사들이 닥치는 대로 헤집고 다니는 통에 형제님들이 극도로 불안해하고 있어요."

김현우가 분통을 티트렸다. 군사들이 교인들 집만 골라서 털고 있다는 소식에 교리서를 모아 다른 곳에다 옮겨두었다. 그런 덕분에 김이우 형제는 무사할 수 있었다. 하지만 미처 대비하지 못한 교인들 몇은 잡혀가고 말았다.

"끌려간 그분들이 혹여 신주를 없앴습니까?"

항검의 물음에 최인길이 고개를 저었다.

"웬걸요. 그분들 중에 장손은 안 계세요. 제사를 모시지 않으니 신주가 있을 턱이 없지요."

"설령 신주라 해도 문제 될 게 없질 않습니까? 제사를 못 지낼 형편이거나 너무 오래 모신 신주라면 폐기하곤 하잖아요."

최창현은 아무리 생각해도 의심쩍었다. 양반과 달리 양민들은 각자의 사정에 맞게 제사를 간소화하거나 생략했다. 중인들도 가난한 이들은 제사에 얽매이지 않았다. 그런 사정을 알면서도 군사들이 중인 신자들의 집을 강압적으로 수색하고 있다.

"중인 교우들만 그런 봉변을 당하고 있는 게 아닙니다. 양반 교우들도 가택수색을 당하고 있어요."

권철신 형제는 유배나 다름없는 처지로 몰렸다. 정체 모를 사내들이 일거수일투족을 감시하고 있었다.

"존창 형제님한테서 서찰을 받았어요. 그쪽 지역 교인들도 고초를 겪고 있는 모양입니다. 이 일을 어찌하면 좋습니까?"

최인길이 물었다.

"주상께서는 내 사촌들만 체포하라고 명하셨습니다. 헌데 군영에서 어명을 어기고 있어요."

집으로 몰려온 군사들에게 항검이 조사를 거부하면서 내지른 말이기도 했다. 워낙 강경하게 맞서자 결국 군사들은 사당의 조사를 포기하고 물러났다. 그러나 언제 또 들이닥칠지 알 수 없었다. 어명을 어기면서까지 교인들 집을 수색하던 이들이 아닌가.

"누군가 농간을 부리고 있어요. 상연 형님과 지충을 미끼로 음모를 꾸미고 있다고요. 주상께 고해서라도 막아야 합니다."

그 일을 의논하기 위해 항검이 급히 양근으로 갔지만, 권철신은 야박하게 문전박대했다. 상심한 항검이 휘청거리며 대감마을을 되돌아 나오는데, 윤유일의 사촌 동생이라 소개한 처녀들이 항검을 인근 야산으로 이끌었다. 권일신과 윤유일이 먼저 와서 기다리고 있었다.

항검은 저간의 사정을 권일신에게 듣고 나서야 상황을 이해했다. 권철신이 항검을 일부러 냉대함으로써 문 앞에서 소란을 피우고 감시자들이 방심하는 사이에 권일신이 윤유일과 접선한 것이다.

권일신이 항검에게 다짐을 놓았다.

"번암 대감에게 지금 벌어지는 일을 소상히 고해야 하네. 먼저 은밀히 약종 형제님을 만나게."

"번암 대감을 뵙는 게 아니고요?"

"저들이 우리를 지켜보고 있음을 명심하게. 조정 출입이 당연해서 의심을 사지 않을 사람을 통해야 해."

권일신의 말에 퍼뜩 떠오르는 사람이 하나 있었다.

"약용일 생각하신 겁니까?"

"그렇다네."

"약용인 오래전에 교회를 떠난 사람입니다."

"약용이 거절하면 이윤하를 찾아가게."

권일신이 조카를 언급했다.

"실은 조카가 심히 아프다네. 그래서 되도록 이 일에 끌어들이고 싶지 않았네만, 약용이 마다하면 도리가 없질 않은가."

채제공과의 면담은 결국 이윤하의 주선으로 마련되었다.

"쏟아지는 비는 일단 피하라고 했네. 자네들의 심정은 잘 알겠네만 여기서 더 분란을 키워선 아니 되네."

교인들에 대한 과잉 수사는 조치하겠다고 채제공은 약속했다. 일부 불순한 세력의 모략질을 이쯤에서 잘라내지 않으면 더 큰 불상사를 불러오고 말 터였다. 그러나 채제공도 지금으로선 윤지충과 권상연을 구명할 방도가 없었다.

"해결책을 찾을 때까지 두 사람을 찾으려 하지 말게. 어떤 것도 알려 하지 말고, 어떤 행동도 취해선 안 돼. 자네들이 가만히 있는 것. 그게 그 둘을 도와주는 일일세."

윤지충과 권상연이 죽은 듯 숨어 지내야만 나머지 교인들도 무사할 수 있다고 채제공은 경고했다. 그리고 다시는 자신을 찾아오지 말 것을 당부했다.

아, 이 불모의 땅에 복음을 전하는 일이 이리도 힘든 일이었구나…. 이 척박한 땅에서 과연 천주교가 뿌리를 내릴 수 있을 것인가…. 사익을 버리고 오로지 천주의 선한 가르침에 따라 살아가고자 했다…. 그것이 이리도 핍박받을 일인가…. 사제를 조선에 모시는 날이 지척으로 다가왔건만 이렇게 또 훗날을 기약해야 한단 말인가….

항검은 탄식하며 서글픈 눈길을 들어 올렸다. 붉은 물이 돌기 시작한 단풍잎 사이로 쾌청한 하늘이 바다처럼 펼쳐졌다.

"천주님께서는 우리 교우들이 신앙을 지키기 위해 어떤 고초를 겪고 있는지 다 보고 계실 겁니다. 우리가 얼마나 사제를 원하는지도 그분은 잘 알고 계실 거예요. 우리가 사제와 함께하기를 그분도 원하실 겁니다. 허나 시국을 보건대 안타깝게도 아직은 때가 아닌 모양입니다."

불시에 붙들려간 교우가 고문을 당한 끝에 사제를 맞아오려는 계획을 발설할 수도 있었다.

"이번 사태가 잠잠해질 때까지 북경으로 밀사를 보내는 일을 미뤄야 한다는 의견이 양반 지도부 가운데 나왔습니다. 그래서 여러분을 이곳으로 와 달라 청했습니다. 여러분도 이번 거사를 위해 맡은 소임들이 있으니까요. 여러분의 뜻을 묻고 나서 결정하려고 밀사 중단 논의는 일단 보류해두었습니다."

항검의 말에 교인들이 웅성댔다.

"북경과 날짜까지 맞춰놓았습니다! 그곳에 나와 계실 신부님은 어쩌시란 겁니까? 우리가 어떻게 여기까지 왔는데요!"

격앙한 최창현이 따져 물었다.

"맞습니다! 우리가 간청해놓고 이러는 건 신의가 아닙니다!"

최인길이 동조하고 나섰다.

"그렇습니다! 상황이 여의치 않지만 포기해선 안 됩니다!"

김이우 형제도 한 목소리로 외쳤다.

묵묵히 듣고 있던 정약종이 착잡한 심정으로 저간의 사정을 알렸다.

"천주교를 말살하려는 세력이 이를 빌미로 임금까지 내치려 작정하고 일을 키우고 있습니다. 상연, 지충 형제만 위태로운 형국이 아니에요. 이 난리를 피하지 못하면 여기 있는 우리 모두, 아니 우리의 가족 친지까지 전부 몰살당할 수도 있습니다."

진산사건이 대대적인 박해로 이어질 수도 있다는 채제공의 경고가 눈앞에 현실로 다가와 있었다. 정약종은 본능적으로 그것을 느꼈다.

"사제를 모시고자 하는 여러분의 열망을 어찌 모르겠습니까. 신자라면 누군들 이런 기회를 놓치고 싶겠어요? 애초에 교회를 위해 내놓은 목숨인데, 그깟 죽음이 두려워서 이러겠어요? 하지만 지금은 교회가 뿌리째 뽑힐 위기에 처했습니다. 그러니 천주님의 뜻이 따로 있기 때문이라고 믿고 때를 기다려주세요. 때가 오면 누구보다 먼저 제가 앞장서겠습니다. 천주님의 역사에 동참하라고 여러분께도 강권할 겁니다!"

정약종이 간절하게 설득하자 최창현이 슬픈 눈으로 하늘을 올려다보았다.

"천주님께서 다 뜻하신 바가 있으시다니 더는 고집을 못 부리겠습니다. 형제님의 의견을 받아들여 오매불망 그때를 기다리며 조용히 지내겠습니다. 형제님처럼 이 한 몸 바칠 각오가 되었으니 언제든 불러주시면 만사 제쳐두고 달려가겠습니다."

교회 일에 적극적인 교인들만 골라서 수색하는 양상으로 보건대, 저들은 교인들의 명단을 확보하고 있을 가능성이 컸다. 최근의 교회 상황까지 꿰고 있는 누군가가 공서파와 결탁하지 않고서는 불가능한 일이었다.

대체 누구란 말인가? 항검의 마음이 복잡해졌다.

빛으로 가는 길

눈 돌리는 곳마다 온통 검은색이다. 하늘에서는 검은 비가 쏟아지고 땅에서는 검은 안개가 자욱이 피어오른다. 지충은 깎아지른 절벽 끝에서 나아가지도 물러서지도 못한 채 천둥소리를 내며 쏟아져 내리는 검은 물줄기를 바라보았다. 악몽에서 벗어나야 한다는 생각이 간절했지만, 벼랑에 갇혀 옴짝달싹하지 못했다.

천주님, 저를 살려주십시오….

그때 어둠 저편에서 강렬한 빛줄기가 뻗어 나오더니 무지개다리를 놓았다. 벼랑에서 다리로 올라서자 검은 안개가 거짓말처럼 걷혔다.

오, 천주님!

감사 기도를 드리던 지충은 환희의 탄성을 내질렀다. 친근한 얼굴들이 온갖 꽃이 만발한 초원에서 지충을 보며 웃고 있었다. 벽이 형님도, 예원 선생도, 범우 형제도 보였다.

그들이 넘실대는 강 쪽으로 지충을 인도했다. 예원 선생의 지하 화실에서 본 그 사내, 물고기를 낚는 예수가 거기 있었다. 천사들의 노래와 나팔 소리가 빛나는 하늘과 땅을 가득 채우며 메아리쳤다.

천사들 사이에서 한 여인이 걸어 나와 지충을 보고 환하게 웃었다.

어머니!

지충은 어느결에 어머니 품에 안겨 서럽게 울었다.

저는 지쳤어요, 어머니. 더는 버틸 힘이 없어요.

어머니는 아들의 눈물을 닦아주며 토닥였다.

너는 할 수 있단다. 천주님이 너와 함께하실 거야.

어느 순간 빛줄기가 멀어지더니 어머니도 벽이 형님도 모두 빛줄기를 따라 사라졌다.

"어머니! 어머니!"

서러운 외침이 캄캄한 방안 가득 퍼졌다. 옆방에서 자던 집주인이 놀라 미닫이문 저편에서 물었다.

"악몽이라도 꾸신 겁니까?"

"죄송합니다…."

숨어 지내는 날이 하루하루 늘어날수록 마음이 복잡해졌다. 방 한 칸을 내어준 주인은 권철신의 제자로, 배려심이 깊어서인지 불편함이 없도록 매사에 신경 써주었다.

그런데 주인은 이틀이 멀다 하고 어디론가 외출했다가 오후 늦게야 귀가했다. 어딜 다녀오느냐는 지충의 물음에는 당황한 기색으로 번번이 얼버무리고 말았다. 눈도 마주치지 못하는 집주인을 보며 자신과 관련되었음을 눈치챘다.

윤지충은 집주인의 뒤를 몰래 쫓았다. 그리고 숙부가 감옥에 갇혀 있다는 것을 알게 되었다. 어렵사리 만나본 숙부의 몰골은 처참했다. 천주교인이 아닌데도 조카 때문에 붙잡혀 고초를 겪고 있었다.

밤새 전전반측하다가 새벽녘에야 설핏 잠들었다. 목 없는 귀신들이 사방에서 달려들었다. 지충은 외마디 비명을 지르며 소스라쳐 일어났다.

"아악!"

"또 악몽을 꾸신 게로군요?"

집주인이 미닫이문 너머에서 걱정했다.

한동안 망연히 밖을 내다보던 지충이 나직하면서도 단호하게 말했다.

"진산으로 돌아가겠습니다."

1791년 10월 26일, 땅거미가 내릴 무렵, 윤지충과 권상연 두 사람은 진산 관아에 도착했다. 상연은 지충의 자수 결심 소식을 듣고 만류하려고 광주 은신처로 달려왔다가 함께 자수하기로 결심했다.

"너희가 정녕 윤지충과 권상연이란 말이냐?"

도무지 믿기지 않는다는 표정의 군관에게 지충과 상연이 호패를 내밀었다.

"뭣들 하느냐? 당장 이놈들을 끌고 들어가라!"

지충을 끌어낸 진산 군수가 엄한 소리로 물었다.

"너는 어쩌자고 사교에 빠져 가문과 조상을 욕보이느냐!"

지충의 음성이 차분했다.

"천주교는 사교가 아닙니다."

"조상의 신주를 태우고 제사를 지내지 못하게 하는데도 사교가 아니란 말이냐?"

"제사만 지내지 않을 뿐, 조상을 공경하는 마음은 다 같습니다."

"내게 그런 말장난이 통할 성싶으냐? 지금이라도 크게 뉘우쳐 사교를 버리고 선비의 도리를 찾겠다면 선처를 베풀도록 건의하마."

"이미 천주님께 바친 몸, 어찌 목숨을 구걸하여 배덕할 수 있겠소이까?"

"저, 저런 발칙한 놈 같으니라고. 여봐라, 저자를 다시 가둬라!"

이튿날은 기이할 정도로 조용했다. 목에 찬 큰 칼을 맘 편히 돌릴 수조차 없는 비좁고 어둡고 퀴퀴한 옥방에 하루 동안 갇혀 있으면서 상연은 절망스러웠고, 자신이 한심스러웠다.

평소에 육신에 가해지는 고통 따위 지나가는 바람처럼 가볍게 넘길 수 있을 것이라 장담했지만, 실상은 살갗이 형구에 쓸리는 고통에도 죽을 것 같았다. 암울한 정적이 흐르는 옥사의 하루가 상연에게는 견딜 수 없는 고통이었다. 무엇보다 아내와 어린 자식 생각만 하면 심장을 칼로 후빈 듯했다.

아아! 대체 내가 무슨 짓을 저지른 것인가!

의연하게 이 시련을 이겨내야 한다고 결의를 다졌다가도 가족들에게 생각이 미치면 어김없이 후회가 밀려왔다. 처벌은 나 하나에서 끝나지 않고 가족들은 다 노비가 될 터였다.

두려움에 진저리를 치던 그 순간이었다. 옥문 밖에서 누군가 뚜벅뚜벅 걸어오는가 싶더니, 옥졸이 창살 틈으로 불쑥 쪽지를 내밀었다. 쪽지를 받아 읽어가던 상연은 놀랐다.

두려워하지 마라, 나의 아들아. 너는 행복할 것이니라. 하늘나라는 의로움 때문에 박해를 받는 이들의 것. 그러므로 사람들이 나 때문에 너희를 모욕하고 박해한다면 두려워할 게 아니라 기뻐하고 즐거워해야 한다. 너희가 하늘에서 받을 상이 그만큼 크기 때문이니라.

이벽이 남긴 유서에서 처음 보았던 성경 구절이다. 상연은 이벽의 유서를 적어두었다가 마음이 약해질 때마다 꺼내 읽곤 했다.

"이, 이걸 당신이 어떻게…?"

"그러니까 내가 묻고 싶은 말이야. 난 분명히 싫다고 했는데 왜 이게 내 손에 있냐고?"

전해준 이는 백발노인이라고 했다. 옥졸은 황당하다는 듯 횡설수설했지만, 상연은 어찌된 일인지 단박에 납득되었다.

틀림없어. 천주님이야. 천주님께서 저 옥졸을 통해 내게 성령을 보내신 거야.

폭풍 속의 파도처럼 휘몰아치던 감정이 차분히 가라앉으며 상연의 내면이 평온해졌다.

다음 날 아침, 진산 군수 신사원이 상연을 청사로 불러냈다. 신사원은 지충에게 했던 질문을 상연에게 똑같이 던졌다. 상연은 지충이 했던 대답과 같은 대답을 내놨다. 마치 서로 입을 맞춘 듯한 두 사람의 답변은 신사원을 질리게 했다.

"너희를 숨겨준 자가 누구냐?"

"……."

한참을 윽박지르던 신사원이 지친 표정으로 말했다.

"네가 지은 죄를 반성하고 선비의 도를 따라 살기로 작정하면 선처를 부탁하마."

"저는 죄를 지은 적이 없습니다."

신사원은 고개를 설레설레 저었다.

"독한 것들…. 너희를 전라감사 정민시가 있는 전주로 보낼 것이다. 거기 가서도 그 말이 통하는지 어디 보자꾸나."

정오 무렵에 지충의 숙부 윤증이 풀려나고, 해거름에 지충과 상연은 마지막 심문을 받았다. 신사원은 두 사람을 밤늦게 전주로 보냈다. 전라 감영에 도착한 지충과 상연은 수시로 문초를 받았다. 관찰사 정민시는 지충과 상연에게 질문서를 보내 답변을 요구하고, 그에 따라 문초했다. 지충은 모든 질문에 짧게 대답했다.

"저의 소망은 죽는 날까지 임금께 충성하고 부모에게 효도하며, 형제간에 우애 있게 사는 것입니다."

"그런데 어찌 천주가 너희의 임금이라 하느냐? 공술서에 적어낸 십계나 칠극에는 임금과 신민의 관계에 대해서는 일언반구도 없었다."

"그렇지 않습니다. 십계 중 4계가 그 내용입니다. 충성의 본분을 지켜야 한다는…."

"그 내용이 네가 읽은 책에 있다는 말이지?"

"예. 그렇습니다."

"좋다. 그렇다면 그 책들은 누구한테 받았느냐? 천주교 서적을 금한다는 어명이 있기 전의 일이니, 책을 준 사람이나 받은 사람이나 죄가 되지는 않을 터, 마음 놓고 말해보아라."

"……."

상연은 지충을 바라보았다. 지충은 자기한테 맡겨두라는 눈빛이었다.

"제 대답은 이미 임피 현령을 통해 올린 공술서에 다 있습니다."

진산 군수가 먼저 와서 두 사람을 설득하다가 돌아간 새벽, 사건 심리를 맡은 임피 현령이 찾아왔다. 그는 살고자 하면 공술서에 임금에 대한 충성과 부모에 대한 효성을 더욱 강조하고, 천주교 기본 교리는 물론 그간의 일을 상세히 적어 선처를 바랄 것을 조언했다.

"많은 이들이 천주교를 미신이라 하는데, 그렇지 않습니다. 천주는 천지 만물을 창조하신 분으로, 중국의 상제가 바로 그분입니다."

"상제가 천주와 같단 말이냐?"

정민시가 뜻밖이라는 표정으로 되물었다.

"예, 그렇습니다. 근원을 따져 올라가 보면 천주가 계십니다. 천주께서는 우리의 큰 부모로서 부모에게 효도하라고 가르치십니다. 임금님은 백성의 어버이시니 그분께 효도하는 것이 곧 충입니다. 그러니 공자님의 유교와 충효를 사상의 근간으로 하는 천주교가 다를 게 뭡니까?"

"으음…."

"혹자는 천주교를 무부무군의 사교라고 비난하지만, 천주교에 대해 나쁜 마음을 품은 자들이 모함하여 생겨난 헛소문에 불과합니다."

"네 이놈! 그 요사한 입을 다물라. 설령 그렇다 한들 신주를 태우고 제사를 팽개치는 등 국법을 어지럽힌 네놈들의 죄까지 없어지지 않는다. 여봐라! 이놈부터 형틀에 묶고 발가벗겨 장 삼십 대를 쳐라."

지충은 나장들이 돌아가며 치는 장 삼십 대를 온몸으로 받아냈다. 볼기가 피범벅이 된 채 실신하여 축 늘어진 지충에게 물을 끼얹었다. 뒤이어 상연이 지충과 같은 형벌을 당했다.

신해사옥

"오늘도 안 된답니다. 가족들조차 면회하지 못하고 있대요."

항검의 표정에 수심이 가득했다.

"이런 망할 놈들!"

최창현은 분을 참지 못했다.

항검은 한숨을 쉬며 무거운 걸음을 옮겼다. 사촌들이 전라감영에 투옥된 지 벌써 나흘째. 진산 관아에 자수한 날로부터 이어진 옥살이만 열흘이었다. 그런데도 얼굴조차 보여주지 않았다.

"지금이라도 북경에 연락하는 것이 어떨까요? 우리 형제들이 여기 조선에서 무슨 일을 당하고 있는지 그곳 신부님들은 까맣게 모르고 계실 겁니다. 여기 돌아가는 사정을 고하고 두 분 형제님 좀 살려달라고 부탁드렸으면 좋겠습니다."

이존창이 애써 울분을 삭이며 나직이 말했다.

"뭐든 해봐야지요."

황사영이 거들었다.

"괜히 번암 말을 들었습니다. 번암만 믿고 있다가 이도 저도 아니게

빛으로 가는 길 **143**

되어버렸어요.”

정약종이 탄식했다.

생각에 잠겼던 항검이 불쑥 의견을 구했다.

“감사를 만나 정식으로 항의하면 어떨까요?”

“네?”

이윤하가 놀라 반문했다.

“안 됩니다. 감사를 자극해서 좋을 게 없습니다.”

권일신도 이윤하의 의견에 뜻을 같이했다.

“물론 긁어 부스럼을 만들 수도 있습니다. 하지만 뭐라도 하지 않고
서는 견딜 수가 없습니다. 저 혼자라도 감사와 부딪혀볼 테니 힘을 실
어 주세요.”

일어서려는 항검을 눌러 앉힌 것은 밖에서 들려온 소리였다.

“항검 형님! 면회금지가 풀렸답니다! 방금 감영에서 연락을 받았
어요!”

지헌이 희색이 만면하여 외쳤다.

항검이 허리에 찬 묵직한 전낭을 건네고서야 옥졸의 태도가 누그러
졌다. 지충과 상연은 차디찬 옥방에 따로따로 갇혀있었다. 두 사람의
처참한 몰골에 그만 울음이 터졌다. 지헌은 차마 말을 잇지 못했다.

지충이 그런 아우를 달랬다.

“울지 마라, 지헌아. 나는 평온하단다. 천주님께서 날 불러주셨으
니 육신의 고통 따윈 아무것도 아니야.”

지충이 옥졸의 동태를 살피더니 항검에게 속삭였다.

"우리가 돌려봤던 교리서들 말입니다. 범우 토마스 형제님한테서 빌려봤다고 하십시오. 상연 형님이랑 저도 그렇게 말했으니 말을 맞춰야 해요. 혹여 벽이 형님을 입에 올리면 승훈 형제님도 자연히 언급될 테고, 그리되면 북경에서 그분이 가져온 교리서를 돌려본 교우들까지 줄줄이 엮이고 말 겁니다. 다른 교우들한테도 꼭 그렇게 당부하셔야 해요."

"그래. 잘 알았다."

지충이 이번에는 지헌에게 당부했다.

"너는 면회 오지 말아라."

"무슨 그런 말씀을…?"

"너뿐 아니라 백부님까지 위험해질 수 있으니 하는 말이야. 다른 가족들도 마찬가지고. 그러니 형 말대로 해."

"그러면 식사는요? 밥은 드셔야 할 거 아닙니까?"

지헌이 핑계를 잡아 매달리듯 물었다.

"곡기를 끊겠다."

"예? 설마 굶어 죽겠다는 건 아니지요?"

● ● ●

전라감사 정민시의 장계를 두고 한바탕 격론이 벌어졌다. 공서파는 거침없이 신서파를 몰아붙였다. 전라감영에 하옥된 두 죄인을 참형에 처해야 한다는 상소가 팔도에서 빗발쳤다. 권일신과 이승훈, 이존창의 처벌 요구까지 보태졌다.

그 배경에 홍낙안이 있었다. 채제공은 홍낙안이 증거도 없이 항간의 소문으로 무고한 사람들을 음해하고 있다고 탄핵했다. 처지가 궁색해진 홍낙안이 다시 사간원에 고발장을 내어 권일신과 이승훈, 이존창을 사교의 괴수로 지목한 것이다.

홍수보의 홍파와 왕대비의 벽파는 성균관과 유림을 동원하여 여론전을 펼쳤다. 진산사건의 당사자들을 즉시 참형에 처하고 괴수로 지목된 세 사람을 처벌하라는 여론이 들끓었다. 임금으로서도 겁나는 일이었다.

"참형은 복심의 절차까지 마치고 나서야 집행을 거론할 수 있질 않은가?"

"사교의 해악이 그만큼 심각하옵니다. 저들을 즉시 처형하여 본보기로 삼으소서!"

이가환이 빗발치는 공서파의 화살을 온몸으로 막아섰다.

"조선에 서학을 하는 자가 어찌 권과 윤, 둘뿐이겠습니까? 대신들의 주장대로 모두 처벌한다면 교화의 기회조차 주지 않고 피바람을 일으킬 것이옵니다."

김관주와 몇몇 신료들이 실소를 터트렸다.

"어째 금대가 할 말은 아닌 듯싶소만…."

"만사는 우선순위가 있사옵니다. 신도들을 이끄는 교주가 과연 누구인지, 그자를 돕는 지도부는 또 누가 있는지 찾아내고 벌을 주는 것이 급선무가 되어야 할 것이옵니다."

이번엔 심환지가 나서 교인들의 처벌을 재촉했다.

"머리 없이 움직이는 꼬리가 어디 있겠습니까? 괴수를 색출하여 극형으로 다스리시옵소서. 그리하면 나라의 인재들이 다시는 사교에 마음을 빼앗기지 않을 것이옵니다."

이산은 그런 심환지를 노려보며 침묵했다. 그러자 홍수보가 항간에 떠도는 소문 운운하며 임금을 몰아세웠다.

"항간에 떠도는 소문이라니?"

"연루자 대부분이 좌상과 잘 아는 자들이온데, 전하께서 좌상을 봐서 이 일을 덮고 넘어가려 한다는 소문입니다."

홍수보 대신 목만중이 작심한 듯 고했다.

쾅!

이산은 탁자를 거세게 내리쳤다.

"위정벽사에 관계되는 일이다! 내 어찌 사사로운 정에 얽매여 치죄를 소홀히 한단 말인가?"

그러자 심환지가 채제공을 겨냥했다.

"성의가 그러하시다면, 이번 일을 어찌 처결할지 좌상의 뜻을 듣고 싶사옵니다."

"그런가? 정 그렇다면 어디 좌상의 뜻을 말해보시오."

"전하, 소신은 일찍부터 서학을 염려한 바가 크옵니다. 그래서 비판의 의견을 분명히 밝혔사옵고, 만나는 사람마다 경계하라고 간곡히 일렀습니다. 그런데도 이번 일을 막지 못하였사오니 인심을 바르게 하지 못하고 성학을 밝히지 못한 잘못이 크다 할 것입니다. 다만, 권과 윤의 비행을 고발한 낙안의 글이 근거 없는 뜬 소문으로 애써 짜맞춘 것인 데다가 그 의도가 참으로 불순한 것이 마음에 걸리옵니다. 청컨대 전하께서는 이 점도 밝게 살피시어 엄벌하소서."

"이보시오, 좌상. 반성은커녕 누굴 탓하는 겁니까?"

홍수보가 발끈했다.

"홍낙안이 물증도 없이 소문을 부풀려 일을 크게 만든 건 사실이질 않소! 그리 요란을 떨지 않아도 서학은 곧 제풀에 소멸할 것이 분명하오."

"하오면 다 덮고 가자는 말씀입니까?"

심환지가 힐난조로 물었다.

"그럴 리가 있겠소. 두 죄인이 자복한 마당에 패륜한 죄를 어찌 용서할 수 있다는 말이오? 마땅히 극률을 시행하여 인심을 맑게 하고 윤리를 바로 잡아야 할 것이오."

순간, 다들 놀라 할 말을 잃었다. 정적들까지도 허를 찔린 듯 경악을 금치 못했다.

이가환과 정약용이 하얗게 질려 채제공에게 눈짓을 보냈지만, 채제공은 애써 모른 체했다.

"전하! 삼가 바라옵건대, 윤지충과 권상연을 부대시로 참형에 처하고 닷새 동안 효수하시어 강상의 지엄함을 널리 밝히시옵소서."

"아아…."

이산의 입술 사이로 장탄식이 흘러나왔다.

이쯤에서 적들의 공세를 차단하려는 채재공의 뜻을 모르지 않았다. 그러나 언제고 한 번은 천주교인들의 목숨을 구해주겠다고 약조했었다. 그 약조를 지킬 수 없는 현실이 이산은 가슴 아팠다.

"전하! 양적을 처형하는 것만으로는 이미 강상의 질서를 바로잡을 수 없게 되었습니다. 사교의 괴수들까지 모두 색출하여 처형해야 비로소 사교의 환난이 잦아질 것이옵니다. 통촉하시옵소서!"

채제공의 의도를 모를 리 없는 적들이 다시 벌 떼처럼 일어나 임금을 압박했다.

들려오는 소문은 긴박하고 흉흉했다. 평택에서 보내온 이승훈의 편지가 소문을 사실로 확인해주었다. 윤지충과 권상연은 곧 처형되고, 대대적인 박해가 벌어질 것이라고 했다. 표적이 된 이승훈 자신을 비롯하여 이존창과 권일신이 본보기로 우선 오라를 받게 될 것이라고 했다.

이승훈이 권일신과 이존창에게 사람을 보내 당장 주변을 정리하고 가족과 함께 피신하라 일렀다. 이존창은 양근으로 휘달렸고, 권일신과 대책을 상의했다.

쾅! 쾅!

누군가 대문을 난폭하게 두드려댔다. 권일신을 체포하러 온 군사들임을 직감했다.

"어서 달아나게!"

권일신이 이존창을 뒷문으로 밀어냈다.

"이, 이런!"

담장에도 이미 군사들이 진을 쳤지만, 이존창은 빈틈을 노려 비호처럼 내달렸다. 한참 만에 정신을 차려보니 억새밭이었다.

어딘가, 여기는….

"헉! 맙소사!"

도망치면서 목적지로 삼은 솔뫼가 아니라 천안이었다. 천안 예비자들에게 교리를 가르치기 위해 다녔던 길이라 눈에 익었다.

솔뫼는 김해김씨 집성촌이고, 김진후는 그곳의 큰 어른이었다. 자식들의 전교로 입교한 김진후는 벼슬을 버리고 솔뫼에 들어앉아 신앙 생활에 열중했다. 솔뫼는 천주교 신앙촌이 되어갔다. 이존창은 이런 솔뫼로 숨어들어 소나기를 피할 심산이었다.

"귀신이 곡할 노릇이군."

한시바삐 솔뫼로 가야 한다는 생각에 주위를 경계하지 못한 채 갈 대밭을 헤집고 나아갔다.

아뿔싸….

일단의 군사들이 횃불을 앞세운 채 다가오고 있었다.

"여기쯤입니다. 그놈 그림자를 봤어요."

지휘관이 군사들을 분산시켜 사방에서 포위망을 좁혀왔다.

오, 안 돼….

사방이 막혀 어디로도 나아갈 수 없었다. 바람에 억새가 어지럽게 흔들렸다. 벼린 칼날이 언제 어디서 날아들지 도무지 감조차 잡을 수 없었다.

주님, 부디 도와주소서!

이존창은 성호를 그으며 한 방향으로 냅다 뛰었다.

퍽!

이존창은 뭔가에 뒤통수를 얻어맞고 쓰러졌다.

이산은 푸른 새벽빛이 번진 부용정을 거닐고 있었다. 규장각으로 이어지는 후원 길에서 얼음 밟는 소리가 들렸다.

"종악이냐?"

"예, 전하."

충청감사 박종악이 예를 갖췄다.

"어찌 되었느냐?"

"천안 쪽에서 잡기는 하였사온데 마음을 돌리지 않고 있사옵니다."

이산의 두 눈에 화르르 노여움이 일었다.

"저들이 지목한 세 사람을 배교시키지 못하면 다른 교인들은 더더욱 꿈쩍하지 않을 것이다. 그러니 반드시 설득시켜라. 그러라고 너를 그곳으로 보내지 않았느냐."

홍인한과 정후겸이 장헌세자를 죽음으로 몰아가려 했을 때, 박종악은 그들과 내통한 전력이 있었다. 이산은 즉위하자마자 홍인한과 정후겸은 처형하고, 박종악은 기장으로 유배를 보냈다. 이듬해에 유배가 풀렸으나 그 뒤로 십 년이 넘도록 박종악은 야인으로 세월만 낚고 있었다.

이산은 그런 그를 불러들여 저들의 감시망에 포착되지 않는 수족으로 부리고자 했다. 천주교가 크게 일어나고 있다는 충청도로 그를 보낸 것도 그런 연유였다.

박종악은 임금의 은혜에 보답하기 위해 관찰사 직무를 충실히 수행하는 한편, 임금의 비밀 지령을 빠짐없이 실행했다. 특히 충청도 지역의 천주교 현황 파악과 지도급 교인들의 동향 파악은 중요한 임무였다.

"신의 소견은 그때나 지금이나 변함이 없사옵니다. 그자들은 입과 마음이 전혀 다른 자들입니다. 하나하나 잡아들여 입으로 사학을 버리겠다는 다짐을 받아봤자 풀어주면 또다시 이단으로 복귀하고야 말 것입니다."

"이번에 체포된 이들이 몇이나 되느냐?"

"십여 고을에서 아흔네 명이 잡혀 들어왔고, 압수하여 소각한 서적은 20여 종에 달합니다. 하오나 사학에 물든 무리가 이루 헤아릴 수 없이 많사옵니다. 일일이 잡아들여 처벌하다보면 끝이 없을 것이옵니다. 그러니 교주로 받드는 자를 먼저 교화하시옵소서."

"권일신을 말하는 것이냐?"

"예, 전하."

이산은 고개를 끄덕였다. 이단에 빠진 사람은 교화시키고, 서적은 불에 태우는 것. 지금으로선 그것이 최선일 터였다.

"이존창을 계속 설득하되 사소한 것 하나도 빼놓지 말고 내게 보고하라."

"명심하겠사옵니다."

박종악을 돌려보낸 이산은 밝아오는 하늘을 하염없이 바라보았다. 날은 저물면 금세 밝아오건만 천주교가 부른 밤은 너무 길었다.

조정 신료들은 말할 것도 없거니와 성균관 유생들까지 들고 일어났다. 왕대비는 이런 상황을 즐기는지 유생들이 권당을 결의한 소식까지 친히 알려주고는 갔다.

● ● ●

"쉽게 변할 분들이 아니야."

정임을 데리고 밤길을 걸어가며 완숙이 말했다.

그런데 어째서 그리 이상한 소문이 도는 걸까. 끔찍한 고문에도 꿋꿋하던 권일신의 태도가 별안간 변했다고 했다.

이존창과 내포 교인들이 공주 감영에 갇혔다. 완숙은 그 소식을 처음 접한 순간 깨달았다. 그토록 벗어나고자 애쓰던 홍지영에게 자신을 돌려보낸 천주의 깊은 뜻을. 그들의 옥바라지를 자신에게 맡기려고 덕산으로 불러내린 성싶었다. 생각이 거기에 닿자 천주님에 대한 원망이 눈 녹듯 사라졌다.

완숙은 공주 감영으로 향하며 오늘은 옥리와 담판을 짓고야 말겠다고 단단히 별렀다. 깊숙이 넣어둔 친모 민씨 부인의 금비녀까지 꺼내와서 내밀었지만, 옥리는 거들떠보지도 않았다.

척!

완숙은 은장도를 뽑아 자신의 목덜미에 겨누었다.

"안에 계신 분을 뵙게 해주시오! 아니 그러면 긋고야 말겠소!"

완숙은 비장하게 말하며 손에 지그시 힘을 주었다. 목덜미에서 핏물이 배어났다.

"이, 이보시오!"

옥리가 기겁하며 말렸지만, 완숙은 완강했다.

"들여보내 주시오!"

"아, 글쎄 안 된다니까…."

주위를 살피는 옥리의 눈동자가 흔들리자 완숙은 칼날을 더 깊이 눌러 그었다.

"아, 아씨!"

목덜미에서 굵은 핏줄기가 흘러내렸다.

"져, 졌소! 그러니 그 칼 좀 치우시오!"

옥리는 고개를 절레절레 흔들며 옥문을 열었다.

정임이 울음을 터트리며 손수건을 꺼내 지혈을 해주었다. 옥리가 따라오라며 눈짓을 했다.

"아⋯."

완숙은 탄식했다. 이존창은 만신창이가 되어 거적 위에 죽은 듯 누워있었다. 눈물이 줄줄 흘렀지만, 지체할 시간이 없었다. 완숙은 약초 보따리를 풀어 이존창의 상처에 발랐다. 일찍이 공부한 약초 지식이 이럴 때 요긴하게 쓰였다.

"으으⋯."

완숙이 몸을 똑바로 눕히자 이존창이 신음을 흘렸다. 바위 같던 사람이 얼마나 고통스러우면 신음을 다 낼까. 완숙은 가슴이 미어졌다.

"아파도 조금만 참으세요."

피로 얼룩진 이존창의 옷섶을 열어젖힌 완숙은 상처마다 약재를 바른 뒤 식나무 잎을 넓게 겹쳐대고 삼베로 동여맸다.

"다 됐어. 이제 드시게 해도 돼."

"예, 아씨."

완숙이 이존창을 그러안아 머리를 세워 받치자 정임이 청심환 탄 물을 수저로 떠서 이존창의 입으로 흘려주었다. 이존창이 천천히 눈을 떴다.

"정신이 좀 드세요? 제가 누군지 알아보시겠어요?"

멍하니 완숙을 올려다보던 눈동자에 어느 순간 생기가 돌았다.

"…종수씨가 여긴?"

"우선 곡기부터 좀 드세요. 그래야 기운 내서 이겨내죠."

"진산 상황은 어떤지 혹 들은 것이 있소?"

"두 분 다 신심으로 잘 버티고 계신 듯해요."

"일신 형제님은요? 고신이 심하다던데….."

"예. 저도 그리 들었어요. 허나 신심이 깊은 분이니 잘 버티실 거예요."

"나장의 말로는 일신 형제님이 배교했다던데…. 사실이오?"

"아….."

완숙은 대답 대신 탄식을 쏟았다. 이존창은 대답을 듣지 않아도 알겠다는 표정이었다.

"이만 누워야겠소….."

"마음 단단히 가지시고, 몸을 돌보세요. 저들이 무슨 말로 회유하든 듣지 마시고요. 이 고난도 결국 다 지나갈 거예요. 꼭 살아서 여길 나오셔야 해요. 부탁드려요, 예?"

텅 빈 눈으로 완숙을 바라보던 이존창이 심연처럼 깊은 잠 속으로 빠져들었다.

다른 교인들도 이존창과 크게 다르지 않았다. 완숙은 날로 기력을 잃고 초췌해져 가는 그들을 매일같이 찾아가 치료하고 음식을 먹였다.

옥리는 장도 사건 이후로 완숙이 무엇을 요구하든 웬만하면 다 들어주었다. 물론 심심찮게 찔러주는 엽전 꾸러미도 한몫했다. 그런데 이존창이 곡기를 끊었다. 완숙의 정성스러운 간호로 상처는 아물었으나 그는 하루가 다르게 비쩍비쩍 말라갔다.

완숙의 체력도 바닥나고 있었다. 완숙은 제대로 먹지도, 자지도 못하며 오로지 이존창과 내포 교인들의 옥바라지에 온 힘을 쏟아부었다. 공주 감영 근처에 잡아놓은 숙소로 돌아가서도 약재를 손질하고 탕약을 달이고 음식을 준비하느라 쉴 틈이 없었다.

그날도 완숙은 이존창에게 미음을 먹이려고 한참을 씨름하다가 거의 탈진상태가 되어서야 숙소로 돌아왔다. 샘가에서 저녁을 지을 쌀을 씻던 정임이 하얗게 질려 완숙의 방으로 뛰어 들어왔다.

"아씨! 빨리 피하세요! 빨리요!"

다짜고짜 외쳐대던 정임이 찢어지는 비명을 내지르며 방바닥으로 나뒹굴었다. 불콰하게 취한 홍지영이 신도 벗지 않은 발로 정임의 엉덩이를 뒤에서 사정없이 걷어찬 것이었다.

"이게 무슨 짓이에요!"

제대로 일어나지도 못하고 끙끙 앓는 정임을 끌어안아 일으키며 완숙은 불같이 화를 냈다.

"잔말 말고 빨랑 나와!"

홍지영이 완숙의 팔뚝을 난폭하게 잡아 문가로 끌었다.

"왜요?"

완숙은 가지 않으려고 버티며 성난 목소리로 물었다.

"몰라서 물어? 집에 가야지!"

"싫어요!"

"싫어? 진짜 싫어?"

"예! 전 여기 남아서 할 일이 있어요! 그러니까 그냥 돌아가세요!"

"네가 그러고도 애들 엄마냐? 순희나 필주 생각은 하지도 않지?"

순간 완숙의 눈동자가 심하게 요동쳤다. 그녀가 집을 비우는 동안 아이들을 보살피도록 소명을 남겨두고 떠나왔다. 그렇다고 시모와 아이들을 향한 미안함까지 덜어낸 것은 아니었다. 아이들을 떨어뜨려 놓고 와서 아무렇지도 않다면 그건 어미가 아니리라.

 "…소명이 어머니 도와서 애들 잘 챙기고 있을 거예요."

 "종년한테 애들 맡겨놓은 게 뭔 자랑이라고 입을 나불나불!"

 "그러는 당신은 언제부터 그렇게 애들 걱정을 했다고요?"

 "이제부터 하려고 그런다, 왜!"

 "잘됐네요. 처음으로 당신한테 고마운 마음이 드네요. 이제부터라도 애들한테 신경 좀 쓰세요. 저 없는 동안에 저 대신 어머니 도와 애들 좀 챙기라고요!"

 "아니! 너 대신 애들 챙길 여자를 데려올 생각이야. 그래도 상관없으면 여기 계속 있든가!"

 눈길조차 마주치는 것이 싫어서 고개를 틀고 대거리하던 완숙은 놀란 눈을 돌려 홍지영을 보았다.

 "그게 무슨 소리예요?"

 "집안은 내팽개쳐두고 엄한 곳에 와서 기운을 쓰더니 이젠 머리도 안 돌아가? 애들 엄마를 새로 만들어주겠다, 이 말이야."

 "첩이라도 들이겠다는 건가요?"

 "그래! 여편네가 집안일은 나 몰라라 하고 엄한 일에 정신이 팔려 사는데 나도 보란 듯이 딴 여자 만나서 보살핌을 받아야 서로 공평하지."

 "맘대로 하세요. 첩을 들이든, 새 장가를 가든."

완숙의 음성이 전에 없이 차분했고 냉정했다.

"진심이지? 본가에도 그리 말해도 상관 없단 얘기지?"

"그래요."

"좋아! 나중에 딴말만 했단 봐라!"

"당신이나 그만 가 봐요. 당신이 뭘 하든 난 이제 개의치 않을 테니까."

완숙이 매몰차게 말했다. 평소의 홍지영이었다면 절대 그냥 넘기지 않을 말투였다. 웬일인지 홍지영은 콧노래를 흥얼거리며 조용히 물러났다. 소명의 다급한 외침이 방 안에 혼자 남은 완숙에게로 뛰어들었다.

"아씨! 좀 나와 보셔요! 단원 나리가 보낸 사람이 아씨를 찾고 있어요!"

"뭐?"

마당으로 나서자 옥리가 이존창의 말을 전했다.

"이젠 오실 필요 없다고 전하랍디다. 그 작자, 그동안 여러 사람 고생시키더니 결국 배교했어요."

"그게 무슨 소리예요?"

"각서를 쓰고 풀려나게 됐다고요."

완숙은 마당을 가로질러 미친 듯이 내달렸다.

그럴 리 없어…. 그분이 그래선 안 돼….

옥리의 전언은 사실이었다. 이존창과 내포의 신도들은 배교 각서에 서명한 뒤 모두 풀려났다.

"어찌 된 겁니까? 믿음을 저버리셨다는 게 정말입니까?"

가까스로 이존창을 막아선 완숙은 울먹이며 물었다.

"일신 형제님이 배교하셨소. 그분이 그런 결정을 내렸을 때는 더 버티는 게 의미가 없어졌기 때문일 것이오."

"그 소문, 저는 안 믿어요."

"설령 종수씨 말이 사실이라 해도 이제는 돌이킬 수 없게 되었소. 우리는 결국 그분을 밟고 지나고 말았소."

이존창의 얼굴이 고통으로 일그러졌다.

"나는 씻지 못할 죄를 지었소."

이존창의 눈에 물기가 번졌다.

"그러나 이제는 너희의 때, 어둠이 권세를 떨칠 때이다. 복음의 한 구절이오. 이게 우리가 처한 현실이오. 지금은 우리 교인들이 수난을 당하는 시기. 우리가 아무리 버티고 발버둥을 쳐도 저들을 당해낼 수 없소. 그러니 종수씨도 그만 돌아가시오. 지금은 무엇으로도 저들을 막을 수 없소."

이존창이 날개 꺾인 새처럼 어깨를 축 늘어뜨리고 비척비척 걷기 시작했다. 내포의 교인들이 앞서가는 이존창의 뒤를 느릿느릿 따라 갔다.

흰 피

윤지충 바오로와 권상연 야고보를 참수형에 처하고 닷새간 효시하라는 어명이 내려졌다. 두 죄인이 출생한 진산군은 5년 동안 현으로 강등하여 53고을의 맨 끝에 두도록 하였고, 진산 군수 신사원을 파직하여 하옥했다. 관장이 강상의 죄를 방치했다는 죄목이었다.

천주교 관련 서적의 소각령이 내려졌고, 책자 소지자는 신고 기한 내에 자수하여 소각하면 그 죄를 묻지 않기로 했다.

임금의 재가를 받은 양적의 참수 결안이 도성을 출발해 전주로 향했다. 한양에서 전주까지 엿새 거리지만 서두르면 결안보다 먼저 도착할 수 있을 것이다.

"일이 이리될 줄 알았으면 창현 형님이 전주로 가실 때 같이 동행할 걸 그랬어. 그랬으면 두 분 형제님을 잠깐이나마 볼 수 있었을 텐데…."

최인길이 행장을 꾸리며 맥없이 말했다.

"저들은 이번 일에 사활을 걸고 있어. 남인을 몰아낼 절호의 기회니까. 야고보와 바오로 형제님의 죽음은 시작일 뿐이야. 두고 봐. 이제 저들은 무슨 일만 있으면 천주교를 걸고넘어질 거야."

최인길과 함께 봇짐을 꾸리며 김현우가 탄식했다.

흩날리는 눈발 속에서 풍남문 밖의 성문거리를 서성이던 사람들은 압송 행렬이 나타나자 웅성대며 그쪽으로 몰려갔다.

"아니, 저이들이 죽으러 가는 이들이 진짜 맞어?"

"혼을 빼놓는 사교에 맴을 뺏겼다더니 그 말이 참말이었는갑네."

"미쳐도 단단히 미친 거지. 저기가 어딘데 노래가 나와, 노래가!"

"누가 보면 형장이 아니라 잔칫집에 가는 줄 알겄어. 참 내…."

사람들이 절레절레 고개를 저을 만도 했다. 권상연의 입에서 기도 문들과 천주가사가 노래로 흘러나왔다. 노래 한 자락이 끝날 때마다 권상연은 목청을 높여 외쳤다.

"하늘에 계신 우리 아비신자여! 총복을 받으소서! 성총을 가득히 입으신 마리아여! 이제 와 우리 죽을 때에 우리 죄인을 위하여 비소서!"

윤지충이 안간힘을 내어 따라 불렀다.

"아비신자여…, 마리아시여….

"전능하신 천주 성부, 천지의 창조주를 저는 믿나이다! 그 외아들 우리 주 예수 그리스도님, 성령으로 인하여 동정 마리아께 잉태되어 나시고…."

상연은 사도신경을 큰 소리로 외기 시작했다. 사람들이 웅성거렸다.

"그리스도가 뭔 말이여?"

"나도 몰러. 천주는 뭔지 알어. 저들이 믿는 신이 천주람서?"

"으하하! 무슨 뒷북이랴? 그거 모르는 사람이 어딨다고?"

"인자는 심산궁곡에 사는 사람도 천주를 알게 생겼어. 엔간히들 입방아에 오르내려야 말이지."

임금이 천주교인들로 인해 곤욕을 치렀고, 남인 신료와 학자들이 줄줄이 수난을 당했다. 남인의 기둥인 채제공이 탄핵을 받고, 이승훈은 천주교 서적 밀반입 죄명으로 문초를 받았다. 그는 1785년에 이미 〈벽이문〉을 지어 올리며 배교한 바를 강조했지만, 유죄를 면치 못했다. 이기경이 그때 이후로 이승훈에게 천주교 서적을 빌려본 바 있다고 증언했기 때문이다. 이승훈은 다시 한번 배교를 선언하며 선처를 호소한 끝에 관직 삭탈에 그쳐 하옥은 면했다.

이기경은 함경도 경원부에 유배되었으며, 이기경을 증인으로 지목한 홍낙안은 가주서에서 쫓겨나는 수모를 당했다.

남인에게 닥친 풍파는 그것으로 끝나지 않았다. 목만중의 고발로 하옥된 권일신이 유죄 판결을 받고, 권철신마저 하옥되면서 정약전과 정약용 형제도 위기에 빠졌다.

〈사도신경〉을 외운 권상연이 남은 힘을 다 끌어모아 큰소리로 〈천주공경가〉를 부르기 시작했다.

"어와세상 벗님내야, 이내말씀 들어보소! 집안에는 어른있고, 나라에는 임금있네! 내몸에는 영혼있고, 하늘에는 천주있네! 부모에게 효도하고, 임금에는 충성하네! 삼강오륜 지켜가자, 천주공경 으뜸일세! 인륜도덕 천주공경, 영혼불멸 모르며는, 살아서는 목석이요, 죽어서는 지옥이라….""

행렬을 뒤따르던 교인들은 입속말로 기도문과 천주가사를 따라 부르다가 왈칵 감정이 북받쳐 눈물을 쏟았다.

처형장에 도착하자 군사들이 윤지충과 권상연을 무릎 꿇렸다. 날을 벼린 큰 칼을 어깨에 척 걸친 망나니가 칼날에 물을 뿜어대며 춤을 추었다.

"와아! 드디어 나왔다!"

망나니가 칼을 들어 휘휘 돌려대자 구경꾼들이 흥분했다.

"죄인 윤지충을 끌어내라!"

이윽고 윤지충이 끌려 나왔다.

"죄인 윤지충에게 묻겠다! 너는 주상전하께 복종하느냐?"

"……."

"죄인 윤지충에게 묻겠다! 너는 조상 신주를 네 몸처럼 아끼고 공경하겠느냐?"

윤지충은 말없이 집행관을 바라보았다.

"네놈이 믿는 사교를 끝내 버리지 않겠다는 말이냐?"

"그렇습니다."

대답은 짧고 담담했지만, 단호했다. 목침이 윤지충 앞에 놓였다. 망나니가 베기 쉽도록 죄인의 머리를 누이는 데 쓰이는 목침이다.

"지충아…."

권상연이 윤지충의 머리를 기다리는 형구 앞에서 무너졌다. 뜨거운 눈물이 뺨을 타고 흘러내렸다.

"마지막으로 할 말이 있느냐?"

집행관이 지충에게 물었다.

"의로움 때문에 박해를 받는 이들은 복되도다! 하늘나라가 너희의 것이니 기뻐하고 즐거워하여라! 너희가 하늘에서 받을 상이 크도다!"

윤지충은 산상 수훈의 구절로 대답을 대신했다.

"고맙다, 지충아⋯."

상연이 빠르게 평온을 되찾았다.

"천주님! 저는 준비가 되었습니다! 당신 안에서 안식을 찾기를 원하오니, 저를 당신 품으로 이끌어주십시오!"

지충이 외쳤다.

"네놈이 정녕 명을 재촉하는구나!"

집행관의 고함을 뚫고 또 다른 외침이 울렸다.

"저 역시 준비가 끝났습니다! 저에게 당신의 낙원을 허락하소서!"

"무얼 하느냐? 속히 시행하라!"

집행관이 상연을 노려보며 망나니를 채근했다.

망나니가 칼춤을 추면서 목을 대고 엎드린 윤지충을 중심으로 빙글빙글 돌았다.

휘익!

큰 칼이 허공으로 솟는가 싶더니 햇빛에 번쩍 빛났다.

"나의 천주님! 그 외아들 야소님과 성모 마리아시여! 저를 받아⋯."

지충의 기도가 끝나기도 전에 칼날이 바람을 가르며 떨어졌다. 뒤이어 권상연이 명을 달리 했다. 두 사람의 잘린 목에서 흰 피가 분수처럼 솟구쳤다.

정조 15년(1791) 11월 13일의 일이었다. 윤지충은 33세, 권상연은 41세였다.

일찍 퇴청해 핫옷으로 갈아입은 채제공은 채파 소속의 별감이 기다리는 마당으로 나갔다.

"그건 잘 챙겼느냐?"

"예, 영감."

어명에 따라 작성된 문서를 별감이 간직하고 있었다.

"가자."

채제공이 한림동 이윤하의 집으로 향했다.

　　권일신은 사랑 마당이 내려다보이는 마루에 반듯이 누워 찬바람을 맞고 있었다. 제주도로 유배를 떠나는 권일신을 위해 이윤하가 병중에도 직접 약방으로 출타를 했다. 채제공은 태양의 위치를 가늠했다. 서쪽으로 한 자가량 기울었으니 미시쯤일 터였다. 변고가 없는 한 그들도 지금쯤 한림동에 다다랐을 것이다.

　　윤지충과 권상연에게 일어난 일을 권일신도 들어 알고 있을 것이다. 배교를 할 듯 말 듯 애를 태우던 권일신이 제주도 유배를 받아들인 까닭도 거기에 있다고 채제공은 짐작했다. 죽는 순간까지 신앙을 지킨 두 사람을 따라 권일신도 끝까지 배교하지 않겠다고 각오를 다지고 있을지도 몰랐다. 그런 맹세가 얼마나 부질없는지 알려주어야 했다. 개똥밭에 굴러도 이승이 낫다고 하질 않는가.

"몸은 좀 어떤가?"

　　채제공은 대청 앞 기단으로 올라섰다. 기진맥진해 있던 권일신이 몸을 일으켜 뼈 있는 인사를 건넸다.

"이곳에서 뵙게 될 줄은 몰랐습니다."

"할 말이 있어서 왔네."

별감이 봉투를 꺼내 채제공에게 전하고는 물러갔다.

"날씨가 찬데 들어가 눕지 않고 왜 여기서 이러고 있나?"

채제공이 가까이 가 앉았다.

"……."

"노모에 대한 자네의 효심이 극진하다 들었네."

"……."

"탐라는 아주 먼 곳이야. 한번 들어가면 나오기가 쉽지 않지. 그런데 어찌 발걸음이 떨어지겠는가?"

채제공의 눈길을 외면하던 권일신이 흠칫 떨었다.

"그게 무슨 말씀입니까?"

"못 들었는가? 자네 형제들 일로 노모께서 혼절하셨다는데….."

금시초문이었다. 가족 누구한테서도 그런 얘기를 들은 적이 없었다.

"저를 회유할 생각으로 지어내신 소리라면 용서치 않을 겁니다!"

"중죄인에게 요양을 허락하는 게 가당키나 한 일인가? 자네가 이곳에서 몸을 추스르도록 전하께 주청한 것이 바로 날세."

윤지충과 권상연을 둘러싼 풍문이 민심에 어떤 영향을 미칠지 임금은 몹시 두려워했다. 그 일이 권일신과 교인들에게 미칠 영향도 걱정했다. 채제공은 그런 임금의 걱정을 덜어주고 상황의 반전을 꾀하고 싶었다.

채제공은 봉투를 권일신에게 건넸다.

"뭡니까?"

"읽어보게. 어찰이네."

서찰에서 임금은 그저 노모의 안위를 걱정했다.

"배교에 관해 직접적으로 언급한 내용은 한 문장도 볼 수 없을 걸세."

권일신이 수결하면 가까운 예산으로 유배지를 바꿔주겠다고 약속했다.

"그저 수결만 하면 되네. 어디에도 배교 얘기는 없잖은가."

그런 채제공을 응시하는 권일신의 눈동자에 슬픔이 어렸다.

"대감께서 어쩌다가 이런 분이 되셨습니까?"

"뭐라 해도 좋네. 자네의 수결을 받아갈 수만 있다면 뭐라도 하겠네."

"공연히 애쓰지 마십시오."

"기어이 제주도로 가겠다는 말인가?"

"진산의 두 형제가 순교하면서 흘린 흰 피가 무엇을 의미하는지 저는 압니다. 천주님께서는 흰 피로 당신의 존재를 증명하셨습니다. 그걸 알면서 천주님을 배신할 수는 없습니다."

"그래. 그런 생각이 절로 들겠지. 나라도 그럴 걸세. 헌데 말일세. 그분을 보고도 그런 말이 나올지 궁금하군."

"그게 무슨 말씀입니까?"

그때 밖에서 시끄러운 소리가 들려왔다.

"서, 설마!"

권일신은 이끌리듯 자리에서 일어섰다. 땋아 내린 백발머리에 붉은 댕기를 드리우고 색동 조바위를 눌러쓴 노인이 군관의 등에 업힌 채

발버둥치고 있었다.

"어머니!"

연신 비명을 질러대느라 쉬어 나오던 노인의 음성이 그 순간 조용해졌다.

"아… 버… 지…?"

창백한 얼굴로 절뚝절뚝 마당을 건너오는 권일신을 멍하니 바라보던 노인은 별안간 소리를 질러대며 발작했다. 그런 노모 앞에서 권일신은 무너져 내렸다.

"어머니! 진정하세요, 어머니! 으흐흑!"

권일신이 군관의 등에서 노모를 끌어내려 껴안자 발작을 멈춘 노모는 아들을 올려다보며 말했다.

"아버지…. 나 두고 가지 마요…."

또 다른 시작

윤지충과 권상연의 처형이 있고 아흐레가 지났다. 그날 목에서 뿜어 나왔던 흰 피가 붉은 피로 변해 있었다. 게다가 윤지충과 권상연의 목 없는 주검은 부패한 곳 하나 없이 따뜻했다.

둘의 주검을 수습하기 위해 처형장에 모인 가족들과 교인들은 눈앞의 광경에 넋을 놓았다. 윤증이 뭔가를 발견하고 한 번 더 놀랐다.

"이걸 좀 보거라! 이걸 보고도 그분을 믿지 않는다면 그게 이상한 거다!"

윤지충과 권상연의 목을 받쳤던 목침과 임금이 승인한 결안이 적힌 명패였다. 목을 잃은 주검 사이에 버려진 것들이 붉은 피로 축축하게 젖었다.

"오, 천주님!"

윤지헌은 하염없이 눈물을 흘렸다.

지헌의 형수와 조카딸은 죄인처럼 숨어 지내는 중에 갖은 수모를 겪었다. 지헌의 처자식 또한 크게 다르지 않았다. 지헌은 형을 대신하여 가족을 지킬 의무가 있었다. 신앙을 접어야 하는 건 아닐까, 하는 생각이 무시로 그를 괴롭혔다. 그러나 흰 피를 보았다. 그날의 일이 지헌의 흔들리는 믿음을 붙들어주고 있었다.

'천주님, 믿음을 저버리지 않고도 가족을 지킬 방도를 알려주십시오.'

지헌은 틈만 나면 기도했다.

지충과 상연의 장례를 허락받은 가족들과 교인들은 서둘러 시신을 수습했다. 그들은 순교자의 피가 고인 웅덩이에 자신들의 옷고름을 뜯어서 담갔다. 개중에는 손수건에 피를 적시는 사람도 있었다.

끝이 어딘지 모를 길을 지나 낯선 강을 건너고 산을 넘었다. 예산이 가까워질수록 권일신의 움직임이 눈에 띄게 둔해졌다. 이윤하의 집을 나설 때 이미 짙었던 병색은 도성을 벗어난 지 하루 만에 급격히 위중해졌다.

이해할 수 없는 것은 권일신의 태도였다. 모친 때문이라고는 해도 수결 당시 그는 살고자 하는 강한 의지를 내보였다. 그런데 막상 길을 나서고부터 말이 없어진 가운데 자주 의식을 잃고 쓰러졌다. 인솔 군관이 객방에 의원을 들여보냈지만 권일신은 진맥조차 거부했다. 영혼을 어디 먼 곳으로 떠나보내고 육신마저 이승에서 없애버리기로 작정한 사람처럼 식음을 전폐했다.

애가 타는 건 압송 책임자였다. 죄인이 도중에 죽기라도 하면 책임을 면치 못할 터였다. 보다 못한 압송관이 군마를 내어 권철신을 데려왔다. 힘겹게 버티던 권일신이 다시 쓰러진 날 저녁이었다.

"일단 사람은 살리고 보자는 생각으로 연통을 드린 겁니다."

압송관은 권일신이 묵고 있는 방으로 권철신을 안내하며 착잡한 얼굴로 말했다.

"고맙소."

객방으로 들어간 권철신은 그대로 몸이 굳었다.

"아아…."

아우의 몰골은 귀신의 형용인 양 참혹했다.

"아우…."

권철신은 이불 밖으로 빠져나온 아우의 마른 팔을 잡고 가만히 흔들었다.

"…형님?"

"어머니께서 지금 어쩌고 계신지 알고나 이러는 것이냐? 너를 데려오라고 매일 울고만 계신다."

몸의 중심을 잡지 못하고 상체를 흔들어대던 권일신이 이불 위로 엎어지며 통곡했다.

"어차피 어머니를 곁에서 보살피지 못하는 건 제주도나 예산이나 마찬가지란 말입니다. 그런데 제가 배교를 하고 말았습니다. 번암의 사악한 술수에 말려든 제 어리석음이 분하고 억울해서 미칠 것 같아요. 으흐흑!"

"진정해라. 그 마음을 내 어찌 모를까. 허나 어쩌겠어. 이미 엎질러진 물인 걸."

"그래서 더 힘듭니다. 이런 저를 천주님이 용서하지 않으면 어쩌나 두렵습니다. 감히 하늘을 못 보겠어요."

베드로가 예수를 부정하고 숨어버렸을 때의 심정이 이러했을까.

"나라도 너처럼 했을 거다. 아니, 다른 사람도 마찬가지였을 거야. 아픈 부모를 둔 자식이라면 말이다. 그러니 자책은 그만두거라."

"하오나⋯."

"우리 교인들한테 순교는 최고의 영광이라고 배워왔으니 순교하지 못한 것이 천추의 한으로 남을 게야. 허나 이것으로 너의 신앙생활이 끝난 건 아니질 않느냐. 너는 아직 살아있어. 헌데 뭐가 걱정이야? 천주님이 계명으로 명하신 것처럼 살아있는 동안 아낌없이 사랑하고 후회 없이 신앙생활을 해나가면 된다."

그것은 스스로에게 건네는 격려와 위로이기도 했다. 북경에서 제사 금지령이 전달된 뒤로 이미 교회를 떠났던 권철신이었다. 그런데도 체포되어 심문을 당했다. 그 과정이 결코 호락호락하지 않았지만, 천주를 향한 그의 믿음은 여전히 건재했다.

"우리가 우리의 신앙을 증명할 기회는 앞으로도 얼마든지 있다. 그러니 어리석게 굴지 말고 어머니를 생각해서라도 기운을 내거라."

방을 나선 권철신이 밖에서 기다리던 압송관하고 나누는 얘기가 나직이 들려왔다. 권일신은 오랜만에 편안한 마음으로 몸을 눕혔다.

압송관은 권일신이 기운을 차리도록 하루를 기다려 주었다. 점심때가 되자 권일신은 앉아 있을 정도로 기운을 차렸다. 권철신은 안심하고 양근으로 돌아갔다.

그날 저녁, 여객 주인에게 목욕물을 부탁하여 깨끗이 몸을 씻고 새 옷으로 갈아입은 권일신은 압송관에게 음식을 청했다. 귀양길을 떠나 온 뒤로 처음 있는 일이었다. 압송관은 기뻐하며 주인사내를 채근해 저녁상을 차리도록 했다. 권일신의 눈에서 비로소 생기가 돌았다. 권일신이 밥 한 그릇을 비우자 압송관은 안도했다.

"막막하겠지만 기운을 차리십시오. 어찌됐든 살아내게 되어 있으니까요."

압송관은 흰 김이 올라오는 숭늉 사발을 권일신에게 밀어주었다.

"형님한테 들었소. 마음 써주어 고맙소."

권일신이 가만히 일어나 시렁에서 뭔가를 꺼냈다.

"제가 가진 것 중에 이게 제일 좋은 것이구려. 마음의 표시이니 받아주시오."

목제 필갑이었다. 필갑 안에 든 붓을 꺼내든 압송관이 놀란 눈으로 권일신을 보았다.

"황모필이 아닙니까?"

족제비 털로 만든 황모필은 문인이라면 누구나 탐내는 해동 최고의 붓이었다. 그런 붓이 하나도 아니고 크기별로 짝을 맞춰 여러 개였다.

"이리 귀한 붓을 받아도 되는 건지 모르겠습니다."

압송관은 넘치는 기쁨을 굳이 감추지 않았다. 담백한 사람이었다.

전날의 따스했던 기온이 꿈인 듯 느껴질 정도로 이튿날은 아침부터 눈보라가 세차게 몰아쳤다. 그러나 기일 안에 도착하려면 길을 나서야 했다. 일행은 눈 속을 뚫고 나아갔지만, 길까지 잘못 들었다. 게다가 같은 길을 계속해서 빙빙 돌았다.

"네놈이 정녕 죽고 싶어 환장한 것이냐? 여긴 아까 왔던 데잖아!"

압송관이 안내를 맡은 포졸을 닦달했다.

"소인도 미치고 팔딱 뛰겠습니다! 분명 제대로 방향을 잡았는데 정신을 차려 보면 또 여기에요. 저도 뭐가 뭔지 모르겠단 말입니다."

권일신은 살갗이 터지는 아픔에 압송관을 불렀다.

"너… 너무 춥소…. 덮을 걸… 덮을 걸 좀 더 주시오…."

턱까지 차오르는 숨을 힘겹게 뱉어내던 권일신은 맥없이 쓰러졌다. 눈꺼풀이 천근만근이었다. 그저 자고 싶었다.

안 돼…. 정신 차려…. 이대로 죽을 순 없어….

유배지에서 기력을 회복하는 대로 그곳 주민들에게 천주교를 전파하고 후학을 양성할 작정이었다. 여건이 되면 모친도 모셔와야겠다는 생각도 했다. 그에게 맡길 소임이 아직 남아있어서 자신을 살려둔 것이라고 여겼다. 그러자 차츰 안정이 되었다.

아아, 이 교만함이여…. 이 어리석음이여….

나는 내가 믿고 싶은 대로 믿었구나. 그분께서는 나를 용서하지 않았는데 나 혼자 착각하고 있었구나. 그래서 이런 일이 벌어지는 것이리라.

천주님! 제게 기적을 내려주십시오! 이렇게 죽기는 싫습니다! 제게도 순교할 기회를 주십시오!

흐릿해지는 의식 속에서 권일신은 기도했다. 그러나 어떤 기적도 일어나지 않았다. 눈보라 속에서 권일신의 체온은 빠르게 식어갔다.

● ● ●

"다 죽어가던 사람이 언제 그랬냐는 듯 멀쩡하게 살아났답니다. 목침과 명패를 담갔던 물을 마시고요."

"그자들을 처형할 때 썼던 물건들 말인가?"

"예. 그놈들의 목이 잘리면서 그것들이 피에 젖었는데 어떤 놈들이 그걸 처형장에서 챙겨갔나 봅니다."

"그걸 물에 담갔더니 핏물이 배어나왔고, 그 물을 마시고 병자가 살아났다?"

"그렇다고 합니다, 마마. 숨이 꼴깍 넘어가던 자가 벌떡 일어나 뛰어다녔대요."

"말이 되는 소릴 하게!"

왕대비가 통바리를 놓자 김관주는 답답하다는 표정으로 속삭이듯 아뢰었다.

"그게 다가 아닙니다. 처형장에 갔던 자들이 그놈들의 피를 손수건에 묻혀왔는데 임종을 앞둔 병자가 그 손수건을 만지고 벌떡 일어나 앉더래요."

"아니, 어떤 정신 나간 사람들이 그런 허무맹랑한 얘길 믿어?"

"그게 한두 사람이 아니라서 그래요. 실은 제 주변에서도 그런 경험을 했다지 뭡니까. 식구 중에 병자가 있어서 옷고름과 손수건 조각을 어찌어찌 구했나 봅니다. 헌데 신기하게도⋯."

"병이 싹 나았다, 뭐 이런 얘길 하려는 건가?"

"예, 마마. 제가 그 얘길 듣고 얼마나 놀랐던지⋯."

"닥치게! 아무리 눈치가 없기로서니 그 얘길 나 듣기 좋으라고 꺼내 놓는 것이야?"

왕대비는 짜증을 냈다. 정적들을 조정에서 몰아낸 것을 자축하고 앞날을 도모하기 위해 모인 자리였다.

홍수보의 홍파를 이용해 채제공의 채파를 치겠다는 왕대비의 계략이 적중한 마당이었다. 이 틈을 이용해 유배 중인 박철오를 조정으로 복귀시켜야 한다. 그동안 심환지 말고는 믿을 만한 측근이 없어 정순왕대비는 화병이 날 지경이었다. 이참에 박철오를 불러들여 운신의 폭을 넓히고 싶었다. 그런데 김관주가 뜬금없이 저자의 소문을 물고 와 기분을 잡치게 했다.

"마마, 제가 눈치 없어 보이시겠지만, 그 얘기로 온 장안이 시끌시끌한지라 걱정이 되어 사실대로 고한 것뿐입니다."

심환지가 김관주를 거들었다.

"저도 이대로는 아니 되겠다고 생각하던 차였습니다. 방금 들으셨던 대로 분위기가 심상치 않습니다."

비신자들 가운데 윤지충과 권상연의 무죄를 주장하는 사람들이 나타났다. 신주를 불태우고 그 재를 땅 속에 묻은 행위가 참형에 해당될 정도로 심각한 범죄였는지 그들은 묻고 있었다. 재판관들이 과연 공정한 절차를 거쳐 신중한 판결을 내렸는지도 따져 물었다. 윤지충과 권상연에게서 비롯된 기적을 직간접으로 경험한 이들이 그 목소리에 힘을 보태고 있었다. 생각에 잠겼던 왕대비가 대책을 찾은 듯 얼굴이 환해졌다.

"분위기 반전을 꾀해봅시다."

"어찌 말입니까?"

"목침과 명패를 담갔던 물을 마시고 급사한 사람이 생겼다고 소문을 내시오. 피 묻은 손수건을 만졌으나 아무 일도 일어나지 않았다거나 오히려 병이 악화되었다는 소문도 함께 말이오."

"소문을 소문으로 덮겠다는 말씀이시군요. 하오나 그것만으로는 부족하지 싶습니다. 저쪽을 압박할 수단으로 유림의 지원만큼 좋은 게 없습니다. 그러자면 유림을 자극할 강한 한 방이 필요합니다."

"묘책이라도 있소?"

"교리서를 소지한 자들에게 말미를 주고 자수케 하거나 태워버리라 명했으나 그 명을 어긴 자들이 분명 있을 것입니다. 이번에 교인으로 지목된 자들의 집을 다시금 조사해서 숨겨놓은 책이 있는지 찾아보는 것이 좋겠습니다."

"조정의 명을 밥 먹듯 어기는 자들이 천주쟁이들이란 걸 보여주자는 거군요."

김관주가 옳다구나 끼어들었다.

"그렇지요. 항간에 나도는 풍문들도 사실 알고 보면 믿을 수 없는 말이었다, 이런 식으로 몰아가도 좋겠습니다. 윤지충과 권상연이 참형을 당하고 권일신은 귀양길에 죽고 말았습니다. 게다가 이번에 체포된 자들만 기백이 넘어요. 헌데도 저들이 반성은커녕 여전히 조정을 속이고 있었음을 부각시키는 겁니다. 그리 하면 유림에서도 들고 일어날 겁니다."

잦아드는 것 같던 바람이 다시금 불었다. 각 고을의 관장들이 교리서를 숨긴 이들을 찾아내느라 혈안이 되었다. 예사롭지 않은 여론을 등에 업고 전국 각지의 유자들이 궐문 앞에 집결했다.

궐문 밖 소란과 빗발치는 상소에 임금은 무반응으로 일관했다. 그런 태도가 유림을 더욱 자극할 수 있다는 걸 모르지 않지만, 천주교인들에 대한 박해가 확대되는 것을 원치 않았다.

그러나 이미 내렸던 금령까지 거둬들일 수는 없었다. 여전히 천주교 서적을 은닉하는 사람들이 있다는 제보가 속속 접수되고 있었다. 임금은 다시금 전국 각지의 관헌에 천주교 서적을 수거하라는 영을 내렸다. 천주교 서적을 소지하고 있는 자를 알고 있으면서 관아에 신고하지 않으면 그에 합당한 처벌을 받게 될 것이라고 했다. 추가로 내려진 금명을 제대로 수행하지 못해 뒤늦게 적발되는 자가 나온다면 그곳 고을의 관장도 연좌로 처벌하겠다는 내용이 포함되었다. 천주교 서적을 소지하고 있다가 적발되면 그 집안의 가장까지 처벌하겠다던 이전의 금명보다 강력한 어명이 선포된 것이다.

이쯤 되자 천주교에 호의적인 반응을 보였던 이들은 혹여나 불똥이 튈까 싶어 교인들과 거리를 두기 시작했다. 그러던 어느 밤, 윤지헌이 초췌해진 얼굴로 방문을 나섰다. 지헌은 사립께에서 주위를 살핀 다음 손짓을 하고는 소리를 죽여 뒤꼍으로 갔다. 온 가족이 살금살금 가장의 뒤를 따랐다.

어둠을 틈타 마을을 벗어난 일행이 장구동 외곽의 솔숲에 들어서자 초롱을 든 사내들이 모습을 드러냈다.

"먼저 와 계시네요."

윤지헌이 나직이 인사를 건넸다.

"오시느라 고생하셨어요."

윤유일과 지황은 미안해하는 기색이 역력했다. 밀사로 북경에 다녀온 뒤로 교인들이 수난을 당하고 있었다. 만약 자신들이 제사금지령을 조선교회에 전하지 않았으면 사태가 이 지경에 이르지 않았을지도 모른다는 생각이 들었다. 두 사람은 만사를 제쳐두고 윤지충과 권상연의 장례식에 참석했다. 그 자리에서 윤지헌은 진산을 떠날 계획을 말했다.

"새로 정착하실 곳은 정했습니까?"

윤유일이 걱정스럽게 물었다.

"고산현에 운동면이란 곳이 있는데, 은거하기에 그만한 데가 없다고 들었습니다."

윤지헌의 가족을 둘러보던 윤유일이 의아한 듯 물었다.

"형님 가족은?"

"아, 형수님이랑 조카는 공주로 갔습니다."

"공주요? 거기에 연고가 있습니까?"

"숯방이에 사는 송씨가 진산을 자주 오가더니 조카를 마음에 뒀나봅니다. 이번에 진산을 떠난다니까 저구리로 데려가지 말고 자기와 짝을 맺게 해달라면서 형수님을 친어머니처럼 모시고 살겠다 하더군요. 조카도 공주로 가겠다고 해서 벼락혼인을 시켰습니다."

"그런 일이 있었군요."

"그나저나 항검 형제님은 어찌 된 겁니까? 혹 소식을 아십니까?"

"아니요. 저도 소식을 몰라 걱정하고 있습니다."

윤유일이 나무 궤짝을 윤지헌에게 건넸다.

"일전에 말씀드린 여비입니다."

사죄와 사례의 마음으로 어렵게 마련한 돈이었다. 지황은 봇짐을 풀어 여러 종류의 피리와 소금을 꺼냈다. 궁중 악사답게 작별 선물로 악기를 챙겨온 것이다.

"이게 필요할지도 몰라 준비해봤습니다."

아이들의 악기를 받아들고 활짝 웃었다.

"산속 생활이 무료할 거다. 함께 연주하다 보면 흥이 날 거야."

"와! 고맙습니다!"

작별인사가 끝나고도 윤유일은 윤지헌의 손을 놓지 못했다.

"자리 잡으면 꼭 연락 주십시오. 도움이 필요할 때도요. 미력하나마 힘이 되어 드리겠습니다."

"예. 그러겠습니다. 허면 저희는 이만…."

"부디 몸조심하십시오."

그때였다.

투둑!

숲 안쪽 어둠 속에서 마른 나뭇가지가 밟혀 부러지는 소리가 들렸다. 지황이 일행을 이끌고 다복솔 뒤편으로 황급히 몸을 숨겼다. 윤지헌은 단검을 꺼내 쥐고 어둠 속을 주시했다. 달빛이 깔린 숲길 위로 낯익은 사내가 모습을 드러냈다.

"헉! 저분은…?"

이존창을 알아본 윤유일이 주춤 몸을 일으켰다.

"루도비코 형제님! 여긴 어떻게…?"

물었으나 짐작 가는 바가 있었다. 윤지충의 장례식에서 지헌이 한 말을 이존창도 기억하고 있었으리라. 이존창이 윤지헌에게 말했다.

"살던 곳을 정리하고 오는 길이네. 신앙생활을 할 수 있는 곳이라면 그곳이 어디든 상관없어. 자네와 같이 가겠네. 동행을 허락해주게."

• • •

버려진 외딴 오두막에 밤이 깊도록 불이 밝았다. 완숙은 냉기가 도는 방에 우두커니 앉아 생각에 잠겼다. 집에서 쫓겨난 마당에 가진 돈마저 한 푼도 없었다. 건넌방의 소명과 정임이 문을 살짝 열고 완숙을 살펴보고는 도로 자리에 누웠다. 날이 밝자 완숙은 매무새를 다듬고 길을 나서 시아버지가 있는 본가로 향했다.

윤지충의 장례까지 참석하고 귀가했을 때 완숙을 반겨준 것은 함부로 버려진 그녀의 물건들이었다. 그 위로 추적추적 눈비가 내렸다. 완숙의 방은 홍지영이 데려온 기생이 사용 중이었다. 짐작은 했던 터라 완숙은 놀라지 않았다. 그러나 기생의 어미로 보이는 노파가 시모의 안방을 빼앗아 쓰고 있는 것을 본 순간 그만 이성을 잃고 홍지영의 뺨을 세게 올려붙였다. 몇 곱절의 매질이 돌아왔다.

그길로 쫓겨나 이 외딴 폐가에 몸을 부렸다. 가장을 때린 완숙을 용서할 수 없다며 홍지영은 이혼을 요구해왔다. 첩실 기생을 아예 재취로 들일 작정인 듯했다. 오히려 잘된 일이었고, 그렇기에 기뻤다. 이혼은 완숙이 더 원하던 바였다.

"네가 이 시간에 어인 일이냐?"

마주 앉은 완숙에게 시아버지 홍철한이 물었다. 각오하고 달려온 터라 완숙은 머뭇거리지 않고 곧바로 본론을 꺼냈다.

"순희를 데리고 서울에 가서 살까 합니다."

"다짜고짜 무슨 소리냐?"

완숙은 담담하게 저간의 사정을 고했다.

"첩실이라니? 이혼이라니? 아니 된다! 돌아가 있거라! 지영이 그놈을 불러 바로잡으마!"

홍철한이 불같이 화를 냈다.

"저도 그 사람과 더는 살고 싶지 않습니다."

"기어이 연을 끊겠다는 것이냐?"

"예. 아버님께서도 저를 불편하게 여기고 계신 걸 압니다."

"그거야 네가 계속 교인으로 남겠다고 고집을 부려서 그런 게 아니냐. 게다가 듣자니 공주까지 넘어가 옥바라지를 했더구나. 그 일로 문중이 시끄러웠다."

"그러니 저를 놓아주십시오. 문중에서도 앓던 이가 빠졌다고 기뻐할 겁니다."

딱히 틀린 말은 아니었다. 완숙이 천주교로 문제를 일으킨 것이 이번이 처음이 아니었다. 그때마다 홍철한은 문중 사람들을 만나 완숙을 대변하기 바빴다. 입교했던 적이 있던 그였기에 며느리의 신앙이 충분히 이해되었고, 흔들림 없는 며느리의 믿음이 일면 존경스러웠다. 천주교를 금지하는 나라 안의 분위기와 문중의 압박에 굴복하여 결국 배교를 택한 자신과는 차원이 다른 믿음이었다. 서자를 호출하여 가족들 모두 천주교를 멀리하라고 명령했지만, 정씨와 며느리가 고집을 부린다면 그 또한 어쩔 수 없는 일이라고 홍철한은 마음 한쪽을 비워두고 있었다.

하지만 이혼은 십계명으로 금지하는 대죄가 아니던가. 문중의 반응 여부와 별개로 홍철한은 선뜻 완숙의 요구를 받아들이지 못했다.

"제가 당하는 처지입니다. 제가 계명을 어기는 게 아니에요. 교회

사람들도 절 나무라진 못할 겁니다. 아버님께서도 더는 저를 잡지 않으셨으면 좋겠습니다. 대신 그냥은 안 갈 거예요. 한양에서 저희가 살 집과 그곳에서 정착할 동안 쓸 돈을 아버님께서 마련해주세요."

완숙의 당돌한 요구에 홍철한은 말문이 턱 막혔지만, 완숙에게는 그럴 자격이 있다고 인정했다. 처녀의 몸으로 재취 자리에 온 며느리였다. 그녀가 지금까지 어떤 대접을 받고 무슨 일을 겪었는지 홍철한은 속속들이 꿰고 있었다.

"잠시 있어 보아라."

홍철한은 문갑을 열어 땅문서가 든 봉투와 은전 꾸러미 두 다발을 꺼내놓았다.

"우선 이걸로 살 집을 알아보고 급한 비용을 해결하거라. 그리고 이 땅은 순희 몫으로 주는 것이니 네가 잘 갖고 있다가 순희 혼인자금으로 쓰거라. 매달 생활비는 넉넉히 보내 줄 테니 궁상떨지 말고…."

"아버님…."

완숙은 감읍하여 큰절을 올렸다.

"아버님의 깊으신 은혜, 평생 잊지 않겠습니다. 그리고 죄송해요. 끝까지 좋은 모습 보여드리지 못해서…."

"아니다. 그동안 애썼다. 이곳 일은 다 잊고 새 출발 하여라. 너는 지영이와 달라서 똑똑하고 당차니 알아서 잘 살 거라 믿는다."

"꼭 그리할게요."

"가끔 낙민이 불러서 안부 묻도록 하마. 너도 혹 어려운 일 생기면 주저 말고 낙민이 통해서 도움을 청하도록 하렴."

"말씀만으로도 큰 힘이 됩니다. 제가 드릴 수 있는 건 기도밖에 없어서 송구해요. 아버님과 여기 가족들이 늘 평안하게 해달라고 천주님께 빌게요. 건강하세요, 아버님."

완숙은 집으로 돌아와 정 노인에게 알렸다.

"가려거든 나와 필주도 데려가거라."

"예?"

"그래. 나도 더는 이렇게 못 산다. 근본도 모르는 것들한테 안방을 내주고, 아들인지 원수인지 모를 놈에게 괄시를 받아가며 더는 살고 싶지 않아. 그러니 가려거든 나도 데려가거라."

정 노인이 서러운 눈물을 쏟았다.

"예, 어머니! 제발 우릴 버리지 마세요!"

필주까지 애원하며 매달렸다.

"어머니… 필주야…."

완숙은 시모와 필주의 눈물을 닦아주었다.

"저도 어머니랑 필주가 마음에 걸렸는데, 함께 가시겠다니 기뻐요."

사명

정조 17년(1793) 5월, 망종을 코앞에 둔 보릿고개였다.

해마다 이 무렵이면 향검은 어김없이 창고를 열어 굶주린 사람들에게 끼니를 베풀었다. 한 달에 네 번, 주일에 맞춰 행하는 밥마당이었다.

"대체 이게 얼마 만에 먹어보는 쌀밥이여?"

"말 시키지 말드라고! 밥알 씹는 시간도 아깝구면."

향검의 선행은 해가 갈수록 소문이 퍼졌다.

"이런! 벌써 그릇이 비었네요. 잠시만 기다리세요."

눈송이를 닮은 꽃이 소담스레 피어난 산사나무 그늘에 놓아둔 솥에서 만들어진 음식을 식구들이 부지런히 손님들에게 날랐다.

"저기 밥이 부족하구나!"

사람들을 살피던 향검이 소리치자 흰 김이 모락거리는 무쇠솥 사이를 부지런히 오가던 키 큰 총각이 대답했다.

"알겠습니다, 아버님!"

지난해 관례를 올리고 상투를 틀어 올린 중철이었다. 저고리 소매를 걷어붙이고 분주하게 오가던 만삭의 여인이 국자를 집어 드는 중철을 보고는 다가왔다.

"놔둬라. 내가 퍼주마."

중철의 모친 신희였다. 곧 셋째를 낳을 산달인데도 밥 마당의 일을 거드는 중이었다.

"형님이야말로 어서 들어가 쉬세요. 여긴 저희한테 맡겨두시고요."

음식을 퍼 나르던 관검의 아내 이육희가 한달음에 달려와 신희의 손에서 국자를 거둬갔다.

"숙모님 말씀대로 하세요, 어머니. 안색이 안 좋으세요."

이육희가 종들을 불렀다.

"마님을 처소로 뫼시거라."

신희는 하는 수 없이 안채로 향했다. 중철은 그런 어머니를 걱정스럽게 바라보았다.

여느 해와 같이 올해도 관검이 너른 마당을 분주히 오가며 식객들을 챙겼다.

"천천히 드세요. 음식은 넉넉하니까요."

"아이고, 나으리! 고맙습니다! 이 은혜를 어쩐다요?"

"인사는 제가 아니라 제 형님한테 하세요."

식객들이 일제히 항검을 보고는 넙죽 엎드렸다.

"나으리! 세상 모든 복은 다 받으시고 만수무강하십쇼!"

"아이고, 이러지들 마십시오. 저는 이미 차고 넘칠 정도로 은총을 받고 있어요. 이제 여러분이 천주님의 은혜를 입을 차례입니다."

"예? 천주님이요?"

"나리가 천주쟁이라고요?"

온 마당이 물을 끼얹은 듯 조용해졌다. 한동안 술렁거리던 사람들이 항검이 미리 말을 못해 미안하다고 사과를 하자 마지못해 고개를 주억거렸다. 때마침 와자한 소리가 등 뒤에서 들려왔다.

"떡입니다! 김이 모락모락 나는, 막 쪄낸 떡이 왔습니다, 여러분!"

마름들이 솟을대문을 나서며 외쳐대는 소리였다.

"원하는 만큼 가져가서 다른 이들과 나눠 드십시오."

항검은 줄을 서기 시작하는 사람들에게 권했다.

"역시 우리 마님이셔!"

식객들에게 떡을 떼어 나눠주던 건장한 체격의 노복이 항검을 존경의 눈빛으로 바라보았다. 십 년 전, 항검의 전교로 입교하여 '안드레아'라는 본명으로 세례를 받은 김천애다.

"이 순간부터 자네는 자유네. 떠나고 싶으면 언제든 떠나도 좋아. 사람의 종에서 하느님의 종으로 거듭났으니 자네 주인은 이제 내가 아니라 천주님이야. 그러니 천주님을 잘 모시게나."

김천애가 세례를 받던 날, 항검이 그에게 노비안을 건네며 한 말이다. 그러나 김천애를 비롯해 항검의 노복들은 아무도 떠나지 않았다. 오히려 항검과 그의 식솔들을 전보다 더 살뜰히 모시고 아꼈다.

음식을 실컷 먹은 사람들은 내어주는 쌀을 타기 위해 줄을 섰다. 어린 자식을 데려와 배불리 먹은 아낙은 제 차례가 되자 금방이라도 울음을 터트릴 것 같은 얼굴로 쭈뼛쭈뼛 손을 내밀었다. 항검은 쌀자루가 놓인 평차를 가리켰다.

"저쪽으로 가서서 쌀을 받아가세요. 드시고 모자라면 다음에 오셔서 또 받아가세요."

"아이고, 이 은혜를 어찌 다 갚을까나….."

꾸부정하게 허리가 굽은 노파가 연신 절을 해댔다. 전주부성에서
예까지 먼 길을 온 노파를 보며 항검은 가슴이 먹먹했다.

"천주님은 이웃을 사랑하라고 하셨답니다. 특히 어려운 이웃을 잘
도와야 한다고 가르치셨지요. 여러분 덕분에 그 가르침을 실천하니
제가 오히려 고맙습니다. 어르신, 먼 길에 몸도 성치 않으신데 가실
때 마차를 내드릴 테니 타고 가세요."

항검의 세심한 배려가 노인의 가슴을 울렸다.

"아이고, 말씀도 참 이쁘게 하시네."

"긍께 말여."

"나으리, 쇤네들이 뭐로든 보답을 하고잡픈디요. 힘쓰는 일 있으면
시켜 주십쇼."

일행으로 보이는 사내들 서넛이 떡과 쌀자루를 받아들고는 항검에
게 청했다.

"그럴 수야 없지요."

항검은 가만히 고개를 저었다.

"사양 말고 뭐든 말씀해 주십쇼."

"예에, 나으리. 다 지들 맴 편하자고 그럽지요."

사내들은 좀처럼 뜻을 꺾지 않았다. 그런 그들에게 항검이 말했다.

"허면 언제 한번 저곳으로 와 보시겠습니까?"

항검이 정지시암이 있는 교리당을 가리켰다.

"천주교에서는 주일이라고 부르는 날이 있지요. 한 달을 7일씩 나

188

누는데, 그 7일째 되는 날이 바로 주일입니다. 천주님이 세상을 다 창조하시고 마지막 날에는 쉬셨거든요. 오늘이 바로 그날이랍니다. 저희는 주일날 사시에 정지시암에 모여 교리 공부를 하고 기도도 올립니다. 그러고 나면 본가로 돌아와 밥 마당을 열지요."

가끔 교리당 마당에서 직접 음식을 만들어 대접하기도 했다. 교인들을 교리당으로 초대해 집회를 여는 날이 그날이었다.

"여러분도 오셔서 천주님의 말씀을 듣고 음식도 드세요. 그거면 저는 충분합니다."

· · ·

그 무렵, 장옷을 깊이 눌러쓴 세 여인이 주위를 사리며 종종걸음을 놓았다. 일행이면서 일행이 아닌 척, 도포 차림의 홍익만과 홍필주는 얼마간의 거리를 두고 그녀들을 인도했다.

"아직까지는 이상한 낌새가 없습니다, 장인어른."

필주가 홍익만에게 속삭였다. 한성부에 정착한 뒤로 한양의 교인들과 교류하던 홍필주는 홍익만의 여식과 마음이 맞아 혼인을 올렸고, 분가하지 않고 완숙의 집에 더불어 살았다. 그 집에 모시고 갈 귀한 손님을 장인으로부터 소개받은 것이다.

"마음을 놓아서는 아니 되네. 저분들이 누군지 알아보는 이가 있을지도 몰라. 그리되면 큰일이니 한시도 긴장을 늦추지 말게."

저만치 돌담 모퉁이에서 홍익만이 헛기침을 하자 장옷의 여인들이 걸음을 늦추었다. 그 사이에 홍익만과 필주는 날카로운 쇠붙이로 돌담에 열십자 모양을 새겼다. 차후에 여인들이 안내자 없이 바로 그곳을 찾아올 수 있도록 길이 갈라지는 곳마다 표식을 남겨놓는 중이었다.

"자네가 먼저 가서 사돈께 곧 도착한다고 전해주게."

창동 거리에 들어서자 홍익만은 필주에게 일렀다.

"허면 집에서 뵙겠습니다."

홍익만이 장옷의 여인들을 인도하여 도착하자 완숙이 대문 밖에서 기다리고 있다가 반갑게 맞았다.

"초행길에 불편은 없으셨는지요?"

"괜찮았습니다."

칠 척이나 되는 키에 어깨가 떡 벌어진 여인이 걸걸한 목소리로 답했다.

"다행입니다. 어서 드시지요."

완숙은 여인들을 안채로 안내했다. 널찍한 마당에 두 개의 작업장, 집회소까지 갖춘 스무 칸짜리 기와집이다.

"어서 오세요, 사돈."

안채 마당에 나와 기다리던 정 노인이 홍익만에게 예를 차렸다. 입으로는 홍익만에게 인사를 건네면서도 정 노인의 눈길은 며느리의 뒤편에 서 있는 장옷의 여인들에게로 향해 있었다.

"어머니, 양제궁에서 오신 분들이에요."

완숙은 정 노인에게 여인들을 소개했다.

양제궁은 생전의 숙빈 임씨가 거처하던 궁으로, 지금은 은언군의 부인 상산군부인 송씨가 며느리 평상군부인 신씨와 함께 살고 있었다. 은언군을 따라 강화도로 유배를 가는 대신 양제궁에 살고 있는데, 임금의 배려 덕분이었다.

"군부인들을 뫼시는 나인 강경복입니다."

강경복은 장대한 기골과 툭 튀어나온 이마, 큼직한 코와 두툼한 입술이 여인이라기보다는 사내의 외양에 가까웠다.

"나인 서경의예요."

야무지게 생긴 얼굴에 뱁새눈의 궁녀는 강경복과 서른두 살 동갑이라고 했다.

"저는 신궁에 있는 문영인입니다."

가녀린 체구의 예쁘장한 궁녀였지만, 또렷한 눈빛이 당차 보였다.

"새 책이 나왔다고 해서 구경 왔어요. 항아님들이 빌려주셨던 언문소설이 엄청 재밌었거든요."

똑 부러지는 말투의 문영인에게 필주가 물었다.

"신궁 나인이라면서 양제궁 분들과는 어떻게 아세요?"

장인의 부탁을 받고 이곳까지 저들을 데려왔으나 오는 내내 필주의 머리에서 떠나지 않던 의구심이었다.

"여덟 살 때 생각시로 뽑혀 들어갔거든요. 그때 두 분 항아님이 절 데리고 계셨어요. 제 나이가 열여덟이니 벌써 십 년 전 얘기가 되네요. 두 분이 워낙 잘 챙겨주셔서 제가 많이 좋아하고 따른답니다."

완숙은 의심하는 마음 없이 세 궁녀를 작업장으로 이끌었다.

"교인도 아닌데 거기까지 보여줘도 괜찮겠니?"

정 노인이 걱정스럽게 물었다.

"안토니오 사돈이 모셔온 분들이잖아요. 그만큼 믿음이 있으니까 여기까지 모셔왔겠지요."

양제궁 이웃에 사는 안토니오 홍익만은 평소에도 자주 양제궁을 들여다보고 군부인들을 챙겨왔다. 상산군부인 송씨와 평산군부인 신씨도 홍익만을 각별하게 대했다.

사람들은 양제궁을 역적이 사는 궁이라며 폐궁이라 얕잡아 불렀다. 폐궁은 왕실에서 쫓겨난 왕실의 친족을 지칭하는 말이기도 했다. 왕족이면서 서인보다 못한 대접을 받다 보니 두 군부인은 만사에 예민했다. 상대의 호의도 일단 의심부터 하고 봤다. 홍익만은 폐궁에 유폐되다시피 지내는 그녀들을 안쓰럽게 생각했다. 그녀들이 천주를 만나 마음의 안식을 얻기를 진심으로 바랐다. 그러나 그들의 신분이 신분인지라 여러모로 조심스러워 선뜻 다가설 용기가 나지 않았다.

강경복과 서경의에게 언문소설책을 빌려주기 시작한 것은 순전히 군부인들의 반응을 살피기 위해서였다. 놀랍게도 두 궁녀는 홍익만이 건넨 이야기책에 열광했다. 홍익만의 집을 찾아와 다음 책은 언제 읽을 수 있을지 물어올 정도였다. 양제궁을 드나들며 그녀들을 겪어보니 심성이 담백하고 심지가 깊었다. 그런 두 사람이 문영인을 보증했다. 어려서부터 가깝게 지내온지라 그녀의 성정을 누구보다 잘 안다는 것이다.

"저희 때문에 곤란을 겪는 일은 없을 거예요."

서경의가 약속했다.

"그럼요. 그래야지요."

장마루가 길게 깔린 넓은 방에 두어 사람이 지나다닐 만한 통로를 사이에 두고 커다란 책상이 열을 지어 배치되어있었다. 그 책상마다 사람들이 앉거나 서서 열심히 손을 놀리고 있었다. 종이를 자르는 기구와 제본하는 도구들이 벽을 따라 가지런히 놓였다. 최인길과 최인철 형제, 김이우와 김현우 형제, 최필공과 최필제 형제가 함께 책상에 둘러서서 한창 작업에 열중하고 있었다.

"어이, 필주! 올 때 거기 놔둔 상자 좀 들고 오게!"

한지를 자르던 김이우가 필주를 향해 외쳤다. 최인길 형제는 제본을 맡고 있었고, 최필공 형제는 검수 중이었다.

김이우가 부탁한 종이상자를 들어 올린 필주는 여전히 문 앞에서 머뭇대는 세 궁녀를 데리고 통로를 걸어 나갔다.

"저게 무슨 그림이에요?"

잰걸음으로 필주를 쫓아가던 문영인이 한 무리의 여인들을 가리키며 소곤대듯 물었다. 팔 토시를 낀 여인들이 화선지에 붓질을 하고 있었다. 황사영의 아내 정명련과 양근에서 올라온 윤점혜와 윤운혜 자매였다. 그 옆에서 완성되는 그림을 지켜보던 완숙이 필주 대신 대답했다.

"성화랍니다. 이번에는 성화를 삽화로 넣는 그림책을 제작 중이거든요."

완숙은 궁녀들을 가까이 불렀다.

"성화요?"

문영인이 호기심을 보이며 반문했다.

"글자 그대로 성스러운 그림을 말한답니다. 신으로 받드는 분이나 교리에 등장하는 중요한 사건, 혹은 일화를 그림으로 그려놓은 거예요. 우리 천주교에서는 성서에 기록된 일화를 바탕으로 성화를 그려요. 야소님이나 천사들, 성인들이 주로 등장하지요."

설명을 마친 완숙이 윤점혜 자매를 칭찬했다.

"여기 자매님들이 그림을 아주 잘 그리세요. 재주가 특출해요. 제 부탁으로 이렇게 오셔서 수고하고 있답니다."

완숙은 지금의 집을 사들이면서 수년 전에 교회 지도부가 제안했던 전교용 소설책을 펴낼 구상을 했다.

"항아님들이 보신 이야기책이 여기서 만들어지고 있답니다."

쪽머리에 팔 토시를 낀 여인들이 언문으로 적힌 이야기책을 활짝 펴놓고 간지를 끼워놓은 빈 종이에 부지런히 글자를 옮겨 적고 있었다.

"이분들은 혼인을 거부하고 동정녀로 살기로 결심한 분들이에요."

"예?"

궁녀들은 제 귀를 의심했다.

조선사회에서는 처녀가 과년하도록 혼인을 하지 않으면 여러 모로 수난을 겪어야 했다.

"혼인했다가 과부가 된 걸로 꾸민 거지요. 그러면 더는 혼인 강요에 시달리지 않아도 되니까요."

"어머나! 그럼 책에 실렸던 일화가 실화였단 말이에요?"

궁녀들의 입이 쩍 벌어졌다. 궁녀들의 삶은 오로지 왕과 궁중생활에 맞춰 흘러갔다. 큰 병에 걸리거나 늙어 죽지 않는 한 자의로 그만둘 수 없었다.

그런데 저 처녀들은 타인에 의해 결정되는 삶을 거부하고 온전히 자신의 의지에 따라 살아가고 있다….

소명과 정임, 막비와 명순은 좌우 책상을 오가며 먹을 갈거나 비뚤어진 문진을 바로 해놓느라 분주했다. 다들 정신없이 분주했지만, 스스로 좋아서 하는 일이어서인지 편안하고 밝아보였다. 그런 모습이 세 궁녀의 가슴을 뛰게 했다.

"…여기 계신 분들이 다 교인인가요?"

강경복은 용기를 내어 물었다.

"그렇답니다. 아직 영세를 받지 못한 분들도 있지만, 모두 입교한 분들이에요."

그때였다.

삐그덕!

닫혀 있던 출입문이 열리면서 한 무더기의 빛이 작업장 안으로 뛰어들었다. 일제히 그쪽으로 시선을 보낸 교인들이 물통을 양손에 나눠 들고 저벅저벅 걸어오는 사내를 알아보고 키득거렸다. 사내는 웃음소리의 의미를 알고 있으면서도 짐짓 태연하게 뚜벅뚜벅 통로를 걸어갔다. 교회 사업을 돕기 위해 누이동생 정순매를 데리고 여주에서 상경한 정광수다.

"이걸 쓰시오."

윤점혜 자매가 있는 작업대로 다가선 정광수는 양손에 들고 있던 물통을 자매 앞에다 하나씩 올려놓았다.

"이 물 더 써도 되는데…. 훗!"

윤점혜는 곁에 앉은 여동생을 쿡 찌르며 웃음을 터트렸다.

"!!"

얼굴을 푹 숙이고 붓질 중이던 윤운혜가 제 앞에 놓인 물통 쪽으로 시선을 보냈다가 양 볼이 새빨개졌다. 맑은 물 위에 연분홍 꽃잎이 동동 떠다니고 있었다.

"오다 보니 눈에 띄어서⋯. 그럼 고생하시오."

윤운혜 만큼이나 붉어진 얼굴로 혼잣말인 양 중얼댄 정광수는 도망치듯 뒤편의 작업장으로 건너갔다.

"좋을 때다!"

"그러게! 부럽구먼!"

완숙은 흐뭇한 눈길로 정광수와 윤운혜를 바라보았다.

정광수는 남자답고 솔직했다. 쾌활하고 허물없는 성품 때문인지 주변에는 늘 사람들로 북적였다. 일의 추진력도 뛰어나 지도부에서도 그를 눈여겨보고 있었다. 윤운혜는 똑 부러진 언니 윤점혜와는 달리 수줍음을 많이 탔다.

"이제 저 휘장 안으로 들어가시지요. 여러분이 보고 싶어 하는 책은 거기 있답니다."

"와!"

휘장 안으로 들어선 궁녀들은 눈이 휘둥그레졌다. 책으로 가득 찬 선반이 삼면의 벽을 따라 빼곡히 늘어서 있었다. 머리를 맞대고 앉아 이야기를 나누던 어린 계집아이 둘이 소리가 나는 쪽을 쳐다보았다.

"어?"

한 아이가 궁녀들을 알아보고 벌떡 일어섰다.

"어서 오세요, 항아님들! 군부인들은 평안하신지요?"

쪼르르 궁녀들에게 달려간 이순이가 반갑게 인사했다.

"순이 애기씨!"

"애기씨가 여기는 웬일이세요?"

강경복과 서경의는 꽤나 놀란 눈치였다. 이윤하와 함께 양제궁을 방문했던 이순이를 두 궁녀는 기억하고 있었다. 이순이의 아버지 이윤하는 태종의 서자 경녕군의 후손이었다.

"공께서는 좀 어떠셔요? 편찮으시다 들었는데….'

서경의가 이순이의 손을 잡고 조심스럽게 물었다.

"……."

이순이의 고개가 힘없이 푹 떨어졌다. 아버지는 최근 들어 급격히 쇠약해지더니 지금은 위중한 상태였다.

"아버지한테는 죄송하지만 여기 나오면 기분이 좋아져요. 글 쓰는 게 재밌어서요."

이곳에서 얻은 활력 덕분에 아픈 아버지를 웃게 만들 수 있었다. 오늘은 무슨 글을 썼고, 어떤 일이 있었는지 이야기 듣는 것을 이윤하는 몹시 좋아했다. 웃을 일 없는 병자에게 조잘조잘 떠드는 이순이의 수다가 그나마 기쁨이 되어주고 있었다. 이순이가 하루도 빠지지 않고 이곳 작업장을 찾아 글쓰기에 몰두하는 이유였다.

"항아님이 읽은 책 중에 순이가 지은 글도 있답니다."

완숙이 가리킨 선반에는 화첩 크기의 책들이 겹으로 쌓여 있었다.

"저걸 애기씨가 썼다고요?"

강경복은 소스라치게 놀랐다. 쑥스러운 표정으로 배시시 웃어 보인 이순이가 책상 뒤에 서서 이쪽을 멀뚱히 지켜보고 있는 동무 곁으로 냉큼 가 섰다.

"얘는 내 동갑내기 동무예요. 얘랑 같이 쓴 거랍니다."

"처음 뵈어요, 항아님들. 정순매입니다."

정광수의 누이동생이다.

"이 아이들이 글재주가 아주 좋아요. 문장 구사력은 물론 상상력도
뛰어나요."

완숙은 아이들 눈높이에 맞게 교리를 설명하기 위해 이순이와 정순
매를 교리서 집필 작업에 참여시켰다.

"이리 오세요, 항아님. 항아님이 읽던 연재물은 이쪽에 있어요."

완숙은 강경복의 손을 잡아끌었다. 마음에도 없는 혼인을 강요당하
던 처녀가 혼인 전날 집을 뛰쳐나와 거리를 떠돌며 갖은 고초를 당하
던 중 천주교인의 도움으로 새 삶을 살아가게 된다는 내용이었다. 자
신의 집에 기거하는 동정녀들의 이야기에 교리를 살짝 살짝 가미해가
며 완숙이 쓰고 있는 연작이었다.

"근데 말이죠. 천주님을 믿으면 진짜 용기가 생겨요?"

완숙을 따라가며 강경복이 물었다. 읽던 책의 내용 중에 그런 글귀
가 있었다. 늘 혼란과 갈등으로 어지럽던 마음이 천주를 알고 나서 평
온해졌다는 글귀였다. 그리고 용기가 생겼다고 했다. 자기 삶의 주인
으로 살겠다는 용기였다.

"천주님이 지켜주고 있다고 생각하면 두려울 게 없어요. 천주님만
한 뒷배가 없으니까요."

"저한테도 그럴까요?"

"그럼요. 그렇고말고요. 천주님은 그분을 사랑하고 간구하는 이들
을 절대 외면하지 않으신답니다."

"입교하려면 어떻게 해야 해요?"

"정말 입교할 작정이에요?"

"예. 부인이 쓴 책을 읽다가 어느 순간 결심이 섰어요."

"은총입니다! 천주님이 항아님을 불러주신 거예요!"

"그런 건가요?"

완숙이 강경복을 작업장 밖으로 데리고 나왔다.

"책은 좀 있다 찾아드릴게요. 그전에 보여드리고 싶은 곳이 있어요."

"어디를요?"

"집회소. 천주님께 기도를 올리는 곳이랍니다."

"저 베틀들은 뭐고요?"

완숙과 집회소로 가는 길에 강경복은 베틀이 여러 대 놓인 방을 보았다.

"보시다시피 길쌈 작업장이랍니다."

아침에 일어나면 동정녀들과 집회소에 모여 아침 기도를 올린 뒤 교리공부를 잠깐 하고 곧장 이곳 작업장으로 건너와 베를 짰다.

"다 짠 베는 모아두었다가 장날에 내다 팔지요."

공동 작업을 통해 번 돈은 필사한 책을 판매한 돈과 합쳐 주일미사 때 봉헌했다. 그렇게 모인 헌금은 교회 유지비용으로 쓰였다. 상경한 지 이태 만에 완숙은 교회에서 없어서는 안 될 중요한 인물이 되었고, 점점 역할이 커져갔다. 교인들의 신망이 두터워질수록 완숙의 사명감도 강해졌다. 눈 코 뜰 새 없이 바빴지만 그럴수록 완숙은 살아 있음을 느꼈다. 육신은 늘 피곤했지만, 정신은 맑았고 가슴은 기쁨으로 넘쳤다.

"여기에요."

집회소의 출입문을 열어젖힌 완숙이 비켜섰다.

"아!"

강경복이 외마디 탄성을 질렀다. 생전 처음 보는 창문이었다. 수십 개의 무지개가 한꺼번에 걸린 듯 화사하고 신비스러운 분위기를 자아내고 있었다.

언젠가 이승훈으로부터 북당의 색유리 이야기를 들은 완숙은 그 기억을 살려 이곳 집회소에 재현해놓았다. 유리 대신 창호에 색을 입힌 것만 달랐다.

"정말 아름다워요…."

강경복은 저도 모르게 손을 모았다. 은은하면서도 화려하고, 아련하면서도 강렬한 색창이었다. 그 창을 투과해 들어온 빛 또한 시선을 사로잡았다. 그 빛 속에 앉아 집회를 보는 교인들의 모습이 눈으로 보고 있는 듯 머릿속에 그려졌다. 저 역시 그들 속으로 들어가 하나가 되고 싶다는 열망이 타올랐다.

● ● ●

험준한 산길을 간신히 뚫고 목적지에 도착한 항검과 윤유일은 눈앞에 펼쳐진 광경에 가슴이 벅차올랐다.

"세상에나!"

"대단해요!"

운주고개 자락을 **빽빽**하게 메운 감나무 숲에 억새로 이엉을 올린 움막들이 나무 사이에 숨듯이 자리 잡고 있었다. 모두 스무 가구가 넘었다.

"저 집들이 다 우리 교인들의 집이란 말이지요?"

"그렇습니다."

최창현이 대답했다. 윤지헌과 이존창이 이곳 저구리에 정착한 것이 2년 전. 소문을 듣고 하나둘 찾아온 교인들이 아예 이곳에 마을을 이루었다.

"은혜로운 일입니다."

항검의 눈가가 촉촉해졌다. 윤지헌과 이존창이 저구리로 이주했다는 소식을 뒤늦게 듣고 찾아왔다가 받은 충격이 아직도 생생했다. 맹수가 튀어나올 것 같은 심산유곡에 오두막 두어 채가 달랑 지어져 있었다. 윤지헌과 이존창이 얼기설기 올린 움막이었다. 겨우 비바람이나 피하면 다행이다 싶었다.

"이 척박한 데서 모든 걸 감수하면서 이리 버텨주다니요."

"교우촌은 거길 먼저 다녀오고 나서 둘러보지요."

최창현이 멈췄던 걸음을 다시 놀려 좁은 산길을 밟아나갔다. 능선을 타고 얼마간 내려가자 비탈을 끼고 나있는 너른 터가 나왔다.

"저기로군요!"

최창현을 뒤따르던 윤유일이 다시 한 번 놀라며 감탄했다. 너른 터 너머로 제법 깊어 보이는 동굴이 건너다보였다. 소박한 자태의 옹기들이 동굴 앞 넓은 터에 가득했다. 교우촌 인근처럼 이곳 산자락도 감나무가 지천이었다. 가을이 되면 감을 따서 깨끗이 씻어 저 옹기들에

넣는다고 했다.

"굉장하지요? 저도 처음 보곤 믿기지가 않더군요. 지헌 형제님과 존창 형제님이 얼마나 애를 쓰셨을까, 한편으론 짠했고요."

최창현이 옹기골로 통하는 지름길로 두 사람을 안내했다.

"작업은 잘 되어가요?"

항검이 뒤따르며 물었다. 기존의 교리서를 어려워하는 교인들을 위해 새 교리서 만드는 일을 시작했다는 얘기를 들은 터였다.

"생각보다 진척이 더뎌요. 참으로 어려운 일이에요."

최창현이 폭, 한숨을 쉬었다. 중국의 공소예절서이자 4복음서를 간추려 놓은 《성경직해》와 《성경광익》을 끼고 산 것이 몇 달째였다. 한문인 데다 조선의 실정과는 맞지 않는 부분이 적지 않아 그 점을 늘 아쉽게 여겨온 최창현은 전교에 알맞도록 내용을 재편집하는 동시에 언문으로 번역 중이었다.

"아우구스티노 형제님의 작업은 얼마나 진척이 있는지 모르겠군요?"

항검이 정약종의 근황을 물었다. 정약종은 《성세추요》와 《천주실의》 등을 기반으로 《주교요지》를 저술하고 있었다.

"거의 마무리되고 있다 들었습니다."

일전에 정약종의 집에 다녀온 윤유일이 대답했다.

"내용이 어찌나 쉽고 분명하던지 초보 교인들 교리 공부에 안성맞춤이던걸요."

"그랬군요."

최창현이 더욱 주눅들어 했다.

"걸작이 나오려고 산고를 겪는다 생각하세요."

윤유일이 최창현을 위로했다.

일행이 옹기골에 도착하자 통나무 더미의 뒤쪽에서 윤지헌과 이존 창이 나와 반갑게 맞아주었다.

"오시느라 고생하셨지요?"

네 사람은 손을 덥석 잡고 상봉의 기쁨을 나누었다.

"두 분을 모셔다 드렸으니 저는 돌아가 글을 써야겠어요."

최창현이 손을 흔들며 왔던 길로 돌아섰다.

동굴로 향하는 내내 항검은 벌린 입을 다물지 못했다. 용도에 맞춰 빚어낸 다양한 옹기들이 즐비했다.

"이게 다 우리 교우들이 만든 거라니…."

윤지헌의 얼굴에 자긍심이 넘쳐났다. 이존창이 동굴을 가리켰다.

"옹기에서 우려낸 감식초는 저 동굴창고에 저장합니다."

그렇게 저장된 감식초를 장날이면 내다 팔아 교우촌 운영비에 충당 했다.

"동굴 안에서 재배 중인 버섯도 수시로 채취합니다. 숯도 제법 잘 나오고 있어요. 들어가 보시지요."

윤지헌과 이존창이 이곳 저구리로 야반도주한 날 밤을 윤유일은 아 직도 잊지 못하고 있었다.

"어떻게 옹기를 만들 생각을 다 하셨어요?"

"김유산 형제님이라고 저한테 교리를 배운 제자가 꾀를 내서 시작 하게 된 겁니다. 마침 주변의 흙도 옹기 만들기에 그만이었어요. 천주 님이 우릴 위해 준비하신 거란 생각이 들었어요."

"제 얘기 중이십니까?"

동굴 입구를 막아놓은 철문 너머에서 웃음기 섞인 목소리가 건너왔다.

"오! 자네, 거기 있었군 그래!"

이존창이 김유산을 향해 웃어보였다.

"귀한 손님들이 오셨대서 얼음을 꺼내오는 중입니다."

"……"

항검은 부리부리한 눈에 호랑이눈썹을 한 김유산을 유심히 바라보았다.

"항검 형제님과도 초면인가요?"

윤유일이 속삭이듯 물었다.

"예. 그동안 통 와보질 못해서…."

"항검 형제님에 대해서는 말씀을 많이 들었습니다. 호남의 사도로 불리는 분을 이리 직접 뵙게 되다니 영광입니다."

김유산이 느닷없이 넙죽 절을 해왔다. 당황한 항검이 그를 말렸다.

"영광이라니요. 별 말씀을 다 하십니다. 일어나세요."

두 사람을 보며 흐뭇하게 웃던 윤지헌과 이존창에게 항검이 말했다.

"관검이 발목을 다치는 바람에 저 밑에서 기다리고 있어. 짐이랑 가져올 게 많은데 관검이까지 다치는 바람에 우리만 먼저 올라왔단다. 관검이까지 챙기려면 아무래도 장정들 손이 더 필요할 것 같아."

"아이고! 진작 말씀하시지요."

"잠시만 기다리세요. 사람들을 금방 모아오겠습니다."

"이게 바오로 형제님이 말씀하신 그겁니까? 포도주가 된다는?"

김유산의 물음에 윤유일이 고개를 끄덕였다.

"예. 제가 북경에서 가져온 포도나무 묘목이 잘 자라 처음으로 열매를 맺었답니다."

"이 포도주를 성사 때 쓰는 겁니까?"

최창현이 물었다. 항검 일행이 저구리의 교우촌에 도착했다는 연락을 받자마자 집필실에서 집회소로 달려온 터였다.

"그렇긴 한데 우리한텐 신부님이 안 계시니…. 성수가 그러하듯 포도주 역시 신부님의 축성이 있어야 성사에 쓰입니다."

신부를 조선으로 모셔오면 교우촌에 초대할 계획이었다.

"바오로 형제님 덕분에 성혈은 갖출 수 있게 되었습니다만, 과연 그날이 오기는 할까요?"

이존창의 고민이었다.

"예비자교육을 끝낸 신자들이 언제 세례를 받을 수 있냐고 계속 물어옵니다. 그때마다 뭐라고 답을 줘야 할지 난감해요."

이존창의 고민은 교회 지도부 모두의 고민이기도 했다. 그러나 미사를 집전할 사제가 없는 마당에 무슨 수로 세례를 줄 수 있단 말인가. 관검이 침묵을 깼다.

"답은 이미 정해져 있는데, 다들 아시면서 언제까지 모른 척하실 건가요?"

진산사건 이후로 조선교회는 북경에 어떤 소식도 전하지 못했다. 번번이 계획만 세우다 몇 해를 넘기고 있었다.

"이러다 올해도 그냥 넘기겠어요. 동지사행에 맞춰 밀사를 보내려면 지금부터 서둘러도 늦다고요. 헌데 누구 하나 나서는 사람이 없으니, 원….”

관검은 교회 지도부의 안일한 태도가 영 마음에 들지 않았다.

“다들 마음은 굴뚝같지만 아직은 방도가 없질 않느냐? 성급하게 군다고 될 일도 아니고….”

관검은 작정하고 그 얘기를 꺼냈다.

“제가 심심파적으로 정감록을 뒤적이다가 문득 답을 찾았거든요.”

“답이라니?”

윤지헌이 기대에 차서 반문했다.

“신부님이 큰 배를 타고 우리 조선으로 들어오시는 겁니다.”

“큰 배?”

“정감록에 배를 타고 온 정진인이 도탄에 빠진 백성을 구한다는 대목이 있어요. 우리도 주교님께 요청하여 신부님을 큰 배로 모셔오는 겁니다.”

관검의 얘기에 놀란 항검은 그게 얼마나 위험한 발상인지를 짚어주었다.

“위험한 일이라는 거, 저도 압니다. 하지만 이대로 주저앉아 저들의 처분만 기다릴 순 없질 않습니까. 저라도 나서서 큰 배를 보내달라고 청원할 생각입니다.”

“부디 조심하세요. 우리야 형제님이 어떤 심정인지 능히 짐작되고, 일부분 동의도 하지만 다른 사람들까지 그러란 법은 없습니다.”

윤유일은 진심으로 걱정하며 간청했다. 다들 관검을 진정시키느라 진땀을 뺐다.

"내가 할 얘길 형제님들이 대신 다 해주셨구나. 급히 먹는 밥이 체하는 법. 돌아가는 사정을 봐가며 천천히, 그리고 신중하게 생각해보자구나."

항검이 거듭 관검을 다독였다.

"다들 의견이 그러시다면 하는 수 없지요. 때를 기다릴 수밖에요."

관검은 마지못해 물러섰지만, 속으로는 미련을 버리지 못했다.

'두고 보세요. 오늘 제 의견을 묵살한 걸 후회하는 날이 분명 올 테니까요.'

●　●　●

갈퀴 같은 손들이 사방에서 날아들더니 목덜미를 그악스럽게 움켜쥐었다. 목뼈가 우두둑 부러지면서 숨통이 끊기는 고통이 왔다.

"헉!"

왕대비는 외미다 비명과 함께 눈을 번쩍 떴다. 진산사건 이후로 악몽에 시달리는 날이 부쩍 늘었다.

'……'

왕대비는 보료 앞에 놓아둔 바느질함을 심란하게 내려다봤다. 원자의 생일이 가까워오고 있었다. 손수 지은 여름옷을 원자에게 입히고 싶어 왕대비는 며칠 째 바느질에 몰두하고 있었다.

'꿈은 꿈일 뿐이야.'

왕대비는 불길한 예감을 지우려는 듯 다시 바늘을 들어 손을 놀렸다.

"앗!"

손가락을 어찌나 심하게 바늘에 찔렸던지 머리칼이 쭈뼛 섰다.

"하필 왜!"

붉은 핏물이 몽글몽글 배어나오는 엄지손가락을 입으로 가져가다 말고 와락 짜증이 일었다. 핏물이 세손의 희디 흰 적삼에 삽시간에 번졌다.

'설마 원자에게 변고가….'

왕대비는 서둘러 침소를 나섰다. 원자궁으로 들어선 왕대비는 칭얼거리는 아기울음 소리에 심장이 철렁 내려앉았다.

"원자!"

왕대비는 방안의 풍경에 아연실색했다. 열에 들뜬 얼굴로 쌕쌕 가쁜 숨을 내쉬는 원자의 손을 수빈 박씨가 꼭 쥔 채 눈물바람이었다.

"왜 이러느냐? 어디가 안 좋은 것이야?"

"고뿔이라 하옵니다."

"어찌 하였기에 한여름에 고뿔이 다 걸려?"

왕대비가 수빈 박씨를 노려보았다.

"저도 모르겠사옵니다. 어제 저녁까지만 해도 별다른 징후가 없었사온데 아침부터 갑자기 열이 오르고 기침을…."

수빈 박씨가 말꼬리를 흐렸다.

"어의는? 다녀간 것이냐?"

"예. 전하께서 보내주시어 진맥을 짚고 갔사옵니다."

"뭐라? 원자의 상태를 주상이 안단 말이냐? 대체 누가 알린 것이냐?"

왕대비의 진노가 방안을 쩌렁 울렸다.

"제가 그리 했사온데, 어찌 그러시는지요?"

"네가 제정신인 게야? 원자를 무탈하게 건사하지 못한 것이 무에 자랑이라고 주상까지 알게 한단 말이냐!"

신념과 아집

"마마, 탕약을 대령하였사옵니다."

어의가 원자의 진맥을 짚고 내국으로 돌아가 탕약을 달여왔다.

"들라!"

탕약을 목 빼고 기다리던 수빈 박씨가 어의를 들였다. 어의가 왕대비를 보고는 멈칫했다.

"납시어 계십니까, 왕대비 마마."

"그 탕약은 도로 가져가라."

어의가 어리둥절하여 아뢰었다.

"원자아기씨 열을 내려줄 해열제입니다."

"그 약은 필요 없다! 차후로도 다시 들일 일이 없을 테니 가지고 돌아가라!"

왕대비는 막무가내였다. 어의는 황당하고 불쾌했지만, 내색할 수 없었다.

"알겠사옵니다."

어의가 나가자 수빈 박씨는 조심스럽게 불만을 말했다.

"성상께서 보내신 어의를 물리는 것은 성상께 불충이옵니다."

"지금 불충이라 했느냐? 원자에게 변고가 생겨도 불충 타령을 할 것이야?"

"원자를 낫게 하려는 약이 아닙니까? 하온데 무슨 변고가…."

"그 탕약에 뭐가 들었는지 어찌 알고 함부로 먹인단 말이냐?"

"예?"

수빈 박씨는 밑도 끝도 없는 왕대비의 의심을 어떻게 받아들여야 할지 당혹스러웠다.

"원자가 누구냐? 장차 왕위를 이어받을 아이다. 그런 원자를 없애지 못해 안달인 자들이 있지. 궐 밥을 몇 해째 먹고 있으니 그 정도는 너도 알 게 아니냐!"

"원자의 나이 고작 세 살입니다. 군부인들도 자식을 키워본 분들인데 설마 어린 원자를 상대로 흉악한 마음을 품지는 않겠지요."

"쯧쯧! 순진한 건지, 어리숙한 건지…."

왕대비가 엄하게 훈계했다.

"수빈, 어좌에 나이는 대수가 아니야. 그 자리를 차지하는 게 누구냐, 끝까지 살아남는 게 누구냐가 정말 중요하단 말이다."

왕대비는 앞으로 원자에게 쓸 탕약은 손수 지어 보내겠다는 말을 끝으로 일어섰다.

● ● ●

"어려운 걸음을 했구나. 연락은 했지만 사실 큰 기대는 안했는데…. 이리 와주어 정말 고맙다. 이 형이 이제야 마음이 놓여."

맏형 정약현의 감격에 겨운 표정을 대하고 있자니 정약종은 새삼 미안했다. 제사 금지령이 있고 나서 가족들과 크게 다투고 분가한 뒤로는 가족과 왕래를 끊다시피 한 터였다.

맏형이 부친의 소상을 맞아 편지를 보냈다. 제사에는 참례하지 않아도 좋으니 본가에 내려와 가족들과 쌓인 감정을 풀고 가라 했다.

"자네는 언제 도착했는가?"

정약종이 황사영에게 물었다.

"저도 방금 왔습니다."

황사영은 비로소 막혔던 숨이 트이는 기분이었다. 의례적인 인사가 잠깐 오갔을 뿐, 어색한 침묵이 감돌던 방 안에 비로소 이야기꽃이 피기 시작한 것이었다.

"오랜만에 다 모였구나."

정약현이 흐뭇하게 아우들을 둘러보았다.

"이렇게라도 얼굴을 보니 얼마나 좋으냐. 그동안 내가 아버님께 얼마나 죄스러웠는지 너희들은 모를 거다."

그러고 보니 정약현의 얼굴이 무척 수척했다.

"형님께는 면목이 없습니다. 부디 건강 잘 챙기세요. 형님마저 쓰러지면 제가 아버님 뵐 낯이 정말 없어져요."

정약종은 진심으로 부탁했다.

"그걸 아는 사람이…."

그때 정명련이 화채를 만들어 들어왔다.

"이게 얼마 만이냐?"

"거기 앉아봐라. 그간 어찌 지냈는지 얘기 좀 듣고 싶구나."

오랜만에 조카를 보는 정약전 형제들이 다담상을 두고 나가려는 그녀를 잡아 앉혔다.

"그래, 반석동 고모부는 어찌 지내고 계시든?"

정약전이 이승훈의 안부를 물었다.

"말도 마세요. 사랑에 틀어박혀 통 안 나오신대요. 곡기도 거의 끊다시피 하셔서 고모님의 근심이 이만저만 큰 게 아니에요."

"훌훌 털어버릴 때도 되었구먼. 언제까지 그리 지낼 작정이누…."

정약현은 속이 상했다.

"금대가 혹 다녀가는 눈치더냐?"

정약용이 묻자 정명련은 고개를 끄덕였다.

"전도유망했던 매제가 저리될 줄 누가 짐작이나 했단 말이냐. 하긴 약용이를 앞에 두고 할 말은 아니구나."

"……."

시묘살이로 얼굴이 많이 상한 정약용은 맏형 정약현의 말에 그저 쓸쓸한 미소를 지었다. 홍문관 교리에 오른 그는 천주교 전력이 문제되어 결국 면직되고 말았다. 그런 중에 부친상까지 당하자 약현의 만류에도 불구하고 시묘살이에 들어갔다.

"시묘살이하느라 임금의 부름을 받지 못한 건 아닌지 모르겠구나."

약현이 걱정하자 약용이 안심시켰다.

"저는 아직 젊으니 심려하지 마세요."

약전은 한탄했다.

"서른둘이 젊긴 뭐가 젊어? 천주교인 낙인이 찍힌 마당에 기회가 오기나 하겠냐? 하물며 약종이와 사영이가 신앙을 지킨답시고 저리 막무가내니 우린 이제 틀렸다."

"교회를 버리라는 말씀을 하시려거든 그만두세요!"

내내 불쾌한 기색이던 약종이 약전에게 쏘아붙였다.

"저희의 믿음은 굳건합니다. 그 문제로 저희를 부른 거라면 그만 일어나겠습니다."

"내가 없는 말을 한 것도 아닌데 왜 네가 성질이냐?"

"저를 전교한 게 형님입니다."

"그래. 그땐 신념이 있었으니까. 허나 신념이 감옥이 될 수도 있다는 걸 알게 되었다."

"신앙이 감옥이라니요?"

"신앙을 신념으로 삼다 보니 아집의 감옥에 갇혀 자기만 옳고 자기랑 뜻이 다른 사람은 전부 틀렸다고 믿고 말지. 그 아집의 감옥에서 그만 벗어났으면 좋겠다."

"신앙이 신념입니까? 저는 아니라고 봅니다."

묵묵히 대화를 듣고 있던 약용이 끼어들었다.

"아니면 뭔데?"

약용의 예상치 못한 반기에 약전은 당황했다.

"사랑. 신앙은 신에 대한 사랑이 아닐까요?"

약용은 윤지충과 권상연의 순교를 지켜보며 천주에 대한 사랑이 아니고서는 저리 기쁘고 편안하게 죽음을 맞을 수 없다고 생각했다.

"지충이 형님이랑 상연이 형님은 죽음을 통해 온전한 신앙이 어떤 건지 보여줬어요. 의심 없는 절대적인 사랑이었지요. 저는 한 번도 그렇게 천주를 믿어본 적이 없습니다. 천주교 공부도 세례도 건성이었습니다."

"무슨 말을 하고 싶은 것이냐? 설마 다시 교회로 돌아가기라도 하겠다는 거야?"

약현이 긴장한 기색으로 물었다.

"잘 모르겠습니다."

"모르겠다니?"

약현이 낙담하여 반문했다.

"약용이 너는 우리 집안의 희망이니, 자중하여 훗날을 준비해라. 부탁이다."

약전은 애원하다시피 했다. 약현이 정약용을 돌아보며 엄명했다.

"약용이 너는 이미 배교한 몸이니 교회로 돌아가겠다는 건 생각도 마라."

"형님, 저는 제사를 받드는 처지이니, 이제 교회 밖에서 신앙생활을 해나갈 겁니다."

"뭐라?"

"약용아!"

약용 형제들이 놀라 웅성거리던 그때였다.

"나으리, 송구합니다만 잠깐 나와 보시는 게 좋겠습니다. 한양에서 부고가⋯."

순간 찬물을 끼얹은 듯 방 안이 조용해졌다.

"이느 댁이더냐?"

"한림동 이윤하 나리께서 별세하셨다 합니다."

"뭐? 마태오 형제님이!"

정약종과 황사영 두 사람이 당장 문상을 가겠다고 나서려던 그 순간 골목 어귀에서 요란한 말발굽 소리가 날아들었다.

"마님! 어서 나와 보십쇼! 궐에서 사람들이 왔습니다요!"

이윽고 한 무리의 군마가 마당으로 들어섰다.

"정약용은 속히 나와 어명을 받으시오!"

약용이 무릎을 꿇고 앉은 가운데 승지가 교지를 펴들었다.

"정약용을 홍문관 교리에 서용하니 즉시 입궐하라!"

● ● ●

일손을 청하러 초상집을 나서던 완숙은 대문 밖에 우두커니 서 있는 세 사람을 보고 흠칫 놀랐다. 군관을 앞세운 검은 한복 차림의 여인들이었다.

"양제궁에서 왔다고 전해주시오."

"양제궁이요?"

"그렇소. 부인께 군부인들이 뵙기를 청한다고 전해주시오."

양제궁 군부인이라면 상산군부인 송씨와 평상군부인 신씨일 터였다.

"예, 제가 안내하겠습니다."

"우리가 다녀갔다는 걸 다른 이들은 몰랐으면 좋겠네."

"예, 명심하겠습니다. 이쪽으로 오세요."

규방의 뒤뜰로 들어서자 이순이가 나와 반갑게 맞았다.

216

"어? 군부인들께서 어쩐 일이세요?"

"어머니를 만나러 오셨다는구나."

"어머니는 희아(경언)가 보채서 앞집에 가 있어요. 제가 모셔올게요."

이순이의 말에 완숙이 말렸다.

"아니다. 넌 그냥 있어. 어차피 자매님들 부르러 갔다 와야 하니 가는 길에 내가 들르마."

완숙은 뒤뜰을 벗어나며 씁쓸한 표정으로 중얼거렸다.

'호상들이 자매님의 청을 들어주기만 했어도 다들 이리 고생은 안 할 텐데….'

권씨 부인이 일가 어른들에게 천주교식으로 장례를 치르겠다고 얘기를 꺼냈다가 무안만 당했다. 세례를 받은 교인인 망자의 간곡한 유언임을 호소했지만, 소용없었다. 완숙을 비롯한 교인들은 유교식 상례 절차가 못마땅했지만, 만사 제쳐두고 달려와 팔을 걷어붙였다.

'천주님, 우리 모두 형제님을 위해 기도하고 있어요. 형제님을 천주님 곁으로 인도해주세요.'

완숙이 마음속으로 간절하게 기도하고 있는데 누군가가 불렀다.

"완숙 자매님!"

"어머나!"

완숙은 맞은편에서 걸어오는 낯익은 여인들을 보고 화들짝 놀랐다. 시골에서 올라온 천인 출신의 여신도 정복혜와 교인들 간의 연락을 담당하는 노파 김연이, 서녀 신분의 교인 한신애와 그녀의 딸 조혜의였다.

"그렇잖아도 일손이 부족하던 참인데, 어찌 알고 이리 와주셨네요?"

"완숙 자매님 혼자 정신없어 보여서 제가 한 바퀴 돌고 왔습니다."

성균관 노비 이합규가 싹싹하게 말하며 웃었다.

"사람이 더 필요하면 말씀하세요. 제가 한 번 더 다녀올게요."

"아니에요, 형제님. 몰래 문상을 오셨다면서요. 이쪽 일은 우리한테 맡기고 들키기 전에 얼른 돌아가세요, 얼른요."

"우린 괜찮으니 너희도 편히 있거라."

상산군부인 송씨는 문갑 위에서 태극선을 뽑아드는 이경도와 벽장에서 방석을 꺼내는 이순이를 말렸다.

"아닙니다, 군부인. 사양하지 마세요."

"저희가 좋아서 하는 일입니다."

송씨와 신씨는 두 남매가 대견했다. 이경도는 열넷, 이순이는 열둘이지만 제법 어른스러웠다. 경도는 불구인데도 표정이 밝고 성품이 온화했다.

"잘 자랐구나."

"그러게요."

송씨와 신씨는 고부간에 주거니 받거니 남매를 칭찬했다.

"일전에 오셨을 때 사용하신 방석이에요. 여기 편히 앉으셔요, 군부인."

꽃수가 놓인 방석을 찾아낸 이순이는 신씨 앞으로 내밀었다.

"고맙구나."

"어려운 걸음을 해주셔서 뭐라고 감사드려야 할지…."

"아버지도 기뻐할 거예요."

정중히 예를 차리는 남매를 보고 있자니 두 군부인은 울컥했다.

"아버지를 여의고도 어찌 이리 의젓하누…."

송씨의 목소리에 물기가 배었다.

"저희는 괜찮아요. 아버지는 천당으로 갔을 테니까요."

"천당?"

송씨가 되물었다.

"천주교에서는 낙원을 그렇게 부른대요, 어머니."

신씨가 아는 척을 했다.

"아버지가 그러셨어요. 어머니를 잘 모시면서 믿음 변치 않고 천주님을 사랑하면 우리도 죽어서 천당에 갈 수 있다고요. 그곳에서 우리 식구 다시 모여 영원히 행복할 거예요."

두 남매의 얼굴이 생글생글 반짝였다.

"너희는 겁나지 않니? 나라에서 금하는 종교잖아."

송씨가 염려스럽게 물었다.

"그건 나라가 잘못하고 있는 거예요."

이순이의 말에 군부인들은 소스라쳐 놀랐다.

"쉿! 사람들이 저리 많은데 누가 듣기라도 하면 어쩌려고!"

"자꾸 그렇게 쉬쉬하니까 사람들이 천주교를 더 이상하게 보는 거예요. 천주교는 절대 나쁜 종교가 아닌데도 말입니다."

"그건 너희 생각이지."

송씨의 반박에 경도는 고개를 저었다.

"잘못된 걸 잘못됐다고 말하는 게 나쁜 건 아니잖아요."

"허나 그 일을 꼭 천주교인들이 할 필요는 없잖니."

"언제까지요? 누군가는 말하고, 누군가는 바뀌도록 노력해야지요."

"오라버니 말이 맞아요. 무작정 기다리기만 하는 건 바보 같은 짓이에요."

천주교에 대한 믿음이 아이들을 저리 강건하게 만드는 걸까…. 하기야 종교가 아니더라도 저 아이들에겐 그럴 내력이 충분했다. 지봉 이수광이 이윤하의 7대조이고, 모친은 성호 이익의 딸이다. 이윤하의 아내 권씨 부인은 권철신의 누이다. 그런 핏줄을 이어받았으니 예사로울 리 없었다.

쨍그랑!

사기그릇 깨지는 소리가 나는가 싶더니 외마디 비명과 성난 고함이 사랑채 마당 쪽에서 날아들었다.

"무슨 일이지?"

"누가 싸우나 봐, 오라버니. 얼른 가보자."

팔딱 일어선 순이가 경도를 부축해 일으켜 세웠다. 영락없이 싸움 구경에 신이 난 어린아이였다. 신씨는 천진난만한 남매의 새로운 모습을 보며 웃음을 터뜨렸다.

"이제야 애들 같네요."

신씨는 시어머니의 심각한 표정을 돌아보고는 웃음을 거뒀다.

"어머니, 왜 그러세요?"

"아무것도 아니다."

하지만 아무것도 아닌 게 아니었다. 어린 남매의 열변이 송씨의 가슴에 불을 질렀다.

문상객들로 소란스럽던 큰 마당이 일순간 고요해졌다. 상제와 호상
들은 어찌할 바를 몰랐다. 최인길과 홍낙안이 문상객들에게 둘러싸인
채 씩씩거리고 있었다.

"네놈이 제정신이 아닌 게로구나! 감히 중인 주제에 이런 짓을 해?
그러고도 네놈이 살기를 바란단 말이냐!"

불그죽죽한 팥죽을 머리부터 뒤집어쓴 홍낙안이 고의로 그랬다며
최인길을 닦아세웠고, 최인길은 단순 실수라며 변명했다.

"소인이 몇 번이나 죄송하다고 말씀드렸지 않습니까? 실수였다니
까요."

말은 죄송하다면서 최인길의 눈빛은 빈정거리고 있었다.

"그래도 이놈이!"

홍낙안이 화를 못 참고 주먹을 내지르며 달려들었다.

"제발 그만들 하세요!"

완숙과 이웃집에서 돌아오던 권씨 부인이었다.

"여기 계시지 말고 들어가세요. 저분들이 어떻게든 말릴 거예요."

완숙은 우는 경언을 달래며 권씨 부인을 안으로 이끌었다.

"이제 그만들 두세요. 상제들 보기 부끄럽지도 않으십니까?"

상여를 손보던 중에 난데없는 고성을 듣고 달려온 윤유일과 홍낙민
이 홍낙안과 최인길을 뜯어말렸다. 최창현까지 나서서 말리자 최인길
이 물러섰다.

"저도 그럼 좋지요. 헌데 저분이 괜한 오해를 해서…."

순간, 홍낙안의 눈꼬리가 사납게 올라갔다.

"네 이놈! 어디서 거짓부렁이야. 일부러 내게 팥죽을 쏟는 걸 이 친구도 봤는데 말이다!"

홍낙안은 길길이 날뛰며 안면에 길게 흉터가 난 사내를 가리켰다.

마침 문상을 와 있던 정약종이 그 사내와 눈이 마주치자 사내가 황급히 외면했다.

'이상하군. 낯선데 낯선 사람 같지가 않아….'

정약종은 전부터 들던 의문을 푸느라 기억을 더듬었다.

"증인까지 있다니 이실직고합지요. 예. 일부러 그랬습니다. 세 사람 목숨값치고 이 정도면 거저 아닙니까?"

윤지충과 권상연과 권일신을 죽음으로 몰아넣고 수많은 교인을 고통에 빠뜨린 원흉이 홍낙안이었다. 그런 홍낙안이 뻔뻔하게 문상을 왔으니 최인길이 흥분할 만도 했다.

"망자는 내가 존경하는 학자셨네."

주위의 따가운 시선을 의식한 듯 홍낙안이 입에 발린 소리를 했다.

"하! 퍽이나!"

최인길이 어이없다는 듯 비웃었다. 그 순간, 홍낙안이 팥죽 대접을 집어 들었다.

쫘악!

팥죽이 최인길의 얼굴을 덮쳤다.

홍낙안이 고소하다는 표정으로 이죽거렸다.

"어이쿠! 이걸 어쩌나! 미안하네. 내가 그만 실수로 팥죽을 뿌리고 말았네그려."

홍낙안의 다음 말이 교인들의 분노에 불을 질렀다.

"그러니까 작작 까불어야지. 천주쟁이 주제에 감히 어디서 나대, 나대길!"

신도들이 그예 참지 못하고 홍낙안에게 달려들었다.

이총억과 홍낙민이 기겁을 하며 말렸다.

"저 꼴을 당하고도 저희더러 참으란 말입니까?"

김이우 형제는 눈에서 불을 뿜으며 말리는 손길을 뿌리쳤다.

그때였다.

"이 무슨 해괴한 짓들인가!"

권철신의 노성이 상가 마당에 쩌렁쩌렁했다. 노론 가운데 유일하게 천주교에 입교할 의사를 밝혀온 김건순 그리고 그의 족형 김백순과 사랑채에서 얘기를 나누던 중에 밖이 시끄러워 나와 본 것이다.

"심려를 끼쳐 송구합니다."

흥분한 최인길을 진정시키느라 진땀을 빼던 최창현이 이마를 조아렸다.

그 순간, 정약종이 방심하고 있는 말복을 기습했다.

"말복이 자네, 행색이 왜 이런가? 양반 흉내라도 내기로 한 거야?"

"예?"

말복의 외눈이 공포로 크게 벌어졌다.

"아닙니다! 다른 사람이랑 착각하신 모양입니다!"

말복만큼이나 깜짝 놀란 홍낙안이 부인하고 나섰다.

약종은 말복의 코앞으로 얼굴을 바짝 들이밀었다.

"이 흉터는 못 보던 것이지만 이 눈빛은 내가 확실히 기억해. 그리고 자네 목소리도….”

“아니라는데 왜 이러십니까?”

“그래? 허면 자네 이름자가 어찌 되는가?”

“…….”

말문이 막힌 말복이 당황해하자 홍낙안이 재빨리 끼어들었다.

“우린 이만 가보는 게 좋겠네.”

홍낙안이 말복을 잡아끌며 허둥지둥 빠져나갔다.

“그자가 눈치챘다면 필경 나부터 의심할 것이야.”

목만중의 주름진 낯짝이 두려움으로 파들파들 떨렸다. 말복의 양반 호패를 허위로 발급한 경위를 정약종이 파고들면 골치 아팠다. 그 일에 벽파까지 개입되어 있다는 점과 가짜 양반으로 만든 진짜 이유마저 정약종이 알아낸다면 상황은 걷잡을 수 없게 된다.

“저들이 일을 크게 벌이기라도 하면 그땐 어찌 감당할 셈이야?”

채제공의 세를 꺾어버리고자 한 배를 탄 벽파와 홍파였다. 그러나 두 세력은 물과 기름이어서 서로 이용가치가 사라지면 칼끝을 겨누게 될 터였다.

“너는 당분간 숨어 지내거라. 은신처를 물색하면 기별하마.”

“소인이 왜…?”

“그러라고 네가 있는 것이다. 애초에 양반들 밑씻개라는 걸 알았으면서 지금 와서 왜냐고 물어?”

“…….”

말복은 말없이 일어나 방을 나갔다.

밑씻개…, 목만중만은 자신을 특별하게 여기고 있다고 믿었다. 그런데 고작 밑씻개라고 그의 입으로 분명히 말했다. 말복은 버려지기 전에 네 살 길은 네가 찾으라던 정약종의 충고가 가슴에 와 닿았다. 말복은 노을이 핏물처럼 번진 풀무골을 휘청거리며 벗어났다.

"마을에서 나갔습니다, 나으리."

노복이 말복을 지켜보고 있다가 목만중에게 고했다.

"만포의 댁으로 가야겠다. 채비하거라."

목만중은 심환지의 집에 들어서다 말고 흠칫 몸을 사렸다.

"오랜만이네, 여와. 그간 잘 지냈는가?"

귀양에서 돌아온 박철오가 심환지와 심각하게 얘기를 나누다가 인사를 건넸다.

"한양에는 언제 오셨나요? 저야 무탈합니다만…."

말꼬리를 흐리는 목만중에게 던지는 박철오의 말에 가시가 돋쳤다.

"자네만 무탈해서야 쓰나! 상가에서 한바탕 소란이 있었다지?"

"그, 그걸 어찌…."

"조문한 사람이 어디 자네 사람들뿐이었겠나!"

"예, 예에. 물론 그렇지요."

"지금 그 일 때문에 오신 게지요?"

심환지의 물음에 목만중이 맥없이 끄덕였다.

"실은 그렇소만, 이 일을 어찌할지?"

"그걸 왜 여기 와서 묻는지요?"

심환지의 퉁명스런 말투가 목만중의 심기를 건드렸다.

"허면 누구에게 묻습니까? 없는 양반을 만들어낸 건 여러분 아닙니까? 대책을 마련하여 같이 살자는 게 잘못됐어요?"

"대책이랄 게 뭐 있어? 쥐도 새도 모르게 치워버려야지. 자네가 처리하게."

박철오가 차갑게 말했다.

"제 손으로는 차마 하지 못할 일입니다."

"쯧쯧, 저리 물러서야…. 허면 누가 해?"

"이럴 때 부리는 애들 있잖습니까? 그래야 뒤끝도 없을 테고…."

잠시 목만중을 노려보던 박철오가 무슨 생각에서인지 순순히 청을 받아들였다.

"알겠네. 우리한테 맡겨두게."

●　●　●

"소신을 다시 불러주시니 성은이 바다와 같사옵니다."

"더 늦기 전에 그 일을 마무리 지어야겠다."

"그 일이라 하시면…?"

신해사옥이 터지는 바람에 중단된 화성 축조 사업이다.

"아바마마를 현륭원으로 모신 지가 4년이나 지났다. 원자는 벌써 세 살이야. 과인의 건강은 예전 같질 않고…."

익선관 아래로 보이는 이산의 용안이 해쓱했고 안색은 검은빛을 띠고 있었다. 야윈 옥수에 쥐고 있던 담뱃대를 입으로 가져가며 이산이 말했다.

"어찌하면 저들의 방해를 물리칠 수 있을지 과인의 고심이 크구나."

이산은 후우, 한숨 섞인 연기를 길게 뿜어냈다.

"소신이 무엇부터 하오리까?"

정약용은 집무실 안에 퍼지는 매캐한 담배연기를 걱정스럽게 바라보았다.

"공사 기간을 획기적으로 단축할 방도를 찾아내라."

"전하께서 생각하시는 기한은 언제까지이옵니까?"

"2년 안에 마무리했으면 한다."

"2년이라 하셨사옵니까?"

예상치 못한 이산의 요구에 정약용은 놀란 눈을 떴다.

"소신이 전에 올렸던 화성 설계도를 볼 수 있겠사옵니까?"

이산은 담뱃대를 내려놓고 의자에서 일어섰다.

"따라오너라."

침소로 정약용을 이끈 이산은 궁인들을 물리고 방문과 창문을 모조리 닫았다. 외부의 시선을 완전히 차단하고도 얼마간 밖의 동태를 살폈다. 방 안에 고인 열기가 답답하게 느껴질 정도로 시간이 흘렀을 때였다.

끼이익!

이산은 벽에 붙여놓은 3각 화각장의 모서리를 잡아 앞으로 끌어당겼다. 깜짝 놀란 정약용이 두 팔을 걷어붙였다. 침소에서조차 줄기차게 피워댄 담배 탓에 누렇게 변한 사방의 벽지와 달리 화각장과 밀착해있던 벽면의 벽지는 새것마냥 깨끗했다. 가는 실로 새끼처럼 꼬아놓은 실고리가 그 벽지의 중간 즈음에 매달려 있었다. 이산이 그것을 손가락으로 가리키기 전에는 정약용도 전혀 눈치채지 못했다.

"아!"

정약용은 탄성을 질렀다. 이산이 가는 실을 잡아당기자 툭 소리를 내며 네모난 벽지가 벽에서 분리되고 비밀공간이 드러났다. 이산이 그 안에서 작은 함을 하나 꺼내 들었다.

"과인만의 비밀금고이니라."

몸에 지닌 열쇠로 함을 열고 손때가 묻어 너덜너덜해진 설계도를 꺼내놓으며 이산은 쑥스럽게 웃었다. 정약용은 임금의 고뇌가 전해져 가슴이 먹먹했다. 그 희망에 다시금 찬물을 끼얹어야 하는 현실이 못내 죄스럽기도 했다. 그렇다 한들 불가능한 일을 가능하다고 거짓으로 아뢸 수는 없는 노릇이었다.

"공격과 방어의 기본이 되는 것들인지라 참호와 누조와 치성은 어느 것도 포기할 수 없사옵니다. 대신 옹성을 설계도에서 빼면 공기를 단축할 수 있을 것이옵니다."

옹성은 성문을 한 번 더 방비하도록 성문 앞에 항아리 모양으로 덧붙여 세운 성벽을 의미했다.

"아니 된다! 옹성은 절대로 손을 대서는 아니 돼!"

이산은 강한 어조로 반대했다.

"하오나 기존의 설계도대로 진행한다면 몇 년이 걸릴지 소신도 예측하기가 어렵사옵니다."

"으음!"

이산은 경상 한쪽에 놓아둔 담뱃대를 집어 들며 괴로운 숨을 내쉬었다.

"전하⋯. 연초를 너무 많이 태우시는 것 같습니다. 옥체를 생각하시어 이제부터라도 끊으심이 어떠한지요?"

"이 좋은 걸 왜 끊으라 하느냐?"

후우, 길게 담배 연기를 내뿜으며 이산은 자조 섞인 웃음을 흘렸다.

"끊는 것이 어려우시면 줄이는 것도 방도가 될 것입니다."

"내 유일한 위로니라. 이마저 못한다면 숨이 막혀 죽을 것이야. 너도 한 번 피워 보겠느냐?"

이산은 담배함에서 연초를 한 움큼 덜어 종이에 쌌다. 무릎걸음으로 다가간 정약용은 두 손으로 담배를 받아 제자리로 돌아왔다. 신하된 자는 임금이 하사하는 물건은 그게 무엇이든 기쁜 마음으로 받아야 했다. 담배를 싼 종이를 관복의 소맷자락 속에 갈무리한 정약용은 자신의 걱정을 입 밖으로 꺼내놓았다.

"전하, 새 도읍이 들어설 지형에서는 우마 이용에 한계가 있습니다. 지게로 일일이 무거운 돌을 옮기자면 공사 기간이 길어지는 건 불가피하옵니다. 그 책이 있다면 혹 얘기가 달라질지도 모르겠지만요."

"《기기도설》 말이냐?"

"예. 필사본이라도 있으면 좋으련만…. 안타깝사옵니다."

"네 좋은 머리로 기구를 새로 만들어 쓰면 되지 않겠느냐?"

"그만큼 더 지체되겠지요."

"그래서는 안 된다."

"전하, 《기기도설》 말고도 서양의 건축 관련 서적이 여러 권 북경에 들어와 있다고 합니다. 그 책들을 조선으로 가져올 수 있다면 더없이 좋겠지만, 그럴 수 없는지라…."

"으음…."

이산은 담뱃대의 물부리를 질근질근 씹으며 미간을 찡그렸다. 서양 서적의 반입을 금지한 것은 자신이었다. 법으로 엄금하고 있는 마당에 무슨 수로 북경에 있다는 그 책들을 구해온단 말인가.

이산은 고뇌에 찬 표정으로 연거푸 담배를 빨아들였다. 분합문을 모두 닫아놓아 후덥지근한 방안은 임금의 입에서 쉼 없이 품어 나온 매캐한 연기로 뿌옇게 변했다.

"후우…."

농무처럼 뿌연 연기 사이로 이산의 괴로운 신음이 연달아 이어졌다. 임금의 무거운 탄식을 안타깝게 듣고 있던 정약용이 무슨 말인가를 꺼내려고 입술을 달싹였다가 종내 입을 다물었다.

딸그락.

오랜 고민 끝에 결심을 굳힌 이산이 담뱃대를 재떨이 위에 내려놓았다. 담뱃진이 묻어 검게 변한 손을 까딱여 정약용을 곁으로 오게 한 이산은 바닥에 닿을 듯 낮은 소리로 명을 내렸다.

"약용아, 지금부터 내가 하는 말을 잘 들어라."

이산은 신읍 조성의 대업을 공식 천명했다. 신료들은 경악했다.

"신읍을 조성한다 하시었습니까?"

"그렇소."

하얗게 질린 신료들이 입에 거품을 물고 반대하기 시작했다. 자신들의 권력 기반이 뿌리째 뽑히는 일이다.

"전하! 신읍이라니요? 국가 재정이 고갈되고 백성들의 노고가 극심할 것이 뻔한 대공사이옵니다!"

박철오가 격앙하여 가로막고 나섰다.

"경들도 알다시피 수원행궁은 과인이 능에 갈 때 잠시 머물기도 하지만, 평소에는 유수가 상주하며 근무하는 곳이오. 더욱이 수원부에 특별한 경사가 있을 때는 그곳을 활용토록 한 덕분에 이제는 부민들도 그곳을 자랑거리로 여기고 있소."

이산은 빗발치는 반대를 무릅쓰고 말을 이어갔다.

"경모궁이 그러했듯, 현륭원 주변에 조성했던 시장도 활기를 띠고 있어 지역경제에 큰 도움이 되고 있소. 이렇듯 도시가 나날이 발전하고 상업 규모도 커지고 있건만 변변한 방비시설조차 없으니 큰 문제라 할 것이오. 과인이 성곽을 축조하려는 까닭이 바로 거기 있소. 이미 설계까지 마쳤으니 바로 공사에 착수할 수 있도록 경들도 힘을 보태시오."

"설계라니요?"

심환지는 허를 찔려 당황한 표정이었다.

"성곽 축조의 최고 전문가들이 과인의 명을 받고 준비해왔소. 이는 국가의 숙원사업이니 경들은 모두 동참하시오."

벽파 신료들이 발악하듯 반대했지만, 이산은 눈 하나 깜박하지 않았다.

"국가의 숙원사업을 반대하는 것은 불충이니, 이후로 다른 말을 하는 자가 있으면 반역죄로 다스릴 것이다."

반역죄라는 임금의 엄포에 벽파 신료들도 더는 입을 열지 못했다.

폐궁의 여인들

깊은 밤, 평산군부인 신씨 침소에 등불이 꺼지지 않고 있었다. 신씨는 풀 먹인 모시 적삼을 말끔하게 차려입고 방안을 초조하게 오갔다.

그렇게 얼마나 시간이 흘렀을까.

밖에서 인기척이 들리더니 쪽문이 열리고 강경복이 들어섰다. 신씨가 반색을 하며 나직이 물었다.

"모셔왔느냐?"

대답 대신 강경복이 비켜섰다. 완숙이 쪽문을 넘어서며 활짝 웃었다.

"그간 강녕하셨는지요?"

"어서 오시오. 덕분에 무탈했다오."

신씨는 경복에게 주위를 살피게 하고는 완숙을 후원 초당으로 이끌었다.

"오셨어요?"

호박 등을 들고 서성이던 서경의가 반갑게 맞았다.

"한밤중에 불편을 끼쳐 미안하네."

먼저 와 기다리던 상산군부인 송씨가 완숙을 방으로 맞아들였다.

"어려운 결정을 내려주셔서 고맙습니다, 군부인."

완숙이 책 한 권을 꺼내 들었다.

"부탁하신 교리서입니다. 일단 한 권만 가져와봤어요."

"고맙네."

교리서를 받아들고 책장을 휘릭휘릭 넘기던 송씨는 당혹스런 눈으로 완숙을 건너다봤다.

"이게 어찌 된 일인가? 공자라니?"

"잠시만 기다려보세요."

싱긋 웃으며 책을 건네받은 완숙은 낱장들을 묶어놓은 책의 가운데 안쪽을 손가락으로 잡아 조심스럽게 떼어냈다. 지켜보던 신씨가 화들짝 놀랐다.

"어머! 안쪽에 겹지가 또 있었네요!"

완숙의 손이 책장의 안쪽에서 바깥쪽으로 서서히 움직일 때마다 손끝에 잡힌 종이가 뱀의 허물처럼 벗겨지며 겉장 밑에 숨겨져 있던 또 다른 책장이 모습을 드러냈다.

"예. 겹지 작업을 두 번 했어요. 한쪽 면의 끝부분만 살짝 붙여놓았기 때문에 그 부분을 잘 찾아서 살살 떼어내면 이렇게 펴지지요."

두 번째 겹지를 떼어낸 완숙이 속장을 천천히 펼쳤다.

"오!"

다들 탄성을 올렸다. 속장의 안쪽 면에 세필로 적은 작은 글자들이 빼곡했다.

"이게 교리서예요."

설명이 있자 방 안의 여인들이 교리서를 보기 위해 완숙의 주변으로 바짝 다가앉았다.

"책장 안에 책장을 또 하나 만들어 숨기고 그 안쪽 면에 세필로 교리서 내용을 적게 했어요."

"겉지 글자를 이리 굵은 필로 쓴 것은 속지 글자를 가리기 위해서였겠군."

송씨의 말에 완숙은 고개를 끄덕였다.

송씨가 궁녀들을 통해 교리서를 보내달라고 청해왔다. 뛸 듯이 기뻤으나 자칫 군부인들에게 위험한 일이 될 수도 있었다. 완숙은 안전장치를 궁리했다.

상산군부인 송씨는 동이 트도록 교리서를 손에서 놓지 않았다. 이튿날이 되어서도 독서는 멈추지 않았다. 며느리 신씨가 차례를 기다리고 있었다. 그다음은 강경복과 서경의였다.

"아아…."

꼬박 사흘을 교리서에 심취한 송씨는 마지막 장을 덮으며 감동에 겨운 눈물을 흘렸다.

"어떠셨어요, 어머님?"

"우리가 크게 잘못 생각한 것 같구나."

"그게 무슨 말씀이세요?"

"우리가 우리 입장만 생각하고 천주교를 섣불리 이용하려 들었어."

그런 불손한 태도로 접근했다가 크게 화를 입을지도 모른다는 두려움을 느낀 것이다.

"그러면 이제 어찌하시려고요?"

"잘 모르겠구나."

"대전에서 둘, 수라간에서 한 명, 신궁에서도 박 나인이 관심을 보였어요. 다음 모임 땐 자기도 껴달라고 하던 걸요."

"진짜로? 넷이나? 대단하구나, 영인아!"

"저는 한 게 별로 없어요. 이 친구들이 몸을 안 사리고 열심히 전교한 덕분이랍니다."

서경의 칭찬이 있자 문영인은 동무 궁녀들에게 공을 넘겼다.

"아니랍니다. 우린 그저 영인이가 시키는 대로 한 것밖에 없어요."

"어쨌든 고생했다. 궁녀들의 마음을 여는 게 쉽지 않았을 텐데…. 헌데 믿을 만한 아이들이니? 따로 속내가 있어서 우리한테 접근한 건 아니고?"

불안해하는 서경의에게 문영인은 확신했다.

"네. 그런 것 같진 않았어요."

그런데도 서경의는 안심할 수 없었다.

"조심 또 조심해야 해. 책은 얼마나 읽었는지, 우리랑 생각은 얼마나 같은지 잘 알아보렴."

"항아님이 그런 걱정하실 줄 알고 제가 미리 다 물어봤지요."

가족이나 친척 중에 천주교에 입교한 사람이 있어서 어떤 종교인지 대략 들었던 모양이에요."

"저번에 빌려준 책들은 다 읽었대?"

서경의가 문영인에게 물었다.

"예. 이번에 폐궁에서 새 책들이 올 거라니까 잔뜩 기대하고 있어요."

"많이들 기다렸어. 자, 한 권씩 받아."

서경의가 보따리에서 교리소설을 꺼내 궁녀들에게 차례로 건넸다. 맨 먼저 책을 받아든 궁녀가 설레는 손길로 책장을 열며 말했다.

"천주님은 대단하세요. 아무리 핍박을 받아도 기도를 드리면 편안해져요."

그러자 두 번째로 책을 받아든 궁녀가 맞장구를 쳤다.

"맞아. 이번에 새로 들어온 노항아님이 아무리 괴롭혀도 이젠 까딱없어. 천주님이 계시니까."

"나도. 여태 여러 노항아님을 겪어봤지만, 그토록 밉상인 노인네는 없었어."

"대체 어느 정돈데?"

"아무튼, 최악이에요."

"나도 궁금하구나!"

그때 창고 문이 벌컥 열리더니 백발의 늙은 궁녀가 들어섰다.

"에구머니나!"

"하, 항아님!"

궁녀들이 하얗게 질려 벌떡 일어섰다. 너무 놀란 나머지 손에 들고 있던 교리서를 바닥으로 흘린 것도 의식하지 못했다.

"어디 들어보자꾸나. 내가 어느 정도로 최악이더냐?"

늙은 궁녀는 어린 궁녀들을 다그쳤다. 오랫동안 정순왕대비를 모셔온 이덕빈이다. 정순왕대비의 심복이 되어 온갖 궂은일을 도맡아 하던 중에 병이 생기자 침방으로 내침을 당한 터였다. 가뜩이나 심기가 노여운 가운데 어린 궁녀들의 험담을 들었으니, 열불이 날만도 했다.

"말해보라 하질 않느냐!"

궁녀들을 다그치던 이덕빈은 버선발에 뭔가 차이는 것을 느끼고 우뚝 멈춰 섰다. 문영인의 심장이 철렁 내려앉았다.

"항아님! 제 것이니 이리 주세요!"

문영인이 황급히 책을 회수하려 했지만, 늦었다. 이덕빈의 눈빛이 번쩍 빛났다.

"이, 이건…!"

예비자인 척 가장하여 신도들에게 접근했던 적이 있던 이덕빈은 천주교 책이라는 걸 금세 알아보았다.

"이 책들이 다 무엇이냐? 너희가 이것들을 어찌 구한 게야?"

"죽을죄를 지었습니다, 항아님! 한 번만 용서해주세요!"

궁녀들 가운데 낯선 얼굴을 본 이덕빈이 캐물었다.

"너는 어디 소속이냐?"

"저, 저는…."

서경의가 미처 대답하기도 전에 이덕빈이 서경의의 허리춤을 뒤져 호패를 꺼내보았다.

"하, 항아님!"

이덕빈은 의뭉스럽게 웃으며 서경의의 면전에 교리서를 들이댔다.

"폐궁에 있는 네가 가져온 것이렷다!"

"아니에요, 항아님!"

문영인은 서둘러 변명했다.

"그건 제가 가져왔어요! 이 인니는 제가 졸라서 놀러 온 것뿐이에요, 항아님!"

"거짓말 마라!"

이덕빈은 매섭게 소리치며 궁녀들을 잡아먹을 듯 노려보았다.

●　●　●

"널 침방으로 보낸 것이 천우신조였구나. 감히 궐 안에서 천주교라니! 궁인들의 기강이 무너져도 너무 무너졌어!"

왕대비는 비분강개했다.

"그런 일을 벌이고 다녔는데도 여태 아무도 눈치채지 못했다는 게 실로 믿기질 않사옵니다."

"신궁 나인까지 끼어 있었다면서?"

"예, 마마. 대전과 수라간 아이들까지 꾀어내려 했사옵니다."

"그 못된 것들은 지금 어쩌고 있느냐?"

"일단 침방 창고에 가둬두었사옵니다."

"폐궁에서 온 나인도 말이냐?"

"그러하옵니다."

"이런 어리석은 것!"

왕대비는 돌연 불같이 화를 냈다.

"어, 어이하여 그러십니까, 마마?"

"마냥 가둬둘 수 있는 아이가 아니잖느냐!"

"예?"

"그 아이는 폐궁 소속이다. 그곳으로 돌려보내야 하질 않겠어!"

"아…."

"가서 무어라 하겠느냐? 교리서를 보다가 너에게 들켰노라 고하질 않겠어!"

"그, 그렇겠지요."

"폐궁 나인이 사교에 빠졌으니 상산군부인에게 책임을 물을 수 있었다! 아랫것 단속을 못 했으니 응당 책임을 져야 하고말고! 잘만 하면 은언군은 물론이고 폐궁 것들까지 한꺼번에 처리할 수 있었단 말이다! 헌데 그 기회를 놓치게 되었단 말이다."

"용서하시옵소서, 마마!"

대비전으로 돌아가고 싶었던 이덕빈은 이번 일에 잔뜩 기대를 걸었다가 뜻밖의 노여움을 사자 황망했다. 어쨌든 납작 엎드려 왕대비의 비위부터 맞추고 봐야 했다.

"소인을 죽여주십시오, 마마. 이제 소인이 어찌하면 좋을까요?"

"그 아이들을 그냥 풀어주어라. 그리고 너도 천주교를 배우고 싶다고 말해."

"예?"

"보는 눈들이 있고, 당황한 나머지 감금은 시켰으나 실은 너도 신자가 되고 싶었다고 해."

"무슨 말씀이신지?"

"너와 네 조카가 예비자 교육을 받으려 했던 적이 있지 않으냐."

"그러하옵니다."

"그때 정약종이 그냥 돌려보내는 바람에 교리를 못 배웠다고 말하란 말이다. 그리 말하면 그것들도 널 의심하지 않을 것이야. 우선 안심시켜놓고 후일을 도모하잔 얘기다."

"아!"

이덕빈이 사라지자 왕대비는 회심의 미소를 지었다.

"폐궁이라⋯."

은언군을 따라 강화도로 귀양을 가야 마땅한 두 군부인을 양제궁에 눌러 앉힌 것은 금상이었다. 그런 양제궁이 사교에 연루되었다면 금상까지 엮어 넣을 수 있을 터였다.

그로부터 며칠 후, 이덕빈이 양제궁 근무를 자원했다. 일면 고마운 마음도 없지 않던 두 군부인은 이덕빈을 반갑게 맞았다.

그런데 이덕빈이 하루도 지나지 않아 발작을 일으켰다. 그렇잖아도 이덕빈의 안색이 해쓱한 것을 보고 걱정하던 차에 갑자기 쓰러지자 혼겁한 두 군분인은 강경복을 의원에게 보냈다. 두 군부인은 몸을 사리지 않고 이덕빈을 정성껏 보살폈다.

서경의는 그런 군부인들에게 감동하여 울먹였지만, 이덕빈은 속으로 비웃었다. 가식이라고 생각했다. 이제껏 정순왕대비를 겪어온 바로 보건대 왕실 여인들이 그토록 자상할 리 없다. 그런데⋯.

따스했다. 태어나 처음 느껴보는 온기였다. 이덕빈은 눈을 감은 채 귀를 기울였다.

"저는 아직 당신을 믿지 않습니다. 그렇기에 제 기도가 당신께 가서 닿지 않을 수도 있다고 생각합니다. 설령 닿는다 해도 신자가 아닌 사람의 기도는 들어주지 않을 것 같습니다. 그럼에도 저는 이 사람이 가엾어 어색함을 무릅쓰고 당신께 기도를 올립니다."

낮고 차분한 음성이다. 그런데 누구 목소리인지 도무지 가늠이 서지 않았다.

"……."

이덕빈은 실눈을 뜨고 제 이마에 손을 얹은 군부인이 누구인지 확인했다. 상산군부인 송씨였다.

그나저나 저 기도는 누구를 향해 올리는 걸까….

이덕빈의 궁금증은 이내 해소되었다.

"전능하시고 영원하신 하느님 아버지…. 아버지께서는 앓는 사람에게 강복하시고, 갖가지 은혜로 지켜주시니, 주님께 애원하는 저희 기도를 들으시어 이덕빈 나인의 병을 낫게 하시며 건강을 도로 주소서…."

나직나직 이어지던 기도문 중에 제 이름이 호명된 순간, 이덕빈은 자신의 마음을 단단히 묶고 있던 끈 하나가 가슴속에서 툭 하고 끊어지는 소리를 들었다.

밀약

길가 좌판에 사람들이 얼기설기 앉아 콩국수를 먹고 있었다. 국수를 말아 손님들에게 갖다 나르던 아낙이 째진 뱁새눈으로 말복을 흘겨보았다.

"거기 그렇게 버티고 있지 말고 들어올 거면 빨리 들어오고 갈 거면 빨리 가요! 아침부터 더워 죽겠는데 사람 성질 돋우지 말고!"

수치심으로 얼굴이 화끈 달아올랐지만, 발등에 못이 박힌 듯 도저히 그 자리에서 몸을 돌릴 수 없었다. 말복은 홑겹저고리 밑단 아래로 손을 넣어 허리춤에 찬 전낭을 끌어올렸다. 아껴 쓴다고 썼는데도 목만중에게 받은 돈의 절반이 축나고 없었다.

"양반 놀이는 이제 끝났다. 그 누구도 널 알아보지 못하도록 처박혀 있든지, 아니면 거지꼴로 다니거라. 그게 네가 살 길이야."

말복이 지낼 은신처를 알려주면서 목만중이 마지막으로 던진 말이다. 차가워진 그의 태도만큼 전낭의 무게도 가벼워졌다. 힘없이 돌아선 말복은 터덜터덜 골목길로 접어들었다. 골목 저쪽에서 검은 경장차림의 사내가 우두커니 말복을 지켜보았다. 사내의 살기가 제 목숨을 노리는 것을 말복은 직감했다.

"준비되었느냐?"

"누가 보내서 왔소?"

"……."

사내는 대답 대신 칼을 뽑아 들었다. 말복은 재빨리 복부에 찬 가죽 주머니로 손을 뻗었다.

"하앗!"

장검을 곧추세운 사내가 바람을 가르며 좁은 고샅을 달려왔다. 말복도 지지 않고 사내의 급소를 향해 있는 힘껏 표창을 날렸다.

캉! 캉! 캉!

날카로운 금속끼리 부딪치며 불꽃이 번쩍번쩍 일었다. 말복이 동시에 던진 세 개의 표창이 사내의 칼날에 튕겨 골목 좌우의 토담에 깊숙이 박혔다. 다음 순간, 말복이 다시 표창을 잡기도 전에 칼날이 빗줄기처럼 쏟아져 내렸다.

"으윽!"

말복의 어깻죽지에서 복부까지 불에 덴 듯 뜨거워졌다. 몸을 타고 내린 선혈이 발밑을 흥건히 적셨다.

"누가 보냈냐고 물었지? 널 거둔 자. 그러나 이제는 널 버린 자. 답이 되었느냐?"

쓰러진 말복을 향해 사내가 저벅저벅 다가왔다.

"여와께서 보내셨단 말이오?"

"그렇다."

"그분이 왜…? 왜 나를…?"

"나중에 저승에서 만나거든 직접 물어보거라."

사내가 피 묻은 검을 휙 치켜들었다. 말복은 바지의 밑단 속에 숨겨두었던 표창을 재빨리 꺼냈다.

컥!

불시에 표창을 맞은 사내가 썩은 나무처럼 허리를 반으로 꺾으며 고꾸라졌다.

"제가 보낸 자객으로 했다고요?"

예기치 못한 박철오의 통보에 목만중은 말문이 턱 막혔다. 급히 와달라는 연락을 받고 박철오의 사저로 달려온 그가 엉덩이를 방석에 붙이자마자 듣게 된 얘기였다.

"그러하네. 말복은 자길 죽이려 한 사람이 자네라고 알고 있네."

박철오의 심상한 말투가 목만중의 화를 부추겼다.

"어쩌자고 그런 거짓말을 하신 겁니까?"

끓어오르는 화를 간신히 억누르며 목만중이 따져 물었다.

"그게 어찌 거짓말인가? 말복일 처치해달라고 우리한테 부탁한 것은 자네였어."

"제가 그런 맘을 먹었다는 걸 말복이 모르게 해주셨어야죠!"

분기를 참지 못한 목만중이 고함을 질렀다.

"으음!"

진즉부터 심사가 불편했던 심환지는 목만중의 역정에 미간을 찡그렸다.

"목소리를 낮추세요."

임금이 정약용에 이어 이가환까지 중용하려 한다는 귀띔을 받은 심환지는 이에 대비하고자 밤늦은 시각에 박철오를 찾은 터였다. 박철오는 이미 목만중을 불러들인 상태였다.

"지금은 화성 축조를 막는 일이 시급합니다."

목만중이 무어라 토를 달려 하자 심환지가 제지했다.

"정약용이 설계를 완성할 때까지 우린 눈치조차 못 챘을 정도로 전하는 주도면밀하게 움직였어요. 그보다 더 두려운 건 따로 있습니다."

"더 두려운 거라니?"

박철오가 물었다.

"전하의 태도가 즉위 초기와는 완연히 달라진 점입니다. 이제는 누구의 눈치도 안 보시겠다는 듯 거리낌이 없으십니다. 특별한 대책이 있어야 해요."

"말복이 문제도 발등의 불인지라…."

화제를 돌리려는 목만중의 말을 심환지가 단칼에 잘랐다.

"여와의 사정은 딱하게 되었소만 그 일은 여와께서 알아서 해결하셔야지요."

"저더러 알아서 하라니요? 일은 그쪽에서 벌여놓고 이제는 나 몰라라 하시는 겁니까?"

목만중이 핏대를 올리자 박철오가 역정을 냈다.

"어허! 감히 어디서 큰소린가! 자기 손 깨끗이 하자고 남의 손에 오물을 묻히려던 못된 심보가 말이야! 말복이 그놈도 뭐가 진실인지는 알아야지!"

"영감!"

"어찌 됐든 몸조심하게."

"저만 몸조심한다고 될 일이 아니잖습니까?"

"여와! 떼를 쓸 걸 쓰십시오!"

"이럴 거면 그만 가게!"

박철오와 심환지가 앵 돌아앉아 외면했다.

"저한테 이러실 순 없습니다!"

박철오의 사저를 뛰쳐나온 목만중은 두려움으로 정신을 차릴 수가 없었다. 발길 닿는 대로 걷다가 문득 고개를 들어보니 홍수보의 집 앞이었다. 홍수보라니…. 홍수보에게 모욕을 당한 뒤로는 이곳에 발길을 끊고 지내왔다.

"살려면 어쩔 수 없지."

홍수보의 사랑으로 들어서던 목만중은 홍낙안을 보고는 낯을 찌푸렸다.

"자네가 어인 일인가?"

목만중이 뚱하게 물었다.

"그러는 자네는 어쩐 일인가?"

홍낙안 대신 홍수보가 반문했다.

"혹 알고 계시나 싶어 그 얘길 전해드리러 왔지요."

"뭘?"

"전하께서 금대를 불러들이셨어요."

"이런 어처구니없는 일이…."

홍수보가 흥분하여 탁자를 쾅 내리쳤다.

"그 얘길 어디서 들었나?"

"이조에서 나온 말이니 틀림없습니다."

"좌천된 지 얼마나 됐다고! 전하께서 그 일을 겪으시고도 아직 정신을 못 차리신 게야!"

홍수보는 치를 떨었다. 채제공, 그자를 무너뜨리고자 그토록 노심초사했건만 허사로 돌아가게 생긴 것이다.

"이게 다 화성 때문입니다. 어찌하면 좋을까요?"

홍낙안이 물었다.

"어찌긴 뭘 어째!"

역정을 내는 홍수보에게 홍낙안은 그 일을 상기시켰다.

"제 말씀을 흘려들으시면 안 됩니다. 천주쟁이 최가 놈이랑 다투느라 경황이 없었지만, 틀림없이 폐궁 분들을 보았습니다. 그날 천주쟁이들과 뒷문으로 상가를 빠져나갔어요."

"폐궁이라면 군부인들 말인가?"

목만중이 이게 무슨 소리냐는 듯 홍낙안을 보았다.

"예. 말복이랑 조문을 갔던 날, 그곳에 그분들도 오셨더랬어요."

"말복이는 그런 얘기 없었는데…."

"그럴 밖요. 그놈은 정약종이 무서워서 상가를 나오자마자 도망쳤으니까요."

"말이 되는 소릴 하게! 군부인들이 어찌 그런 자들과 어울려?"

"어울렸다 뿐일 줄 아세요. 아예 폐궁으로 그자들을 초대하기까지 했습니다."

"뭐라?"

홍수보가 놀라서 일순 해쓱해졌다.

"군부인들이 천주쟁이들의 꾐에 넘어가 이미 입교했는지도 모르는 일입니다."

"말 같잖은 소리!"

"제 말이 바로 그겁니다. 번암도 번암이지만 군부인들 문제도 보통 심각한 게 아니에요."

벽파가 양제궁 군부인들이 천주교에 연루된 것을 빌미로 일을 크게 벌인다면 큰일이었다. 남인의 안위가 문제가 아니라 어좌까지 위험해질 수 있다. 그런 상황은 홍파에게도 재앙이나 다름없다.

"천주쟁이들이 폐궁에 얼씬거리지 못하도록 막아야 하네."

홍수보의 당부에 홍낙안이 맞장구를 쳤다.

"물론입니다. 그래야지요."

말복과의 일을 털어놓을 기회를 엿보던 목만중이 이때다 싶어 끼어들었다.

"제가 말복이 놈한테 죽게 생겼습니다."

저간의 사정을 듣고도 홍수보는 전혀 놀라는 기색이 아니었다.

"자네가 그동안 벽파와 우리 홍파 사이를 오가며 간을 보고 있던 걸 내 모를 줄 아나?"

"소, 송구합니다. 살려만 주십시오."

"알겠네. 내가 조치를 취하도록 하지. 대신 이제 박쥐 노릇은 그만하겠다고 내게 맹세하게."

"여부가 있습니까. 맹세합니다."

목만중의 결연한 각오에도 홍수보는 의심의 끈을 놓지 않았다.

· · ·

저녁 무렵에 상경한 유항검은 곧장 한림동으로 달려갔다. 미리 기별을 받은 정약종과 최창현이 완숙과 더불어 앞서 도착해 있었다. 항검은 권씨 부인과 상주 이경도에게 조의를 표하고, 교인들과 위령기도를 올렸다.

조문을 마친 항검은 떠나면서 경도를 따로 불렀다.

"이거 약소하다만, 어머니 보약이라도 지어 드려라."

"마음 써 주셔서 고맙습니다."

상가를 나오자마자 최창현은 일행을 약방으로 이끌었다. 최창현은 일행이 지켜보는 가운데 약방 다락 천장에서 궤짝을 꺼내 열었다.

"벽이 형의 유품이군요!"

항검은 감격했다.

"포청의 감시를 피해 제가 숨겨놓은 것이지요."

"헌데 왜 꺼내세요? 안전하게 거기 두시지 않고요."

완숙이 의아해했다.

"약방을 내놨습니다."

"저런!"

"집으로 옮겨놓을까도 생각했지만, 아무래도 저보다는 여러분 가운데 한 분이 맡아주는 게 안전할 것 같아서요. 누가 맡아주실지…?"

"저의 집으로 옮겨 주세요."

완숙이 주저 없이 말했다. 정약종이 말리고 나섰다.

"자매님보다는 제가 보관하는 게 좋겠습니다."

"괜찮겠어요? 형제분들이 감시를 받는 터라 위험할 것 같은데….""

항검이 우려했다. 특히 정약용을 눈엣가시로 여기는 저들은 꼬투리를 잡기 위해 눈에 불을 켜고 있었다.

"마침 이 책들이 필요하던 참이었습니다. 집필 중이던 책이 지지부진해서요."

"《주교요지》라고 했던가요?"

"예. 《천주실의》를 읽으면서 첨가하면 좋겠다고 여긴 것들이 있었지요. 거기에 제 경험까지 곁들여서 문답식으로 채워가고 있습니다."

예비자들과 초보 교인들 대부분이 《천주실의》의 내용을 어려워해서 교리해설서를 쓰는 중이다.

"초고가 완성되면 그때 완숙 자매님이든, 초남이든, 적당한 곳으로 옮겨놓읍시다."

"그렇다면 우선 작은 아우구스티노 형제님이 맡는 게 좋겠습니다."

최창현이 항검과 완숙을 바라보았다.

"응당 그래야지요. 책을 옮길 평차를 제가 알아볼게요."

완숙에게 항검이 말했다.

"비용은 내가 대마. 나랑 같이 가서 구해보자꾸나. 그전에….""

항검은 옷 속에 품고 왔던 금덩이를 무릎 앞에 꺼내놓았다.

"이걸 받아주십시오. 교회 일에 요긴하게 쓰였으면 하는 마음으로 전주에서부터 지니고 온 것입니다. 요한 형제님이 맡아서 은전으로 바꿔주세요. 요즘 시세대로라면 400냥은 받을 수 있을 겁니다."

"그 큰돈을 봉헌하시겠다고요?"

정약종은 항검의 큰 배포에 입을 다물지 못했다.

"신부님을 모셔올 자금입니다."

담담하게 말하는 항검을 세 사람은 놀란 눈으로 바라보았다.

"신부님이요?"

항검이 속삭이듯 말했다.

"이번에는 반드시 모셔와야 합니다. 마음 같아서는 제가 책임지고 거사를 추진하고 싶지만, 아시다시피 도성에서 멀리 살다 보니 앞장설 처지가 못 돼요. 그러니 여러분이 나서주세요. 그 대신 경비는 제가 대겠습니다."

"형제님의 뜻은 고맙지만, 전적으로 따를 수는 없습니다."

최창현이었다. 뜻밖의 반응에 항검은 당황했다.

"아니, 왜요?"

"부담을 혼자서 떠안지 마시고 저희와 나눠서 지는 게 좋겠다는 뜻입니다."

완숙이 최창현을 거들었다.

"사제를 모셔오는 일이라면 다들 한마음으로 힘을 보탤 거예요. 저 역시 마찬가지고요."

"맞습니다. 형제님한테만 부담을 지우긴 싫습니다."

정약종까지 동조하고 나섰다.

"부담이라니요? 제가 지금 얼마나 기쁘고, 영광스럽고, 설레는지 여러분은 모를 겁니다. 신부님을 모셔올 수만 있다면 전 재산을 다 내놓아도 아깝지 않습니다."

"아이고! 전 재산을 내놓다니요!"

"모든 게 천주님의 것입니다. 나는 잠시 맡아 관리하는 것뿐이에요."

그리하여 비용은 일체 항검이 부담하는 것으로 결론이 났다.

"이번 동지사행에 밀사를 파견하는 게 어떻겠어요?"

항검이 묻자 다들 쌍수를 들어 찬성했다. 아직 세례를 받지 못한 완숙의 기쁨은 이루 말할 수 없었다.

최창현의 배웅을 받으며 세 사람은 약방을 나왔다. 조용조용 얘기를 나누며 약방 모퉁이를 돌았을 때였다.

"어머! 저기…."

완숙이 흠칫 걸음을 멈췄다. 골목 그늘에 웬 사람이 헌 빨래처럼 널브러져 있었다.

"어이쿠! 이번엔 또 누가 고주망태가 되어 길에서 주무시나?"

약방의 이웃 상인 중에 종종 그런 이가 있었다.

"이보시오."

최창현은 등을 보이고 누운 사내의 어깨를 잡아 돌렸다.

"헉!"

사내는 온통 피범벅이었다. 항검이 생사를 확인했다.

"다행히 숨은 붙어있네요."

최창현이 맥을 짚었다.

"맥이 너무 약해요."

정약종이 혀를 차며 물었다.

"칼을 맞았지요?"

"예."

"출혈이 심해요. 약방으로 데려가 지혈부터 해야겠습니다. 이대로 두면 곧 죽어요."

"내가 업지요."

정약종이 사내를 업으려다 얼굴을 보고는 기겁했다.

"말복입니다!"

"홍낙안과 문상을 왔다가 난리를 피운 그 가짜 양반 말입니까?"

최창현의 눈길이 모질어졌다.

"헌데 왜?"

완숙은 함정은 아닌지 불안해했다.

"나 때문인지도 모르겠습니다. 말복이 내게 정체를 들키자 후환을 두려워한 저들이 죽이려 한 성싶습니다."

"우리 눈에 띈 걸 보면 살리라는 하늘의 뜻인 것 같습니다."

정약종은 최창현의 도움을 받아 말복을 들쳐업고 약방으로 되돌아갔다. 일행과 헤어져 완숙을 바래다준 항검은 숙소로 향했다. 밤거리는 고요했다.

"항검아, 오랜만이구나."

낯선 듯 귀에 익은 목소리가 항검을 불러 세웠다. 누군가 싶어 뒤돌아본 항검은 소스라치게 놀라 납작 부복했다.

● ● ●

"저, 전하!"

삿갓을 들어 얼굴을 보인 이산은 난감한 눈길로 항검을 건너다보았다.

"보는 눈이 있을지 모르니 어서 일어나라."

"전하께서 어인 일로 저를?"

"곧 조문을 오리라 짐작했다. 부탁이 있어서 왔다."

"부탁이라 하옵시면…?"

"잠시 시간을 내주겠느냐?"

항검은 임금을 원망하는 마음이 일렁였지만, 길에 세워둘 순 없는 노릇이었다.

"누추하지만 안으로 드옵소서."

"임금으로 온 것이 아니니 편히 대해도 좋다."

숙처의 방 안에 마주앉았을 때였다.

"망극하옵니다."

"나는 이 책들이 필요하다."

이산은 항검에게 책 목록을 건넸다.

"이 책들은 모두 소각된 것으로 압니다. 조선에서 구할 수 없는 책들을 소인이 무슨 재주로…?"

"북경에 다녀왔으면 한다."

"예?"

"북당에 가서 거기 적힌 책들을 구해오너라."

"제가 직접 말이옵니까?"

"네가 가든, 다른 이를 보내든 그건 알아서 해라. 대신 누가 갈지 정해지면 미리 알려주어야 한다."

"어찌하시겠다는 말씀이온지?"

"몇 달 후면 사절단이 북경에 가질 않느냐? 그 동지사행에 너희도 합류해라. 그 책들을 구해 조선 국경을 넘으면 나머지 일은 내가 알아서 처리할 것이다."

"왜 하필 저희입니까?"

"비밀이 유지되어야 하기 때문이다."

"저희를 믿으시옵니까?"

"서양 서책 반입 사실을 누설하면 제일 먼저 위험해지는 건 너희 아니냐."

변한 것은 없었다. 임금은 또 천주교를 이용하고자 한다. 다시금 같은 일을 겪고 있자니 분노가 들끓었다. 아니다. 감정으로 대할 일이 아니다. 임금이 우리를 이용하려 들면 우리도 임금을 이용하면 되는 것이다.

"…구해오겠습니다. 단, 조건이 있습니다."

변심

    수원부 성역 총리사에 제수된 채제공은 도성과 수원부를 오가며 공사 전반을 진두지휘했다. 경강상인들을 정기적으로 만나 자금이 어떻게 쓰이고 있는지 투명하게 공개했으며, 축성에 참여한 사람들이 책임감 있게 일하도록 건축실명제를 도입했다. 건축에 쓰인 못이나 돌덩이에서부터 그 자재들로 어떤 공사를 했고, 누가 몇 시간 동안 일했으며, 그 공사에 얼마가 들어갔는지 등을 낱낱이 기록하고 담당자의 이름과 진행 과정을 공개함으로써 부실공사와 공사비 유용을 원천봉쇄한 것이다. 이 일의 관장을 위해 설치한 것이 화성의궤도감이다.

    현장 조사를 위해 일찌감치 수원부로 파견된 정약용은 설계도에 따라 공사를 감독했다. 작업 과정에서 생긴 일들은 사소한 것 하나까지 화성의궤도감에 기록되었다. 하지만 공사 속도는 더디기만 했다.

    조선교회의 사제 영입 추진도 뜻대로 되지 않았다. 동지사행을 따라 북경으로 떠난 지황과 황심이 북당을 방문했을 때만 해도 순조롭게 풀려나가는 듯했다. 밀사는 구베아 주교에게 조선교회의 사정을 보고하고, 밀서도 전달했다. 신해사옥의 전말을 들은 구베아 주교는 충격에 휩싸였다. 그는 조선교회가 당한 박해와 두 순교자에 대한 보고를 교황청에 올렸다. 그리고 조선으로 보낼 사제를 서둘러 알아보았다.

그렇게 선발된 사제가 주문모다. 마흔두 살의 중국인 사제인 주문모는 산서지방에서 사목하던 중에 구베아 주교로부터 조선 선교를 제안하는 서찰을 받았다.

구베아 주교가 후안 도스 레메디오스 신부를 조선으로 파견한 것이 3년 전이라고 했다. 하지만 국경에 도착한 신부는 조선 교인들을 만나지 못하고 북경으로 되돌아왔다. 신해사옥 때문이었다.

주문모 신부가 서찰을 받고 한달음에 달려왔다. 구베아 주교와 주문모 신부는 조선의 밀사들과 국경을 넘을 방도를 상의했다.

이윽고 동지사행이 귀국하는 날이 되었다. 책문에 도착한 윤유일과 황심은 주문모 신부와의 접선을 시도했다. 천만다행으로 그를 만날 수 있었다. 주문모 신부의 봇짐에는 구베아 주교가 조선 신도들에게 보내는 편지와 귀한 서책들이 들어있었다. 임금이 부탁한 서양과학기술 서적이다.

하지만 그날 주문모 신부는 국경을 통과하지 못했다. 통행증에 문제가 있다고 했다. 신부가 관원에게 뭐라고 설명했지만, 관원은 단호했다. 승선을 기다리는 줄이 빠르게 짧아졌다. 이대로 배 위에 오르면 다시는 내려올 수 없을 터였다. 차례가 오기 전에 무슨 일이든 해야만 했다.

커다란 바위가 곰처럼 엎어져 있는 둔덕이 윤유일의 시야에 들어왔다.

"저겁니다."

윤유일은 봇짐에서 필묵통과 종이를 꺼내들며 황심에게 속삭였다.

"뭘 하시는 겁니까?"

황심이 물었지만 윤유일은 대답할 틈이 없었다. 그는 주문모 신부에게 전하는 짧은 글과 날짜를 빠르게 써 내려갔다. 방금 봐둔 장소를 약도로 그리는 것도 잊지 않았다.

"여기 좀 계세요."

황심에게 짐을 맡긴 윤유일은 뭐라 말을 붙일 틈도 없이 열에서 벗어나 부리나케 뛰었다.

"뭘 어쩌시려는 거지?"

이윽고 황심의 눈이 휘둥그레졌다.

"오!"

주문모 신부에게 달려간 윤유일이 어깨를 툭 치고 지나가며 손에 쥐고 있던 쪽지를 주문모 신부의 손에 재빨리 쥐어주었다. 윤우일은 아무 일도 없었다는 듯 황심이 서 있는 줄로 되돌아왔다.

"잘하셨습니다. 아무도 눈치채지 못했어요."

황심은 연신 감탄했다.

"그럼 뭐합니까? 결국, 모셔가질 못하게 된 것을요. 그나저나 신부님이 쪽지 내용을 알아보실지…."

● ● ●

"어서 오너라."

"그간 강녕하셨사옵니까, 마마?"

왕대비는 이덕빈이 안 본 동안 투실해졌다고 생각했다. 표정도 한 층 밝아진 느낌이었다.

어쩌면 상산군부인 송씨의 기도가 통했는지도 모른다고 이덕빈은 자주 생각했다. 양제궁으로 옮긴 직후 발작까지 일으켰던 이덕빈의 건강은 하루가 다르게 좋아지더니 두어 달 뒤부터는 아예 병색이 사라졌다. 기력을 차릴 때까지 어떤 일도 시키지 않고 오로지 건강관리에만 힘쓰도록 배려해준 송씨의 덕이 컸다. 평산군부인 신씨도 이덕빈에게 자상하게 굴기는 마찬가지였다.

강경복과 서경의는 달랐다. 신궁 나인 문영인도 싸늘하기는 마찬가지였다. 문영인의 전도로 천주교에 관심을 보인 본궁 나인들이 서경의가 침방 창고로 가져온 교리서를 보다가 이덕빈에게 들키고 난 뒤로 눈도 마주치지 않았다. 폐궁의 두 궁녀와 신궁의 문영인은 그녀들의 공포를 충분히 이해했다. 그녀들 역시 가슴을 졸이며 밤잠을 설쳤다. 감찰궁녀가 언제 들이닥칠지 모른다는 불안 때문이었다. 이덕빈을 향한 의심의 눈초리는 따가웠다. 보다 못한 두 군부인이 세 궁녀를 불러 타일렀다. 그녀들은 상전들을 오히려 답답해하며 이덕빈의 일거수일투족을 감시했다.

"그것들이 여전히 널 경계하느냐?"

"폐궁에 종종 들락거리는 신궁 나인이 있사온데, 일전에 말씀드린 문영인입니다. 그 아이가 신기가 들린 양 예리합니다. 그 바람에 소인이 그 아이에게 당할 뻔했사옵니다."

양제궁의 여인들은 강완숙이 마련해준 이중 교리서로 4대 복음서를 공부했다. 송씨의 권유로 이덕빈도 그 수업에 참석했다. 이덕빈은 궁녀들의 호의를 사려고 교리 공부에 열중했다. 그러자 궁녀들은 하루가 다르게 살가워졌고, 경계심도 옅어졌다.

그러나 문영인은 좀처럼 의심의 끈을 놓지 않았다. 산전수전 다 겪은 노인네처럼 눈썰미는 또 얼마나 매섭던지 눈앞이 아찔한 적이 한두 번이 아니었다.

그날도 그랬다. 교리 수업을 마치고 송씨의 방을 나서던 이덕빈은 섬돌에 버티고 선 문영인을 보고 심장이 철렁 내려앉았다.

"네, 네가 어쩐 일이냐? 오늘은 근무하는 날이라고 들었는데…."

당황하며 허둥대는 이덕빈에게 문영인이 쏘아붙였다.

"제가 와서 실망했어요?"

문영인이 다짜고짜 코앞으로 바짝 다가들었다.

"왜, 왜 이러느냐?"

뒷걸음질치는 이덕빈의 치마 속으로 문영인의 손이 파고들었다.

"무슨 짓이야?"

이덕빈이 놀라 문영인을 밀쳤다.

"가만 계셔보세요! 내 눈은 못 속여요!"

문영인의 손이 기어이 속바지 안으로까지 들어오자 이덕빈은 폭발했다.

"네 이년! 오냐 오냐 했더니 머리꼭지까지 기어오르는구나!"

이덕빈이 문영인의 머리채를 휘어잡았다.

"아악! 놔요, 놔!"

문영인이 비명을 질러대는데, 서릿발 같은 질책이 떨어졌다.

"무슨 짓들이냐!"

난데없는 소란에 방 밖으로 나온 두 군부인이 질색하며 호통을 쳤다.

강경복과 서경의가 엉켜 붙어 싸움 중인 이덕빈과 문영인을 간신히 떼어놨다.

"진정하고 얘기를 해보게."

두 군부인이 자초지종을 물었다.

"소인이 교리서를 훔치는 줄 알고 그런 난리를 부렸다고 하더군요."

이덕빈은 쓴웃음을 지으며 당시의 일을 고했다.

"실은 그날 교리서를 빼낼 작정이었습니다. 그런데 전날 꿈자리가 뒤숭숭한 것이 아무래도 느낌이 좋지 않아 다음으로 미뤘던 건데, 큰일 날 뻔했습니다."

"그래, 천만다행이다. 그 화상들이 더는 너를 의심하지 않을 것이야."

"그러하옵니다, 마마. 이제는 모두 저를 믿는 눈치이옵니다."

"네가 빼내 오려던 교리서가 상산군부인 방에 숨겨져 있다더냐?"

"그것 말고도 꽤 여러 권의 흉서가 그곳에 있습니다."

"그렇다면 이제 내가 나설 차례로구나."

"예?"

"폐궁 것들이 그곳에 숨어서 어떤 짓들을 하는지 이제 세상 사람들이 다 알도록 해줘야지."

"역시 왕대비 마마이시옵니다."

얼마 뒤, 사달이 나고 말았다. 포졸들이 들이닥친 것이다.

"상산군부인의 처소는 저쪽이다. 뒤져라!"

"예!"

포졸들이 막아서는 강경복을 거칠게 밀쳐 쓰러뜨린 뒤 상산군부인 송씨의 방을 향해 휘달렸다.

"무슨 일이냐?"

처소를 나서던 송씨가 마루 위로 뛰어 올라오는 포졸들에게 불호령을 내렸다. 뒤따라 나오던 신씨도 경악하기는 마찬가지였다.

"썩 내려가지 못할까! 어딜 함부로 밟고 다니는 것이냐!"

포졸들이 신씨의 기세에 눌려 종사관을 돌아봤다.

"나라에서 금한 흉서가 이곳에 있다는 첩보가 있었습니다."

"뭔가 잘못 알고 온 모양이네. 여긴 그런 물건이 없네."

종사관은 평산군부인의 태도가 의외로 담담하다고 생각했다. 궁녀들이 한목소리로 군부인들의 편을 들고 나섰다.

난감해진 종사관이 한발 물러서며 주위를 두리번거리다 늙은 궁녀를 발견하고 반가운 빛을 띠었다.

"……."

말없이 고개를 끄덕여 보인 이덕빈이 상산군부인의 방을 턱짓으로 가리켰다. 흔들리던 종사관의 눈빛에 힘이 바짝 들어갔다.

"저는 명령에 따를 뿐입니다. 하오니 협조 부탁드립니다, 군부인."

"알겠네. 다 살펴보게."

송씨가 비켜서자 포졸들이 몰려들어 함부로 방을 뒤졌다.

상산군부인은 그 모습을 구경하듯 담담하게 바라보고 있었지만, 평산군부인은 서럽게 흐느껴 울었다.

"울지 마라. 이보다 더한 모욕도 견딘 우리다."

손쉽게 찾으리라던 물건이 나오지 않자 종사관은 포졸들을 다그쳤다.

"아직도 찾아내지 못하고 뭣들 하느냐?"

포졸들이 낭패한 듯 머뭇거리다가 종사관에게 보고했다.

"나으리, 없습니다. 아무리 찾아도 안 보입니다."

병조판서 심환지는 입이 열 개라도 할 말이 없었다. 그저 임금의 처분을 기다리는 수밖에 달리 방도가 없었다. 왕대비가 포도청을 움직여 양제궁을 수색하라고 했을 때 좀 더 강하게 막았어야 했다. 군영을 총괄하는 병조판서로서 이번 사태의 책임은 오롯이 자기 몫이었다.

심환지가 초조하게 임금의 하교를 기다리는 동안 시파 신료들의 힐난이 쏟아졌다.

"참람한 일입니다! 포청의 군사를 사사로이 동원하다니요! 어찌 이런 망극한 일이 벌어질 수 있단 말입니까!"

우의정 채제공이었다.

"무고한 군부인들을 사교와 엮으려 한 치졸한 행태도 결코 용서해서는 아니 될 것입니다! 아무리 다급했기로서니 군부인들을 모함하여 조정을 흔들려하다니요! 신은 경악을 금치 못하겠사옵니다! 전하께서도 이번 사태를 결단코 좌시해서는 아니 되옵니다!"

남인 중신 이가환이 강경한 어조로 주청했다. 대전 우물마루를 쏘아보던 박철오가 발끈했다.

"모함이라니? 첩보가 있었다질 않소! 절차에 문제가 있다고는 하나 사안이 위중하면 참작할 수 있는 일 아니오."

쾅!

임금이 기어이 어좌의 팔걸이를 거세게 내리쳤다.

"절차를 따르지 않은 것이 죄가 되지 않는다니? 과인이 천명으로 화성 공사를 명했건만 사사건건 트집을 잡고 나오는 것도 그러한 마음에서 비롯된 것인가? 신읍 조성을 막을 수만 있다면 절차 아니라 더한 것도 무시할 수 있다는 뜻인가?"

느닷없는 질타에 벽파 신료들은 당황했다.

박철오는 변명을 하려다 말고 입을 다물었다. 임금의 눈빛이 서릿발 같았다.

"누군가 과인을 흔들 속셈으로 양제궁을 모함했다 생각하는가?"

이산은 이가환에게 물었다.

"망극하옵게도 그러하옵니다. 하오니 반드시 배후를 밝혀 엄벌하소서."

벽파 신료들이 낭패한 표정으로 웅성거렸다. 조용히 듣고만 있던 신료 하나가 공손히 아뢰었다.

"전하, 군신의 예를 아는 소신들이옵니다. 신읍을 조성하여 국운의 상승을 도모하려는 전하의 성의 또한 모르지 않사옵니다."

이조참의 김조순이었다.

"화성에 관한 신들의 간언은 돌다리도 두들겨 보고 건너자는 노파심에서 비롯된 것이옵고, 양제궁의 이번 소란도 다른 의도가 있었던 것이 아니라 종사를 위하는 마음이 앞서 실수를 범한 것이라 할 것입니다."

"실수라?"

반문하는 이산의 입가에 알 듯 모를 듯한 미소가 걸렸다.

"자칫 전하의 행보에 반기를 든 것처럼 비쳤을 수도 있으나 오히려 충심을 다하려다 받게 된 곡해이오니 너그러이 품어주시옵소서."

김조순은 문체반정 당시 패관소설을 본 것이 화근이 되어 공초를 받고 반성의 시문을 올려 용서를 받은 전력이 있었다. 이후로 왕의 눈 밖에 나는 일은 삼갔고, 당쟁에 휘말리지 않으려 근신하며 중립을 고수하고 있었다.

이산은 속으로 쾌재를 불렀다. 겁을 주어 기만 꺾어놓고 적당한 선에서 논란을 끝낼 심산이었다. 그런데 때마침 김조순이 중재를 하고 나선 것이다.

"그대들도 이조참의의 말에 동의하는가?"

이산이 심환지와 박철오를 쏘아보았다.

"방금 이조참의는 그대들이 천명을 따르지 않겠다는 의도가 추호도 없었다고 했다. 정녕 그러한가?"

"으음…."

"……."

박철오와 심환지는 선뜻 대답하지 못한 채 서로를 망연자실하여 건너다봤다.

● ● ●

"결국, 벽파 신료들이 전하께 사죄했습니다. 군부인들을 찾아뵙고 무례를 사죄하겠다는 약조도 받아냈습니다.”

“어머!”

정약용의 말에 완숙은 기쁨의 탄성을 올렸다.

“그자들의 코가 납작해졌겠군요.”

황사영은 고소해서 웃음이 다 나왔다.

“덕분에 전하께서도 압박감을 한층 덜게 되었습니다. 이번 일로 벽파의 기세가 한풀 꺾였으니 한동안은 공사를 두고 왈가왈부하지 않을 겁니다.”

“그런 정보를 왜 우리에게 알려주는 겁니까?”

최창현이 따지듯 물었다.

“더는 여러분과 척지고 싶지 않기 때문입니다. 믿어주실지 모르겠지만 저는 배교한 것을 후회하고 있습니다.”

느닷없는 고백에 교인들이 술렁거렸다. 정약종이 불안해하는 교인들을 안심시켰다.

“실은 약용이가 그전부터 교회로 돌아오고 싶어했습니다.”

정약종은 부친의 소상 이후 정약용이 보인 변화를 말해주었다. 소상이 있던 날 정약종에게 고민을 털어놓은 정약용은 틈틈이 분원리로 건너와 교회 일에 관해 이야기를 나누고 돌아갔다.

“저도 자주 자리를 함께했습니다.”

황사영까지 거들며 정약용의 진심을 보증했다.

자세를 고쳐 앉은 정약용이 조심스럽게 말을 꺼냈다.

“형님을 졸라 오늘 여기 온 이유는 저의 회심을 밝히기 위함만은 아닙니다. 여러분께, 특히 완숙 자매님께 드릴 부탁이 있어서입니다.”

"저한테요?"

"이번 일을 겪어 아시겠지만 양제궁을 경계하는 이들이 있습니다. 당분간은 몸을 사리겠으나 감시의 눈을 거두진 않을 겁니다. 하오니 당분간 양제궁 출입을 삼가시는 것이 좋겠습니다."

"형제님이 뭘 걱정하는지는 알겠습니다. 허나 군부인들도 엄연히 입교한 신도고, 첨례할 의무와 권리가 있어요."

완숙은 정색하여 받아쳤다. 최창현도 완숙을 거들고 나섰지만, 정약종은 조선교회가 처한 현실을 외면할 수 없었다.

"비단 군부인들 때문이 아니라도 보안을 더 강화해야 할 때가 되긴 했습니다. 지난번엔 불가피하게 신부님을 모셔오지 못했지만, 이번에는 반드시 성공할 것이기 때문이지요."

정약종의 말에 완숙과 최창현은 기겁하며 정약용을 눈짓으로 가리켰다.

"약용이도 압니다. 제가 얘기해줬어요."

정약종은 실토했다. 회심을 결정했으면서도 망설이는 아우를 보다 못해 정약종이 내린 극약처방이었다.

"하오나 저는 여전히 여러분께 위험요소입니다. 교회로는 복귀하지 않는 편이 낫겠다 싶습니다. 저는 녹암선생처럼 교회 밖에서 교회를 지키겠습니다."

정약용의 약속에 교인들은 깊은 한숨을 내쉬었다. 방황 끝에 천주의 품으로 돌아온 교우를 기쁘게 맞이하기는커녕 교회 밖에서 활동하겠다는 말에 안도해야 하는 현실이 못내 씁쓸했다.

정약용이 대문 밖으로 사라지자 윤유일은 제 생각을 좌중에 밝했다.

"신부님이 이곳에 오셔서 성무를 보기 시작하면 전보다 더 많은 교인이 신부님을 방문하게 될 겁니다. 왕래가 잦다 보면 의도치 않은 불상사가 생길 수도 있습니다."

윤유일의 지적에 홍익만도 동감했다.

"맞습니다. 미행이 붙지 않는다는 보장이 없어요."

홍익만의 곁에 앉아 있던 홍필주가 그동안 마음에 걸렸던 바를 꺼내놓았다.

"교인이 아니면서 교인인 척 집회에 참석하는 사람이 생길 수도 있습니다. 사람이 늘어나다 보면 그런 작자를 가려내기가 힘들어질 겁니다."

"불청객을 차단하기 위해서라도 이중, 삼중의 보안이 필요합니다. 매일 바뀌는 암호와 부절로는 이제 충분치 않게 됐어요."

최인길이었다.

"예전에 쓰던 방법을 쓰면 되지 않겠어요?"

그 방법이란 게 무엇인지 묻는 교우들에게 완숙은 열린 방문 너머 담장을 가리켰다.

"집회소의 이웃집들을 구입하는 겁니다."

진산사건이 터지기 전까지 교인들이 쓰던 방법이었다. 이웃 교인들의 집이 성곽처럼 집회소를 둘러싸게 해놓고 집집마다 담장에 비밀 통로를 하나씩 뚫어놓는 것이었다. 평소엔 그 구멍을 덤불이나 항아리 등으로 가려놓고 관아에서 조사를 나오거나 급히 몸을 피신할 상황이 생길 때는 그 구멍을 통해 이웃집으로 달아나는 것이다. 그 집에서 또 다음 집으로 건너간 다음에 마지막 집의 뒷문을 통해 외부로 나가면 더 멀리 도망갈 시간을 벌 수 있었다.

"양제궁은 내가 이웃하고 있으니 우리 집 담장을 뚫어놓으면 되겠습니다."

그렇잖아도 혼자 그 생각을 하고 있던 완숙은 홍익만이 먼저 얘기를 꺼내주자 기뻤다.

"고맙습니다. 그리 해주신다니 마음이 한결 놓여요."

잠자코 오가는 대화를 듣고 있던 김이우가 고민을 꺼내놓았다.

"신부님이 묵게 될 곳은 어쩌지요? 옆집뿐 아니라 앞뒤 집도 확보해야 안전할 겁니다. 그러자면 자금이 꽤 필요할 거예요. 막대한 자금을 어찌 충당하지요?"

"제가 항검 형제님을 만나보지요."

황사영이 자처하고 나섰다.

"그나저나 덕빈 자매님은 괜찮을까요?"

"저도 그 걱정을 하던 참이었습니다. 수족한테 배신을 당했으니 대비전에서 단단히 벼르고 있을 겁니다."

"뭐든 해야 하지 않을까요? 애초에 가졌던 마음이 어떠했든 덕빈 자매님 덕분에 우리 교회가 화를 면했잖아요."

"대외적으로 양제궁은 우리 교회와 무관하니, 함부로 나설 수 없는 처지란 얘기지요."

정약종이었다.

"허면 어찌해야 하나요?"

최창현의 물음에 정약종은 고개를 저었다.

"저희가 할 수 있는 일이란 현재로선 없습니다. 군부인들이 도움을 청해오면 그때 나서더라도 일단은 지켜보는 수밖에요. 그분들이 달리 생각해둔 게 있을지도 모르니까요."

● ● ●

"도로 가져가게."

왕대비는 제 앞에 놓인 선물꾸러미를 팽개치듯 주인에게 돌려주었다. 만나기를 거부했건만 기어이 방 안으로 들어온 상산군부인은 보자기로 싼 물건을 한사코 들이밀었다.

"아니 보시면 후회하실 겁니다. 마마의 안위가 달렸으니까요."

"내 안위가 달렸다니?"

"마마께서 한때 이 나인을 도운 적이 있으시지요. 그때 청탁을 들어준 관원에게 마마께서 따로 선물까지 보내셨다고 들었습니다."

군부인을 쏘아보던 왕대비의 눈동자가 크게 흔들렸다. 꽤 오래 전 일이었다. 이덕빈과 그녀의 조카가 저지른 부정을 무마해주는 조건으로 왕대비는 측근에게 뇌물을 전했다. 그 일을 상산군부인이 들춰내고 있었다.

"말 같지도 않은 소리! 그런 일이 있을 턱이 없질 않은가!"

시치미를 뗐지만, 왕대비는 당황한 기색이 역력했다.

"저도 그리 믿고 싶습니다만 이 나인이 제게 토설한 정황이 너무 세세해서 말이지요. 하여 마마께 확인을 부탁드리는 겁니다."

부인이 보자기를 풀었다.

"그때 마마께서 청탁의 대가로 관원에게 내리셨다던 상아입니다. 이 정도면 값이 꽤 나갈 테지요? 헌데도 팔지 않고 여태 숨겨두었다니…. 이 나인도 참 대단합니다."

"방금 뭐라 했나?"

왕대비의 심장이 덜컥 내려앉았다.

"이 나인이 이걸 빼돌렸다는군요. 욕심이 났나 봅니다. 중간에 없어져도 어찌하지 못할 거라고 믿었겠지요. 준 쪽도, 받은 쪽도 쉬쉬해야 하니까요."

"저, 저런 천하에 못된!"

"그렇지요. 자기 것이 아닌 물건을 탐내는 것은 못된 짓이지요. 하여, 돌려드리고자 하오니 받으시지요."

군부인은 상아를 왕대비에게 밀어주며 오금을 박았다.

"마마, 앞으로 다시는 이 나인을 불러내지 마십시오. 이 나인을 해할 염도 품지 마시고요. 만일 이 나인에게 무슨 일이 생기면 마마께서 위해를 가한 것으로 알고 투서를 넣을 겁니다."

"뭐, 뭐라?"

왕대비의 눈에서 분노의 불길이 솟구쳤다.

"마마께서 그간 마마의 지위를 이용해 어떤 부정을 저질렀는지 제가 본의 아니게 들은 것들이 있습니다. 왕실의 평화와 마마의 체통을 위해 그간 저 혼자 알고 있던 것들입니다. 하오나 앞으로도 함구할 자신이 저는 없습니다."

"어디서 협박질인가!"

"협박인지 아닌지는 두고 보시면 아시겠지요."

"!!"

"마마. 저는 자식을 가슴에 묻었습니다. 마마께서는 자식을 낳아본 적이 없으니 피 같은 자식을 먼저 보낸 부모 심정이 어떤 건지도 모르시겠지요."

"그 얘길 갑자기 꺼내는 이유가 뭔가?"

"상계군이 떠나던 날을 저는 똑똑히 기억합니다. 마마께서 그 아이에게 주고 가신 물건도 저는 잊지 않고 있습니다."

"으음!"

"가슴에 비수를 품고 사는 저를 자극하지 마세요. 마마께서 소중히 여기시는 것들을 보호하고 싶다면 더더욱 참으셔야 합니다. 이제부터 받으면 받은 대로 갚아 주며 살 겁니다. 하오니 양제궁 주변에 잠복시켜 놓은 마마의 사람들을 당장 불러들이세요. 그리고 더는 우리를 괴롭히지 마세요. 제 소청을 새겨들으셔야 마마께서도 평안하실 겁니다."

신부의 밀입국

휘이잉!

잠시 멈췄던 강바람이 세차게 불고 지나갔다. 두꺼운 얼음을 하얗게 덮은 눈가루가 화르르 눈보라를 일으키며 허공으로 날았다. 어디에도 인적은 없었다.

"설마 이번에도 사달이 난 건 아니겠지?"

남자는 불안에 떨며 머리 위 별자리와 덤불 앞의 바위를 재차 확인했다.

오, 주여…. 가혹한 핍박 속에서도 당신 종이 되기를 포기하지 않은 이들입니다…. 사제를 간절히 원하는 그들의 소망이 이루어지도록 주님께서 그들을 도와주소서….

그때 마른 덤불 밖에서 인기척이 났다. 사내가 재빨리 몸을 낮추는 것과 동시에 돌 두드리는 소리가 들렸다.

하나, 둘….

사내는 속으로 타격 횟수를 세어나갔다. 정확히 다섯 번. 사내가 새 울음으로 화답했다.

바스락!

남바위를 깊이 눌러 쓴 윤유일이 덤불을 잡아 벌리고 얼굴을 디밀었다.

"……"

윤유일은 신중한 눈길로 사내를 살폈다.

"신부님이 맞아요."

뒤따르는 지황에게 속삭이며 덤불을 헤집고 나오는 윤유일은 세상을 다 얻은 표정이었다.

지황은 감격에 겨워 신부의 손을 덥석 잡았다.

"왜 이리 늦으셨어요? 무슨 사달이 난 줄 알고 크게 걱정했습니다."

"국경수비대로 보이는 병사들을 따돌리느라 늦었습니다."

주문보 신부는 신부복을 벗고 윤유일과 지황이 가져온 조선 복장으로 갈아입었다. 상투를 틀고 망건까지 쓰고 보니 영락없이 조선인이었다.

"일단 국경부터 넘지요."

윤유일이 앞장서고 지황이 신부를 호위하며 뒤따랐다.

드디어 압록강을 건너 조선 쪽 강가로 첫발을 내딛는 순간이었다. 신부가 지황과 윤유일을 불러 세웠다.

"사제가 조선에 들어온 최초의 순간입니다. 천주님께 감사의 기도를 올립시다."

"아, 예! 미처 생각지 못했습니다."

"천주님, 이 땅 조선이 당신의 말씀과 은총으로 가득 차게 해주십시오."

발아래 조선 땅에 입을 맞춘 주문모 신부는 성호를 긋고 기도를 올렸다. 윤유일과 지황이 입속말로 신부의 기도를 따라했다.

"이제 가시지요."

마침내 강둑으로 올라선 일행은 서둘러 솔숲으로 들어갔다. 조선 땅에 무사히 들어온 것을 자축하던 순간이었다.

"꼼짝 마라!"

고함과 함께 몰려온 병사들이 날 선 창검을 세 사람에게 겨눴다.

"이 시각에 예서 뭣들 하는 것이냐?"

"오, 맙소사…."

윤유일은 탄식했다.

"귀가 먹었느냐? 묻질 않느냐!"

군관이 소리쳤고, 윤유일이 주문모 신부에게 속삭였다.

"신부님, 뛰세요!"

그 소리를 신호로 세 사람이 병사들과 반대 방향으로 몸을 틀었다. 그리고는 사력을 다해 달아나기 시작했다. 그러나 얼마 못 가 창검에 둘러싸였다.

"도망치는 걸 보니 더욱 수상하구나! 정체를 밝혀라!"

칼을 빼든 군관이 으르댔다.

"저희는 의주에서 온 만상입니다. 지난번 책문장시에서 들여온 물건이 있는데 그중 하나를 분실했습니다. 여기 어디 떨어진 건 아닌가 싶어 찾아보러 왔다가 이리 늦어졌습니다."

"예. 밤이 이리 깊어진 줄 몰랐습니다."

윤유일과 지황은 궁색한 변명을 늘어놓았다.

"하!"

가소롭다는 듯 코웃음을 친 군관이 손을 쑥 내밀었다.

"통행증과 호패를 내놔봐라."

"그, 그게⋯."

윤유일은 우물쭈물 말을 잇지 못했다. 병사들이 달려들어 몸을 뒤졌다. 호패를 빼앗긴 윤유일과 지황이 병사들에게 달려들었다가 외마디 비명과 함께 눈 바닥으로 고꾸라졌다. 병사들이 창검대로 두 사람의 등판을 후려쳤다.

"이게 무슨 짓이오! 때리지 마시오!"

붙잡힌 채 버둥대면서 주문모 신부가 저도 모르게 중국말로 소리쳤다. 군관의 눈이 번쩍 빛났다.

"방금 내가 제대로 들은 게 맞느냐?"

"예, 저놈이 청나라 말을 했습니다."

"끌고 가라! 첩자들이 분명하다!"

병사들이 오라를 꺼내 들었다. 이대로 끌려가면 끝장이었다.

"신부님! 달아나세요!"

윤유일은 신부에게 다가드는 병사를 들이박으며 외쳤다. 윤유일은 주문모의 신분을 누설했다는 사실조차 인식하지 못했다. 지황도 마찬가지였다.

"신부님, 어서요!"

머뭇대는 신부를 밀어낸 지황은 돌멩이를 주워들었다. 윤유일을 후려쳐 넘어뜨린 병사들이 신부를 향해 달려들고 있었다.

"여러분만 두고 갈 순 없습니다."

고집스레 옴짝 않는 신부를 병사들이 삽시간에 에워쌌다.

"윽!"

병사의 창대에 복부를 가격당한 신부가 신음을 토하며 주저앉았다. 윤유일과 지황은 눈이 뒤집혔다.

"네 이놈들! 감히 그분이 누군 줄 알고!"

"그분의 털끝 하나 건드리지 마라, 이놈들!"

격앙되어 외치는 윤유일과 지황의 목덜미에 날카로운 창끝이 겨눠졌다.

"시끄럽다! 할 말 있으면 관아에 가서 해!"

군관이 위압적인 말투로 윽박질렀다. 그나마 다행이라면 군관이 천주교에 문외한이라는 점이었다. 신부라는 말을 흘려듣는 꼴이 그러했다. 그렇다고 청인이 밀입국했다는 사실조차 잊은 것은 아니었다.

"더 지체할 시간이 없다. 속히 포박해!"

군관은 쩌렁쩌렁한 소리로 병사들에게 명했다.

"헉!"

오라로 윤유일의 두 팔을 칭칭 동여매던 병사가 비명을 지르며 앞으로 고꾸라졌다. 목덜미에 표창이 박혀있었다.

"누, 누구냐?!"

당황한 병사들이 창검을 고쳐 들었다. 어둠을 가르며 휙휙 날아온 화살이 병사들의 몸에 꽂힌 것은 다음 순간이었다. 비명도 못 지르고 쓰러진 병사들의 가슴과 등에 깃털을 단 화살이 박혔다.

"웬 놈인지 모습을 보여라!"

군관이 어둠을 노려보며 소리쳤다. 솔숲에서 두 필의 말이 내달려왔다.

"너, 너희는 누구냐?!"

복면의 사내들은 대답 대신 칼을 빼 들었다. 남은 병사들과 군관이 피를 토하며 쓰러졌다.

"다들 무사하시지요?"

말에서 훌쩍 뛰어내린 복면 무사들이 인사를 건넸다. 주문모 신부는 혼란스러운 눈길로 무사들을 노려보았다.

"신부님이 밀입국한 사실을 아무도 알아서는 안 됩니다."

윤유일과 지황은 심장이 철렁 내려앉았다. 처음 보는 무사들이 주문모 신부의 정체를 알고 있다니.

"시, 신부님이라니요?"

윤유일이 시치미를 뗐지만 소용없었다.

"저희도 미리 언질을 받은 바가 없어 당혹스럽긴 하오나 아까 두 분이 신부님이라고 외치셔서….."

"헉!"

"그래요. 나는 북경에서 온 신부요."

어쩔 수 없이 주문모는 신분을 밝혔다.

"신부님!"

윤유일이 신부를 제지했지만, 개의치 않았다.

"내가 조선에 들어온 이상 언젠가는 알게 될 일입니다. 하물며 조선의 왕은 내가 가져온 서적을 기다리고 있어요."

"저희는 어명으로 그 책을 받으러 왔습니다."

"그 말을 어찌 믿는단 말이오?"

그러자 무사는 임금의 서찰을 윤유일에게 내밀었다.

어보가 선명하게 찍힌 서찰에는 책을 무사에게 그대로 전하면 된다고 적혀있었다.

"허나 우린 이 책을 우선 전주로 가져가야 합니다."

의주로 떠나기 전에 항검이 윤유일에게 일렀다. 그때 무사 얘기는 일언반구도 없었다.

"전하께서 서두르시는 대업이 있소. 초남이까지 책이 내려갔다가 다시 올라오려면 그만큼 시간이 지체될뿐더러 저들에게 빼앗길 염려가 있소. 촌음을 아껴야 하는 상황인지라 전하께서 우릴 보내신 것이오."

"우리가 오늘 국경을 넘을 줄 어찌 아셨단 말입니까, 전하께서?"

아까부터 든 의혹이었다.

"거기까지는 나도 모르오. 가져오신 책을 넘겨주십시오."

"어차피 주기로 한 책이니 가지고 가시오."

주문모 신부가 봇짐에서 책을 꺼내 건넸다.

"뒤처리는 저희에게 맡기시고 속히 이곳을 떠나십시오."

받아든 책을 동료에게 건넨 무사가 널브러진 시신들 쪽으로 돌아섰다.

"잠시 기다리시오."

무사를 멈춰 세운 신부는 시신들 앞에 일일이 무릎을 꿇고 망자를 위한 기도를 올렸다.

기도를 마친 신부가 무사들을 불렀다.

"우리를 살리고자 그대들이 대죄를 짓고 말았소. 이름자를 알려준다면 주님께 두 분의 평화를 비는 기도를 함께 올리리다."

그러나 무사들은 신부의 중국말을 전혀 알아듣지 못했다.

●　●　●

"신부님을 드디어 뵐 수 있다니…."

항검과 관검 형제는 흥분을 가라앉히며 최인길을 따라 사랑으로 들어갔다.

"어서 오세요!"

"저희도 방금 도착했습니다."

환담하던 교회 중역들이 반갑게 항검 형제를 맞았다.

그때였다.

"신부님께서 나오십니다."

최인길이 좌중에 알렸다.

"신부님, 잘 오셨습니다! 원로에 얼마나 고생이 많으셨습니까?"

항검이 울먹이며 인사를 건넸다.

"두 분 형제님이 고생하셨지요."

주문모 신부는 윤유일과 지황에게 공을 돌렸다. 모두 좌정하기를 기다려 정약종이 교우들을 소개했다.

아아…. 이런 날이 오다니….

이야기꽃을 피우는 신부와 교인들을 바라보는 완숙의 눈에 눈물이 그렁했다.

"이 자리에 참석하지 못한 평신도가 사천 명이 넘습니다. 그분들도 신부님을 온 마음으로 환영합니다."

조선교회의 현황을 보고하는 항검의 음성이 떨렸다.

"조선에 사목을 나올 수 있어서 영광입니다."

주문모 신부는 박해에도 불구하고 신앙을 지켜나가고 있는 평신도들에게 경의를 표했다.

주문모 신부는 가져온 성물들을 꺼내놓으며 그 의미와 사용법을 일일이 설명했다.

"성혈 준비에 대해서는 바오로 형제님께 알려드렸다고 하더군요."

윤유일이 고개를 끄덕였다.

"4년 전에 두 번째로 북경에 갔을 때 구베아 주교님이 포도나무 묘목을 주셨더랬지요."

그 묘목에서 처음 수확한 포도로 담근 술을 윤유일은 애지중지 간직해왔다. 저구리의 교우촌에 가져다준 포도로 담근 술도 동굴창고에서 잘 익어가고 있다. 윤유일은 신부에게 교우촌 형성 배경과 윤지충, 권상연이 잠든 묘지도 알려주었다.

"언제고 시간을 내서 두 분 순교자의 묘소를 참배하고 싶습니다. 교우촌도 꼭 가보겠습니다."

"고맙습니다! 교우촌에도 세례받기를 학수고대하는 신자들이 여럿이랍니다!"

환호하는 교우들에게 신부는 또 다른 선물을 꺼내놓았다.

"바오로 형제님이 담가놓은 포도주를 돌아오는 부활절에 쓰겠습니다."

사제와 함께 올리는 첫 부활절 예배…. 교인들은 기쁨으로 가슴이 콩닥거렸다. 신부가 이번에는 묵주를 꺼내 들었다.

"이 묵주 알은 향기가 나는 떼찔레를 깎아 만든 것인데, 로사리움이라고 부릅니다. 로사리움은 라틴어로 장미 화원이에요."

신부에게서 묵주를 하나씩 받아든 교인들은 소중하게 두 손으로 감싸 쥐었다.

"중국에는 떼찔레가 지천인데, 이곳 조선에도 있는지 찾아봐 주세요. 손재주 좋은 교인도 알아봐 주시고요."

"묵주를 만들어 교인들에게 나눠주자는 거군요!"

정약종이었다.

"그래요. 언제 어디서든 이 묵주만 있으면 기도할 수 있으니까요."

구베아 주교로부터 조선에서의 선교를 제안 받고 주문모 신부가 맨 처음 떠올린 계획이 바로 묵주 나눔이었다. 묵주를 어루만지던 완숙이 신부에게 여쭈었다.

"묵주기도는 어떤 기도인지요?"

"예수 그리스도의 일생에 15번의 신비가 있었습니다. 그 신비를 성모 마리아와 더불어 묵상하며 바치는 기도랍니다. 한 단의 신비마다 열 번의 성모송을 바치는 거지요. 묵주기도를 통해 우리는 예수께서 우리를 위해 행하신 위업을 하나씩 보게 됩니다. 복음서 전체의 요약이라 할 수 있지요. 묵주기도를 통해 성모님께 공경을 바치고, 예수 그리스도 구원의 신비를 묵상하면서 주님의 뜻대로 합당하게 살 것을 다짐하면 많은 은총을 입게 된답니다."

묵주기도 5단을 한 번 바칠 때마다 5년의 은사가 있다고 하였다. 묵주기도를 함께 합송하면 10년의 은사가 있다고도 했다. 이러한 은사를 '한대사'라고 하는데, 묵주기도 성월인 10월 중에는 7년 은사를 받을 수 있다고도 믿었다.

"꼭 은사 때문이 아니더라도 묵주기도를 자주 드리는 것이 좋습니다. 분심을 극복하고 인내를 연습하는 데는 묵주기도가 그만입니다."

"잘 알겠습니다. 되도록 빨리 묵주 제작에 착수하겠습니다."

항검이 약속했다.

"성상과 성화도 성가정마다 지니고 있으면 좋으니 그 또한 추진하면 좋겠군요."

신부의 당부가 있자 교인들은 함박웃음을 지으며 일제히 완숙을 가리켰다.

"완숙 자매님이 이미 하고 있답니다!"

신자들에게서 완숙의 활약상을 보고받은 신부는 놀란 입을 다물지 못했다.

"청국이나 조선이나 여성들이 차별받는 상황은 크게 다르지 않습니다. 제약도 많고요. 그래서 자매님의 활약이 더욱 놀랍습니다."

신부는 교우들을 일일이 호명하여 축도하고 그간의 노고를 치사했다.

홍낙민이 완숙의 이중 교리서를 신부에게 보고했다.

"안타까운 일이지만 상황이 그러하니 한동안은 그렇게라도 안전을 꾀하는 것이 좋겠습니다."

"예. 언젠간 좋은 날이 오겠지요. 저기 자매님들도 더는 과부 행세를 하지 않아도 될 테고요."

"그건 또 무슨 말입니까?"

신부의 물음에 완숙이 가출 처녀 교인들의 사정을 고했다.

"천주님이 거짓 행동을 하면 안 된다고 하셨는데 동정을 지키며 천주님만 사랑하고자 하는 여신도들의 뜻을 지켜주기 위해 어쩔 수 없이 계명을 어기고 있어요."

"자매님의 선한 의도를 천주님께서는 다 알고 계십니다. 천주님께 동정을 바치길 원하는 그 자매님들의 귀한 마음도요. 그러나 계명에 어긋난 건 어긋난 것이니 보속할 기회를 주겠습니다. 묵주기도 10단과 십자가의 길을 주님께 올리세요."

"그리만 하면 된다고요?"

"주님의 종인 제가 주님을 대신해 죄를 사해 드리겠습니다."

"아아, 고맙습니다! 구원을 받는 게 이런 거군요!"

완숙은 막혔던 가슴이 뻥 뚫렸다. 교우들도 제 일인 양 기뻐했다.

"역시 신부님이 오시니 좋네요."

"천주님의 대리자가 우리와 함께하시니 감사합니다!"

"자매님은 세례명이 무엇인가요?"

신부가 완숙에게 물었다.

"아직 세례를 받지 못해서….."

"사제가 안 계셔서 몇 년째 세례를 받지 못하고 예비자로 있는 신도들이 아주 많습니다."

"저도 얘기를 들어 알고 있습니다. 보례를 받아야 할 분들이 많다는 것도요."

상황을 전해 들은 신부가 흔쾌히 말했다.

"내일 당장이라도 원하는 분들에게 보례를 드리겠습니다."

교인들은 놀랍다 못해 믿기지 않는다는 표정이었다.

"내일요?"

"주교님께서는 조선에 가면 무엇보다 먼저 보례를 베풀라고 하셨습니다. 여러분이 가성직제도 때문에 얼마나 맘고생을 했는지 주교님은 잘 알고 계시더군요. 그러니 시각과 대상을 알려주세요. 즉시 보례 미사를 집전하겠습니다."

감격에 겨워 울먹이는 교인들을 다독이며 신부가 요청을 보탰다.

"이번에 성유를 좀 가져오기는 했습니다만 와서 보니 크게 부족할 듯싶어요. 여러분 중에 누가 북경에 다녀오셨으면 합니다."

"그동안 저희는 물푸레나무 열매를 짜서 성유로 썼습니다. 신부님이 축성하셔서 사용하면 안 될까요?"

교인들의 말에 신부는 펄쩍 뛰었다.

"아니 될 말입니다! 성유는 주교님만이 축성할 수 있어요!"

"그런 줄도 모르고 우리 맘대로 성유를 만들어 썼던 거군요."

"사제가 없어서 생긴 일인 걸요. 이제 제가 왔으니 지금부터는 교회법을 잘 따라주기 바랍니다."

주문모 신부를 응시하는 교인들의 눈빛이 어느 때보다 편안해 보였다.

궁궐로 불려간 항검이 임금과 독대했다.

"책은 잘 받았다."

"전하께서 보내신 무사들 덕분에 저희 쪽 사람들이 위기를 모면했다고 들었습니다."

"과인도 들었다. 신부를 밀입국시켰다고?"

"예, 전하."

"왜 미리 언질을 주지 않은 것이냐? 신부를 가능한 한 빨리 청국으로 돌려보내라."

"그럴 수는 없사옵니다."

"어명을 어기겠다는 것이냐?"

"제게 하신 전하의 약조를 상기하시옵소서."

"내가 한 약조?"

"책을 가져다드리면 제 청 하나는 반드시 들어주겠다 하셨습니다. 그런데 이번에도 약조를 저버리시면…."

"…나는 모른다."

입을 꿰맨 것처럼 한참을 말없이 고민하던 이산은 웅얼거리는 소리로 말했다.

"예?"

"신부가 조선에 와 있다는 걸 과인은 모른다는 말이다."

"성은이 망극하옵니다, 전하!"

"허나 명심해라. 신부에 관한 말이 다른 입을 통해 과인의 귀에 들려오는 날이면 더 이상의 묵인은 없을 것이다. 허니 조심 또 조심하라."

드디어 신부님이 오셨구나….

임금에게서 《기기도설》을 건네받은 정약용은 심장이 요동쳤다. 정약용의 들뜬 기색을 꿰뚫어 본 이산이 찬물을 끼얹었다.

"회갑연이 멀지 않았다. 너는 공사에 집중하라."

이산은 어머니 혜경궁 홍씨의 회갑연을 완공된 화성에서 열고자 했다.

"이 책들을 보고 당장 쓸 수 있는 기구가 무엇인지 살펴보라."

"충심으로 따르겠나이다."

"헌데 예까지 오는 동안 이상한 점이 눈에 띄더구나."

"무엇이옵니까?"

정약용은 책에서 시선을 거뒀다.

"성 밖으로 내보낼 민가가 성터의 깃발이 세워진 곳 안쪽에 그대로 있더구나. 어찌 된 연유냐?"

"계측하는 과정에서 불가피하게 그리된 모양입니다."

"어허, 그리 무책임한 말이 어디 있느냐! 즉시 깃발의 위치를 바꿔 민가를 철거하지 않도록 조치하라!"

"명 받들겠사옵니다."

"오랜 터전을 떠나 이곳에 새로 정착한 사람들이다. 그 사람들이 다시 불편을 겪는 것을 과인은 원치 않아."

이산이 한결 누그러진 말투로 정약용에게 하문했다.

"기초공사는 언제쯤 마칠 수 있느냐?"

"계획한 일정보다 많이 늦어지고 있사옵니다."

"그 책이 도움이 될 것 같으냐?"

"이 기구들을 변형해서 사용하면 공기 단축이 가능할 성싶사옵니다."

정약용이 책을 펼쳐 임금에게 보여주었다.

"이건 도르래가 아닌가?"

"예. 그리고 이건 기중기라고 합니다. 무거운 물건을 들어 올려 상하나 수평, 어느 쪽으로든 이동시킬 수 있는 기구라고 적혔사옵니다. 이 두 기구를 연결하면 무거운 돌을 운반하는 데 시간과 품을 크게 줄일 수 있을 것이옵니다."

이산은 듣고 싶던 대답이 나오자 반색했다.

"고안을 끝내면 바로 설계도를 보내라. 내 만사를 제쳐두고 그것부터 만들어서 보내줄 것이야."

"예, 전하."

"나는 이만 가볼 터이니 고생해다오."

친위무사가 끌고 온 말을 이산은 손을 저어 물렸다.

"이왕 온 김에 읍성을 둘러보고 싶구나. 이목을 끌어 좋을 것이 없으니 너희는 말을 끌고 먼저 초입에 가서 기다리라. 그리고 너희는 거리를 두고 따라오라."

이산은 읍성 거리를 천천히 밟아나갔다. 행궁이 들어서기 전까지는 허허벌판에 인가 대여섯 채가 전부였던 이곳이 근 6년 만에 1천여 호가 넘는 민가로 들어찬 고을로 변했다. 잘 구획된 거리마다 사람들로 넘쳐났고, 민가에서 밝혀놓은 등불이 툇마루 넘어 마루까지 따스하게 비추고 있었다. 이산은 시장골목의 주막으로 발길을 옮겼다. 국밥에 탁주를 시켜놓고 앉아있자니 민심의 소리가 여과 없이 들려왔다.

"아, 진짜 너무들 하네. 추운 것도 죽을 맛인데 이러다 사람 잡겠어."

"어쩌겠냐. 노비로 태어난 게 죄지."

오가는 얘기로 보아 화성 축조를 위해 지방에서 동원된 시역노비인 듯했다.

"인부를 더 쓰든가, 아니면 돈이라도 더 줘가면서 사람을 부려야지 원."

"말 같은 소릴 해. 노역꾼한테 왜 돈을 줘?"

공물 납부로 노역을 면하는 납공노비와 달리 시역노비는 육체노동으로 공물 납부를 대신했다. 그러니 노임은 없었다. 채제공이 승군을 차출하여 축조 현장에 투입하자고 제안했지만, 이산은 받아들이지 않았다.

"돈도 안 줘, 일손 충원도 안 해줘. 그래놓고 일만 죽어라 시키니까 다 나가떨어질 수밖에…."

"네 말대로 나가떨어진 사람들이 돈 준다고 기운이 펄펄 나겠냐?"

"당연한 거 아냐? 형 같으면 안 그러겠어?"

"뭐, 그야…."

"나는 노임만 제대로 쳐주면 밤잠을 안 자고라도 일할 수 있어. 식구가 먹고살 돈이 생기는데 어깨춤이 절로 나올걸."

"바랠 걸 바래라. 어디 노임을 주고 노비를 부린다니?"

"그럼 노임을 주고라도 다른 인부를 더 쓰든가 해야지."

"나랏님이 잘도 그러겠다."

"하도 답답하니 말이라도 해보는 거지 뭐."

이산은 조용히 일어나 주막을 나왔다. 시켜놓은 국밥은 한 술도 뜨지 못했다.

• • • •

　　며칠을 갈등하던 이승훈은 집을 박차고 나왔다.

　　"자네가 분원리까지 어쩐 일인가?"

　　불쑥 찾아온 이승훈을 사랑으로 들이며 정약종은 놀란 소리로 물었다.

　　"얼굴은 또 왜 그리 상했나?"

　　이승훈이 말없이 웃었다.

　　"제게 언제든 교회로 돌아오라고 하셨지요?"

　　"그랬지. 지금도 변함이 없네."

　　"허면 신부님을 뵙게 해주십시오."

　　"약용이한테 들은 모양이로군."

　　정약용이 분원리까지 달려와 신부의 입국 사실을 확인하고 갔을 때 이미 정약종은 이런 순간이 올 것을 예견했다.

　　"그저 신부님을 뵐 욕심에 그런 청을 하는 거라면 들어줄 수 없네. 다른 교우들도 나와 같은 생각일 거야."

　　"아닙니다. 신부님 때문만은 아니에요."

　　"그렇다면 회심이라도 하겠다는 말인가?"

　　"제가 언제 제일 행복했던가, 언제 제일 마음이 편했던가를 떠올려 봤습니다. 교회 안에 있을 때가 그랬더군요. 교회를 위해 일할 때가 좋았습니다."

　　"허면 돌아오게. 지난 잘못을 반성하며 이전보다 더 열심히 신앙생활을 하다 보면 자연히 신부님을 뵐 기회도 주어질 걸세."

"저도 그러고 싶은 마음이 굴뚝같습니다. 허나 현실이 허락하지 않는걸요."

"누군 허락된 현실인 줄 아는가?"

"제 처지는 형님과 다릅니다. 제가 교회를 드나들기 시작하면 교인들도 다 알게 되겠지요. 그다음은 어찌 될지 불을 보듯 뻔하질 않습니까?"

배교를 푼 이승훈의 이야기가 교인들 사이에 오르내릴 것이고, 그러다 보면 외부로까지 새어나갈 위험이 컸다.

"저 단독으로 움직이면 덜 위험할 겁니다. 표면상으로는 여전히 배교하면서 비밀리에 교회활동을 하는 거지요."

"배교이되 배교가 아닌 생활을 하겠다?"

"예. 교회 밖에서 교회 일을 돕고자 합니다. 그게 어떤 일이 되었든 간에요. 그러자면 먼저 신부님의 허락이 있어야겠지요. 그분의 보례도 필요하고요."

"신부님만 용인하신다고 될 일이 아닐세. 다른 교우들에게는 비밀로 한다손 쳐도 지도부한테까지 숨길 순 없어. 그분들과의 상의 없이는 어떤 교회 일도 할 수 없으니 말이야. 그러니 그분들의 의견부터 들어봐야 하네. 신부님께 자네 말을 전하는 건 그다음이 될 걸세."

"무슨 말씀인지 잘 알았습니다. 어떤 결정을 내리든 저는 받아들이겠습니다. 대신 형님이 제 얘기를 잘 좀 전달해주세요."

그날 밤, 임시 집회소로 정해진 최인길의 집에서 예정에 없던 회의가 열렸다. 깊은 밤까지 이어진 긴 논의 끝에 이승훈과 주문모 신부의 접견이 결정되었다. 이승훈이 회심한 이상 그것을 막을 권한이 자신들에게는 없다는 중론이었다.

"당연히 만나야지요."

지도부로부터 이승훈의 회심을 보고받은 신부는 흔쾌히 허락했다.

"그렇잖아도 그분이 궁금했던 차였습니다."

이튿날, 날이 밝기 무섭게 이승훈이 달려왔다.

"신부님, 저처럼 죄 많은 사람을 받아주셔서 감사합니다. 또다시 배교하는 어리석음을 범하지 않고 교회를 위해 열심히 살겠습니다."

"좋습니다. 그 약속을 꼭 지키시리라 믿습니다. 그간의 죄를 보속하는 의미로 매일 묵상과 아침저녁 기도, 그리고 묵주기도를 올리십시오."

"예! 신부님."

이승훈은 천주교인으로서 수계생활을 다시 시작하는 한편, 교회 일을 뒤에서 성심껏 지원했다. 그러던 어느 봄날이었다.

"이제 교우님도 보례를 받으셔야지요."

주문모 신부가 이승훈을 조용히 불러 얘기를 꺼냈다.

"아…."

말을 잃은 이승훈은 신부를 한동안 멍하니 바라보다가 겨우 물었다.

"제게 그럴 자격이 있을까요?"

"충분합니다. 형제님이 진심으로 뉘우치고 있다는 걸 제가 알고 하느님이 아십니다."

이승훈은 감격하여 울먹였다. 새로 태어난 기분이었다.

주문모 신부는 입국한 이후로 눈코 뜰 새 없이 바쁜 나날을 보냈다. 새로운 거처에 적응하자마자 배우기 시작한 조선말 실력은 몇 달 사이에 일취월장하여 통역 없이도 대화가 가능해졌다. 언문 공부도 하루도 빼놓지 않고 매달린 덕분에 자유롭게 읽고 쓸 수 있게 되었다.

의사소통이 가능해지자 주문모 신부의 사목활동도 왕성해졌다. 무엇보다 예비자들에게 적극적으로 세례성사를 베풀어 신자 수가 무섭게 늘어났다.

신자가 급증함에 따라 평신도 조직의 필요성을 절감한 신부는 구베아 주교가 북경에 세운 '성모시태 명도회'를 본따 '명도회'를 결성했다. 천주교 교리를 배우고 전교 활동을 하는 모임이다. 구베아 주교가 결성한 중국의 명도회는 성모 마리아를 주보로 삼고 있었다. 교리교육과 전교에만 목적을 둔 것이 아니라 임종을 앞둔 이들에게 대세를 주거나 병자를 돌보는 등, 상황에 따른 대처 방법에 대해서도 회규를 정해놓았다. 신부는 그것을 참고하여 조선 명도회만의 회규를 마련했다.

회규가 정해지자 신부는 초대 회장을 누구로 삼으면 좋을지 교회 지도층에게 물었다. 정약종 아우구스티노가 만장일치로 명도회 초대 회장에 추대되었다. 명도회를 총괄하는 주문모 신부를 도와 회원들을 통솔하고 회를 이끌어갈 '명회장'의 탄생이었다. 그 명회장 아래로 또 다른 회장들이 뽑혔다. 남녀가 한 장소에 모여 집회를 열면 그 자체로 세간의 비난이 집중되고는 했다. 남녀 신도들 간에 불미스런 사고도 생길 수 있었다. 주문모 신부는 남자들과 여자들이 따로 떨어져 회의에 참석하도록 정했고, 그 모임을 이끌 회장도 따로 임명했다. 총회장을 맡게 된 최창현과 여성회장을 맡은 강완숙이 그들이었다. 주문모 신부는 기꺼운 마음으로 두 사람에게 강복을 주며 회장직 수행을 명했다.

회장단이 명도회를 잘 이끌 수 있도록 주문모 신부는 명도회 회규의 세부 회칙을 정해주었다. 그 회칙에 따라 교인들은 세 명에서 네 명, 혹은 다섯 명에서 여섯 명이 모임을 만들었다. 모임의 일원들은 자신들의 이름을 먼저 주문모 신부에게 보고한 뒤 신공을 바쳤다. 신공은 천주교 교리를 다른 이에게 가르치는 것이다. 꾸준히 신공에 열심인 사람은 입회가 허락되었고, 보명을 받을 수 있었다. 교리를 열심히 배운 사람을 가려 주문모 신부에게 보고하면 공덕이 높은 성인성녀의 이름 중 하나를 신부가 택해 명명하여 주는 것이 보명이다. 보명을 받은 이들은 매달 말과 매년 말에 자신이 얼마나 근면하게 공부했는지 주문모 신부에게 보고했다. 각 모임의 지도자들은 매달 보고를 마친 이들에게 그달의 주보전을 나누어주었다. 교회에서 공경하는 성인 중에서 매달 한 분씩 주보로 정해놓은 표지가 주보전이었다. 교인들은 매달 달라지는 주보전을 받고 싶어 경쟁적으로 신공에 뛰어들었다. 덕분에 도성의 교인 수가 가파르게 증가했다. 한양으로 주보전을 받으러 오는 지방 신도들도 하루가 다르게 늘어났다. 이처럼 신공 운동이 유행처럼 번지자 지방의 지도자들도 주보전을 신자들에게 나눠주기 시작했다. 전국으로 신공 운동이 퍼져나가자 교세는 놀라울 정도로 확장되었다.

그 일에 크게 이바지한 사람이 완숙이다. 그녀는 '취회'라는 동정녀 공동체를 만들어 회원들을 교육했다. 주문모 신부는 밀입국한 처지인지라 드러내놓고 활동할 수 없었다. 완숙은 신부가 교인들에게 들려주고자 하는 강론을 취회의 여신도들에게 대신 들려주기도 했다. 취회의 모든 교육 과정을 마친 여신도는 가족에게 돌아갔다. 대개 신앙이 같거나 적어도 반대하지 않는 가족을 둔 경우가 그러했다. 가족의 지지나 동의를 받은 동정녀들은 일가친지를 일일이 방문하여 복음을 전했다. 가족이 천주교를 반대하여 가출한 동정녀 중에는 오갈 데가 없는 이들도 있었다. 완숙은 그녀들을 자신의 집에 묵게 하면서 교회 잡무와 봉사활동을 함께 펼쳐나갔다.

"아, 어렵다⋯."

연지를 곱게 펴 바른 듯 양쪽 뺨이 분홍빛을 띤 흰 피부의 처녀가 왼손으로 받쳐 든 책의 책장을 한 장씩 넘기며 미간을 찡그렸다. 정갈하게 가르마를 가르고 쪽을 진 처녀는 윤유일의 사촌 여동생 윤점혜였다. 올해로 열여덟이 되는 그녀는 눈빛이 아주 강했고 어떤 고집 같은 것이 느껴졌다.

"휴우⋯."

구들장이 꺼져라 한숨 소리가 들려오자 성인성녀 약전을 한 권씩 들춰보던 윤운혜가 얼굴을 들어 언니를 보았다.

"왜? 닮고 싶은 분이 너무 많아서?"

아닌 게 아니라 두 자매의 앞에 놓인 약전이 무려 14권에 달했다. 성모 마리아와 로마의 성녀 칸디다, 아빌라의 성녀 대 데레사, 시칠리아의 성녀 아가다와 루치아, 성녀 빅토리아와 성 헨리코 등에 관하여 기록한 책들이었다.

"공덕이 대단하신 분들이잖아. 다들 신앙을 위해 헌신하시다 순교하셨는데 내가 과연 그분들처럼 살 수 있을까 걱정도 되고….”

“아가타 성녀는 어때?”

이탈리아 시칠리아섬의 항구도시 카타니아 출신의 아가타 성녀는 로마 황제 데키우스의 박해 시절에 총독의 구혼을 거절했다가 유방을 잘리고 사창가에 끌려가는 등 심한 핍박과 고통을 당했지만, 끝끝내 신앙과 동정을 버리지 않았던 순교 성녀였다.

“그분처럼 언니도 동정녀로 평생 살다 가길 원하잖아. 순이도 아가타 성녀에 대해 읽고 동정을 결심했다고 들었어.”

“그랬구나. 허면 순이도 주보성인을 아가타로 정했겠네?”

“그건 모르겠어. 하지만 이건 알지. 아가타 성녀 이름이 ‘선하다, 착하다’라는 뜻을 갖고 있대. 착하고 선하기로 치자면 언니를 따라올 사람이 없잖아. 다른 사람이 맘 아플까 봐 싫은 것도 내색하지 못하고 너무 참아서 답답할 정도였으니까. 그랬던 사람이 어쩜 이리 변할 수 있는지 난 아직도 믿기질 않는다니깐.”

여동생의 말에 윤점혜는 쑥스러운 표정으로 빙긋 웃었다. 동생의 말마따나 자기주장 한번 없이 순했던 자신이 천주교를 알게 되면서 의사 표현이 확실해졌다고 스스로 생각하고 있었다. 원하는 것이 있으면 그것을 관철하려는 행동력도 생겼다. 남장 사건만 해도 그랬다.

박해 속에서도 끝까지 순결을 지킨 성녀들을 일찍이 존경해온 윤점혜는 그녀 자신 동정녀로 살 것을 결심했다. 그리하여 모친과 가족들 앞에서 혼인하지 않겠다고 선언했다. 혼기가 찬 그녀를 며느리로 삼고 싶다며 여러 곳에서 매파를 보내왔기 때문이었다. 그런 와중에 윤점혜의 폭탄선언이 있자 집안은 발칵 뒤집혔다. 윤점혜에게 천주교를 가르쳐준 그녀의 어머니와 여동생이 당사자의 의견을 존중해야 한다고 문중 어른들을 설득했지만 소용없었다.

며칠을 방에 틀어박혀 꼼짝 않던 윤점혜는 남장 차림으로 집을 나와 사촌오빠 윤유일의 집으로 가서 저간의 사정을 설명하고는 숨겨줄 것을 청했다.

"바오로 오라버니가 진짜로 언니한테 호통을 쳤어? 그 온화한 양반이?"

"어머니가 받을 충격은 어쩔 거냐면서 혼내시더라. 장성한 딸이 말도 없이 가출했으니 얼마나 놀라고 걱정이 되겠냐면서 당장 돌아가라고 하시던걸."

듣고 보니 경솔했다는 후회가 밀려들어 윤점혜는 며칠간의 가출을 끝내고 집으로 돌아갔다. 그녀의 모친은 언젠가 때가 되면 단둘이 서울로 가서 살자고 여식의 손을 잡고 맹세했다. 천주교를 믿는다는 이유로 친지들에게 핍박을 받던 모친이었다. 자식들을 올바로 이끌어야 할 부모가 되어 여식들을 사교로 끌어들였다는 질타 속에서도 꿋꿋하게 신앙을 고수해가던 모녀에게 주문모 신부의 입국 소식이 전해졌다. 윤점혜와 그녀의 어머니는 곧장 짐을 챙겨 서울로 상경했다.

"언니랑 어머니가 한양에 살게 돼서 얼마나 좋은지 몰라. 어머니 보러 간다고 하면 시부모님들도 타박하진 않으시거든."

윤운혜는 정광수와 혼인하여 여주 시댁으로 들어가 살고 있었다.

"시댁에서 여전히 싫어하셔?"

윤점혜가 걱정스럽게 물었다. 윤운혜의 시부모는 비신자였다. 그들은 아들 정광수가 교인인 것을 몹시 부끄러워했고, 며느리마저 신자라는 사실에 경악하여 혼인을 반대했다. 두 사람이 혼례를 올리지도 못하고 혼인 문서조차 나누지 못한 채 동거에 들어간 이유였다.

"제부는 서운하게 안 하지?"

"그럼! 바르나바가 얼마나 다정하고 착한 사람인지 언니도 잘 알잖아. 말 안 해도 알아서 잘 챙겨주고 매일 미안하다는 말을 입에 달고 살아. 시부모님 때문에 바르바나도 맘고생이 심할 텐데…."

"그럴까 봐 내가 혼인을 안 하겠다는 거야. 남편하고 종교가 같아도 너처럼 시댁 사람들하고 안 맞으면 괴로운 일이 생기잖아. 남편마저 내 믿음을 인정해주지 않으면 얼마나 더 괴롭겠어. 있던 정도 없어질걸."

"나랑 그이는 언니 결정을 존중해."

"고마워. 근데 제부는 왜 안 보여? 오늘은 같이 안 왔어?"

"아니. 아가씨랑 같이 병문안 다녀오겠다고 한림동에 갔어."

"순이네?"

"응. 경도 형제님이 아픈가 봐."

"저런!"

윤점혜는 걱정스런 눈길을 한림동 쪽으로 보냈다.

• • •

마당 가장자리를 따라 피어난 목련 꽃봉오리가 햇살에 반짝였다. 고개를 숙이고 느릿하게 담장 앞을 오가던 이순이는 우울한 낯을 들어 꽃봉오리를 올려다보았다.

"천주님, 지난해보다 봉오리 숫자가 늘어난 것 같아요. 집안에 새 사람이 들어와서 우리 집 꽃들도 더 많이 피는 걸까요?"

이경도는 지난해 매동에 사는 처녀와 혼례를 올렸다. 이경도의 장애를 사랑으로 감싸주는 착한 처녀였다. 게다가 신실한 교인이었다. 온순하고 따뜻한 성정의 그녀는 시댁 식구들을 살뜰히 챙기더니 첫아들을 순산하여 온 가족에게 기쁨을 안겨주었다.

"동아는 진짜 귀여워요. 다행히 건강하고요. 항상 감사하게 생각하고 있어요."

하지만 꽃봉오리 너머 푸른 하늘을 응시하는 이순이의 얼굴은 여전히 우울한 기색이 짙었다. 그녀를 위로하듯 따뜻한 바람이 한 줄기 불어와 뺨을 쓰다듬고 지나갔다. 이순이의 입가에 배시시 미소가 번졌다.

"네, 걱정 안 해요. 오라버니는 곧 털고 일어나실 거예요. 천주님이랑 아버지가 오라버니를 지켜주고 계신걸요."

이순이는 하늘을 향해 생긋 웃어 보였다. 그것도 잠시, 이순이의 표정이 도로 어두워졌다. 이순이는 한숨을 내쉬며 다시 말을 이었다.

"실은요. 제가 고민이 있어요. 제가 올해로 열네 살이잖아요. 내년이면 열다섯이 되고요."

열다섯이면 관례를 올려야 하는 나이였다. 그래서인지 이순이의 집안 어른들이 진즉부터 짝을 찾아주겠다며 여기저기 매파를 보내고 난리였다.

"그분들을 어찌 말리죠? 저는 천주님한테 저를 봉헌히리라 결심했어요. 하지만 이 말을 집안 어른들한테 할 순 없어요. 우리 가족이 천주교를 믿는 걸 끔찍하게 싫어하는 분들이니까요. 사실대로 얘기했다 간 어머니를 또 괴롭힐 거예요. 그니까 어른들 맘 상하지 않게 거절할 방법 좀 알려주세요."

그때 등 뒤에서 묻는 소리가 들렸다.

"누구랑 얘기 중이니?"

정광수의 안내를 받아 사랑채로 오던 주문모 신부였다.

"어서 오세요, 신부님! 다들 기다리고 계신답니다."

병상에 누워 있는 경도를 위한 병자성사가 예정되어 있었다.

종종걸음을 놓으며 이순이가 신부를 돌아봤다.

"저 혼자 주절대고 있는 게 이상해 보였어요, 신부님?"

"그렇다기보다는 표정이 심각해 보여서 말이다."

"실은 천주님한테 고민 상담 중이었어요."

"고민 상담?"

"예. 천주님한테 털어놓으면 속이 좀 시원해지거든요."

이순이는 쑥스럽다는 듯 혀를 쏙 내밀었다. 신부가 빙긋 웃었다.

"어지간해서는 응답이 없으신 분인데 천주님이 네 말에는 응답하시 는가 보구나."

"글쎄요."

제가 생각해도 우스운지 키득대는 이순이에게 신부가 물었다.

"그래, 천주님께 뭘 여쭤봤는고?"

"저는 동정 성녀들을 존경해요. 그분들을 본받아 동정녀로 살고 싶 은데 혼인을 안 한다고 하면 집안에서 가만있지 않을 거거든요. 그래 서 어쩌면 좋을지 천주님께 여쭤봤어요."

"천주님께서 뭐라 하시든?"

정광수는 자못 진지한 태도로 물었다.

"저랑 같은 생각을 지닌 남자랑 혼인해서 살면 된대요."

"네가 천주님의 음성을 들었다고?"

"그건 잘 모르겠는데, 그냥 제 생각이 그렇다는 거예요."

"혼인은 남녀가 육체적으로든 정신적으로든 하나가 된다는 걸 의미하는데 어찌 동정을 지킬 수 있다는 말인고?"

"우리 교인 중에 저처럼 동정으로 살고 싶어 하는 남자가 있지 않을까요? 그 남자랑 결혼해서 오누이처럼 살면 되지요."

"오누이처럼?"

"예. 혼인해서 살되 부부생활은 하지 않는 거예요."

"신앙이 같은 교인이랑 짝을 지어 동정 부부로 살겠다는 얘기로구나."

"아! 그 말 좋네요! 동정 부부! 뭔가 적당한 표현이 생각나지 않아서 답답했는데 신부님이 딱 맞는 단어를 말씀해주셨어요! 고맙습니다!"

이순이가 신부의 손을 잡고 부탁했다.

"신부님! 저는 동정 부부로 살래요! 신부님은 신도들을 많이 만나시니까 제 또래 남자 신도 중에 저랑 같은 생각을 지닌 신자가 있는지 봐주세요!"

"하하하! 그래. 내 잘 찾아보마."

신부는 어깨를 흔들며 크게 웃었다. 조선에 온 뒤로 이렇게 큰 소리로 웃어본 것이 처음이었다. 일면 맹랑히기끼지 한 이순이의 해맑은 신심에 그동안 쌓인 피로가 한꺼번에 씻긴 듯했다. 한동안 잊고 지냈던 감동도 되살아났다. 조선교회의 교인들과 미사를 올리고 신앙고백을 들으면서 느꼈던 벅찬 감정은 참으로 신기한 경험이었다.

'하느님께서 이곳 조선교회에 내려주신 은총이라고밖에는 달리 설명할 길이 없다.'

메말랐던 가슴에 샘물처럼 기쁨이 솟아나는 것을 느끼며 신부는 이순이에게 말했다.

"루갈다가 좋겠구나."

"제 세례명이요?"

이순이의 눈빛이 태양처럼 반짝였다.

"아까 보니 순이 자매도 루갈다 성녀님처럼 주님께 허물없이 말을 걸더구나. 둘이 어쩐지 닮았다 싶었는데 왜 그랬는지 오늘 확실히 깨달았다. 주님을 대하는 태도였어."

"아가타를 세례명으로 할까 생각 중이었는데 마음이 바뀌었어요. 저는 루갈다로 할래요! 저랑 맞는 성녀님을 알려주셔서 고맙습니다, 신부님!"

이순이는 가만히 제 세례명을 불러보았다.

"이순이 루갈다…. 이순이 루갈다…."

빛과 그림자

완숙은 버선발로 달려나가 시모를 방으로 모셨다.

"나오셨어요? 허리 아프신 건 좀 어떠세요?"

대청마루로 올라서는 정 노인을 부축하며 명순은 걱정스레 여쭈었다.

"몸도 편치 않으신데 쉬시지 않고요. 저희만으로도 손은 충분해요."

"모르는 소리 말게. 누워만 있는 게 더 고역이야."

순희가 완숙에게 다가와 속삭였다.

"답답하다고 하셔서 바람 쐴 겸 잠깐 밖에 나갔다 왔어요. 좀 있다가 제가 방으로 모실게요. 어머니는 신경 쓰지 마세요."

"이 소낭들도 신부님께 가져갈 거냐?"

정 노인은 속이 빈 주머니가 반쯤 담긴 바구니에서 작은 주머니 하나를 꺼내 들었다.

"예, 어머니. 신부님의 축성이 있어야 성물로 효력이 생긴내요."

그렇게 축성 기도를 받은 묵주는 여신도들에 의해 은밀히 교인들에게 팔려나갔다. 판매대금은 이웃을 돕는 일이나 교회 일에 쓰였다.

"이번에 만든 묵주는 어디로 가요?"

"항검 형제님이 가지러 오신다고 했어."

완숙의 말에 정임이 놀란 눈을 떴다.

"그 먼 전주에서요?"

"부활절이 코앞이잖니. 신부님이 처음 집전하시는 부활절 미사인데 당연히 참석하셔야지. 상경하신 김에 축성 받은 묵주들도 가져가실 거야. 자, 이걸로 끝!"

마지막 주머니까지 채워지자 완숙은 숫자를 세어나갔다. 완숙이 한 뭉텅이의 주머니를 따로 빼놓자 소명이 나무 궤짝을 가져왔다. 금세 가득 찬 궤를 미리 꺼내놓았던 보자기로 감싼 완숙은 문 앞에다 옮겨놓고 윗목의 가께수리 앞으로 갔다. 완숙은 안쪽 깊숙한 곳에 놓아두었던 함을 조심스레 꺼냈다. 초록빛이 도는 비단으로 겉을 감싼 작은 함이었다.

자리로 돌아온 완숙이 보자기를 풀고 함을 열자 여신도들은 성두라고 불리는 편경을 솜으로 싸서 작은 주머니에 넣었다. 그때를 기다린 완숙이 상자 안에 있던 대낭을 조심스레 꺼냈다. 머리카락 뭉치와 자잘한 나무 조각들이 차례로 모습을 드러냈다. 윤지충과 권상연이 처형당할 때 목을 고였던 목침과 두 사람의 머리카락이었다.

"이 귀한 걸 어떻게 구하셨어요?"

정명련이 내내 궁금하던 바를 물었다.

"두 분의 시신을 수습하던 날에 거기 계셨던 분들이 그동안 간직해온 것들을 조금씩 나눠주셨어요. 신부님한테 첫 세례를 받는 교우들이잖아요. 특별한 은총을 받는 분들한테 특별한 선물을 하고 싶으셨대요."

"근데 그분들이 진짜로 흰 피를 흘리셨어요?"

소명은 여전히 믿기지 않았다.

"그렇단다. 내 눈으로 직접 본 걸."

머리카락과 나뭇조각을 여신도들에게 하나씩 나눠주며 완숙은 윤지충과 권상연의 순교 장면을 세세하게 들려주었다. 여신도들은 감동의 눈물을 흘렸다.

마지막 주머니를 채워 넣은 완숙은 완성된 주머니들을 함에 차곡차곡 넣었다. 그때였다.

"어머니! 저 왔습니다!"

섬돌로 훌쩍 뛰어오르며 필주가 숨을 헐떡였다.

"도착하셨니?"

"예! 기다리고 계셔요."

"맞춤하게 오셨구나."

완숙이 정 노인을 향해 몸을 돌렸다.

"어머니, 저 다녀올게요."

정 노인은 어서 가보라며 손짓했다. 순희가 정 노인을 부축해 일으켰다.

"할머니는 걱정하지 마세요."

바깥 대문을 나와 무심코 고개를 돌렸다가 완숙은 흠칫 놀랐다. 담장 모퉁이를 서성이던 사내아이가 완숙과 시선이 마주치자 쏜살같이 달아났다.

"방금 그 아이, 혹시 누군지 아니?"

"아니요. 저도 처음 봅니다. 행색으로 보아 양반집 도령 같던데…."

완숙은 고개를 갸웃하면서도 집회에 늦지 않으려고 잰걸음을 놓았다.

깊은 밤, 주문모 신부는 전례를 위해 마련된 예식상 앞으로 천천히 다가섰다.

"우리를 대신해 십자가에 못 박혀 돌아가신 예수님은 죽은 지 사흘 만에 부활하셨습니다. 오늘밤은 모든 전야제의 어머니이자 파스카 성 삼일의 마지막 밤이며 예수님이 부활하시기 바로 전날인 부활 성야입니다."

신부는 마당의 교인들을 다정한 눈길로 보다가 양제궁 군부인들과 눈길이 마주치자 감사의 미소를 건넸다. 교회 지도부는 군부인들의 참례를 반대했다. 주문모 신부는 그들을 설득했다. 왕족 여인들의 입교는 상징하는 바가 컸다. 무엇보다 당사자들이 부활절 전야에 세례 받기를 원했다.

"여러분은 처음 경험하는 예식이고, 미사일 것입니다. 이 뜻깊은 자리에 여러분과 함께할 수 있어서 저는 큰 영광이고 기쁨입니다."

"저희가 더 감사합니다."

이번 집회는 각별히 조심하여 이뤄졌다. 교인들은 집회소에 올 때나 갈 때나 지도부의 세밀한 지침에 따라야 했다. 새벽도 오기 전인 깊은 밤중에 예식을 거행한 연유도 비밀유지에 있었다.

"오래전부터 우리 가톨릭은 부활 성야를 기념하기 위해 장엄하고

성대하게 예식을 거행해왔습니다. 하지만 우리는 처한 상황에 맞춰 오늘 예식을 조촐하게 진행할 것입니다."

신부가 횃불을 들고 서 있는 최인길에게 눈짓을 보냈다. 최인길이 횃불을 기울여 화로에 불을 붙였다.

"부활 성야 전례는 크게 네 순서로 진행됩니다. 어둠을 밝히는 빛의 예식과 하느님께서 천지를 창조하신 순간부터 예수님의 부활에 이르기까지 인류 구원의 신비를 묵상하는 말씀 전례, 그리고 그리스도 안에서 새로 태어나는 세례 예식과 세례 갱신식, 마지막으로 영성체를 받드는 성찬 전례입니다."

신부는 놋쇠 화로에 담긴 숯덩이에 불이 붙는 동안 성야 예식의 순서를 설명했다.

이윽고 빛의 전례가 행해지고 부활초에 불이 환하게 밝혀졌다.

"오늘 세례를 받으실 분들은 어디에 계십니까?"

불꽃이 일렁이는 부활초를 손에 든 신부가 마당의 교인들을 둘러보며 물었다.

"저희입니다, 신부님!"

강완숙, 양제궁의 두 군부인, 윤점혜 자매, 정광수와 정순매 남매, 이경도와 이순이 자매였다. 그들의 대부모가 되어줄 교인들이 부활초를 들고 각자의 대자녀 뒤에 섰다.

"대부모님들은 대자녀가 될 분들을 데리고 앞으로 나오세요."

신부는 새 불을 가지고 돌계단을 내려가 맨 앞에 서 있는 항검의 부활초에 불을 붙여주며 기도문을 읊었다.

"영광스럽게 부활하신 그리스도님, 이 빛으로 저희 마음과 세상의 어둠을 몰아내소서.”

“천주님, 감사합니다.”

“이제 대자녀의 초를 밝혀주십시오.”

항검은 돌아서서 완숙의 세례초를 밝혔다. 나머지 세례 교인의 초
에도 차례로 불꽃이 타올랐다.

“그리스도 우리의 빛!”

“천주님, 감사합니다.”

신부를 필두로 부활초를 든 신자들이 마당 가장자리를 천천히 돌며
나직이 읊조렸다. 부활초 행렬을 맨 끝에서 따르던 신도가 원래 서
있던 자리로 돌아왔을 때, 기단의 남자들이 대청마루로 올라섰다. 정
약종이 문설주 양편 탁자에 놓인 새 초에 불을 밝혔다. 최창현이 방
안의 나머지 초에 불을 밝혔다. 수십의 초가 밝혀진 방은 밝고 따뜻
해 보였다.

“아!”

마당의 교인들이 탄성을 토했다.

마당에서 정면으로 보이는 벽장 문을 최인길이 양쪽으로 밀자 벽장
의 바닥까지 드리운 검은 천이 나타났다. 김이우 형제가 검은 천의 양
쪽 자락을 잡아 벽장 속 벽면에 박아놓은 나무못에 걸어놓고 있었다.

벽장 안의 제대에 십자가를 비롯하여 미사에 필요한 성물들이 가지
런히 놓였다. 부활초를 들고 기다리던 최창현과 이존창이 제대의 초
에 불을 붙이고 물러나자 신부는 신도들에게 말했다.

“이로써 빛의 예식을 마쳤습니다. 이제 시작 예식을 거행하겠습니
다.”

제대 앞에 꿇어앉은 신부가 천주의 현존을 선포했다. 자신이 죄인임을 깨닫고 천주와 모든 교인에게 죄를 고백하는 참회의 기도가 이어졌다. 기도를 마친 사제와 교인들은 자비송과 대영광송을 부르고, 본 기도가 순서대로 진행되었다. 미사성제의 예에 따라 말씀 전례를 마쳤을 때였다.

"오늘 세례를 받게 될 교인들과 대모 대부는 성전 앞으로 나오십시오."

대기하고 있던 교인들이 마루를 건너 성전으로 들어갔다. 방 양편으로 나뉘어 선 교인들은 들고 있던 초를 발 앞에 내려놓았다. 황사영 부부가 접시를 공손히 받쳐 들고 성전으로 향했다. 접시에는 갓 구운 제병과 포도주가 담겼다.

"예물을 봉헌하십시오."

신부의 영에 따라 황사영 부부가 접시의 성물을 제단에 내려놓자 신부는 예물 준비 기도와 예물 기도를 올렸다. 감사기도까지 마친 그가 완숙을 시작으로 예비자들에게 세례성사를 베풀었다. 신부에게 고해성사를 받은 신도들은 차례로 줄을 서서 영성체를 받들었다.

북경의 주교로부터 가성직제도의 위법 사실을 통보받고 4년이 지났다. 얼마나 이날을 기다렸던가. 교인들은 너나없이 눈물을 글썽였다.

"성유를 모셔오는 일은 어찌 되어가고 있나요?"

부활절 대축일 예식이 모두 끝난 뒤였다. 뒷정리를 위해 남은 지도부를 불러 신부가 물었다.

"아무래도 황심 토마스 형제를 보내는 것이 좋지 않을까 생각하고 있습니다."

정약종의 말에 신부는 고개를 끄덕였다.

"초행자보다는 경험자가 낫겠지요."

"가져오신 성유를 얼마나 더 쓸 수 있을까요?"

홍낙민이 걱정스레 물었다.

"대례와 영세를 기다리는 분들이 지방에도 많다고 들었습니다. 그 분들을 찾아가 성사를 올리다 보면 얼마 못 갈 수도 있어요."

"신부님께서 몸소 지역을 순회하시겠다고요?"

황사영이 여쭈었고, 신부가 고개를 끄덕였다.

"그 많은 분이 저를 보러 도성으로 올 수는 없을 테니까요."

항검은 이때다 싶어 청을 넣었다.

"신부님, 초남이로 와주십시오. 전주에도 세례성사를 받지 못한 교우들이 많습니다."

"더불어 신부님께 교리당을 축복받고 싶습니다."

관검이었다. 교리당을 공소로 인정받고 싶어하는 것은 형 항검의 소원이자 자신의 꿈이기도 했다.

"죄송합니다만, 교우촌이 우선이지 싶습니다."

이존창이 미안한 표정으로 항검 형제에게 말했다. 이존창은 신부가 입국하면 저구리에 은닉시킬 계획을 품고 있었다. 신부가 생활할 시설도 말끔하게 단장해 놓았다.

"교우촌 형제자매님들은 오로지 신앙 하나 지키자고 삶의 터전을 버리고 그곳에 정착한 분들입니다. 그간 겪은 고생은 이루 말할 수 없습니다. 신부님을 영접하는 영광도, 세례를 받는 기쁨도 먼저 누려야 한다고 생각합니다. 오늘의 교우촌이 있도록 맨 처음 터를 잡아준 지헌 형제님과 그분의 가족은 특히 더요. 그분들은 그럴 자격이 충분하다고 봅니다만….”

이존창의 지적에 항검은 아차 싶었다. 내가 왜 그걸 생각하지 못했을까. 공소 욕심에 마음보를 잘못 썼구나 싶었다. 항검이 사과했다.

“죄송합니다, 루도비코 형제님. 제가 생각이 짧았어요.”

항검은 신부에게 진심으로 부탁했다.

“신부님, 저구리를 먼저 방문해주십시오. 루도비코 형제님 말마따나 신부님이 맨 먼저 그곳을 찾아주시면 교우촌 교우들이 큰 힘을 얻을 겁니다.”

“그러지요. 교우촌에 갔다가 곧장 초남이로 넘어가겠습니다.”

뛸 듯이 기뻐하는 이존창에게 항검이 부탁했다.

“지헌이에게 얘기 좀 전해주세요. 신부님을 모시고 초남이로 넘어올 교우가 누군지 미리 알려달라고요.”

관검이 항검의 옆구리를 찌르며 속삭였다.

“형님, 제가 신부님을 따라가겠습니다.”

“네가? 나랑 같이 안 내려가고?”

“뭐 하러 두 번 왔다 갔다 하게 해요. 제가 신부님을 따라 교우촌에 갔다가 초남이로 모셔오면 교우촌 분들이 안 움직여도 되잖아요.”

“오, 그래! 그거 좋은 생각이다.”

“신부님을 모시고 오는 길에 상연 형님이랑 지충 형님이 잠드신 묘에도 들를게요.”

"그렇지! 신부님도 가보고 싶다고 하셨으니 잘되었다."

• • •

"흐읍… 후우…."

들숨과 날숨을 고르며 기도하다 보면 차분해지는 호흡처럼 마음이 평화로워졌다. 그리고 어떤 힘 같은 것이 내부에서 샘솟았다. 나의 영원한 뒷배, 나를 옳은 곳으로 이끌어주시는 천주가 계시니 그저 믿고 나아가면 된다는 확신이었다.

성령이시여, 오늘 하루도 제게 임하소서….

성호를 긋고 나서 감았던 눈을 뜨면 그제야 풍광이 제대로 시야에 들어왔다. 담장 대신 심어놓은 나무들 사이로 희뿌연 안개에 젖어있는 찹쌀배미가 건너다보였다. 저 논에서 수확한 찹쌀로 떡을 만들어 이웃들에게 나눠준다고 했다.

주문모 신부는 아침을 몇 술 뜨다 말고 수저를 내려놓았다.

"어디가 편찮으세요?"

항검이 걱정스럽게 여쭈었다.

"실은 체기가 좀 있습니다."

"진작 말씀하시지요! 언제부터요?"

소화불량이 언제부터 시작됐는지, 원인이 무엇인지 신부는 짐작했다. 그곳, 저구리의 교우촌을 방문한 날로부터였다.

신부의 방문으로 저구리의 교우촌은 그야말로 축제 분위기였다. 그곳에서 며칠 머물며 신부는 성사를 집전하고, 세례를 베풀었다. 마을 전체가 기쁨으로 들썩거렸고, 신부에게 뭐라도 해주고 싶어 안달이었다. 방 앞에는 수시로 뭔가가 놓였다. 교인들은 앞다퉈 식사초대를 했다. 그때마다 신부는 사양하는 법 없이 응했고, 앞에 놓인 고봉밥을 깨끗이 비웠다. 소화를 시키기도 전에 다른 집으로 불려가 또 뭔가를 먹어야 하는 일이 곤욕이었지만, 교인들의 성심을 차마 거절하지 못했다.

최초의 사제이자 유일한 사제…. 조선의 모든 교인에게 자신은 천주의 대리인이었다. 상황이 이렇다 보니 주문모는 자기도 모르게 교만에 빠졌다. 교인들의 추앙은 주문모로 하여금 두려움을 잊게 했다. 초월적인 존재라도 된 양 착각에 빠지기도 했다.

그런데 그 일이 있었다.

옹기종기 모인 교우촌 움막 위로 어둠이 는개처럼 내리던 이른 저녁이었다. 그날도 신부는 식사초대를 받아 교인의 집에서 저녁을 먹은 뒤 소화를 시킬 겸 산책을 나섰다. 갓난쟁이를 등에 업은 젊은 아낙과 아들로 보이는 사내아이가 낡은 움막을 향해 저만치 산길을 오르고 있었다. 가벼운 대화라도 나눌 요량으로 앞서가는 모자를 빠르게 따라잡은 순간이었다.

"엄마, 배 아파요! 으아앙-!"

사내아이가 갑자기 주저앉아 울음보를 터트렸다.

"배가 왜 아파?"

아낙이 보채는 아이에게 물었다.

"배고파서 아프다고요! 아까부터 나도 먹고 싶었는데 난 안 주고! 으아앙!"

신부는 머리를 세게 얻어맞은 기분이었다. 저녁 식사를 그의 숙소로 가져온 동네 아낙들 틈에서 아이의 엄마를 본 듯했다. 그렇다면 아이가 먹을 음식조차 남겨두지 않고 모조리 챙겨왔단 말인가.

'그럴 리가! 굶은 기색인 사람은 한 명도 없었어!'

모두가 편안한 표정이었다. 같이 식사하자고 권하는 신부에게 하나같이 약속이라도 한 듯 집에 돌아가 식구들과 함께 먹겠다고 했다.

설마….

당혹한 신부는 아이를 돌려세워 물었다.

그러자 아이가 신부의 손을 매몰차게 뿌리치며 외쳤다.

"신부님이 싫어요! 빨리 갔으면 좋겠어요!"

아이가 눈물이 그렁한 눈으로 신부를 노려보며 원망을 쏟아냈다. 커다란 충격이 신부를 강타했다.

산책에서 돌아온 신부는 이존창과 윤지헌을 불러 아이와의 일을 털어놓고 자초지종을 물었다.

"교우들이 자발적으로 그러고 나선 겁니다."

"신자들이 나를 위해 끼니를 포기했단 말입니까? 내가 여기 있는 내내요?"

"……."

"……."

이존창과 윤지헌은 침묵으로 대답을 대신했다.

"오, 하느님…."

신부는 참담했다. 신도들의 아픔을 살피지 못한 나를 어찌 사제라 할 것인가.

교우촌에서의 일정을 마치고 권상연과 윤지충의 묘에 참배한 뒤에 초남이로 건너온 신부는 단식에 들어갔다.

"초남이에 머무는 동안 정지시암에서 지내고 싶습니다."

신부의 뜻을 받든 항검이 김천애를 불러들였다.

"신부님이 정지시암에 기거하실 테니 불편함이 없도록 준비하고 각별히 모시게."

항검의 배려를 신부는 극구 사양했지만, 항검은 고집을 꺾지 않고 김천애에게 일렀다.

"본가로 건너올 필요 없네. 신부님과 같이 정지시암에서 생활하게. 함께 지내면서 신부님을 챙겨드리게."

신이 난 것은 김천애였다.

"예! 걱정을 마십쇼. 성심껏 모시겠습니다."

김천애는 신부를 그림자처럼 따르며 지성으로 보살폈다. 말수가 적은 중철까지 신부의 시중을 거들었다.

그런 정성 덕분인지 단식이 길어짐에도 신부는 오히려 기운이 솟았다. 무겁게 가라앉은 감정이 날로 가벼워졌다. 탁하던 안색이 맑아지고, 눈빛이 되살아났으며, 체기가 사라졌다. 조선에 입국한 이래 요즘처럼 맑았던 적이 있을까 싶을 정도였다.

신부는 한결 편안해진 심신으로 성사를 집전하고, 강론을 펼쳤다. 열정적인 강론에 교인들은 감동의 눈물을 흘렸다. 복음을 전해 듣고 초남이를 찾아오는 이들이 생겨났다. 정지시암은 조용할 날 없이 북적였다.

단식 이후 일곱 번째 아침을 맞았다.

신부는 열어젖힌 장지문 사이로 바깥풍경을 천천히 둘러보았다. 여명이 안개에 물드는 장면은 아름답다 못해 신비로웠다.

"기침하셨어요, 신부님?"

세숫물을 툇마루에 내려놓으며 문안 인사를 해오는 김천애의 목소리가 여느 때처럼 밝았다.

"예, 형제님. 그렇지 않아도 기다리던 참이었습니다."

신부는 수건을 챙겨 마루로 나갔다.

"여기 앉으세요, 형제님."

김천애를 끌어당겨 툇마루 끝에 앉힌 신부는 대야를 섬돌 위로 옮겨놓고는 김천애의 발에서 짚신을 벗겼다.

"아이고, 신부님! 이러지 마세요!"

눈치가 빠한 김천애가 펄쩍 놀라며 신부를 말렸다.

"아닙니다. 언제고 형제님의 발을 씻겨드리고 싶었어요."

바쁜 모내기 철이었다. 김천애는 종일 농사일을 거들고 저녁 늦게야 정지시암으로 돌아왔다. 그런데도 새벽이면 어김없이 일어나 군불을 지피고 가마솥에 세숫물을 덥혔다.

"나 때문에 고생이 많아요, 형제님."

신부는 뒤꿈치에 굳은살이 박인 김천애의 맨발을 대야의 따뜻한 물에 담갔다.

"아이고, 세상에! 아이고, 신부님!"

민망하여 얼굴이 붉어진 김천애는 안절부절 어찌할 바를 몰랐다.

"신부님처럼 고귀한 분이 저같이 천한 놈의 발을 씻기시다니요?"

신부의 물 묻은 손을 잡고 거부하던 김천애가 사색이 되어 겁먹은 소리로 물었다.

"혹시 제가 베드로처럼 야소님을 배신합니까? 그걸 미리 아시고 쉰네의 발을 이리 씻겨주시는 겁니까, 신부님?"

죽은 지 사흘 만에 예수가 부활하고 하느님의 곁으로 승천하는 과정을 겪고 나서야 베드로는 자신이 이미 구원받았음을 확신한다. 예수가 그의 발을 씻겨주면서 했던 말의 의미, 물과 성령의 복음을 통한 구원을 온전히 믿게 된 것이다. 김천애는 신부가 자신의 발을 씻기려 하자 항검에게서 들은 복음의 한 구절이 떠올랐다.

"뭔가 본 게 있다면 솔직하게 말씀해주세요, 신부님. 성령이 충만한 분들은 계시 같은 걸 받는다고 들었습니다. 신부님도 저한테서 뭘 보셨어요? 그래서 저의 죄를 미리 씻겨 주려 하시는 겁니까? 야소께서 베드로에게 하셨듯이요?"

김천애는 두려움에 휩싸여 벌벌 떨었다. 예상치 못한 반응이 신부는 당혹스러웠다.

"아닙니다. 계시 같은 건 전혀 없었어요. 형제님의 발을 씻어 주려는 건 제 마음 편하려고 한 일입니다. 제 말을 믿으세요."

사실이 그랬다. 그간의 고마움이야 이루 말할 수 없을 정도였다. 고마움이 큰 만큼 미안함도 컸다. 그 미안함을 조금이라도 덜고 싶다는 지극히 개인적인 욕심에서 비롯된 행동이었다. 그의 사소한 행동이 누군가에게는 충격과 공포로 가 닿을 수 있다는 점이 신부를 긴장시켰다. 백 개의 입과 천 개의 눈과 만 개의 귀가 자신만을 주시하는 듯한 압박감이 다시 한번 느껴졌다.

그러니 명심하자. 사적인 감정 표출은 절대 금물이다. 나로 인해 다시는 신자들이 혼란을 겪지 않도록 매사에 신중, 또 신중해야 한다.

신부는 결심하며 김천애의 발을 수건으로 닦아냈다. 그때 집회소 마당 저편에서 자갈돌 밟는 소리가 들렸다.

"도련님!"

안개를 비집고 나타난 청년을 알아본 김천애가 반갑게 소리쳤다.

"간밤에는 편히 주무셨어요, 신부님?"

신부는 빙그레 웃으며 중철의 인사를 받았다.

"드세요, 신부님. 미음입니다."

중철이 대접 뚜껑을 열었다. 신부는 중철이 건네는 수저를 받아들었다. 한 수저 가득 미음을 떠 입으로 가져가다 말고 신부가 물었다.

"아우구시티노 형제님한테 듣자 하니 기쁜 소식이 있다던데…. 요한도 그 자매님한테 마음이 있느냐?"

열여덟 장성한 아들에게 올해는 꼭 가정을 꾸려줘야겠다며 항검은 중철의 혼인 날짜가 정해지면 혼배성사를 집전해달라고 부탁해왔다. 중철을 오래전부터 흠모해온 여신도가 부친을 졸라 항검의 집으로 혼담을 넣은 모양이었다.

"제가 싫다고 했습니다."

단호한 말투였다. 대야를 비우고 방으로 들어서던 김천애가 그 소리를 듣고 사색이 되어 다가들었다.

"아니, 왜요? 저도 그 자매님을 본 적 있어요. 어찌나 어여쁘고 성품도 참하던지요. 아들 가진 부모라면 누구나 욕심을 낼 법한 교우셨답니다. 놓치기 아까운 분이던데 도련님은 왜 싫으세요?"

잠시 대답을 망설이던 중철이 어렵게 말을 꺼냈다.

"저는 동정을 지키고 싶어요, 신부님."

"아우구스티노 형제한테도 말씀드렸니?"

"예. 아버님은 펄쩍 뛰세요."

"질겁하실 만도 하죠. 도련님은 장자잖아요."

"문석이가 있잖아. 장자가 꼭 대를 이어야 한다는 법은 없지."

부친이 집을 비운 틈을 타 신부를 만나러 온 연유였다.

"신부님께서 아버님을 좀 설득해주세요. 저는 동정을 지킨 채 오누이처럼 지낼 짝을 원해요."

순간 떠오르는 얼굴이 있었다. 주문모 신부는 중철에게 물었다.

"동정 부부로 살고 싶다는 거니?"

"예. 바로 그거에요! 제 뜻을 따라줄 처자가 있다면 언제든 혼인할 생각입니다."

부부로 살면서 본능을 억제한다는 것은 힘든 일이다.

"요한, 동정 부부를 소망하는 네 뜻은 기특하다만, 신심으로도 어쩔 수 없는 순간이 분명 있을 거란다. 그때를 못 이겨 동정을 깬 뒤에 스스로 자책하다가 신앙까지 저버리는 이들을 종종 보았단다."

"신부님이 염려하시는 일은 없을 겁니다."

"어찌 그리 장담하느냐?"

"그때가 되면 헤어져 살 겁니다. 죽을 때까지 함께 살 생각은 추호도 없습니다."

"그건 또 무슨 소리냐?"

"부모님께서 가업을 물려주시면 세 등분으로 나눠 한 뮸은 가난한 사람들에게 나눠주고, 또 한 뮸은 아우에게 넉넉히 주어 저 대신 부모님을 모시게 할 생각입니다. 마지막 몫을 둘로 나누어 반은 저의 누이로 살아줄 아내에게 주고 나머지는 제가 가진 뒤 서로 떨어져 살 겁니다."

"부부로 있되 동거는 하지 않겠다는 얘기냐?"

"예, 신부님. 그리 하면 육체적인 문제 때문에 괴로워할 일도 없을 것이고, 서로 신앙만 생각하며 자유롭게 살 수 있을 겁니다."

중철의 깊은 신심에 숙연해진 신부는 마침내 중철에게 약속했다.

"요한, 아우구스티노 형제님은 내가 설득하마. 그러니 걱정하지 마라."

"정말이지요?"

"오냐. 너와 뜻이 같은 자매를 내가 알고 있단다."

"진짜요?"

"그래. 그쪽에서도 괜찮다고 하면 네게 알리마. 그때 아버지랑 같이 와서 보아라."

중철의 얼굴이 비로소 환하게 밝아졌다.

● ● ●

잠깐 눕는다는 것이 깜빡 잠이 든 모양이었다. 말복은 어디선가 들려오는 두런대는 말소리에 번쩍 눈을 떴다. 모로 누운 채 지게문에 물드는 노을빛을 바라보던 말복은 피식 웃으며 얼굴을 돌렸다.

"나도 잘해…. 일케 일케… 치고 빠지고… 할 수 있다니깐…."

옆자리에 누운 정철상이 팔로 허공을 휘저어대며 잠꼬대를 해댔다.

'귀여운 녀석….'

말복은 땀으로 젖은 정철상의 앞머리를 가만히 넘겨주었다. 무예를 가르쳐달라며 이른 아침부터 집 뒤꼍의 수련장으로 말복을 잡아끌던 정철상은 오후가 다 되도록 목검을 손에서 놓질 않더니 땀과 먼지로 범벅이 된 몸을 씻자마자 바로 곯아떨어졌다.

말복은 저만치 밀려난 베개를 잡아당겨 철상에게 받쳐주고는 조용히 일어나 툇마루로 나가 앉았다.

펄럭!

마당을 가로질러온 바람이 말복의 빈 소맷자락을 흔들어댔다. 잠결에 뒤척이다가 소매가 빠져나온 모양이었다. 말복은 왼손을 뻗어 반대편 빈 소맷자락을 잡아 배자의 겨드랑이에 끼워 넣었다.

"윽!"

말복은 외마디 신음을 토하며 몸을 떨었다. 잘린 팔에서 시작된 통증이 빠르게 온몸으로 퍼져나갔다. 이곳 분원리에서 해가 바뀌는 동안 최창현의 지극한 간호 덕분에 칼 맞은 상처는 말끔히 아물었지만, 끔찍한 통증이 방심한 틈을 타 복병처럼 덮쳐오곤 했다.

나를 이 꼴로 만든 그놈은 어찌 지내고 있을까….

목만중이 보낸 자객들에게 죽을 뻔했다가 천행으로 살아난 말복은 목만중의 퇴청을 기다려 복수에 나섰다가 오히려 역습을 받아 팔 하나를 잘리고 말았다.

어떻게 도성에서 분원리 정약종의 집까지 찾아들었는지 기억에 없었다. 깊고 긴 잠에서 깨어났을 때, 낯익은 이런 얼굴이 눈물이 그렁한 눈으로 자신을 내려다보고 있었다. 정약종의 장남 철상이었다.

"언제 깼어?"

등 뒤에서 들려온 인기척에 말복은 방문을 돌아봤다. 잠이 덕지덕지 묻은 눈가를 손등으로 비벼대며 철상이 문턱을 넘어서고 있었다. 하루가 다르게 쾌차하던 몸과 달리 곪아가던 가슴속 상처를 어루만져주고 치유해준 것이 저 아이, 철상이었다.

"미안. 내가 자느라 삼촌이 아픈 것도 몰랐어. 얼른 주물러줄게."

툇마루 끝에 걸터앉은 말복에게로 총총 다가온 정철상이 말복의 잘린 어깨 부위에 손을 얹었다.

"괜찮아, 철상아. 삼촌은 괜찮아."

말복은 철상을 남은 팔로 안아 무릎에 앉혔다.

"삼촌, 내일은 아침부터 수련하자. 잠깐 자고 일어났더니 하루가 다 갔어."

정철상의 배에서 꼬르륵 소리가 났다. 말복은 웃으며 저녁을 먹이기 위해 철상의 손을 잡고 사랑 마당을 건너 안채로 향했다.

"형수님, 제가 좋아해요."

앳된 사내아이의 수줍은 고백이 들려왔다.

오, 맙소사!

당황한 말복은 한쪽 팔로 철상의 귀를 가렸지만, 한쪽 귀는 막지 못했다. 사내아이의 고백이 이어졌다.

"정말, 정말 좋아해요. 진심이에요."

"삼촌! 삼촌도 들었어?"

어린 철상의 얼굴이 하얗게 질렸다.

"막내 삼촌이 어머니한테 좋아한다고 한 거 맞지? 응?"

정재원은 정약용의 생모 해남 윤씨가 세상을 떠난 지 일 년 만에 금화현의 처녀 황씨와 재혼했다. 황씨도 얼마 지나지 않아 요절하자 삼 년이 지나 한양의 스무 살 처녀 김씨를 재취로 맞았다. 서모 김씨는 정씨 형제들을 살뜰히 보살폈고, 정재원과의 사이에 딸 셋과 아들 하나를 얻었다. 그중 맏딸이 채제공의 서자 채홍근과 혼인했다. 평소 김씨는 약용을 친아들 이상으로 챙겼고, 약용은 서모에게 받은 사랑을 이복동생 약횡을 세심히 챙겨주는 것으로 보답했다.

그것을 보고 배운 정철상은 자신에게도 이복동생이 태어나면 잘 보살펴 주겠다고 다짐하고 있었다. 철상의 친모 역시 그가 태어나고 얼마 있어 세상을 뜨고 말았고, 부친 약종은 유소사라는 과부와 재혼하여 출산을 앞두고 있었다. 정약종의 전교로 천주교에 입교하여 체칠리아라는 세례명을 받은 서모 유씨였다.

그런데 어린 삼촌 약횡이 지금 만삭인 형수에게 황당하고 불경스런 말을 건네고 있는 것이다. 약횡은 철상보다 세 살 아래였다. 고작 열한 살 먹은 어린 삼촌의 황당한 고백을 엿듣고 철상은 비분강개했다.

"막내 삼촌이 미쳤나 봐! 어머니한테 어떻게 저런 말을 해? 내가 가만 안 둘 거야!"

협문을 박차고 나갈 기세인 철상을 말복이 붙잡아 세웠다.

"뭔가 사정이 있을 거다. 네가 짐작하는 그런 일이 아닐 거야."

말복의 속삭임이 끝나기 무섭게 유 체칠리아의 목소리가 협문을 건너왔다.

"도련님이 좋아한다는 ㄱ 낭자는 청주 한씨 집안의 자내님이에요. 형님한테 교리를 배웠답니다. 여러 번 수업을 같이 들어서 저도 잘 알아요. 참 곱고 착한 아가씨였어요."

"맞아요, 형수님! 저는 진짜 태어나서 그렇게 예쁜 분은 처음 봐요! 보자마자 첫눈에 반했어요!"

말복은 그것 보라는 듯 철상에게 눈을 찡긋해 보였다. 눈물을 그렁대던 철상은 멋쩍은지 씩 웃었다.

"하지만 도련님, 그 자매님은 도련님보다 나이가 한참 많아요."

"알아요, 형수님. 그래도 좋은걸요."

"그 자매님의 오라버니가 지난번 과거에 합격해서 진사가 되었다지요. 그분과 왕래하는 집안에서 자매님을 마음에 두고 있다고 들었어요."

"그 일 때문에 약종이 형님을 뵈러 왔어요."

"방금 나가셨는데 못 보셨어요?"

"예? 방금요?"

"한양에 볼 일이 생겨서 급히 가셨답니다."

"진짜요? 망했다! 이럴 줄 알았으면 일찍 서두르는 건데…."

"출발한 지 일각도 안 됐으니까 쫓아가면 따라잡을 수도 있을 거예요."

그 순간이었다.

"아악!"

"형수님! 왜 이러세요? 누구, 누구 없어요?"

말복과 철상이 곧장 뛰쳐나갔다.

부른 배를 감싸 쥔 유 체칠리아가 땅바닥에 쓰러져 몸부림치고 있었다. 치맛자락 아래로 피가 흘러내렸다.

"철상이는 당장 의원을 모셔오너라!"

철상이 대문 밖으로 줄달음을 놓자 말복은 바들바들 떨고 있는 약횡에게 다가가 뺨을 후려쳤다.

"정신 차려요, 도련님!"

눈이 반쯤 풀린 상태로 경련하던 약횡은 얼얼한 뺨을 감싸며 말복을 올려다보았다.

"사죄는 나중에 올릴 테니 우선은 저부터 도와주세요. 부인을 안으로 모셔야 합니다!"

여명이 동녘 하늘에 물감처럼 번져나갔다. 초조하게 안마당을 서성이던 말복은 산실에서 터져 나오는 우렁찬 아기 울음소리를 듣고 가슴을 쓸어내렸다. 환한 얼굴로 산실 문을 열고 나오는 정약종을 보고는 눈물을 글썽였다.

"다 무사하시지요?"

"그렇다네."

"다행입니다! 정말 다행입니다!"

두 사람은 천천히 사랑채로 걸었다. 정약종의 걸음이 자주 휘청거렸다.

"급히 오시느라 피곤하실 텐데 그만 들어가 쉬십시오."

정약종이 손을 저었다.

"오늘처럼 기쁜 날, 한잔하지 않을 수 없지. 가세. 지난번 담가둔 모과주가 제법 익었을 걸세."

"좋지요."

입안이 바짝바짝 타도록 초조한 시간을 보내고 난 뒤라 말복도 술 생각이 간절했다.

"하상이라 지었다네."

술잔이 한 순배 돌고 나서 약종은 태어난 아기의 이름을 알려주었다.

"하상… 정하상…."

입속말로 아기 이름을 되뇌는 말복에게 약종이 고개를 숙였다.

"자네 덕분이야. 산모도 아기도 자네가 살렸어. 이 은혜를 어찌 갚는단 말인가?"

"그런 말씀 마세요. 제가 받은 은혜를 갚으려면 아직 멀었습니다."

술이 몇 순배 돌아 불콰해진 약종은 자세를 고쳐 앉았다.

"자네한테 부탁이 있네."

"제게요?"

"그런 일이 생기지 않길 바라지만, 혹여 내 신변에 문제가 생기면 자네가 내 아이들을 지켜주었으면 하네."

"제 한 몸도 건사하지 못해 신세를 지고 있는 제게 무슨 그런 말씀을…."

"나는 이번 일로 자네를 다시 보았네. 교회 문제로 내 신상에 일이 생기면 자네가 아이들을 좀 돌봐주게. 진심으로 부탁하네."

"그런 염려는 접어두시지요. 철상이는 제 동무이기도 한 걸요."

"그리 말해주니 고맙네."

"하온데 갑작스럽게 왜 그런 말씀을?"

"갑작스러운 게 아닐세. 천주교에 몸을 두고 있는 한 내일을 장담할 수 없다는 걸 자네도 알지 않은가."

화성에서 상경한 채제공은 쉴 짬도 없이 빈청으로 향했다. 화성의 궤도감이 설치된 뒤로 정기적으로 입궐하여 공사 전반을 신료들에게 설명해오고 있었다. 오늘도 그 일이 밤이 깊어서야 끝났다.

초헌에 올라 퇴청하고 있자니 오소소 소름이 일었다. 채제공은 어깨를 떨며 옷깃을 여몄다. 어서 관복을 벗고 일흔여섯 늙은 몸을 이불 속에 눕히고 싶었다.

시위꾼들을 물리고 호위무사들만 대동한 채 사가로 향하던 중이었다. 여인들의 날카로운 비명이 밤의 적막을 갈라놓았다.

"에구머니! 이거 놓으세요!"

"썩 물러서지 못할까! 이분들이 뉘신 줄 알고 감히 길을 막아서는 것이냐!"

맞은편 길에서 장옷 차림의 여인들이 웬 사내들에 둘러싸인 채 오도 가도 못하고 있었다. 만취한 왈패들이 아녀자들을 붙들고 희롱하고 있었다.

"으음!"

채제공의 눈썹이 무섭게 치켜 올라갔다.

"내려라."

"영감께서 상대할 자들이 못 됩니다."

호위 무관이 만류했다. 이벽의 아우 이석이다. 맏형 이격이 무과에 급제하여 여러 직책을 두루 섭렵하더니 궁궐 숙위대에 뽑혀 집안의 자랑이 되었다. 이석 역시 열심히 무예를 닦고 병법을 익히더니 무과에 급제하여 채제공의 호위 무관으로 발탁되었다.

"소인들이 다녀오겠사오니 잠시 기다리십시오."

이윽고 한바탕 싸움이 벌어졌다. 주먹깨나 쓰는 왈패들이지만, 고강한 무예를 지닌 무사들에게는 상대가 되지 못했다. 형세가 기울자 왈패 하나가 허리춤에서 단검을 꺼내 들고 이석에게 쏜살같이 달려들었다.

"피해요!"

완숙이 몸을 날려 단검을 든 왈패를 들이받았다. 왈패가 바닥으로 꼬꾸라졌다. 초헌에서 내려서던 채제공이 놀란 눈으로 완숙을 보았다.

"이 계집년이…!"

졸지에 망신을 당한 왈패가 눈알이 뒤집혀서는 팅기듯 일어나 단검을 고쳐 들고 완숙에게 달려들었다.

"멈춰라!"

"네 이놈!"

채제공의 엄한 소리와 중후한 여인의 호통이 동시에 터져 나왔다. 장옷을 어깨 위로 내려뜨리며 뛰어오는 중년 여인을 알아본 채제공이 놀란 숨을 헉 들이마셨다.

"군부인…!"

"번암 대감…!"

번암 소리를 들은 왈패들은 새파랗게 질려 줄행랑을 놓았다.

왈패들을 뒤쫓으려는 이석을 채제공이 불러 세웠다.

"그자들은 내버려 두고 물러나 있거라."

채제공이 딱딱하게 굳은 얼굴로 군부인에게 말했다.

"상산군부인께서 어찌 이곳에…."

"못 보신 것으로 해주시오, 대감."

송씨가 사정했다.

채제공은 불현듯 짐작 가는 바가 있어 송씨를 다그쳤다.

"군부인! 설마 사교에 미혹되신 겁니까?"

뒤에서 상황을 지켜보던 평산군부인 신씨가 보다못해 나섰다.

"대감, 그만하시오."

누군가 싶어 고개를 돌린 채제공은 장탄식을 쏟았다.

"오, 맙소사!"

휘청거리는 채제공을 부축한 신씨가 사정하는 목소리로 말했다.

"어머니는 아무 잘못이 없소. 궁에서만 지내자니 답답하여 내가 바깥바람을 쐬자고 졸랐다오. 다른 뜻은 없으니 이번 일은 함구해주시오. 부탁드리오."

"이러지 마십시오, 군부인."

"대감, 대감께 우리 명이 달렸소. 이번 한 번만 넘어가 주시구려."

신씨가 이토록 간곡하게 나오자 번암도 더는 고집을 세울 수 없었다.

"알겠습니다. 속히 처소로 돌아가십시오. 그리고 오늘 저와의 약조는 꼭 지키셔야 합니다."

"유념하겠소."

"……."

여전히 의혹이 어린 눈길로 군부인들을 갈마보던 채제공이 한숨을 내쉬며 호위무사에게 명했다.

"양제궁까지 안전하게 모셔라."

"예, 영감."

무사들이 군부인 일행을 사방에서 호위했다.

"송구하오나 저는 따로 가겠습니다!"

완숙이었다.

"나인이 궐로 안 가고 어딜 간단 말인가?"

채제공의 물음에 강경복이 나섰다.

"영감. 부인들을 모시는 나인은 소인이옵고, 이분은 반가의 부인으로 댁이 창동입니다."

"집이 여기서 멀지 않습니다. 혼자 갈 수 있으니 염려 놓으세요. 호의에 감사드립니다."

완숙이 고개를 숙여 예를 표했다. 채제공은 더 강권하지 않고 순순히 물러났다.

완숙은 재빨리 골목길로 스며들었다. 그 모습을 지켜보던 채제공이 이석을 불렀다.

"따라가 보게. 어떤 여인인지 알아봐."

완숙에게 신경을 쓰느라 채제공은 곁에 남은 무사의 눈빛이 의뭉스럽게 번들대는 것을 알아차리지 못했다.

밀고

    채제공에게 두 가지 소식이 전해졌다. 그의 서자 채홍근이 아내 나주 정씨를 데리고 본가를 찾아와 인사를 드리던 와중이었다. 다담상을 앞에 두고 채제공이 안사돈의 안부를 묻자 정약용의 이복누이 나주 정씨가 한숨을 푹 쉬며 입을 열었다.

    "실은 어머니께서 요즘 근심이 많으세요."

    "광주 사는 셋째 사돈이 여전히 속을 썩이는가 보구나."

    채제공의 말에 나주 정씨가 가만히 고개를 저어 보였다.

    "약종 오라버니는 포기한 지 오래인걸요."

    "허면 사암 때문에?"

    안사돈 서모 김씨가 약용을 얼마나 각별히 여기는지 채제공은 모르지 않았다. 제 살처럼 여기는 약용이 바쁜 공사 일정을 소화하느라 몸이 축나면 어쩌나 근심할 법도 했다.

    "일전에 오라버니가 상경하여 어머니를 뵙고 갔어요. 생각보다 건강해 보여서 마음이 놓이셨대요."

    "허면 무슨 걱정이신 게냐?"

채제공이 묻자 채홍근이 끼어들었다.

"막내처남이 자기보다 나이 많은 처자에게 푹 빠졌답니다."

"그 사돈이라면 아직 어린 것으로 아는데…."

채제공의 말에 채홍근이 고개를 끄덕였다.

"맞습니다, 아버님. 고작 열한 살이에요. 하라는 공부는 뒷전이고 자기보다 한참 연상인 처자한테 넋이 나가 매일 밖으로만 나돌고 있답니다. 빙모께서 남우세스럽다고 걱정이 이만저만이 아니세요."

"벌이 꽃을 좇는 건 자연의 이치고, 남녀지정에 나이는 숫자에 불과할 뿐이지. 마음이 가는 걸 어찌 막겠느냐."

"처남이 연모하는 처녀가 천주쟁이라서 문제이지요."

"뭐, 뭐라고?"

채제공은 손에 든 찻잔을 떨어뜨렸다.

"다시 말해보아라. 막내 사돈이 흠모하는 처자가 천주쟁이라고?"

"예, 아버님. 약종 오라버니 때문에 약용 오라버니가 곤란한 경우를 당한 게 어디 한두 번이어야지요. 막내까지 저리 철없이 굴고 다니니 어머니 근심이 이만저만 큰 게 아니에요."

시아버지가 화성에서 잠시 상경했다는 소식을 듣자마자 정씨가 남편을 채근해 본가로 달려온 이유였다.

"친정 식구들이 약횡일 잘 설득하겠지만 그래도 혹시 몰라 아버님께도 말씀드려요. 다른 일도 아니고 천주교인과 엮인 일이라서 아버님은 알고 계시는 것이 좋을 것 같아서요. 가뜩이나 신경 쓸 일이 많으실 텐데 친정 일까지 얹어드려 송구합니다."

"아니다. 잘했다."

그렇다 하나 이제 어찌하면 좋단 말인가.

"그 규수의 오라버니도 교인이더냐?"

"그건 아니라고 들었습니다."

그때 청지기가 다급한 목소리로 아뢰었다.

"영감! 호위 무관이 급히 뵙기를 청합니다."

채제공의 신경이 날카롭게 곤두섰다.

"막내 사돈 일은 내 찬찬히 고민해 보마. 오늘은 이만 돌아가거라."

"예, 아버님."

채홍근 내외가 군말 없이 일어나 방문을 나갔다.

"여인의 정체를 알아냈습니다, 영감."

이석이 부복하여 아뢰었다.

"뭘 하는 여인이던가?"

"강완숙이라고, 내포에 살다가 한양으로 올라온 서출이었습니다. 신해사옥 때 공주 감영에 하옥된 교인들을 돌봐준 일로 남편에게 쫓겨났다고 합니다."

"천주교인이란 말이냐?"

"그렇습니다."

"오, 이런!"

채제공은 눈앞이 캄캄해졌다.

"군부인들이 어느 정도로 사교에 빠진 것 같으냐?"

"이레마다 외출하시는데, 강가 부인이 양제궁으로 찾아와 군부인들을 모셔간다 합니다. 어디로 가는지는 모른다고 했습니다."

"어허! 어찌 이런 일이!"

채제공의 마음이 다급해졌다.

"너는 이제부터 양제궁으로 출근하여 군부인들을 밀착 감시하거라. 군부인들이 천주쟁이들과 접촉하지 못하도록 막아야 한다. 강가 여인은 폐궁에 얼씬도 못 하게 하고."

"분부 받들겠습니다."

"그리고⋯."

채제공은 이석의 귀에 대고 무어라 속삭였다. 이석의 낯빛이 어두워졌다.

"영감, 그렇게까지 하실 필요가…? 자칫 영감께 해가 미칠까 두렵습니다. 소인이 다른 방도를 궁리해보겠습니다."

"호랑이를 잡으려면 호랑이굴로 들어가야 하는 법. 그자들을 이끄는 자가 누군지 밝혀내서 은밀히 처리해야 한다. 이 일이 사람들의 입방아에 오르지 않도록 우리 선에서 정리를 해놔야 해."

"무슨 말씀인지 잘 알아들었습니다."

"속히 움직여라. 내가 원하는 대로 해주기만 한다면 나도 그자가 원하는 바를 들어주겠노라고 전해라."

"예, 영감!"

척살단.

철저한 비밀유지와 귀신 같은 일솜씨는 이 조직이 오랫동안 건재해온 근간이었다. 목만중의 보호를 사주받은 척살단도 예외는 아니어서 그들의 근거지는 물론 조직의 규모조차 아는 사람이 없었다. 그런 척살단을 목만중에게 소개한 것이 홍수보의 아들 홍의호였다.

"제가 붙여준 아이들은 흡족하시던가요?"

큰사랑으로 들어서는 목만중에게 홍의호가 인사를 건네며 물었다.

"내 불안증이 워낙 심해서 그네들이 있는데도 집 밖에만 나서면 심장이 벌렁거리고 식은땀이 비 오듯 쏟아진다네."

볼일을 끝내고 나오면 척살단이 거짓말처럼 나타나 지근에서 호위했다. 그런데도 좀처럼 진정이 되지 않았다. 어디선가 불쑥 말복이 나타나 무사들을 해치운 뒤 자신의 목을 베는 환영에 시달리기 일쑤였다.

"그 나이면 살 만큼 살았잖아. 무슨 부귀영화를 더 보겠다고 목숨에 그리 연연하누."

홍수보가 혀를 끌끌 차며 퉁바리를 놓았다. 몸에 좋다면 물불을 가리지 않고 찾아 먹는 노인네가 할 소리는 아니라고 목만중은 생각했다. 저 굼벵이만 해도 그랬다. 보양식을 입에 달고 살던 노인네가 얼마 전부터는 굼벵이까지 먹기 시작했다. 꿈틀대는 굼벵이를 집어 입안에 던져 넣는 홍수보를 보고 있자니 목만중은 구역질이 일었다.

"그게 그리 맛나십니까?"

"누가 맛나서 먹나, 몸에 좋다니 먹는 거지."

목만중은 속으로 혀를 차며 찾아온 용건을 꺼냈다.

"번암이 데리고 다니는 무관 중에 이석이라는 자가 있습니다."

"숙위대 이격의 아우가 아닙니까?"

홍의호가 아는 척을 하고 나왔다.

"이석과 면식이 있는가?"

"오다가다 인사를 나눈 적이 몇 번 있지요. 번암의 총애가 각별하다고 들었습니다."

"어제부로 폐궁으로 발령이 났네."

"폐궁으로요?"

"아니, 갑자기 왜?"

홍수보는 뜨악한 표정을 지었다.

"번암의 호위무사 하나가 일전에 불쑥 찾아와 폐궁이 수상쩍다고 언질을 주지 뭐겠습니까."

그자의 눈빛에서 천주교인을 향한 적의가 이글대는 것을 목만중은 읽을 수 있었다.

"뭔가 말 못 할 사정이 있는 듯했습니다. 어쩌면 사교 때문에 억울한 피해를 입었는지도 모르지요."

"그자의 신분이 확실한지는 나중에 캐보면 될 테고, 그 얘기나 해보게. 폐궁의 군부인들이 반당의 여인과 어울려 다닌단 말인가?"

"그렇습니다. 군부인들과 함께 있던 여인이 천주쟁이였다고 합니다."

"이런 망할 일이 있나!"

"그뿐만이 아닙니다. 이석이 한영익이란 자를 은밀히 만나고 다닌답니다."

"그자가 누군데?"

"청주 한씨 가문 출신의 진사라고 합니다."

"그자는 왜 만나는 거야?"

"거기까지는 저도 모릅니다. 번암으로부터 무슨 영을 받았는지 이석이 한영익의 집을 몇 차례 드나들었다고 합니다. 그 안에서 어떤 얘기가 오갔는지까지는 확인할 도리가 없었습니다."

"대체 뭔 짓을 꾸미는 거지….."

"척살단을 풀어 한영익을 납치해오라 할까요?"

홍의호의 생각을 홍수보가 제지했다.

"안 돼. 번암의 귀에 들어가면 골치 아파져."

채제공이 부리는 호위무사가 홍파와 내통하고 있다는 사실이 알려지면 득보다 실이 더 많을 듯했다. 무엇보다 폐궁이 연루되었다.

"벽파 쪽에는 언제 알리실 겁니까?"

목만중은 은근슬쩍 홍수보를 떠보았다.

"알릴 필요 없네."

단호한 대답이었다.

"서로 정보를 공유하기로 한 게 아니었습니까?"

"돌아가는 추이를 봐가면서 결정해야지. 이 패를 까는 게 우리한테 이로울지 아닐지 당장은 판단이 안 선단 말이야. 일단 시간을 갖고 지켜보세."

홍수보는 대접에 남은 굼벵이를 한 움큼 집으며 자리에서 일어났다. 그만 돌아가라는 표시였다. 귀한 정보를 알려주고 별 소득 없이 돌아가는 것이 못마땅했으나 목만중은 잠자코 몸을 일으켰다.

"헌데 그 무사라는 작자 말이야."

한 손 가득 쥔 굼벵이를 한 번에 털어 넣고 우걱우걱 씹으며 이야기를 꺼내던 홍수보의 낯빛이 돌연 창백해졌다.

"커컥!"

가슴을 주먹으로 쿵쿵 치던 홍수보기 무릎이 꺾이며 그예 쿵 하고 쓰러졌다.

군부인들의 야행을 채제공에게 들킨 완숙은 명도회 지도부에게 사실대로 알리고 대책 마련을 청했다. 군부인들의 첨례가 당분간 중지되었고, 집회 장소도 바뀌었다. 주문모 신부의 성무 일정도 최소화하였으며, 그가 머무는 최인길의 집 주변은 교인들이 번을 서가며 경계를 섰다.

모두가 주의를 기울인 덕분인지 두 달이 조용히 지나가자 다들 가슴을 쓸어내렸다. 성모승천대축일이 몇 달 뒤로 다가와 있었다. 예비자 교육의 소임을 맡은 총회장 최창현은 진즉에 필사해놓은 책들을 각지의 교회 책임자에게 보냈다. 이 책들로 교리를 배운 예비자들은 대축일에 신부로부터 세례를 받게 될 터였다. 교리서 배부까지 마친 지도부는 예비자 모집을 공지했다. 교인들은 가족 친지를 상대로 포교에 나섰다. 하나둘 예비자가 모였고, 신청 기간이 만료되자 교리수업이 진행되었다.

첫 수업의 어색했던 기류는 유월에 접어들면서 한결 자연스러워졌다. 예비자들끼리도 친목이 쌓여가면서 나누는 정보도 깊어졌다. 청국 사제가 들어와 세례성사를 베풀고 있다는 이야기가 예비자들 사이에 돌기 시작한 것도 그 자리에서였다.

"진짭니까? 진짜 신부가 조선에 와 있어요?"

다그치듯 묻고 나선 것은 한영익이었다.

"그렇다니까요. 제 아우한테 직접 들은 얘깁니다. 내가 자꾸 수업에 빠지고 농땡이를 피우니까 내 동생이 보다못해 귀띔하더라고요.

이번 예비자들은 신부님이 직접 영세를 주실 거래요. 그러니까 열심히 공부하라고 하대요."

한영익은 쾌재를 불렀다. 조선교회에 위장 입교하여 폐궁의 군부인들이 교회를 드나드는지 확인해보라는 밀명을 채제공으로부터 받은 것이 두 달 전이었다. 여러 길로 탐색했지만, 어찌나 보안이 철저한지 지금껏 알아낸 것이 별로 없었다. 누이동생을 붙잡고 캐물어도 곧 좋은 일이 있을 거라며 웃기만 할 뿐이었다.

'요 앙큼한 것을 봤나! 교회가 아무리 중하기로서니 오라버니한테까지 비밀로 하다니!'

괘씸한 마음과 달리 한영익은 자꾸 웃음이 터졌다.

'사교를 잡는 데 일조하면 원하는 것 한 가지는 들어주겠다고 하셨겠다!'

한영익은 진사 급제는 했지만, 벼슬은 없던 차에 한자리를 꿰찰 생각만으로도 어깨에 힘이 들어갔다.

"으흐흐! 으흐흐!"

한영익은 쏟아지는 웃음을 길거리에 흘리며 곧장 집으로 달려가 누이동생을 다그쳤다.

"다 알고 오셨다니 어쩔 수 없네요. 맞아요. 신부님이 조선에 와 계세요."

청주 한씨는 저간의 사정을 죄 털어놓고 말았다.

"최인길이라면 계동 사는 중인이 아니냐? 정말 그자의 집에 신부가 있어?"

"예."

누이동생의 대답을 듣자마자 한영익은 벌떡 몸을 일으켰다.

"어딜 가시게요?"

신부의 존재를 이석에게 보고하려면 제 눈으로 신부를 봐야 했다. 한영익은 누이동생이 붙잡을 새도 없이 뛰쳐나갔다.

최인길의 집에 잠입해 신부를 확인한 한영익은 곧장 이석에게 달려갔다. 이석은 한영익을 대동하고 마침 입궐해있던 채제공을 찾아갔다. 채제공은 하얗게 질려 어찌할 바를 몰라 했다.

"자네는 그만 나가 보게. 이 사람과 긴히 상의할 일이 있으니."

"예? 허면 저한테 하신 약조는….."

머뭇대는 한영익에게 채제공의 면박이 날아왔다.

"사람이 눈치가 이리 없어서야! 우리 남인 전체의 목이 날아갈 판이야! 자네 일은 나중에 불러 말할 테니 가서 기다리게!"

채제공은 너무 큰 충격을 받아서 머릿골이 울릴 지경이었다.

"예, 예에…. 소인은 잠자코 기다리겠습니다."

한영익이 주억거리며 허둥지둥 물러났다.

"그 신부라는 작자를 속히 체포하게! 당장 계동으로 군사를 보내!"

한영익의 등 뒤로 채제공의 분노한 소리가 들려왔다. 한영익은 덜컥 겁이 났다.

'이거 괜한 짓을 한 거 아냐?'

누이동생은 천주교인이었다. 그 자신 예비자 신분으로 교회를 들락거렸다. 더욱 마음에 걸리는 것은 정약용이었다. 약용의 이복동생 약횡이 자신의 누이동생에게 연정을 품고 있음을 한영익은 진즉부터 눈치채고 있었다. 약용이 그토록 아끼는 동생이 제 누이를 좋아하고 있다니 두 손 들어 환영할 일이었다. 임금님이 총애하는 신하가 아니던가.

'내가 벼슬에 눈이 멀어서 사돈 자리를 위험에 빠뜨린 꼴이 됐어.'

한영익은 뒤늦게 후회했다.

'어쩌지? 사돈한테도 중국인 신부 얘기를 해줘야 하나?'

한영익은 빈청의 지붕을 건너다봤다. 궐로 오는 동안 이석으로부터 정약용이 채제공과 함께 상경했다는 얘기를 들었다.

'그래. 모르고 있는 것보단 알고 있는 편이 낫겠지.'

한영익은 빈청을 향해 바람처럼 내달렸다.

● ● ●

콰당!

방문이 부서질 듯 열리는 것과 동시에 벽장 앞에 앉아 등을 보이던 사내가 뒤돌아봤다. 낯선 복색의 사내와 벽장에 차려진 제대를 잠시 멍한 눈길로 번갈아 보던 포도대장 조규진은 뭔지 알 것 같다는 표정으로 물었다.

"네놈이 청국에서 왔다는 그 신부냐?"

"그렇소."

어눌한 조선말로 대답하는 사내를 향해 조규진이 불같이 화를 냈다.

"네 이놈! 지금 누굴 속이려 드느냐? 너는 그 신부가 이니다!"

"내 머리 모양과 이 옷을 보고도 모르겠소? 내가 바로 당신들이 찾는 중국인 신부요."

사내는 집주인 최인길이었다. 역관 집안 출신의 최인길은 언어에 능숙해서 조선말에 서툰 청국인 행세에 능란했다. 그런데도 조규진은 쉽사리 속아 넘어가질 않았다.

조규진이 최인길의 목에 칼끝을 겨누고 윽박질렀다.

"네놈은 누구고, 신부는 어디 있느냐?"

"내가 신부라 하질 않소! 왜 사람 말을 믿질 않는 것이오?"

최인길은 밭은 숨을 섞어 내쉬며 태연하게 조선말로 말했다.

'지금 저놈은 거짓말을 하고 있어. 저리 숨을 가삐 쉬는 걸 보면 뭔가 급히 일을 처리한 게 분명해.'

조규진의 짐작대로였다. 주문모 신부가 도피할 시간을 벌기 위해 급하게 사제복으로 바꿔 입고 최대한 이국인처럼 보이려고 상투머리까지 짧게 자르느라 최인길은 정신없는 시간을 보낸 뒤였다. 조규진은 칼끝을 더욱 바싹 들이밀었다.

"너는 청국인 신부에게 있다던 수염이 없다!"

"몇 번을 말해야 믿겠소? 내가 당신이 찾는 그 신부요."

조규진의 눈썹이 사납게 치켜 올라갔다.

"안 되겠다! 이놈을 끌고 가라! 그리고 저기 저 망측한 물건들도 모조리 압수해라!"

최인길이 하옥된 옥사에 윤유일과 지황이 갇힌 것은 그날 오후 무렵이었다. 옥사 마당에 형구가 부려졌고, 포도대장 조규진이 문초를 시작했다.

"신부는 어디에 있느냐?"

"모릅니다."

"사실대로 고하지 못할까!"

"저희는 정말 아는 것이 없습니다."

"네놈이 말해봐라! 신부를 빼돌릴 때는 은신처가 어딘지도 알았을 것 아니냐!"

조규진은 최인길을 윽박질렀다.

"아닙니다. 저는 그저 신부님이 피신할 시간을 만들어 드린 것뿐입니다."

"이놈들이 이실직고할 때까지 매우 쳐라!"

살점이 떨어져 나가고 뼈가 부러지고 인두에 피부가 문드러지면서도 세 사람은 신부의 행적을 말하지 않았다. 아니, 말하지 못했다. 그들은 신부의 행방을 아는 바가 없었다. 지켜보는 채제공의 입술이 초조함으로 바짝바짝 타들었다.

신부의 행방을 이산도 애타게 찾고 있었다.

"정말 모르느냐?"

노을이 후원을 핏빛으로 물들이고 있었다.

"소신, 미욱하여 하문하시는 바를 헤아리지 못했사옵니다."

"다시 묻겠다. 모르느냐?"

"무엇을 말이옵니까?"

정약용은 애써 담담하게 여쭈었다.

"한영익이 빈청으로 찾아왔고, 그자와 만난 뒤 너는 사복시로 가서 말을 내어 타고 어디론가 갔어. 그곳이 어디냐?"

"……."

"신부를 만나러 간 것이냐?"

"소신은 드릴 말씀이 없사옵니다."

"무어라?"

"송구하옵니다."

"국가 대사가 걸린 문제다. 신부를 빨리 찾아내 이 소란을 끝내야 한다. 아니 그러면 만사휴의야. 허니 속히 고해라. 신부는 어디 있느냐?"

"신을 용서치 마옵소서."

"끝내 입을 다물겠다?"

약용을 노려보던 이산이 차갑게 말했다.

"다시 부를 것이니 집으로 돌아가 근신하고 있으라."

정약용이 어둠 속으로 사라졌다. 때마침 채제공이 급한 걸음으로 달려왔다.

"어찌 되었소?"

"교인들 다섯을 잡아다 문초했으나 아무것도 밝혀낼 수 없었사옵니다."

"정말 모르는 눈치였소?"

"예, 전하. 알고 있었으면 토설했을 것이옵니다. 신부의 행방을 모르는 자들을 무작정 잡아둘 수 없어 일단 방면하였사온데, 그 일로 저들이 더욱 극성을 부리지 않을까 심히 우려되옵니다."

"이제 어찌하면 좋단 말이오?"

"저들이 판을 더 키우기 전에 전하께서 먼저 허를 찌르옵소서."

"무슨 뜻이오?"

"이가환, 정약용, 이승훈을 삭탈관직하고 위리안치하옵소서."

"좌상!"

이산은 믿기지 않는다는 표정으로 채제공을 노려보았다.

"다른 이도 아니고 좌상께서 어찌 그런 말을 하시오! 약용은 좌상의 사돈이기도 하오!"

"그렇기에 더더욱 단호히 내치셔야 합니다. 정리에 연연하는 동안 저들은 옥에 갇힌 죄인들뿐 아니라 다른 남인 교인들까지 추국장으로 잡아들일 것입니다. 그리되면 또 진산 때와 같은 사달이 날 것입니다."

"그 셋을 내친다 하여 청국인 신부가 밀입국한 사실이 없던 일로 되진 않소."

"체포령을 전국으로 확대하시옵소서. 전하께서도 할 도리를 다하고 있음을 보여주셔야지요. 그전에 세 사람의 처벌이 선행되어야 저들도 더는 들고일어나지 못할 것입니다. 하오니 전하께서 먼저 움직이시옵소서."

"……"

이산은 생각에 잠긴 채 말이 없었다.

"전하, 시간을 끌수록 우리에게 불리해지옵니다. 자칫 외교 문제로까지 번질 수 있는 중차대한 사안입니다."

채제공의 말은 모두 옳았다. 도망친 신부는 청국인이다. 국법으로 치죄할 상대가 아니었다. 한시라도 빨리 찾아 본국으로 돌려보내야 사태를 원만히 풀 수 있었다.

그렇다고 정약용과 이가환을 문책할 수도 없었다. 화성 공사가 걸린 문제다. 채제공과 이가환과 정약용. 이들은 셋인 동시에 하나였다.

그렇다면 방법도 한 가지였다.

"옥에 갇힌 죄인들의 입을 무조건 여시오. 오늘을 넘겨서는 아니 되오."

그러나 최인길과 윤유일, 지황은 고신을 받던 중에 절명했다. 날이 밝기 전에 신부의 행방을 밝히려던 이산과 채제공의 계획은 수포로 돌아갔다.

참혹하게 망가진 주검들은 아무도 모르게 강물에 버려졌다. 돌을 매단 주검이 흰 물보라를 일으키며 검은 물속으로 사라졌다. 윤유일은 서른여섯, 최인길은 서른하나, 지황은 스물아홉이었다.

이 사실은 박철오가 심어놓은 채제공의 호위무사를 통해 정순왕대비에게 보고되었다.

채제공은 비밀리에 수하를 풀어 신부의 수색에 나섰다. 이석을 수장으로 하는 수색단이었다.

"다행히 너의 정체를 저쪽에서 아직 눈치 못 채고 있으니 너도 수색단에 자원해라."

박철오가 채제공의 무사에게 명했다.

"소인을 그쪽으로 보내시면 홍파 쪽은 어찌하시려고요? 소인이 여와에게 정보를 물어다 줬으니 언제고 다시 소인을 찾지 않겠습니까?"

"홍수보가 앓아누웠다며?"

"예. 굼벵이가 목에 걸려 죽을 뻔했던 일이 딴에는 충격이었던가 봅니다. 그 뒤로 음식을 두려워하더니 그예 자리보전을 한 모양입니다. 초상집 분위기라고 들었습니다."

"그러게 맘보를 곱게 써야지. 살만큼 산 노인네가 욕심만 많아서는 그리 의뭉스럽게 구니 결국 탈이 나는 게지."

채제공의 감시를 맡겼던 호위무사를 목만중에게 보낸 것은 그래서 였다. 이쪽의 정보를 듣고 저쪽이 어찌 나오는지 반응을 살피기 위해 서였다. 예상대로 목만중과 홍수보는 박철오가 던진 미끼를 덥석 물 었다. 자신들이 어떤 덫에 걸렸는지도 모르고 이쪽을 속이려 들었고, 홍수보가 앓아눕고 난 뒤에는 아예 연락이 없었다. 서로의 필요에 의 해 맺어진 동맹은 그렇게 깨졌다.

"애초에 그런 관계는 맺는 게 아니었어. 왕대비께서 결정하신 일 이라 잠자코 따르기는 했지만 내내 찜찜하던 차였다. 차라리 잘 됐지 뭐냐. 이참에 확실히 끊고 가면 좋지. 그래야 뒤탈이 없어. 네가 그 쪽에 신경 쓸 일도 없을 것이니 그리 알고 너는 수색단이나 잘 따라 다녀라. 신부를 잡는 일이 어찌 돌아가는지 수시로 내게 보고해야 할 것이야."

"하옵시면 폐궁은 어찌 되는 겁니까?"

"그 일은 내게 맡기고 너는 시키는 일이나 잘 해라."

대사헌 권유의 상소로 조정이 발칵 뒤집힌 것은 그날로부터 두 달 여가 지난 뒤였다. 포도대장 조규진이 최인길과 윤유일, 지황을 고문 하여 일찍 죽이는 바람에 청국인 신부를 놓치고 말았으니, 죄를 물어 야 한다는 것이었다. 신료들이 벌떼처럼 일어나 법석을 떠는 가운데 심환지가 채제공을 추궁했다.

"좌상께서는 마치 단서가 탄로 나는 것이 두려운 사람처럼 죄인들을 한밤중에 급히 잡아와 죽이고 그 시신까지 급하게 수장시켰습니다. 이것이 무슨 의도이며 무슨 법이란 말입니까?"

"무슨 의도라니? 내가 다른 꿍꿍이라도 있어서 그리 했다는 것인가?"

"그것이 아니라면 두 달여가 다 되도록 어이하여 숨기셨습니까? 만천하에 죄인들의 죄상을 밝히고 백성들이 성토하도록 했어야지요."

박철오가 이죽거리듯 따져 물었다.

"자네들이 이리 나올 것이라 예상했기 때문이네."

"사건을 은폐한 것이 저희 때문이란 말입니까?"

"은폐가 아니라 조용히 처리 중인 걸세."

"궁색한 변명으로밖에 들리지 않습니다."

심환지였다.

"신부는 연기처럼 사라졌네. 두 달 동안 은밀히 수색했건만 족적조차 찾지 못했어. 이런 상황에 그자의 도피를 공론화하여 도움 될 것이 없다 판단했네. 사방에서 혈안이 되어 자기를 찾고 있으니 더 찾기 힘든 곳으로 깊이 숨어들 테지."

"오히려 더 깊이 은신할 시간을 벌어주고 계신 건 아니고요?"

"무슨 말도 안 되는 소리인가!"

이때 임금이 노하여 소리쳤다.

"은밀히 조사하라는 건 어명일세! 과인이 그자들의 도피를 돕고 있다는 말인가?"

"포청에서 올 것을 미리 알고 신부를 도주시킨 자들입니다. 그자들과 내통하고 있는 누군가가 있지 않고서야 불가능한 일입니다. 이러한 마당에 공론화를 마다하고 있으니 누군들 그러한 의혹을 품지 않을 수 있단 말입니까?"

박철오의 기세가 사뭇 등등했다. 신부의 입국에서부터 피신까지 남인이 깊숙이 개입되어있을 터였다. 그리고 그들의 끝에는 채제공과 이가환과 정약용이 있다. 임금의 총애 아래 정국을 좌지우지하고 화성 축조를 이끄는 그자들. 눈엣가시 같은 그자들을 나락으로 떨어뜨릴 수 있는 절호의 기회였다.

"이번에는 절대로 유야무야 넘기셔서는 아니 됩니다. 전하께서 매번 우악하게 저들을 비호하시니 저 무도한 자들이 국경마저 어지럽힌 것이 아니겠습니까!"

"말씀이 지나치십니다!"

신서파 신료들 가운데서 분노의 고함이 솟구쳤다. 이가환이 박철오를 노려보며 힐난했다.

"미물인 벌과 개미조차도 군신의 구별에 따라 예를 다하건만 병판은 어찌 미물보다도 못한 행각을 보이시오? 어전의 예를 갖추시오!"

박철오의 입가에 비웃음이 번졌다. 박철오가 보란 듯 임금을 압박했다.

"전하, 어쩌다 일이 이 지경까지 왔는지 끝까지 추궁하여 죄가 있는 자들을 엄벌하옵소서. 사학이 더는 기승을 부리지 못하도록 이참에 그 맥을 끊어버려야 하옵니다!"

공서파 신료들이 짠 듯이 박철오의 뒤를 따라 수정에 가세했다. 이산은 함부로 입을 놀려 사태를 키우는 일이 없도록 하라는 명을 신하들에게 내렸다. 그 명을 비웃듯이 며칠도 안 되어 부사직 박장설이 상소했다. 이가환과 정약용, 이승훈이 사학의 교주이며, 신부를 놓친 책임이 이들에게 있으니 모두 잡아들여 치죄해야 한다는 것이었다.

임금이 대로하여 박장설을 유배하고 오히려 이가환 등을 감싸고 돌자 공서파는 길길이 날뛰었다. 조정의 소란이 궐 밖 저자에까지 빠르게 번져나가 민심이 사나워졌다.

이산은 채제공의 충언을 내친 것을 뒤늦게 후회했고, 신부의 밀입국을 사전에 막지 못한 의주의 국경수비대장을 서둘러 파직했다. 다음은 사학의 괴수로 지목받고 있는 세 사람 차례였다.

● ● ●

"저곳입니다!"

검푸른 안개에 잠긴 포구가 가까워지자 선두에서 달리던 정약용이 속력을 늦췄다. 뒤따르던 이가환과 이승훈이 고삐를 잡아당겨 보폭을 맞췄다.

"전하!"

세 사람이 안개 젖은 풀밭에 엎드렸다. 이산은 안개 낀 강을 물끄러미 바라보았다.

"그 사람들이 묻힌 곳이 저기라고 하더구나."

이산은 천천히 손을 들어 강 한가운데를 가리켰다. 정약용과 이승훈은 차마 그곳을 보지 못하고 고개를 떨궜다. 이가환은 침울한 표정으로 안개에 싸인 강물을 건너다봤다.

"신들은 이미 죄책감으로 괴로워하고 있사옵니다."

"그래. 너희를 살리려고 그 셋을 죽였다."

그렇게 살린 이들을 또다시 살리기 위해 결단을 내려야 했다. 이산은 새벽빛이 번지는 강에서 시선을 돌리지 않은 채 담담히 명했다.

"승훈이는 예산으로 정배할 것이다. 그리고 오늘 너희 둘을 좌천하는 교지를 내릴 것이다."

짐작했던 바였다. 세 사람 중 누구도 놀라지 않았다.

"여기까지 신들을 부르신 데에는 따로 내리실 명이 있기 때문이라 사료되옵니다."

이가환이었다.

"호서지방 대부분이 사학에 물들었다더구나."

박종악의 보고에 따르면 어제오늘의 일이 아니었다.

"그중에서도 충주가 가장 극심하다더구나. 금대는 정리소 일을 그만두고 충주로 가라."

이가환은 화성 공사에 들어가는 비용과 의궤 작업 등을 관장하는 정리소에서 의궤당상으로 재직하고 있었다.

"약용은 금정 찰방으로 삼을 것이다. 그곳도 충주 못지않게 사학이 성행한다니 속죄하는 마음으로 교인들을 발본색원하라."

"발본색원이라 하셨나이까?"

이승훈이 절규하듯 여쭈었다. 이산은 고개를 끄덕였다.

"너희 이름자만 들어도 교인들이 치를 떨게 만들어라. 그래야 너희가 사학의 멍에에서 벗어날 수 있다."

정약용은 가슴에서 불덩어리가 솟구쳐 올랐다.

"전하…."

정약용의 눈길에서 이산은 원망이 아닌 슬픔과 고통을 보았다.

"너희로 인해 교인들이 오히려 피해를 보고 있음을 명심해라."

부정하고 싶지만 사실이었다. 천주교인들은 종교적인 이유뿐 아니라 정치적인 이유로 핍박받고 있었다.

"언제까지 저들을 정쟁의 희생양으로 삼을 셈이냐. 더는 저들이 정치에 이용되지 않도록 우리 쪽에서 선을 확실히 그어주어야 한다. 그것이 조선 교인들과 너희와 나를 위하는 최선의 길일 것이야."

한 마디 한 마디가 가슴에 아프게 꽂혔다.

"이제는 너희가 저들에게 빚을 갚을 때다. 더는 너희로 인해 저들이 희생되지 않도록 너희가 저들을 핍박해라. 너희를 대신해 죽은 세 사람에게 속죄하는 길이기도 하다."

"지당하신 말씀입니다."

이가환이 전에 없이 단호하게 화답했다.

"외삼촌!"

외치는 이승훈을 이가환은 애써 모른 체했다.

"아아…."

고개를 꺾고 신음하는 정약용에게 이산은 쐐기를 박았다.

"신년에는 화성 공사를 마무리해야 한다. 여섯 달을 주마. 호서에서 사학 교인의 씨를 말려라. 그리고 연말 안으로 복귀하라."

강변 너머 능선 위로 태양이 얼굴을 내밀고 있었다.

"골룸바예요."

완숙은 높게 쌓인 장작더미를 향해 밝은 목소리로 말한 뒤 돌아올 대답을 기다렸다. 이곳 장작 광에 처음 그분을 모셨을 때, 신신당부한 것이 있었다. 자신의 세례명을 먼저 밝히기 전에는 어떤 소리도 내지 말라는 당부였다. 한여름이었으나 밥을 짓기 위해서는 여기 있는 장작을 꺼내 써야 했다. 완숙은 그 일을 소명에게 전담시켰다. 그리고 필사본을 제작하던 작업장을 폐쇄했다. 막비를 비롯하여 함께 지내오던 동정녀들과 여신도들은 다른 거처로 옮겨 지내도록 해두었다. 주문모 신부를 위해 가짜신부 행세를 한 최인길과 두 밀사가 포도청으로 끌려간 그날이었다.

세 사람에게 어떤 일이 있었는지 알게 된 한양의 교인들은 완숙의 갑작스러운 조치를 당연한 것으로 받아들였다. 정약종과 최창현이 당분간 모든 신앙 활동을 중지하고 칩거할 것을 교인들에게 지시했을 때도 그러했다. 완숙은 소명과 정임을 뺀 나머지 노복들을 모두 내보냈다. 사태가 진정되면 다시 부르겠다는 약속과 함께였다.

이곳에 대해서는 철저히 함구했다. 완숙이 이곳을 드나드는 것을 아는 사람은 소명뿐이었다. 시모와 필주 내외는 물론이고 명도회 회장들에게조차 비밀에 부쳤다. 순희와 정임에게도 입을 다물었다.

그런데….

광 안이 어떤 기척도 없이 적막했다. 다정한 그분의 음성이 광 어디에서도 들려오지 않았다. 완숙은 장작더미 앞으로 주춤주춤 다가갔다.

"야고보 신부님! 저, 골롬비예요!"

여전히 묵묵부답이었다. 완숙은 덜덜 떨리는 손으로 장작더미를 닥치는 대로 잡아 허물었다. 이윽고 광 뒤쪽으로 통하는 좁은 공간이 드러났다. 거기 그분이 쓰러져 있었다. 의식을 잃으면서 발로 찼는지 저녁밥이 담겨있던 식기들과 뚜껑 벗겨진 요강이 그의 발치께에 어지럽게 흩어져있었다. 요강에서 흘러나온 소변과 식기에서 쏟아진 음식물이 뒤섞여 역한 냄새가 맡아졌다.

"오, 안 돼!"

완숙은 달려가 맥을 짚었다. 맥박이 곧 끊길 듯 희미하게 뛰었다. 완숙은 신부의 목을 옥죄고 있는 검은색 수단의 단추를 풀고 머리를 옆으로 뉘었다.

"쿨럭!"

신부의 입에서 토사물이 쏟아져 나왔다. 미동조차 없던 그의 몸이 오한으로 경련하듯 떨리기 시작했다.

"으흑!"

참았던 눈물이 그예 터졌다. 완숙은 신부의 등을 두드려주고 그의 얼굴을 닦아주며 어깨를 들썩였다.

"울지 마세요, 자매님…. 놀라게 해서 미안합니다…."

언제 의식이 돌아온 걸까. 신부가 완숙의 손등을 토닥이며 힘겹게 사과했다.

"신부님…. 죄송해요, 신부님…."

"자매님이 왜요…. 나는 괜찮습니다…. 내 걱정은 말고 어서 돌아가세요…."

완숙은 강하게 머리를 흔들었다. 흘러내리는 눈물을 손등으로 닦으며 완숙은 비장한 목소리로 말했다.

"신부님, 더는 안 되겠어요."

"뭘 어쩌시려고…."

"잠시만 기다리세요. 곧 다시 올게요."

장작 광을 나간 완숙은 자는 시모를 깨워 그간의 비밀을 털어놓았다.

"아이고! 이게 다 무슨 소리냐?"

정 노인은 경악했다.

"신부님이 왜 우리 집에 계셔?"

"약용 형제님께서 부탁하셨어요."

말을 달려 완숙을 찾아온 정약용은 다짜고짜 신부를 숨겨달라고 했다. 반가의 아녀자 집은 포도청의 군사라 해도 함부로 들어와 수색할 수 없었다. 정약용은 당장 신부를 피신시킬 데는 이곳뿐이라면서 이 사실을 누구에게도 발설해서는 안 된다고 신신당부했다. 완숙은 정약용과 함께 최인길의 집으로 달려가 신부를 빼내오면서 최인길에게 시간을 벌어달라고 부탁했다.

그때로부터 석 달이 지났다.

신부의 도피를 도왔던 정약용이 지금은 이가환과 더불어 악명을 떨치고 있었다. 두 사람으로 인해 호서의 교인들이 수도 없이 잡혀 들어갔다. 충주와 예산현의 교인들 중 수십은 고문을 견디지 못하고 배교했다. 아직도 옥에 갇혀 고통받는 신자들도 많았다. 신부를 체포하려다가 놓친 을묘실포사건을 발단으로 천주교회에 가해진 을묘박해였다.

"이 와중에 신부님이 무사하신 건 정말 다행이다만, 아무리 사정이

급했어도 그 귀한 분을 광에다 모시면 어째!"

"그러니 어머니가 저 좀 도와주세요. 아픈 신부님을 저대로 둘 수는 없어요. 신부님을 안으로 모실 수 있게 해주세요."

"본채 다락방이 좋겠구나."

"허락하시는 거예요, 어머니?"

"언제까지 신부님을 저리 둘 순 없잖니. 게다가 편찮으시다며?"

"아무래도 더위를 드신 것 같아요."

"그러고도 남지. 그동안 무탈하게 견디셨다는 게 이상할 지경이다."

"맞아요. 신부님이 신앙의 힘으로 버티신 것 같아요."

"참, 혹 누가 알게 되면 시골에서 온 친척이라고 하자꾸나. 문둥병을 앓아서 격리 중이라고 둘러대는 게 좋겠어."

"예! 그럼 되겠어요! 다락방엔 아무도 얼씬 못하게 하고, 어머니랑 저만 비밀을 지키면 절대 들키는 일이 없을 거예요!"

"어쩐지 네가 바짝바짝 말라간다 했더니만 혼자 속을 끓이느라 그랬어. 쯧쯧!"

혀를 찬 정 노인은 문득 생각났다는 듯 완숙의 무릎을 잡아당기며 말했다.

"네가 내보낸 사람들도 다시 불러들여라. 보는 눈을 줄이려는 네 뜻은 알겠다만, 갑자기 사람들을 집에서 내보낸 게 다른 사람들 눈엔 이상하게 보일 수 있어. 나도 쟤가 갑자기 왜 저러나, 속으로 생각했었다. 수상쩍게 보이지 않도록 평소랑 똑같이 하자꾸나. 그편이 누가 봐도 자연스러워."

"듣고 보니 어머니의 말씀이 일리가 있네요. 예. 내일 당장 그리 할 게요."

"오냐."

정 노인은 옷장 문을 열고 세탁해놓은 치마저고리를 꺼냈다.

"얼른 가서 모셔오너라. 아픈 분을 너무 오래 혼자 두었어."

신부가 눈을 뜬 것은 그로부터 이틀째 되던 날 저녁 무렵이었다. 자신을 걱정스럽게 내려다보는 완숙을 초점 없는 눈길로 한동안 올려다보던 주문모 신부는 천천히 몸을 일으켜 앉았다.

"…여기가 어디입니까? 누가 날 여기로 옮겼는지 물어도 되겠습니까?"

"제가 사는 집 본채 다락방입니다. 어머님과 함께 이곳으로 모셨어요."

"그랬군요. 어머님께 고맙다고 전해주세요."

"이틀 내내 혼절해 계셨어요. 기력을 회복하시려면 푹 쉬셔야 해요."

"그럴 시간이 없습니다."

주문모 신부는 무언가를 찾아 다락방 안을 두리번거렸다.

"이걸 찾으세요?"

완숙이 시렁에서 신부의 봇짐을 내렸다.

"잊지 않고 챙겨와 주셨군요."

봇짐에는 십자고와 묵주, 성유가 담긴 함과 복음서들, 필묵통과 간단한 옷가지가 들었다. 그 가운데 사도신경을 꺼내든 주문모 신부는 다락방 한쪽을 차지하고 있는 연상을 가리켰다.

"저것을 써도 되겠습니까?"

"물론이죠."

완숙은 냉큼 연상을 끌어왔다. 신부가 혹여 찾을지도 몰라 미리 준비해둔 문방사우가 연상 위에 가지런히 놓여있었다.

사도신경에 끼워놓은 쪽지를 빼낸 신부는 완숙의 도움을 받아 서찰을 적어나갔다.

완숙은 서찰의 내용을 보고 적잖이 놀랐다.

첫째. 북경에 계신 주교님께 큰 배를 파견해 달라고 요청하는 청원서를 작성하십시오.

둘째. 작성된 청원서에 교회 지도부의 연대 서명을 받으십시오.

셋째. 북경에 서찰을 가지고 갈 신실한 사람을 천거해주십시오.

넷째. 이 일을 추진하는 데 드는 경비를 유항검 아우구스티노 형제님에게 부탁하십시오.

신부는 새 종이에 또 뭔가를 적어나갔다.

"이건 북경으로 보낼 청원서 초안입니다."

조선교회가 박해에서 벗어나 신교의 자유를 획득하기 위해 큰 배를 청하니 준비되는 대로 보내달라는 내용이었다.

"지난 석 달 동안 고심해서 내린 결론입니다. 서양 선박을 불러들여 친교를 맺어야 합니다."

"친교요?"

"말 그대로 친밀한 관계를 맺자는 거지요."

"하지만 조정에서 허락할까요?"

"물론 처음에는 거절하겠지요. 우리 청국도 그랬답니다. 이마두께서 처음 전교하러 왔을 때 강경하게 거절했어요. 그 뒤로 선교사들이 큰 배를 타고 와 계속해서 정부를 설득했지요. 그분들의 노력 덕분에 전교 활동을 용인받았답니다. 조선도 그리되어야 합니다. 서양에서 온 선교사들이 조선 정부를 설득해서 친교를 맺고 금령을 풀도록 하면 더 이상의 박해는 없게 됩니다. 포교도 자유롭게 할 수 있고요."

"상상만으로도 설레요!"

"우리의 청이 받아들여지기를 나도 간절히 바랍니다. 하지만 쉽지는 않을 거예요."

무사히 청원서를 북경의 주교에게 전한다고 해서 끝날 문제가 아니었다. 우선 큰 배 파견에 대한 주교의 동의를 끌어내야 했다. 다음으로는 교황청 포교성성의 승낙을 얻어야 했다. 마지막으로 포르투갈 여왕의 결단이 필요했다. 당시 동양으로 파견하는 선교사들은 대개가 포르투갈 소속의 수도회였다. 그들이 타고 갈 큰 배는 포르투갈 여왕의 허락이 있어야 항해할 수 있었다.

설령 이 모든 절차를 통과한다손 쳐도 모든 문제가 해결되는 것은 아니었다. 낯선 배가 해안에 나타나면 조선 정부가 극도로 긴장할 것이 분명했다. 그 배에 무기까지 실려 있으면 얘기는 더 심각해진다. 자칫 국가 간 분쟁으로 번질 수 있는 예민한 사안이었다.

"그래서 여러분의 도움이 필요합니다. 큰 배가 파견되려면 우선 주교님의 긍정적인 반응을 끌어내야 합니다. 나 혼자보다 여러분이 함께해야 주교님도 마음을 움직이실 겁니다."

신부는 두 장의 서찰을 완숙에게 건넸다.

"이제 자매님의 시간입니다. 믿을 만한 사람을 구해 전주로 보내주세요."

"왜 하필 전주인지요?"

"일전에 내가 들은 말이 있어서 그럽니다."

저구리에서 초남이로 넘어갈 때였다. 안내를 자처한 관검이 큰 배청원에 관한 생각을 털어놓았다. 당시에는 진지하게 받아들이지 않았지만, 을묘박해를 겪고 숨어 지내는 신세가 되고 보니 관검의 구상에 머리가 끄덕여졌다.

"조선교회와 교인들의 운명이 이 청원서에 달렸습니다. 교회 밖에 있는 사람들, 특히 조정에 있는 이들에게 우리 계획이 누설되지 않도록 신경 써주세요."

"저를 믿으세요, 신부님."

완숙은 비장하게 말했다.

무너진 꿈

주문모 신부가 초안을 작성한 청원서와 항검에게 보내는 서찰은 무사히 초남이에 당도했다. 항검은 전라도 신도들과 함께 신부의 초안을 바탕으로 북경으로 보낼 청원서를 완성했다. 유항검 본인과 동생 유관검, 조카 유중태가 청원서에 서명했다. 저구리의 교우촌에서 윤지헌이 서명했으며, 도성에서는 황사영이 이름을 올렸다.

구베아 주교에게 보내는 편지도 작성했다. 을묘박해가 벌어진 배경과 서양 선박을 청하는 조선 교인들의 절박한 심정을 담았다. 북경으로 갈 밀사에는 황심이 천거되었다. 항검이 밀사 파견 비용을 내놓았다.

순조롭게 진행되던 밀사 파견은 국경에서 가로막혔다. 아편 밀반입이 극성을 부리고 백련교도의 난으로 혼란에 빠진 청국이 국경의 경비를 한층 강화한 탓이었다.

그나마 수원 화성이 완공된 것이 다행이라면 다행이었다. 1796년 9월의 일이다. 임금은 기뻐해 마지않았고, 논공행상을 펼쳤으며, 청국 사신단을 꾸렸다.

이듬해 1월 28일, 황심은 동지사 일행의 마부로 위장하여 마침내 북경에 도착했다. 황심은 조선교회의 운명이 달린 큰 배 파견 청원서와 교인들이 쓴 서찰을 구베아 주교에게 전했다.

돌아온 답은 헛된 기대를 버리라는 것이었다. 신부를 잘 보호하여 성교에 힘쓰라는 내용이 적힌 주교의 답신을 가지고 황심이 귀국했다.

조선교회는 낙담했다. 그러나 유항검 형제와 윤지헌은 포기하지 않았다. 그들은 2차 밀사 파견의 불을 지폈다. 한계흠이 부산 동래 용당포에 정박한 영국 선박의 위용을 전한 뒤였다.

공주 감영에 수감 중이던 이존창이 제자 김유산을 밀사로 천거했다. 치밀한 준비 끝에 밀사가 구베아 주교를 접견했지만, 소득 없이 돌아왔다. 1798년 봄이었다.

수원 화성이 완공되자 이산은 신읍 천도에 박차를 가했다. 정적들은 화성 천도를 막을 기회만 엿보고 있었다. 영국 선박 출몰을 계기로 서양세력에 대한 적개심을 여론화하던 그들은 내포에서 올라온 보고서에 광분했다. 이가환과 정약용이 을묘년에 충주와 예산현의 교인들을 대거 찾아내 배교를 시켰음에도 충청도에서 천주교가 사라지기는커녕 여전히 극성을 부리고 있다는 보고였다. 정적들의 맹공에 시달린 이산은 내포의 신자들을 발본색원하고 배교를 거부하는 이는 극형에 처하라는 명을 내렸다.

그리하여 내포에 피바람이 불었다. 무오년과 기미년에 걸친 박해로 백여 명의 신자들이 순교했다. 주문모 신부의 신변도 시시각각 위태로워졌다.

그렇다고 언제까지 숨어 지낼 수만은 없는 노릇이었다. 교인들의 안타까운 기다림은 신부의 귀에도 전해졌다. 사제로서 최소한의 소임조차 할 수 없다면 자신의 존재가치가 없다고 신부는 생각했다. 완숙은 동감했다. 신부의 행적을 교회 지도부에게 밝히는 것과 동시에 완숙이 감행한 일이 또 하나 있었다. 거처를 인사동으로 옮긴 것이다.

● ● ●

이삿짐을 풀고 정리하느라 정신없던 어느 날, 양제궁의 강경복이 완숙을 찾아왔다.

"내명부에도 천주교인을 색출하라는 명령이 내려왔어요. 영인이가 교인으로 지목되어 조리돌림을 당했다 합니다. 반주검이 된 아이를 치료도 해주지 않고 궐에서 내쫓았대요. 당장 의탁할 곳이 없어 집으로 간 모양인데, 그 어미가 아주 모진 사람이에요. 아픈 딸을 돌보기는커녕 내쫓진 않을까 걱정되어 이리 찾아뵈었어요. 골룸바 자매님이 한 번 들여다봐주었으면 해서요."

"당연히 가봐야죠."

강경복을 따라간 곳에서 완숙은 못 볼 꼴을 보고 말았다. 입에 거품을 문 중년 여인이 사학죄인과 함께 살 수 없다며 딸에게 당장 나가라고 소리소리 지르고 있었다.

"댁이 얘를 버려놓은 장본인이요?"

영인의 어미가 완숙을 보더니 눈알을 부라렸다.

"버려놓다니요. 당치 않은 말씀이십니다. 영인이는 올곧고 마음이 착해 저희가 늘 본받고 싶은 아이입니다."

"하이고, 그러세요! 데려가서 실컷 본받으시구랴! 난 저딴 애 필요 없으니…."

"어머니! 아무리 화가 났기로서니 어찌 딸에게 그런 말씀을…."

"아, 다 듣기 싫고!"

완숙의 말을 싹둑 자른 여인이 씩씩대며 방 안으로 들어가더니 보따리 몇 개를 마당으로 내던졌다.

"저년 옷 보따리요! 당장 여기서 꺼지시오!"

그러고는 안으로 들어가 방문을 탁 닫아버렸다.

분을 못 이겨 뛰어들어가려는 경복을 완숙이 겨우 말려 진정시켰다. 영인이 노래기처럼 몸을 웅크리고 쪽마루 구석에 누워있었다.

"왜 이러고 있어, 속상하게…."

경복이 애써 눈물을 참으며 영인을 안아 일으켰다.

"……."

완숙은 마당에 패대기쳐진 보따리를 하나씩 챙겨 들었다.

"우리 집으로 가자."

영인이 가만히 고개를 저었다.

"말씀은 고맙지만 가지 않을래요."

"고집부리지 말고 골룸바 자매님 말씀대로 해."

"나랑 지내며 몸부터 추스르자."

"저는 지낼 곳이 따로 있어요."

어미의 포악한 성정을 익히 아는지라 독립해서 살 집을 구해두었다고 했다.

"그래도 그 몸으로 혼자 지내는 건 무리야."

"당분간만이라도 혼자 있고 싶어요."

하기야 궐에서 궁녀들과 지지고 볶으며 보낸 시간이 결코 짧지 않았다.

"그래. 그럼 원하는 대로 해. 그 대신 내가 자주 들여다봐도 되지?"

영인의 동의를 얻어낸 완숙은 강경복을 돌아봤다.

"수산나 자매님, 바로 궐에 들어가셔야 해요?"

"아니에요. 비번이라 내일까진 시간 있어요."

"허면 영인이 좀 업어주세요. 짐은 내가 들고 갈게요."

영인의 새 거처에 당장 먹을거리를 챙겨 넣어주고 집으로 돌아오는 길이었다. 대문 앞에 반가운 얼굴이 기다리고 있었다. 큰아들 장가보낼 준비로 바빴을 명순이다.

"이제 오세요?"

무슨 변고라도 생겼는지 명순의 얼굴이 못 본 사이에 수척했다.

"혼인 준비에 차질이 생겼어요?"

눈물이 그렁그렁하던 명순이 울음을 터트렸다.

"진정하고 무슨 일인지 말해봐요."

"더는 교회를 못 나올 것 같아요."

"예?"

"사돈댁에서 내가 교인인 걸 알고는 그만두지 않으면 혼사는 없던 일로 하겠다네요. 아들이 나를 붙들고 얼마나 서럽게 울어대는지…. 흑흑흑…."

"당분간 교회에 못 나오더라도 집에서 매일 미사를 드리고 기도하세요. 교회에 나오면 더 좋겠지만 못 나올 사정이면 그 사정에 맞게 신앙생활을 하면 돼요."

"저도 속으로 다짐은 하고 있는데 잘 될지는 모르겠어요. 한두 번 미사를 빠지다가 결국 냉담에 들어간 교우들이 많잖아요."

사실 그랬다. 신부가 입국하기 전까지 4천 명에 불과했던 신자가 이후로 급격히 늘어나 1만을 헤아렸지만, 신앙생활에 회의를 느끼고 교회를 떠난 이들도 적잖았다. 명순처럼 가족들의 반대에 부딪혀 신앙을 포기하는 이들도 종종 나왔다.

"교인들과 거리를 두고 지내야 내가 확실히 천주교를 끊을 수 있을 거라면서 우리 아들이 신혼집을 경기 인근에다 구하겠대요."

"자매님은 여기 남겠다고 하면 되잖아요."

"나는 우리 아들이랑 떨어져서는 못 살아요."

눈물 바람이었으나 명순은 이미 결심을 굳힌 얼굴이었다.

명순이 교회를 떠난 뒤 필주가 분가해서 따로 나가 살겠다고 알려 왔다. 완숙은 아들을 막지 않았다. 이미 가정을 꾸려 자식까지 둔 필주였다. 완숙은 매일같이 영인의 건강을 보살폈다. 그 와중에 정광수가 아내 윤운혜를 데리고 서울로 이사를 나왔다.

정광수의 부모는 천주교를 믿는 아들 부부를 용납하지 않고 있었다. 결국, 조상 제사 문제로 갈등을 빚다가 분가한 것이다. 부부가 한양 벽동에 집을 얻어 나오자 크게 기뻐한 윤점혜와 모친은 자주 왕래하며 신앙을 나눴다. 정광수 부부는 마당에 집회소를 짓는 등 교회 일에 적극적이었다.

두 사람 못지않게 연일 화제인 젊은 부부가 있었다. 항검의 장남 유중철과 죽은 이윤하의 차녀 이순이가 그들이었다. 어려서부터 동정 부부를 꿈꾼 두 사람은 주문모 신부의 주선으로 혼담이 오가자 기쁨의 기도를 올렸다. 드디어 원했던 미래가 펼쳐지려 하고 있었다. 둘의 망설임 없는 결정에 혼인 얘기는 일사천리로 진행되었다.

혼인날까지 정해졌다는 소식을 접한 이순이의 문중은 난리가 났다. 유중철이 반역향인 전라도 사람인 데다 자기들보다 못한 가문 출신이라는 이유였다. 이순이의 문중 어른들은 기우는 혼사를 허락할 수 없다며 노발대발이었다. 이순이의 어머니를 불러 심한 말로 모욕을 주고 비난을 퍼부었다. 문중 사람들의 치졸한 공격과 방해가 빗발쳤으나 이순이의 어머니 권씨 부인은 의지를 꺾지 않았다. 그녀는 자신이 과부의 처지인지라 생활이 몹시 곤궁하므로 부잣집 사위 덕을 봐야겠다는 구실을 대며 혼인을 강행했다. 그리하여 두 사람의 혼배성사가 거행되었다. 조선교회 역사상 첫 동정 부부의 탄생이었다.

●　●　●

처음엔 같은 생각인 것이 좋았다. 그다음엔 잘 통하는 대화가 좋았다. 가치관이 같아도 말을 섞어보면 어딘지 불편하고 영 어색한 사람이 있다. 그와의 대화는 즐겁고 편했다. 그리고 내밀했다. 누구에게도 말한 적 없는, 가족에게조차 꺼내지 않았던 이야기를 술술 털어놓게 만드는 재주가 그에게는 있다.

그 점이 초반에는 당황스러웠다. 그녀는 속내를 쉽게 말하는 성격이 아니다. 말 못 할 고민이나 마음 아팠던 경험에 대해서는 더더욱 침묵하는 편이었다. 편하게 털어놓고 싶다는 마음은 굴뚝같은데 막상 얘기하려면 목에서 탁 막히는 느낌이랄까.

그런데도 용기를 낸 적이 있다. 그때마다 용기를 안 내는 편이 좋았다고 후회했다. 사람들의 입방아에 오르면 어쩌나 불안했고, 그런 불안감에 떨고 있는 스스로가 보기 싫었다. 그래서 죽을 때까지 내 편이 되어줄 사람, 믿을 만한 사람에게만 속내를 털어놓았다. 친정 식구들이다.

피가 섞이지 않은 남들과는 말을 가렸다. 겉으로 보기에는 모두에게 허물없이 친절하고 항상 밝은 모습으로 허심탄회하게 사적인 얘기를 꺼내놓는 것으로 보였겠지만 실상은 달랐다. 제일 중요하고 가장 하고 싶은 이야기는 쏙 빼놓고 하지 않았다. 그러다 보니 시끄럽게 웃고 떠들고 나면 가슴 한구석이 공허했다. 한편으로는 체증 같은 답답함이 느껴졌다.

유중철 앞에서는 별의별 이야기가 막힌 둑이 터지듯 거침없이 쏟아져 나왔다. 어린 시절 추억담부터 큰오빠 경도와 관련된 아픈 상처들, 아버지 이윤하가 죽은 뒤 그녀의 집에 닥쳤던 경제적 어려움과 문중 사람들의 공공연한 따돌림에 대해서도 솔직하게 털어놓았다. 언제 어느 때 어떤 심정의 혼란을 겪었는지, 천주에 대한 믿음이 언제 가장 크게 흔들렸는지, 어떤 고민을 하고 있고, 어떤 병을 앓았는지, 동정녀가 되기로 결심을 굳힌 계기가 무엇인지, 지금은 어떤 마음으로 동정 부부생활에 임하고 있는지 등등 많은 대화를 나누었다. 지금껏 살면서 가장 부끄러웠던 기억, 친정엄마에게조차 말하지 않았던 은밀한 비밀을 이순이는 남편에게 고해성사하듯 털어놓았다.

동정을 함께 지키기로 맹세한 동반자가 속을 터놓을 수 있는 상대라서 이순이는 행복했다. 그리고 든든했다. 그녀가 말하기도 전에 그녀가 원하는 것이 무엇인지 유중철은 간파했고, 세심하게 챙겨주었다. 다정다감한 지아비를 만난 것이, 아니 듬직한 오라버니가 생긴 것이 이순이는 몹시 기뻤다. 한 이불을 덮고 누워도 남녀의 욕정이 동하지 않았다. 우애 깊은 오누이처럼 나란히 누워 도란도란 이야기를 나누다가 잠이 들었고, 그런 담백한 생활이 계속되면서 신혼 초기의 어색함과 낯섦이 빠르게 사라졌다. 무엇 하나 부족할 것 없고 어떤 고민도 없는, 평화롭다 못해 밋밋한 날들이었다. 혼배성사를 한 뒤 두 사람은 서류부가의 관습에 따라 한 해 동안 친정에서 머물렀다. 그 덕을 톡톡히 본 것인지도 몰랐다. 어려서부터 자라온 익숙한 공간에서 익숙한 가족들과 동거하면서 유중철이 어떤 사람인지 천천히 파악할 수 있었다. 유중철은 유중철 나름대로 처가 쪽 사람들과 자연스럽게 친해질 수 있었다.

그렇게 서류부가를 마치고 친정에서 초남이로 내려온 때가 작년 9월이다. 이순이는 남편과 함께 시부모 앞에서 동정서원을 했고, 많은 식솔을 소개받았으며, 시가에서 미리 준비해둔 신방으로 들어가 첫밤을 맞았다. 두 사람은 서울 친정집에서 그러했듯 한 이불 속에 누웠고, 곧바로 잠에 빠졌다.

이튿날부터 이순이는 정신없이 지냈다. 집안의 어른들과 시동생들, 그리고 수십에 달하는 집안의 마름과 노복들까지…. 안면을 익히고 성격을 파악하느라 하루가 모자랄 지경이었다. 다행히 집안 모두가 그녀를 좋아했다. 강직한 성격과 명랑한 태도, 신분 고하를 가리지 않는 친화력과 궂은일도 마다하지 않는 솔선수범, 순간순간 번뜩이는 재치와 지혜는 사람들의 신뢰를 이끌어냈다. 이순이의 주변에는 늘 사람들이 있었고, 끊임없는 대화 속에 웃음꽃이 피었다. 그 일이 있기 전까지는 그랬다.

"하아…."

몸조리 중인 시어머니 신희가 손수 마련하여 건넨 색 고운 비단보자기를 들고 안채의 규방을 나오는 이순이의 버선발 위로 한숨이 굴러떨어졌다. 별채로 향하는 이순이의 발걸음이 여느 때와 달리 무거워 보인다고 그녀의 뒤를 따르던 중년의 여인은 생각했다.

"새아씨, 무슨 근심 있으세요?"

포대기를 등에 두른 중년의 여인은 유항검의 막내아들 유일문을 보살피는 유모였다. 늦둥이 갓난쟁이를 낳고도 신희는 도성으로 떠나는 지아비를 직접 배웅하겠다며 아침부터 분주했다.

"오랜만에 한양 나들이를 앞두고 표정이 왜 그리 안 좋으세요? 어디 몸이 불편하세요?"

"아니…."

이순이는 피곤이 묻은 얼굴을 손바닥으로 쓸었다.

"잠이 부족해서 그래. 새벽 늦게야 잠들었거든."

선물꾸러미가 여러 단으로 쌓인 마당을 응시하는 이순이의 눈동자에 괴로운 빛이 짙게 어렸다. 시아버지 유항검이 새해를 맞아 친척과 지인들에게 인사차 보내는 선물상자들이었다. 이순이는 그 숫자가 기백을 넘는 것을 보고 깜짝 놀랐다. 가짓수도 한두 개가 아닌 데다 값

비싼 것들뿐이었다. 세밑이 되어도 변변히 세찬을 준비하지 못해 식구들 먹을 떡국이나 겨우 마련했던 이순이의 집과는 차이가 나도 너무 났다. 호남 최고 갑부의 위세가 새삼 피부로 와 닿았다.

그날도 이순이 부부가 별채 신방에 나란히 앉아 부지런히 손을 놀리고 있었다. 설 명절 선물을 포장하는 작업이었다. 친정 쪽으로 갈 선물상자도 수북이 쌓여 있었다.

"두 분 마님이 참 대단하세요. 설이 되었다고 며느리를 친정에 보내주시다니…. 그런 시부모는 흔치 않지요."

이순이를 향하는 유모의 시선에 부러움이 가득했다.

"맞아. 내가 복이 많은 것 같아."

"게다가 식구 수대로 선물까지 다 맞춰서 준비해주셨다면서요?"

"응. 고맙게도 문중 어른들께 드릴 설빔까지 챙겨주셨어."

"새아씨 면을 세워주시려고 작정하셨나 봐요."

그날 밤 친정 식구들에게 줄 선물을 포장하는 이순이의 손놀림은 사뭇 들떠있었다. 아무리 갑부여도 벼슬이 없는 양반은 양반 축에도 못 낀다며 시댁을 무시하고 비웃던 문중 사람들이 이런 귀한 선물을 받으면 어떤 표정일지 이순이는 몹시 궁금했다.

한지로 포장하고 끈으로 묶은 비단을 딱딱하고 네모난 종이 상자에 넣느라 양손을 바쁘게 움직이던 어느 순간이었다. 남편의 손이 이순이의 손에 스치듯 닿았다가 떨어졌다. 순간, 강한 전율이 손끝을 타고 온몸으로 퍼졌다. 이순이는 불에 덴 듯 화들짝 놀랐다.

'뭐, 뭐지? 이 느낌은?'

심장이 주책맞게 쿵쾅거렸다. 손끝이 덜덜 떨리고, 알 수 없는 열기로 몸이 후끈 달아올랐다. 태어나 처음 느껴보는 육체의 반응이었다. 혼례를 올린 뒤로 남편과의 가벼운 신체접촉은 일상이다시피 했다. 그러나 번개가 몸을 뚫고 지나간 것 같은 충격은 한 번도 없었다.

그런데….

일찍이 동정을 천주에게 바치겠다고 결심한 이후로 이순이는 이성에 관심조차 두지 않았다. 그런데도 이렇게 저절로 몸이 반응하는 원초적인 갈망 앞에서 이순이는 당황했다.

'미쳤어! 진짜 미쳤어! 오라버니를 남자로 느끼면 어쩌자는 거야!'

이순이는 자책했다. 그런데도 그녀의 눈길은 어느새 남편에게로 향하고 있었다. 그의 손, 그의 팔뚝, 그의 목덜미와 어깨, 넓은 등을 몰래몰래 힐끔거렸다. 그러고 있자면 야릇한 감정과 타는 갈망이 소용돌이쳐 애간장을 태웠다.

'천주님, 마귀의 유혹을 물리칠 힘을 제게 주세요….'

이순이는 별채의 섬돌로 올라서며 마음으로 간절히 기도했다.

"언니!"

이순이 부부가 기거하는 별채의 방문이 활짝 열리더니 색동저고리에 분홍치마를 입은 어린 계집아이가 마루로 뛰어나왔다.

"언니! 나 좀 봐요! 큰 오라버니가 선물해주셨어요! 지난번 설빔도 예뻤는데 이건 더 이뻐요! 아이, 신나! 까르륵!"

올해로 일곱 살 난 유항검의 독녀 섬이가 빙그르 원을 돌아 보이며 옷 자랑을 했다.

"정말 귀여워요, 아가씨."

마루 위로 올라선 순이는 어린 시누이의 비뚤어진 옷고름을 바로 매어주며 미소지었다. 그때 중철이 방문을 열고 밖을 내다봤다.

"누이, 이제 와요?"

중철이 다정하게 웃으며 순이를 보았다. 봄 햇살 같은 중철의 미소는 과녁을 향하는 화살처럼 순이의 심장으로 날아와 꽂혔다. 그리고 예외 없이 순이의 심장이 벌렁거렸다.

"한참 걸렸구려. 어머니께서 당부하실 말씀이 많았던가 보오."

"예, 오라버니."

버선코를 내려다보며 웅얼거리는 순이의 목덜미와 두 뺨이 빨갛게 달아올랐다.

'이제야 눈을 뜨셨구나….'

아까부터 순이를 유심히 살피던 유모가 의미심장하게 웃었다.

"어머니께서 한림동 어머니께 드리라고 비녀까지 챙겨주셨어요."

순이는 들고 있던 작은 상자를 중철에게 내보였다.

"장모님이 좋아하시겠구려. 헌데 표정이 안 좋소. 무슨 고민이라도 있소?"

중철은 순이의 눈을 걱정스럽게 들여다봤다.

"애기씨는 저랑 가서 놀아요."

눈치 빠른 유모가 섬이의 손을 잡아끌었다.

"히잉! 왜애! 나 여기 더 있을래!"

섬이는 신을 신기려는 유모의 손을 밀어내며 칭얼댔다.

"두 분이 나누실 얘기가 있대요. 우린 나중에 와요."

섬이가 유모의 손에 이끌려 합문 너머로 사라지자 중철은 순이를 데리고 방으로 들어갔다.

"어머니한테 무슨 안 좋은 소리라도 들었소?"

"아니에요."

"허면 왜…."

"잠깐 앉으실래요?"

"무슨 일이요?"

"실은 오라버니한테 고백할 게 있어요."

순이는 제게 찾아든 감정의 변화를 솔직하게 털어놓았다. 그녀의 눈에 눈물이 그렁했다.

"미안해요, 오라버니…."

눈물이 순이의 볼을 타고 내렸다. 비 맞은 새처럼 어깨를 떨며 흐느끼는 그녀의 모습이 중철은 아팠다. 그리고 행복했다.

누이도 나와 같은 괴로움 속에 있었다니…. 혼자만의 감정이 아니었다는 사실에 기뻤다가 그런 반응을 보이는 자신에게 실망했다.

"미안하오, 누이. 내 탓이 크오. 나라도 딴 맘을 품지 말았어야 했는데 나마저 분심이 들어서 누이를 힘들게 만들었소."

"예?"

중철은 순이의 눈물을 닦아주며 사실대로 고백했다.

"실은 나도 누이가 여자로 느껴져서 그동안 괴로웠소."

"오라버니도요?"

"그렇소."

"허면 우리 이제 어떡해요? 각방을 쓸까요? 떨어져 자면 유감이 덜할지도 모르잖아요."

"그건 해결책이 아니오. 도망치는 꼴 밖에 되질 않소."

"그러다가 동정을 깨기라도 하면 어째요?"

"그리 쉬이 깨질 동정이라면 고집할 이유가 없소."

"하긴…."

"일단 기도의 힘으로 이겨내 봅시다. 그러다 정 안 되겠으면 어른들께 알리고 달리 방법을 찾아봅시다."

그때 밖에서 부르는 소리가 들렸다.

"아직 채비가 덜 끝나셨나요? 다들 기다리고 계신데요."

노복의 채근이 있자 중철 부부는 서둘러 밖으로 나갔다. 안장을 얹은 세 필의 말과 순이가 타고 갈 가마가 선물을 바리바리 실은 수레와 함께 마당에서 대기 중이었다.

"다녀오겠습니다, 어머니."

인사를 마치고 출발하려는데, 저쪽에서 한 사내가 흙먼지를 일으키며 달려왔다.

"나으리! 번암 대감께서 작고하셨답니다."

"아…!"

항검이 도성 쪽을 바라보며 탄식했다.

"저는 다른 곳에도 부고를 돌려야 해서 이만…."

흙먼지를 뒤집어쓴 사내가 항검에게 예를 올리고는 다급하게 왔던 것처럼 다급하게 떠나갔다.

"짐을 도로 내려라."

항검은 어두운 낯으로 명했다.

"선물이나 돌릴 때가 아닌 것 같구나."

황사영이 주문모 신부에게 모임의 이름을 고했다.

"모임의 이름은 육회로 정했습니다."

육회는 말 그대로 여섯 곳의 집회 장소에 모여 교리를 공부하고 축일을 기념하며 포교활동을 하는 신앙모임이다.

"첫 모임은 훈동 필주 형제님 댁에서 갖고, 다음 모임 장소는 그때그때 상황에 따라 정하기로 했습니다."

신부가 운영 방안을 묻자 황사영은 미리 준비해둔 운영 책자와 나무함을 공손히 올렸다.

"지난번에 드린 제병이 부족했다는 말을 듣고 이번에는 넉넉히 준비했습니다."

신부는 축성된 제병이 담긴 함을 하나씩 들어 차례로 나눠주었다.

맨 먼저 영성체를 받아든 최창현이 그간의 활동을 보고했다.

"저를 비롯한 중인 신자들은 돈이 없어 장례를 못 치르는 이웃들이 있는지 찾아보고 원하는 상주가 있으면 무료로 염을 해주고 있는데 반응이 아주 좋습니다. 필공 형제님과 필제, 이우와 현우, 인철과 계흠 형제들이 특히 열심입니다만, 정신적으로 힘들어하기도 합니다."

중인 신자들에게 염을 부탁해오는 상주들은 거개가 사회 최하층의 사람들이었다. 오래 병을 앓아왔으나 약을 살 형편이 못 되어 목숨이 경각에 달린 환자들을 위해 최창현과 중인 신자들은 약국을 운영 중인 최필공과 최필제 그리고 현계흠으로부터 첩약을 지원받아 치료에 나섰다.

조선사회의 밑바닥에서 버러지보다 못한 취급을 당하며 불행한 삶을 살던 그들은 죽는 순간까지 험한 모습으로 마지막을 맞았다. 이웃

사랑을 실천하는 마음으로 봉사활동에 나섰으나 심한 경우 구더기까지 들끓는 시신을 씻고 입히다 보면 저도 모르게 구역질이 올라왔다. 신앙의 힘으로 그들의 천국행을 기도해주며 어찌어찌 염을 끝내고 나서도 마음이 편안하지 않을 때가 많았다. 인간사 무상함을 느끼는 것은 기본이요, 악몽으로 찾아오는 이들과 밤새 씨름하다 보면 정신적으로 피폐해지는 자신을 느끼기도 했다.

"그런 고생들을 겪고 있는지 몰랐습니다."

안타까워하는 신부에게 최창현이 요청했다.

"형제님들의 평화를 위해 신부님께서 안수기도를 좀 해주세요."

"알겠습니다. 시간을 정해 알려드리겠습니다."

완숙이 취회 활동을 보고했다. 이어서 유항검과 윤지헌이 전주와 저구리 교우촌의 상황을 고한 뒤 영성체가 담긴 함을 받아갔다.

"루도비코 형제님이 안부를 전해달라 했습니다, 신부님."

천안 옥사에 갇힌 이존창을 대신해 영성체를 받으러 온 옥천희가 말했다.

"루도비코 형제님의 건강은 어떻던가요?"

신부가 이존창의 안부를 물었다. 을묘박해 이후 이존창은 5년째 수인 신세를 면치 못하고 있었다.

● ● ●

정초에 채제공을 떠나보낸 이산은 깊은 시름에 빠져 헤어 나오질 못했다. 봄이 여름으로 바뀌는 동안 조정에는 심상치 않은 기류가 흘렀다. 임금 못지않게 정약용의 근심도 커졌다.

"후우…."

정약용의 입술 사이로 괴로운 신음이 새어나왔다. 아침나절부터 규장각에서 임금을 엄호하며 격론을 벌였더니 진이 다 빠졌다.

참으로 음흉한 자들이 아닌가. 임금의 혀처럼 굴면서 속으로는 앙심을 품고 있었다니….

하루가 다르게 악화되는 건강에도 임금은 화성 천도에 열중했다. 그런 임금을 규장각의 신료들이 악다구니를 벌이며 비난하고 있었다.

정약용은 빈청으로 향하는 대신 후원으로 방향을 잡았다. 한여름 오후의 더위가 아직 후원에 남았겠지만 울창한 나무 사이를 걸으며 바람이라도 쐬면 답답한 가슴이 조금은 시원해질 것 같았다.

후원으로 들어선 정약용은 궁인들의 발길이 닿지 않는 숲속 깊은 곳까지 걷고 또 걸었다. 한참을 발이 이끄는 대로 걸음을 옮기던 정약용은 어디선가 들려오는 말소리에 문득 멈춰 섰다.

나무기둥에 쇠줄을 감아 철책을 만들어놓은 사각의 터 안에 이름 모를 꽃들이 도랑을 따라 빽빽하게 심어졌다. 두 사내가 키 큰 꽃줄기를 뽑으며 자기들끼리 무어라 두런대고 있었다.

"장원서에서 이런 곳에 화단을 만들었단 얘기는 없었는데…."

정약용은 고개를 갸웃거리며 의문의 철책 가까이로 갔다.

"헉! 이, 이건!"

철책 밖으로 삐죽 자란 꽃줄기를 알아본 정약용이 사색이 되었다. 개당귀가 틀림없었다. 줄기가 석 자까지 자라 멀리서도 눈에 띄는 그 꽃은 뿌리를 약재로 쓰는 참당귀와 달리 독성이 강해 먹으면 사망에 이르렀다.

정약용은 제가 잘못 봤나 싶어 지척에 핀 꽃줄기 하나를 잡아당겨 꺾었다. 참당귀는 꽃이 보랏빛을 띠었다. 정약용의 손에 들린 당귀는 꽃이 희고 잎이 조붓했다.

"역시 개당귀야. 이 독초가 어이하여 궁궐 후원에…."

다 자란 꽃을 뿌리째 뽑아 망태에 담아 어디론가 향하는 사내들도 수상쩍었다. 정약용은 들키지 않게 조심하며 그들의 뒤를 밟았다.

'헉! 저곳은 사옹원이 아닌가!'

사옹원은 수라간을 관리하는 관청이다. 대궐 안에서 쓰이는 각종 음식 재료들을 조달하고, 지방에서 왕에게 올리는 특산물의 관리도 사옹원에서 맡았다.

"저자들이 사옹원 소속이었다니…."

임금의 수라를 만드는 곳으로 독초가 들어가고 있었다. 정약용은 모골이 송연해졌다.

충남 보령에 사는 방백동의 집에서 열명록이 나온 것은 그 무렵이었다. 행방이 묘연한 신부를 찾아 전국을 수색하던 중이었다. 한양과 지방에 사는 천주교도들의 이름이 적힌 명부가 적발되자 노론은 환호했다.

노론은 천주교를 척결하는 척사론을 당론으로 내세워 남인을 무자비하게 공격했다. 이가환과 정약용을 보호하고자 이산이 필사적으로 맞섰으나 한계가 있었다. 무엇보다 의혹을 떨칠 수 없었다.

"너희의 이름이 왜 그 명부에 올랐느냐?"

이산은 이가환과 정약용, 이승훈을 불러 추궁했다.

"도로 교인이 된 것이냐?"

"그러하옵니다, 전하."

이승훈이 순순히 인정했고, 정약용과 이가환은 침묵으로 부정하지 않았다. 이산의 병색 짙은 용안이 종잇장처럼 일그러졌다.

"너희는 내 꼴을 보고도 뭔가 느끼는 것이 없느냐? 나는 이제 연석에 나가 앉는 것도 힘에 부친다! 이런 나를 제대로 보필해도 모자랄 판국에 너희는 어이하여 과인의 짐이 된단 말인가!"

"송구하옵니다, 전하…."

"듣기 싫다! 입에 발린 그런 소리는 집어치워!"

이산은 광분하여 경상을 쾅쾅 내리쳤다. 육신에 침노한 병마와 녹록치 않은 상황을 감안한다 해도 과도하게 흥분한 모습이 아닐 수 없었다.

"…전하, 소신에게 담배를 나눠주시겠사옵니까?"

정약용은 심각한 표정으로 청했다.

"뭐라?"

이산은 제 귀를 의심했고, 이가환과 이승훈 또한 어리둥절한 표정이었다. 어떤 대꾸도 없이 정약용은 임금의 경상 한쪽에 놓인 담배합만 뚫어지게 보았다. 잠깐 당황한 낯이던 이산이 성난 표정이 되어 분합문에 대고 명했다.

"내시감은 들라!"

"예, 전하!"

내시감에게 이산은 싸늘한 소리로 말했다.

"담배합을 통째로 갖다 줘라."

"예, 전하."

내시감이 허리를 숙여 경상의 담배합을 들어 올려 정약용에게 전했다.

"너에게 마지막으로 베푸는 인정이다."

담배합을 받아들던 정약용의 손이 움찔했다. 감정이 남아있지 않은 눈을 정약용에게서 거둬들인 이산이 이번에는 이가환과 이승훈에게 칼날을 휘둘렀다.

"너희를 다시 보는 일도 없을 것이다. 꼴도 보기 싫으니 그만 나가라!"

벽력같은 호통으로 세 신하를 내친 이산은 이가환과 정약용을 좌천시키고 이승훈을 유배에 처했다. 제 손으로 팔다리를 잘라버린 임금은 며칠 동안 심하게 앓았다.

원자 이공의 왕세자 책봉례를 마친 임금은 신열에 들떠 정신을 잃었다. 눈을 뜨고 보니 침소였다.

"전하! 전하가 깨어나셨네!"

물수건을 갈기 위해 병상으로 다가앉던 어의가 문 앞에 시립한 내시감을 돌아보며 기쁜 소리를 내질렀다. 멍한 눈으로 천장을 올려다보던 이산은 천천히 고개를 돌려 어의를 바라보았다.

"내가 얼마나 누워있었느냐?"

"닷새째 의식을 잃고 계셨사옵니다."

"수라를 들여라, 당장⋯."

먹고 기운을 차려야 했다. 이렇게 맥없이 누워있을 시간이 없었다. 이산은 자신에게 남겨진 시간이 그리 많지 않다는 것을 본능적으로 깨달았다.

"전하, 공복이 너무 길었사옵니다. 옥체에 무리가 가지 않도록 미음을 들이겠나이다."

어의가 물러가자 밭은 신음을 토하며 몸을 일으킨 이산은 내시감을 물렸다.

"나는 괜찮으니 물러가 있으라."

이윽고 혼자가 되자 이산은 골똘히 생각 속으로 빠져들었다. 고민은 이튿날 날이 밝아서야 끝났다.

"상참에 나갈 것이다. 채비하라."

내시감이 무리라며 만류했지만, 이산은 고집을 꺾지 않았다.

"이만수를 이조판서에 제수한다."

가까스로 편전에 나간 이산이 교지를 내렸다. 노론 벽파 신료들이 경악했다. 이만수의 형인 우의정 이시수는 소론의 영수였다. 그런 이시수에게 사실상 인사권을 주는 셈이었다.

박철오가 항의하고 나섰다.

"형제를 동시에 요직에 두는 것은 유례없는 일이옵니다. 하물며 인사를 관장하는 자리이옵니다. 선명해야 할 공사에 사적인 인연이 개입될 수도 있사옵니다!"

심환지가 거들고 나섰다.

"이번 인사가 밖에 알려지면 식견 있는 선비들은 필시 한탄하며 수군거릴 것이옵니다. 업무의 처리에 있어서도 사사건건 불편을 겪을 것이 자명하옵니다. 하교를 거둬주시옵소서."

"경들은 신임 이조판서의 형이 재상으로 있다는 점을 문제 삼고 있으나 형제가 동시에 함께 행공한 전례는 없지 않다. 경들은 더 이상 왈가왈부하지 마라!"

군왕의 위엄으로 소란을 잠재운 이산은 천명을 이어나갔다.

"규장각 직각 서용보를 예조판서에, 이경일을 공조판서에, 이은모를 대사간에, 조진관을 선혜청 제조에 제수한다."

거기서 끝이 아니었다. 임금은 이인수를 삼도수군통제사에, 민광승을 경상우도 병마절도사에 제수했다. 게다가 소론 윤광안을 이조참의로 삼았다. 이로써 이조를 소론의 손에 쥐어주었다. 즉위년에 천명한 바대로 남인과 노론 인사들로 구성된 탕평 내각을 유지해온 임금이 그동안의 관례를 깨고 측근 위주로 일대 개각을 단행한 것이다.

예로부터 관직에 제수된 이들은 사직상소를 제출해 세 번은 사양하는 것을 미덕으로 여겼다. 이만수 역시 염치의 예를 차리기 위해 사직의 소를 임금에게 올린 상태였다. 이산은 그런 그를 설득하여 하루 속히 교지를 받들게 하라는 명을 내렸다. 왕대비를 비롯한 노론 벽파의 분노가 하늘을 찔렀다.

"우릴 무시해도 정도가 있지, 어찌 그런 하교를 내릴 수 있단 말이오!"

부들부들 떠는 왕대비에게 박철오가 말했다.

"이건 싸우자는 얘기나 진배없습니다. 전하께서 싸움을 걸어오셨으니 맞서드릴 수밖에요."

"묘책이 있는 모양이구려."

왕대비를 향해 박철오가 의미심장하게 웃었다.

"그자의 본심이 그러한 건지, 아니면 경솔하게 그리 쓴 건지 모르겠으나 이만수가 올린 사직소를 읽어보니 그중 한 어구가 교만하기 짝이 없더군요. 그 어구를 문제 삼는 것이 좋겠습니다."

"뭐라고 썼기에 그러오?"

"관직을 제수받고 사양하는 건 이미 오래된 예법이지요. 하온데 이만수는 사양하는 미덕은 올바른 의리가 아니라고 적었더군요."

"저런 발칙한 놈을 봤나!"

"이조판서는 사람을 쓰는 자리인데 염치의 예조차 갖추지 못한 자가 그 자리를 지키고 있다면 앞으로 어떤 일이 벌어지겠습니까?"

"그래, 상소는 누가 올리는 게 좋겠소?"

"생각해둔 바가 있습니다."

그로부터 며칠 뒤, 수찬 김이재가 상소하여 이만수를 탄핵하고 나섰다. 김이재는 노론이었지만 시파였다. 이산은 충격에 휩싸였다. 정적들이 시파를 내세움으로써 명분을 확보하고자 했음을 모르지 않았다.

김이재의 상소를 구겨 던진 이산이 진노하여 외쳤다.

"김이재를 언양에 유배하라!"

놀란 심환지가 떨리는 목소리로 말했다.

"전하, 신이 귀마저 늙어 성지를 듣지 못하였사옵니다."

"과인이 이만수를 이조판서에 제수한 것은 오로지 세속을 바로잡고자 하는 의도에서 나온 것이었소. 수찬 김이재는 잘못된 폐습을 바로 잡아보려는 과인의 행보에 도움이 되지는 못할망정 오히려 상소문의 사소한 구절을 흠잡아 과인의 뜻을 거역하고 있으니 이것이 불충이 아니고 무엇이란 말이오!"

"하오나 전하…."

"듣기 싫소! 김이재를 중벌로 다스려 일벌백계로 삼을 것이오!"

어명을 거둬달라는 신료들의 성토가 밤낮으로 빗발쳤다. 그 소리에 귀를 닫고 누운 이산의 병색이 나날이 깊어졌다.

예정에 없던 차대가 소집되었다. 부름을 받고 편전 마루에 좌정한 유사 당상들을 향해 이산은 기운 없는 소리로 말했다.

"정치에서 어찌 모두를 만족하게 할 수 있겠는가. 나는 부족한 사람인지라 종사를 돌봄에 있어 실수한 적도 분명히 있다. 허나 나라를 다스리면서 규범을 제대로 지키고 공평한 인사정책을 단행하고자 노력했다. 채제공과 김종수, 윤시동을 8년 주기로 정승에 제수한 것도 그러한 노력의 하나였다. 노론에 대한 신임의리를 지키고자 함에서 비롯된 일이었어."

"……."

"허나 김이재는 의리를 따른 것이 아니라 오로지 당파의 이익을 위해 분란을 일으켰으니 용서할 수 없었다. 무릇 의리란 사람으로서 마땅히 지켜야 할 도리를 말하는 것이고, 모든 일에서 지극히 옳은 것이 또한 의리라 할 것이다. 과인 역시 그와 같은 의리에 따라 정승을 뽑아 썼다. 허나 이제부터는 당파에 연연하는 습속을 버리고 지위 고하를 막론하고 선을 사모하고 지향하는 자를 믿고 쓸 것이다. 그것이 나의 의리이고, 그것이 나라를 다스리는 나의 솔교이니, 경들은 그 점을 각별히 유념하여 나를 따라야 할 것이다. 사관은 오늘 연석에서 내린 하교를 한 통의 연화로 기록하여 한 본은 묘당에게 보이고 한 본은 간원과 홍문관의 관원에게 보인 뒤에 장고에 자세히 등재하게 할 것이며 그 원본은 사고에 보관하게 하라."

오월 그믐날 연석에서 내린 하교라 하여 사료에 오회연교라 기록된 임금의 명령이다.

노론은 발칵 뒤집혔다. 남인 채제공에서 노론 김종수, 소론 윤시동 순으로 재상을 임명했으니 다음 차례는 남인에게 돌아갈 것이고, 그것은 곧 이가환이나 정약용의 차례라는 뜻이었다. 이에 반발하는 자들은 용서하지 않겠다는 임금의 선전포고였다. 사직상소 문구를 트집 잡아 임명권에 도전한 김이재를 유배에 처한 것은 그 시작이었다.

반격을 위한 노론의 움직임이 분주해졌다. 정순왕대비의 영을 받은 박철오가 사헌부와 사간원의 언관을 부추겨 오회연교를 정면으로 비판하도록 조정했다. 장령 권한위 등을 시켜 천주교를 성토하도록 함으로써 임금을 강하게 압박한 것이었다. 천주교와 관련된 남인 세력을 등용하는 것이 얼마나 잘못된 처사인지 크게 부각시켜 여론을 임금에게 불리한 쪽으로 몰아가자는 것이 왕대비의 심산이었다. 동시에 그녀가 은밀히 추진한 계략이 하나 더 있었다.

"무엄하도다! 이 무슨 해괴한 작태들인가!"

대로한 이산의 고성으로 편전이 들썩거렸다. 차대를 위해 편전에 모여 앉은 중신들이 일제히 옥좌를 향해 등을 보이고 돌아앉은 것이다.

"국본을 이리 능멸하고도 너희가 무사할 성싶으냐!"

그러나 좌우에 좌정한 신료들은 꿈쩍도 하지 않았다. 초계문신을 비롯해 소론 신료들까지 합세해 신임의리를 주장했다. 이산은 할 말을 잃고 어좌에서 휘청거렸다. 땀이 비 오듯 쏟아졌고, 심한 무력감과 피로감이 몰려들었다. 그런데도 등을 돌린 신료들은 움쩍도 하지 않은 채 입을 꾹 다물고 있었다.

이 숨 막히는 침묵에서 벗어나 쉬고 싶다는 생각이 이산은 간절했다.

"…이만수에게 내린 교지를 거둬들일 것이다. 너희의 원대로 이조판서 임명을 철회할 것이니 썩 물러가라."

무거운 정적이 감돌던 편전에 와, 하는 탄성이 솟구쳤다. 오회연교의 완벽한 참패였다. 환호하는 신료들을 이산은 사시나무처럼 몸을 떨며 지켜봤다.

"전하… 침소로 뫼실까요?"

내시감이 조심스레 다가와 여쭈었다.

"앞장서라. 가서 쉬어야겠다."

이산은 어좌에서 간신히 몸을 일으켰다. 내시감이 얼른 다가와 한쪽 팔을 내밀었다. 이산은 내시감의 부축을 받으며 어좌 밖으로 한 걸음을 떼었다.

그 순간이었다.

"전하!"

내시감의 외마디 비명이 천둥처럼 편전에 울렸다. 이산이 고통스런 신음을 쏟으며 바닥으로 쓰러져 내렸다.

임금의 혼절 소식이 온 나라에 퍼졌다. 승하하는 것은 시간문제라
는 얘기들이 백성들 사이에 오갔다. 조정은 국장 절차를 본격적으로
논의하기 시작하고, 왕대비와 노론은 새 임금의 즉위식 채비를 서둘
렀다.

침울한 적막에 휩싸인 대전 뜨락에 궁인들의 한숨이 박혔다. 임금
의 배려로 딸을 재간택까지 올린 좌부승지 김조순이 대전을 찾았다.
하늘이 낸 명의로 소문이 자자한 의원을 만나러 도성을 한동안 떠났
다가 첩약 꾸러미를 들고 돌아온 것이다.

김조순이 첩약 꾸러미를 어의에게 건넨 날 밤, 어둠을 틈타 은밀히
찾아온 이가 있었다. 뜻밖의 방문에 깜짝 놀란 김조순이 밀서를 확인
한 뒤 불에 태우고 관복으로 갈아입었다.

"전하!"

김조순은 임금 앞에 엎드려 눈물을 흘렸다.

"좌정하신 전하를 뵙게 되니 신은 이제 죽어도 여한이 없사옵니다.
이리 기력을 회복하신 줄 모르고 신이 그간 쓸데없는 걱정을 하였사
옵니다."

"잘 와주었소, 좌부승지."

김조순을 창경궁 영춘헌으로 불러들일 정도로 이산은 절박했다.

"지금부터는 군신의 예를 떠나 허심탄회하게 속마음을 나누고자
하오."

"예, 전하."

"좌부승지, 과인은 경에게 거는 기대가 크오."

"백골난망이옵니다. 신 김조순, 충심을 다해 전하를 받들겠나이다."

"과인이 쓰러져 있는 동안 국장과 즉위 절차가 논의되고 있다고 들었소."

"망극하옵니다, 전하."

"그래. 갈 사람은 가야겠지. 그래서 경을 따로 부른 것이오. 긴히 당부할 말이 있소."

"말씀하시옵소서."

"세자를 부탁하오."

"예?"

"그대는 장차 국구가 될 몸. 경에게 내 아들을 맡기겠단 말이오."

"전하께서 이리 강건하신데 어찌 그런 망극한 영을 내리시옵니까?"

"경도 알다시피 과인은 즉위 이래 우현좌척의 원칙을 지키고자 무던히 애써왔소. 외척을 배제하고 사림을 우대하여 등용하는 일이 당쟁을 막을 최선의 방도라 여겼기 때문이오. 허나 세자가 어리니 이제는 경이 나서줘야겠소. 비대해진 노론 벽파의 위세를 누를 길은 달리 없어 보이니 말이오."

"하오나 전하, 아직 삼간택이 남았사옵니다. 더욱이 벽파 쪽 핵심 인사들이 소신의 딸을 반대하고 있다 들었사옵니다."

"과인이 이리 의식을 차렸으니 삼간택을 더는 미루지 않아도 될 것이오."

"송구하오나 전하, 한 가지 청이 있사옵니다."

"말해보시오."

"전하께서 소신에게 당부하신 말씀을 문서로 남겨주시옵소서."

"벽파의 반발에 맞설 비기로 간직하겠다는 뜻이오?"

"그렇사옵니다."

이산은 내시감에게 일러 쓸 것을 들였다.

"성은이 망극하옵니다."

이윽고 김조순이 군신 간의 밀담을 적어나갔다. 창경궁의 영춘헌에서 작성된 비밀기록, 영춘옥음기였다.

"이건 일 년 전, 전하의 병세가 심해지기 전에 태우셨던 담배입니다."

줄담배를 태우는 임금의 건강이 걱정되어 정약용은 금연을 권한 적이 있었다. 그런 정약용에게 임금은 오히려 너도 한번 태워보라며 자신의 담배합에서 연초를 한 움큼 집어 선물했었다. 임금이 하사한 연초에 불을 붙이는 대신 정약용은 푸른색 물을 먹인 비단주머니에 넣어두고 지금껏 소중히 간직해왔었다.

"저 담배합은 나도 본 것이네."

이가환이 푸른 비단주머니 옆의 담배합을 가리켰다. 좌천을 당하던 날, 정약용이 뜬금없이 임금에게 청했던 담배였다.

"기억하시는군요. 예, 맞습니다. 성상께서 최근에 태우셨던 담배가 필요했거든요."

"어이하여?"

"마저 보실 것이 있습니다."

정약용은 도포의 소맷자락 속에서 명주로 감싼 무언가를 꺼냈다.

"작년 여름이었습니다. 후원에 갔다가 거기 화단에서 이걸 보게 되었지요."

명주로 된 천을 펼치며 정약용이 덧붙였다.

"개당귀입니다. 오용했다가는 중독되어 죽음에 이르는 독초이지요."

"그 독초가 궐에 있었다고?"

이가환은 믿어지지 않는다는 표정이었다.

"저도 처음에는 납득이 가질 않았습니다. 헌데 이 독초가 사용원으로 들어가는 걸 보고 한 가지 짐작을 하게 되었지요."

누군가 궐 후원 깊숙한 곳에서 독초를 키워 말린 뒤 임금께 진상하는 담배에 섞어 넣었다는 것이 정약용의 추측이었다.

"방금 보여드린 담배 둘을 비교해봤습니다. 얼마 전에 전하께 받은 담배에 이런 게 들어있었습니다."

담배합의 뚜껑을 열어젖힌 정약용은 반쯤 남은 연초를 살살 헤집었다. 잠시 뒤, 진갈색을 띤 작은 형체의 무언가가 그의 손끝에 딸려 올라왔다.

"형태는 온전치 않으나 톱니가 있는 걸 보면 개당귀의 꽃차례와 흡사하지요. 잎담배와 잎맥 모양도 다릅니다."

정약용은 또 다른 불순물을 찾아 이가환에게 내보였다.

"이 작은 알갱이들 또한 전하께서 제게 선물하셨던 담배에는 없던 것들입니다."

"헌데 이번에 받은 담배에는 있다…."

이가환의 낯빛이 창백해졌다. 임금의 담배 속에 섞인 이물질이 정말로 개당귀라면 문제가 심각해졌다.

"치명상을 입을 정도로 한 번에 많은 양을 쓰면 전하의 옥체가 즉각 반응할 테니 소량을 오래도록 지속하여 써서 전하를 중독에 이르게 한 것 같습니다. 그것도 모르고 전하께서는 평소와 같이 계속 줄담배를 태우셨겠지요. 누군가 전하를 천천히, 아주 천천히 시해하려 한 것 같습니다."

"어떤 놈들이 감히 전하께 그런 짓을…."

"지난번 뵈었을 때 성상께서는 평소와 다르셨습니다."

"하긴 나도 그리 느꼈네. 내가 알던 전하와 뭔가 사뭇 달랐어."

병마로 인해 임금의 성총이 흐려진 탓이라고 여겼었다. 그런데….

벌떡!

이가환이 솟구치듯 몸을 일으켰다.

"어서 가세!"

"어딜 말입니까?"

"궐이지 어딘 어딘가!"

"하오나 후원의 독초가 사옹원과 연관이 있다는 확실한 물증을 아직 잡지 못했습니다."

정약용이 선뜻 나서지 못한 이유였다.

"그럴수록 전하를 뵈어야지!"

"무슨 말씀이신지…."

"사옹원에서 올라오는 것들을 당장 막아야 하네. 궐 안에 있는 모든 걸 작금은 의심해야 하네. 그 중 어느 것에 독초가 들어있는지 알 길이 없는 상황이 아닌가. 저간의 사정을 전하께 솔직히 아뢰고 사옹원을 조사할 권한을 달라 청할 것이네."

"응당 그리 해야지요."

"그래. 응당 그리 해야지! 전하를 지켜드리러 가세!"

밤낮을 쉬지 않고 달려 창경궁 앞에 도착한 그들은 궐문을 지키고 선 수문병에게 호패를 내보인 뒤 임금이 와병 중인 영춘헌을 향해 바람처럼 휘달렸다. 땀과 먼지를 뒤집어쓴 두 사람이 거친 숨을 몰아쉬며 내전의 뜨락으로 뛰어들었을 때였다.

"저어언하아아—!"

비통스런 절규가 꼬리를 길게 끌며 분합문 밖으로 튀어나왔다. 뒤이어 신료들의 통곡소리가 영춘헌의 뜨락으로 쏟아졌다.

털썩!

이가환과 정약용은 다리에 힘이 풀려 그 자리에 주저앉았다.

"이럴 수가…."

"아니 되옵니다…. 전하… 아직은 아니옵니다…. 이리 가셔서는 아니 되옵니다, 전하…."

믿어지지 않는다는 듯 황망히 고개를 저어대는 두 사람의 얼굴이 어느새 흘러내린 눈물로 흥건히 젖어 들었다.

신유박해

조선 22대 임금이 승하한 지 엿새가 지난 1800년 7월 4일.

조선 23대 임금의 즉위식이 창덕궁 인정문에서 거행되었다. 면복을 갖춰 입고 빈전으로 나아가 대보를 받아든 열한 살의 어린 임금은 인정문으로 자리를 옮겨 즉위한 뒤 만백성을 향해 등극 반교문을 선포했다.

이어서 희정당에서 수렴청정의 예가 행해졌다. 왕대비에서 대왕대비로 품위가 올라간 김씨가 기어이 권력의 정점을 차지한 것이다.

'드디어 내 세상이 왔구나!'

수렴청정에 들어간 대왕대비 김씨는 국상이 끝나자마자 금교령을 발동하여 조선교회에 피바람을 일으켰다. 최필공이 체포되는 것을 시작으로 주님 공현 대축일에 집회를 연 교인들이 현장을 급습당해 포도청으로 끌려갔다.

교인 김여삼의 밀고로 명도회 총회장 최창현이 체포되었다. 숙적이던 남인 신서파를 제거하기 위해 호시탐탐 기회를 엿보던 공서파는 이때를 놓치지 않고 몰아치듯 교인들을 잡아들였다. 포도청은 붙들려온 천주교인들로 가득 찼지만, 모두 서민이거나 중인뿐으로 저들이 노리는 신서파의 명망가는 없었다.

다급해진 대왕대비는 남인 신료들에 대한 탄핵을 사주했다. 선왕의 측근으로 천주교인들을 조사했던 박종악이 탄핵당하고, 권철신과 이총억 등 재야의 남인 인사들도 탄핵의 바람을 피하지 못했다. 사헌부는 이가환과 이승훈, 정약용을 탄핵했다. 남인 신료들이 줄줄이 국청에 끌려와 문초를 받았다. 천주교인 색출을 위한 고발이 난무하면서 여기저기서 천주교인들이 개처럼 끌려왔다.

군사들이 꼭두새벽부터 도성 곳곳을 들쑤시고 다니던 날, 얼굴을 숨긴 정약종이 책 궤짝을 짊어지고 집을 빠져나갔다.

"제가 모시겠습니다."

동네 어귀의 장승 뒤에서 키 큰 청년이 불쑥 나왔다. 아들 철상이었다.

"나오지 말라 그리 일렀건만⋯."

약종은 궤짝을 벗기려 다가드는 아들을 제지했다.

"지금 가면 언제 돌아올지 장담 못 해. 그러니 네가 아비 대신 남아 식솔을 보살펴야 한다."

"위험을 알면서 굳이 가셔야겠습니까?"

"목숨을 걸고 지켜야 할 것들이다. 저들의 손에 들어가게 두어선 안 돼."

언제 포졸들이 들이닥칠지 몰랐다. 최창현이 잡혀갔으니 다음 차례는 자신이 될 터였다. 죽음보다 고통스러운 고문은 교우들의 신심을 짓밟고 있었다. 가혹한 고신에 굴복한 그들로 인해 또 다른 교우들이 체포되는 악순환이 반복되는 중이었다.

최창현이 만약을 대비해 맡아달라고 부탁한 이벽의 유작과 교리서들을 문영인의 셋집으로 옮겨와 보관하고 있었다. 주문모 신부와 교환했던 편지와 교회 지도층과 주고받았던 서찰들, 그리고 성상을 비롯한 성물을 집안 깊숙한 곳에 숨겨두었다. 하지만 포청은 살림살이는 물론이고 바닥의 구들까지 훑는다고 했다.

"질부가 안전한 곳을 알고 있다니 그곳으로 옮겨놔야 마음이 놓일 것 같다. 약조한 시각 안에 도착해서 인계해야 하니, 그리 알고 어서 돌아가거라. 벌써 동이 트고 있어."

"조심해서 다녀오십시오, 아버님."

"오냐. 너도 몸조심해라."

아들과 헤어진 약종은 큰길로 접어들었다. 얼마나 걸었을까. 한 떼의 군사들이 달려와 정약종을 에워쌌다.

"어딜 가는 것이냐?"

포도대장이 으르댔다.

"친척한테 빌린 것이 있어 돌려주려고 가는 길입니다."

정약종은 태연하게 답했다. 포도대장은 가소롭다는 듯이 웃었다. 일개 호위무사로 채제공을 수행해온 그를 박철오가 포도대장으로 올려놓았다. 첩자로 활약한 공을 인정받은 것이다.

"행색을 바꾼다고 몰라볼 줄 알았느냐?"

정약종이 집을 나설 때부터 뒤를 밟아온 길이었다.

"안에 무엇이 들었느냐?"

포도대장이 칼자루로 궤짝을 툭툭 쳐댔다.

"책 궤짝에 뭐가 들었겠습니까? 책이지요."

"열어봐라."

"유학 경전들입니다. 특별한 게 아니에요."

"특별한지 아닌지는 우리가 보고 판단해. 뭣들 하느냐? 빨리 열어라!"

군사들이 달려들어 정약종의 등에서 궤짝을 끌어 내렸다. 궤짝 안에서 책이 와르르 쏟아져 내렸다.

"비켜라."

포도대장이 바닥에 떨어진 책을 직접 살폈다. 그의 낯짝이 낭패감으로 일그러졌다. 궤짝에서 나온 책은 정약종의 말마따나 유교 경전이었다.

정약종이 느긋하게 포도대장에게 말했다.

"무얼 원했던 그대 덕에 의심 하나가 풀렸소. 내가 변복하고 집을 나선 것까지 그대가 아는 걸 보면 이제 확실해졌소. 어떤 작자가 언젠가부터 우리 집을 감시하는 듯했는데 어찌나 교묘히 숨던지 당최 덜미를 잡을 수가 없었거든. 내 추측이 맞는지 확인할 겸 이 무거운 책 궤짝을 메고 나선 길이라오."

"제, 젠장…."

속은 것을 분해하던 포도대장의 낯짝이 낭패감으로 일그러졌다.

"혹시 딴 놈을 시켜서 빼돌린 것이냐?"

묻는 포도대장을 향해 정약종은 씨익 웃어보였다.

수레가 무사히 아현동으로 들어서자 말복은 안도의 숨을 내쉬었다.

시차를 두고 움직이면 감시의 눈이 그에게로 향할 것이라던 정약종의 예측이 적중한 셈이다. 말복은 정약종의 선견지명에 감탄하며 몸에서 긴장을 풀었다. 골목 하나만 돌면 황사영의 집이었다.

"꼼짝 마라!"

책 궤짝을 실은 수레가 골목 모퉁이를 막 돌았을 때였다. 골목의 담장 양편에 몸을 숨긴 채 장맞이를 하고 있던 포졸들이 우레와 같은 소리를 내지르며 떼로 몰려나와 수레를 둘러쌌다.

"왜, 왜들 이러시오?"

말복은 사색이 되어 창검을 겨눈 포졸들을 갈마봤다.

"고변이 있었다!"

포졸들을 끌고 온 종사관이 말했다.

식전부터 고발이 접수됐다. 근래 밀도살한 쇠고기를 고리짝에 싣고 마을마다 다니며 밀거래하는 작자들이 있는데, 그자들 중 하나가 아현동에 나타났다고 했다. 쇠고기를 실은 수레가 황사영의 집으로 향하는 것까지 보고 왔으니 속히 가서 잡아들이라는 설명까지 고발인은 친절하게 덧붙였다. 밀도살과 밀거래는 국법으로 엄하게 다스리고 있었다. 자신의 근무지역에서 밀거래가 횡행하고 있다는 고발에 종사관은 식겁했다.

"네놈이 간덩이가 부었구나! 감히 내 구역에서 불법거래를 하다니!"

"생사람 잡지 마십쇼!"

말복은 오른손으로 팔이 없는 왼쪽 소매를 잡아 종사관에게 보란 듯 흔들어댔다.

"나는 불구요! 하나밖에 없는 팔로 어찌 소를 잡는단 말입니까? 정상인 사람도 쩔쩔 매는 게 소 도살이오!"

"생사람을 잡는 건지 아닌지 조사해보면 나오겠지. 수레를 끌고 가라!"

종사관이 헉, 소리를 내며 빳빳하게 굳었다. 번개처럼 몸을 날린 말복이 종사관의 검을 빼앗아 목에 겨눈 것이다.

"모두 수레에서 떨어져라! 궤짝에 손가락 하나라도 대는 자가 있다면 이놈 목을 벨 것이다! 헉!"

포졸들을 향해 으르대던 말복이 외마디 비명을 내지르며 그대로 고꾸라졌다.

"목덜미는 무사한가?"

갑자기 벌어진 일에 어리둥절한 종사관이 뒤를 돌아보았다.

"아니, 여와께서 이곳엔 어인 일로?"

"이 앞을 지나다가 자네가 봉변을 당하고 있는 걸 우연히 보고 도우러 왔네."

종사관이 속으로 웃으며 비꼬았다.

"절묘하군요."

종사관은 목만중과 가마꾼들을 의혹의 시선으로 건너다보았다. 한눈에도 범상치 않아 보이는 저 가마꾼들 중 누군가가 말복에게 단검을 던졌으리라.

종사관의 의심 따위 목만중에게는 중요치 않았다. 그의 관심은 오로지 수레 위에 실린 책 궤짝에 가 있었다.

"듣고 있자니 이놈이 저 물건에 손도 못 대게 하더군. 뭐가 들었지 어서 열어보게."

익명의 제보를 한 장본인이 어쩌면 제 앞에 있는 목만중일 수도 있겠다고 종사관은 생각했다.

"이, 이런!"

궤짝을 열어본 종사관은 난감한 표정이었다.

"왜 그러는가?"

"저놈 말이 사실이었습니다. 밀도살한 고기가 아니에요."

"그럼 뭐가 들었단 말인가?"

종사관은 고리짝 안에서 책 한 권을 들어 목만중에게 내보였다.

정약종을 문초하는 국청이 열렸다. 압수한 증거물과 자백을 토대로 수차례에 걸쳐 심문이 이어졌고, 정약종은 교인임을 담담히 인정했다. 죽음을 앞둔 사람치고는 심상하다 못해 편안하기까지 한 태도에 국청을 주도하던 이들이 도리어 당황했다.

정약종은 '사교'를 이끄는 교주와 교인들이 누구인지 캐묻는 심문에는 끝까지 함구했다.

천주님…. 제가 모두 짊어지고 가겠습니다…. 저를 제단에 바치오니 저를 받으시고 다른 이들은 고난에서 구하소서….

간절한 기도가 부디 하늘에 닿기를 빌며 정약종은 육신에 박히는 가시나무의 고통을 참아냈다. 그의 자백을 빌려 형제들을 옭아매고 교회의 핵심 인물들까지 한꺼번에 치죄하려던 무리는 애간장이 탔다.

이미 천주교인들에게 모반죄가 내려져있었다. 그 반역죄에 불경죄까지 더해진 정약종은 재판 절차도 없이 국청만으로 사형이 확정되었다. 국청에 참여한 대신들이 강력하게 부대시율을 주장하고, 63인에 이르는 벼슬아치들이 정약종의 참형을 요구하는 상소를 올렸다.

곧 몰아칠 피바람을 예고하듯 거센 칼바람이 밤새 불어댔다. 처처에 만개한 봄꽃이 사나운 바람에 무참히 찢기고 날리다가 발아래 길바닥에 핏방울처럼 떨어져 내렸다.

완숙은 거센 바람이 휘몰아치는 길을 잰걸음으로 지나며 주위를 사렸다. 장옷을 푹 눌러쓴 또 다른 여인이 뒤를 따랐다.

"후유, 다행이다."

꽃잎이 낙엽처럼 깔린 골목을 돌아 양제궁 뒤껼으로 향한 완숙은 어둠 속에서 희미하게 흔들리는 빛을 발견하고 가슴을 쓸어내렸다.

"회장님!"

등롱을 들고 쪽문 앞을 지키고 섰던 강경복이 잰걸음으로 다가왔다.

"별일 없으셨어요?"

미행이 없었는지 묻는 강경복에게 완숙은 고개를 끄덕여 보였다.

"다행이에요. 헌데 그분은….."

강경복의 시선이 완숙의 뒤에 서 있는 여인에게로 향했다.

"예. 그분이세요."

완숙이 비켜서자 주문모 신부가 머리에 쓴 장옷을 내려 얼굴을 보였다.

"어서 오세요, 신부님."

"모시게 되어 영광입니다."

상산군부인 송씨와 평산군부인 신씨가 신부를 반갑게 맞았다.

"안 그래도 위험한 상황인데 어려운 결정을 내려줘서 고맙습니다."

"별말씀을 다 하세요. 응당 저희가 해야 할 일인 걸요."

하지만 서경의와 이덕빈은 강하게 반대했다고 들었다.

"교인들을 전부 역률죄로 엮고 있으니 겁을 먹을 만도 하지요. 더구나 루가 형제님이 끌려가는 장면을 본 터라 더 예민해졌어요."

금교령이 내려진 날, 양제궁으로 통하는 비밀통로를 홍낙민이 재빨리 막아놓은 덕분에 포졸들의 의심을 피할 수 있었다. 그러나 홍낙민의 집이 난장판이 되어가는 과정과 그가 오라에 묶여 끌려가는 모습을 지켜본 터라 양제궁 여인들은 그야말로 공포에 사로잡혔다.

"영인이를 믿는 맘이 크긴 하나 고신을 이기는 장사도 없다 하니 다들 겁을 먹고 노심초사랍니다."

정약종의 책 궤짝이 압수되던 날의 일이었다. 정약종에게 집을 빌려준 걸 보면 분명 같은 교인일 것이라며 포졸들이 문영인을 잡아갔다. 소식을 들은 통주는 그렇잖아도 고발하러 가던 길이었다며, 문영인이 교인이며 그녀의 집을 왕래한 신자들이 더 있다고 술술 불었다. 오가작통법의 후환이 두려워서였다.

"영인이 말고도 경을 치르고 있는 교우들이 여럿이잖아요. 혹여 우릴 발고라도 하면 어쩌나, 불안해서 잠을 잘 수가 없어요."

"비단 우리뿐이겠어요? 지금 물불 안 가리고 모조리 잡아들이고 있잖아요. 지난날에 배교한 사람들마저 처벌하는 걸 보세요. 저 사람들한테 중요한 건 천주교 신자냐, 아니냐가 아니에요. 자기들 편이 아닌 사람, 자기들 앞길에 방해가 되는 사람, 자신들한테 밉보였던 사람들을 이번 참에 싹 다 정리하려는 겁니다."

군부인들도 그들의 명단에 올라 있을 것은 불을 보듯 훤했다.

"우리 사정을 누구보다 잘 아는 자매님이 우리한테까지 부탁하는 걸 보면 다른 곳은 여기보다 더 상황이 안 좋다는 얘기겠지요."

송씨의 말에 신씨가 고개를 저었다.

"오히려 이곳이 더 안전할 수도 있어요. 등잔 밑이 어둡다잖아요."

완숙의 생각이 바로 신씨의 생각이었다.

"제가 신부님을 이곳으로 모시고 온 이유가 바로 그거에요. 양제궁에 신부님이 계실 거라고 누가 상상이나 하겠어요?"

그렇다고 마음을 완전히 놓을 수는 없었다.

"한곳에 오래 머물면 다들 힘들어져요. 며칠만 신부님을 부탁드려요."

완숙은 지니고 온 보따리를 신부에게 건넸다.

"상복이에요. 상례를 중시하는 조선인지라 상주한테는 쉬이 말을 걸거나 함부로 대하지 않을 거예요. 군사들의 감시를 뚫고 길을 나서실 때 유용할 겁니다."

"나로 인해 너무 많은 이들이 곤란을 겪는군요. 교우 여러분을 보호하고 이끌어야 할 내가 도리어 여러분의 짐이 되고 있어요."

"짐이라니요? 신부님이 저희한테 어떤 존재인지 잘 아시면서 왜 그런 소리를 하세요. 이토록 험악하고 불의한 시기에 신부님마저 아니 계셨다면 저희는 잠시도 견디지 못했을 거예요."

"그럼요, 그렇고말고요. 고국에 계셨으면 이리 험한 꼴을 당하지 않으셨을 텐데…. 신부님이 저희 때문에 겪지 않으셔도 될 수모를 겪으시니 죄스러워 얼굴을 못 들겠어요. 하오니 다시는 그런 약한 말씀을 하지 마셔요."

"예, 신부님. 다른 교인들도 저희와 같은 마음일 겁니다."

완숙과 군부인들이 진심으로 건네는 말을 신부는 묵묵히 듣고 있었다.

"……."

완숙은 침묵하는 신부를 걱정스럽게 쳐다보았다. 금교령 이후로 눈에 띄게 침울해진 신부였다.

"이 수난도 언젠가는 지나갈 겁니다. 많은 희생이 있겠지만 우리 믿음을 꺾지는 못할 거예요. 하오니 신부님도 마음을 강하게 가져주세요."

완숙이 간절하게 요청했다.

신부는 대답 대신 텅 빈 눈빛으로 불빛을 응시했다.

● ● ●

"이리 늦은 시각에 웬 목욕이에요, 어머니?"

엉겁결에 따라 나오며 순희는 졸음이 묻은 음성으로 물었다.

"가만 생각해 보니 우리 순희를 엄마가 씻겨준 게 너무 오래됐더라. 교회 일이 바쁘다는 핑계로 그동안 엄마가 우리 딸한테 너무 소홀했어. 미안해, 순희야…"

"미안하긴 뭐가 미안해요. 제가 엄마 손이 필요한 나이도 아니고…. 저 혼자서도 잘 해내니까 공연히 자책하지 마세요."

딸과 목욕을 마친 완숙이 말했다.

"순희야, 엄마가 우리 딸한테 줄 게 있어. 엄마 방으로 가자."

"저한테요? 뭔데요?"

완숙은 윗목의 장롱에서 꺼내온 난벌을 순희의 무릎 앞에 놓아주었다. 순희의 생일에 맞춰 선물할 생각으로 바쁜 와중에 틈틈이 손수 지은 옷이었다.

"입어 보렴. 너한테 잘 어울릴 거야."

"어머나! 감사해요, 어머니!"

순희는 벌떡 일어나 재빨리 옷을 갈아입었다. 새로 걸친 저고리의 두 팔을 들어보기도 하고 소매 길이가 손등을 얼마나 가리는지 이리저리 살펴보고 난 순희가 흡족한 얼굴로 빙글 원을 돌며 기쁜 소리로 말했다.

"어머니! 색이 정말 고와요! 품도 딱 맞고요!"

순희의 말마따나 홍화와 치자로 염색한 치마저고리는 맞춤처럼 딱 맞았고 잘 어울렸다.

"그래. 정말 예쁘구나."

한 떨기 꽃 같은 딸을 보고 있자니 홀연 가슴으로 파고드는 얼굴이 있었다. 화영과 막쇠의 농간으로 출생이 뒤바뀌어 천한 신분으로 지내야 했던 완숙을 늘 가슴 아파했던 여인. 상전의 자식을 유괴했다는 죄책감에 하루도 맘 편히 지내지 못했던 완숙의 양모, 점례였다.

"순희야. 이제부터 엄마가 하는 말, 곡해하지 말고 잘 들어야 한다."

순희를 제 무릎 앞에 앉혀놓고 머리를 땋아주며 완숙은 떨리는 목소리로 말했다.

"할머니 모시고 덕산으로 가."

"거긴 뜬금없이 왜요?"

순희는 물으면서도 이미 답을 알고 있다는 얼굴이었다.

"우리더러 비겁하게 도망가라고요? 설마 아버지를 찾아가라는 건 아니지요?"

"아니야. 그 사람한테 네가 왜 가."

"그럼 덕산엔 왜?"

"할머니가 나고 자라신 곳이야. 짐승도 죽을 땐 자기가 난 곳으로 돌아간다는 말이 있잖니. 우리한테 말은 안 하셨지만, 할머니도 고향에서 여생을 보내고 싶으실 거야."

"아무리 그래도 그렇죠! 우리만 떠나란 얘기는 우리한테만 주님을 배신하라는 얘기잖아요!"

"네가 이리 나올까 봐 내 말을 곡해하지 말라고 했던 거야. 설마 내가 배교를 권하겠니?"

"그게 아니면….."

"아무도 모르는 곳으로 가서 숨어 살아. 신앙생활을 편하게 하려면 교인인 줄 모르는 사람들 틈에서 사는 편이 나을 거야."

"싫어요!"

순희는 강경했다.

"안 돼!"

완숙도 물러설 생각이 없었다.

"왜요? 왜 안 되는데요?"

"엄마랑 있으면 네가 노비가 돼! 엄마는 우리 딸이 노비로 살게 두지 않을 거야. 할머니도, 소명이랑 정임이도 마찬가지야. 그러니 엄마 말대로 도망쳐. 덕산으로 가기 싫다면 네가 좋은 곳으로 가. 얼마 간 지낼 돈은 엄마가 마련해뒀어."

완숙은 간곡히 부탁했다. 그러나 순희는 고집스럽게 눈을 내리깐 채 아무런 대답이 없었다. 속이 터질 듯 답답했지만, 완숙은 딸의 침묵을 인내심을 갖고 기다렸다.

"…할머니는 뭐라 하셔요? 가신대요?"

"아직 말씀 안 드렸어. 이제 해야지."

정 노인은 완숙의 요청을 거절했다. 가뜩이나 아픈 노구를 이끌고 그 먼 덕산까지 갈 엄두도 안 나거니와 쫓기는 신세가 되기는 더더욱 싫다고 했다.

"내가 앞으로 살면 얼마나 산다고 그 고생을 해? 나는 그냥 여기서 너희와 있으련다."

"하지만 어머니, 유배 길은 더 괴롭고 고생스러울 거예요. 그것보다 더 끔찍한 게 노비로 살아가는 거고요."

"설령 그런들 별수 없지. 천주님의 뜻이 그러하다면 그 또한 따라야지."

정 노인은 담담하게 말했다. 아직도 뾰로통한 얼굴로 할머니 곁에 있던 순희가 불퉁스럽게 말했다.

"저도 할머니랑 같은 생각이에요. 저도 여기 남겠어요."

정 노인이 나무라는 눈빛으로 순희를 보았다.

"에미 심정도 심정이 아닐 게야. 너까지 보태지 마라."

손녀로부터 화난 이유를 들었으나 서운함보다는 측은함이 컸다. 오죽했으면 며느리가 저런 결정을 내렸을까….

"그리 오래 걸리진 않을 거다. 천주님이 그리 야박한 분은 아니니 너무 오래 우릴 고통 속에 두지는 않으실 거야."

정 노인이 행랑방 쪽을 돌아보았다.

"소명이랑 정임이는 어떤지 모르겠구나. 그 아이들은 떠나고 싶을지도 모르니 네가 불러서 물어봐라."

완숙이 소명과 정임을 제 방으로 불러들였다.

"회장님이 목욕물을 받으실 때부터 느낌이 좀 이상했어요. 왠지 우릴 다 보내려는 것 같더라고요. 정임이도 저랑 같은 느낌을 받았다더군요. 그래서 우리 둘이 얘기를 나눠봤어요. 회장님이 떠나라고 명하시면 우린 어찌해야 하는지…."

소명은 의연한 태도로 말을 이었다.

"회장님, 저는 회장님의 말동무로 시작해 지금껏 회장님의 곁을 지켜왔어요. 저한테 회장님은 유일한 가족이고, 영원한 동무고, 천국 길을 함께 갈 교우예요. 그래서 저는 회장님이 떠나라고 하셔도 떠나지 않을 겁니다. 저는 끝까지 여기 남아 회장님이랑 함께할 거예요."

"포청에 잡혀가서 고문을 받아도 저희는 저희가 알고 있는 어떤 것도 발설하지 않을 거예요. 물론 배교도 하지 않을 거고요. 그러니 회장님, 저희더러 떠나라고 하진 마세요. 저희는 어떤 고난도 감내할 각오가 되었어요."

"참수형을 당할 거라고 실컷 협박해 보라죠. 우리 입을 열 수는 없을 거예요. 끝까지 함구할 겁니다. 저희의 말이 빈말이 아님을 보여 드릴게요."

소명과 정임은 각자 허리끈에 매달아둔 주머니에서 단검을 꺼내 들었다. 두 사람은 누가 먼저랄 것도 없이 칼날을 왼손 검지 끝으로 가져갔다.

"뭣들 하려는 게야?"

소스라쳐 놀란 완숙은 단검을 빼앗아 들고는 짐짓 화를 냈다.

"이게 무슨 짓이야? 혈서라도 쓰겠다고?"

"예. 그럴 생각이었어요."

"그래야 믿어주실 것 같아서요."

완숙은 기가 막혀 입이 다물어지지 않았다. 그리고 부끄러웠다. 시모와 순희에게도 같은 감정을 느꼈다. 그들은 강했고, 의연했다. 오히려 약하고 비겁했던 것은 완숙 자신이었다. 그들을 위한답시고 고심 끝에 내놓은 제 결정이 실상은 그들에게 상처 주는 일임을 완숙은 뒤늦게 깨달았다.

"그래, 너희 마음 알았으니 다신 이러지 마. 죽으나 사나 우리 모두 함께하자꾸나."

그때 밖에서 필주의 목소리가 들렸다.

"어머니, 접니다!"

이윽고 필주와 마주 앉은 완숙은 필주의 생각을 물었다.

"그래, 어찌하기로 했니?"

필주의 장인 홍익만이 천주교인이라는 이유로 잡혀가 모진 고문에도 함구하고 있지만, 언제까지 버틸지 장담할 수 없었다. 그전에 완숙은 필주에게 가족을 데리고 피신하라고 권했었다.

"아이들 엄마가 도통 고집을 꺾지 않아요. 장인어른이 저리된 마당에 가긴 어딜 가냐고 하네요. 도성에 남아 장인어른의 옥바라지를 하겠대요. 그렇다고 아이들만 보낼 수도 없고….”

필주는 착잡한 낯으로 완숙에게 여쭈었다.

“그나저나 할머니랑 순희는 어쩌기로 했어요?”

완숙은 이쪽의 결정을 필주에게 알려주었다.

“그랬군요.”

필주가 일어나면서 말했다.

“어머니, 저희 식구도 떠나지 않겠습니다. 할머니도 저리 용기를 내시는데 꿋꿋하게 견뎌야지요.”

필주가 돌아가자 완숙은 식솔을 모두 사랑채 마당으로 불러 모았다. 오갈 데 없는 동정녀들과 완숙에게 의탁해온 노비 출신의 신자들이었다. 평소 천주의 가르침에 따라 이웃사랑을 실천하던 양반 교인 중 몇몇이 노비들에게 자유를 주었고, 그들 가운데 몇은 완숙과 함께 지내고 있었다.

“여러분도 느꼈겠지만, 도성의 분위기가 심상치 않아요. 전에 없는 끔찍한 일들이 벌어지고 있어요. 조만간 이곳도 쑥대밭이 될 거예요. 그러니 피신하실 분은 지금 여기를 떠나세요.”

“회장님은 어디로 가실 건지 여쭤봐도 돼요?”

누군가 걱정스럽게 물었다.

“저는 이곳에 남을 겁니다.”

“안 돼요, 회장님! 여기 계시면 회장님도 잡혀간다고요!”

“우리랑 같이 피하세요, 회장님!”

“골룸바 회장님마저 잘못되면 교회는 누가 꾸려가고, 신부님은 누가 보필하겠어요? 제발 부탁이니 안전한 곳으로 먼저 피신하세요!”

복점의 설득은 간곡했다. 주인 권 생원의 전교로 입교한 뒤에 완숙의 집을 드나들며 취회와 필사 작업장의 일을 돕다가 권 생원의 허락을 받아 아예 이곳에 눌러살게 된 터였다.

"회장님이 무사히 빠져나가실 수 있도록 우리가 여기 남아서 어떻게든 시간을 벌어보겠습니다."

복점의 말에 완숙은 펄쩍 뛰었다.

"안 됩니다! 그래선 안 돼요!"

"하지만….”

"제가 잡혀야 교우들이 덜 다치십니다. 제가 도망가면 수많은 교우가 봉변을 당하실 거예요."

그때 누군가 대문을 요란하게 두드려댔다.

"속히 문을 열어라! 어명이다! 사학죄인 강완숙과 홍필주는 썩 나와 오라를 받아라!"

쩌렁쩌렁한 고함과 함께 대문이 곧 부서져 나갈 듯 흔들렸다.

완숙의 집에서 체포된 이들 중에도 혹독한 고문에 굴복한 사람이 생겨났다. 복점도 그중 한 사람이었다. 그녀는 심문관의 집요한 추궁에 말려들어 신부가 완숙의 집에 숨어 지냈노라 토설했다. 곧장 완숙의 집으로 달려간 포졸들이 이내 빈손으로 돌아오자 박해자들은 완숙을 끌어내 문초했다.

"신부를 어디에 숨겼느냐?"

거듭 추궁하는 가운데 수없이 주리를 틀고 매타작을 놓았지만, 한번 닫힌 완숙의 입은 열리지 않았다. 뼈가 부서지는 고통에도 태연자

약한 그녀를 보고 형리들은 혀를 내두르다 못해 치를 떨었다.

국청으로 끌려 나온 이존창, 최창현, 김이우 형제, 최필공 형제, 정인혁과 현계흠, 김광옥과 김정득 등도 온몸이 만신창이가 되도록 고신을 받았지만, 끝내 입을 열지 않았다.

"징글징글한 놈들! 저놈들을 자자형에 처하라!"

자자형은 죄명을 얼굴에 문신하는 형벌로, 극악하다 하여 영조가 금지한 이래로 시행된 적이 없었다. 포도청에서 형조로 압송된 교인들에게 자자형에 이어 참수형이 내려졌다. 이승훈, 정약종, 최창현, 최필공, 홍낙민이 서소문 밖에서 순교했다. 이존창은 공주로 압송된 뒤 처형되었고, 윤유일의 아우 윤유오는 양근에서 참수되었다. 이가환과 권철신은 가혹한 고문으로 옥사했다. 정약전은 신지도로 유배되었다가 흑산도로 옮겨졌으며, 정약용은 장기현에 유배되었다가 강진으로 옮겨졌다.

"민심이 어떻다는 것이오?"

박철오의 심상한 말투에 심환지는 한숨을 쉬며 체머리를 흔들었다.

"대감도 알고 있질 않습니까. 억울함을 호소하는 백성이 나날이 늘고 있어요. 오가작통법의 폐해가 이만저만 심각한 게 아닙니다."

"나라를 바로 세우자면 그 정도 희생이야 각오해야지요."

"그리 가볍게 넘길 사안이 아닙니다. 민심이 심상치 않아요."

대왕대비가 불안한 표정으로 자세를 고쳐 앉았다.

"민심이 심상치 않다니?"

"역률죄로 처벌받은 사학죄인들을 동조하는 이들이 민심에 불을 지르고 있사옵니다. 더 늦기 전에 추국을 중단하고 억울한 백성들의 고충을 헤아리소서!"

목만중이 심환지의 의견에 반대하고 나섰다.

"황사영도 그렇고, 미꾸라지처럼 빠져나간 자들이 한둘이 아닙니다! 숨은 자들을 모조리 찾아내서 뿌리를 뽑아야지요! 국청을 중단해서는 아니 됩니다!"

"그렇지요! 쇠뿔도 단김에 빼라 했습니다!"

홍낙안이 흥분하여 목만중을 거들었다. 한심하다는 눈길로 두 사람을 쏘아본 심환지가 간곡히 아뢰었다.

"마마, 이번 형률을 당파 싸움으로 보는 여론이 거세지고 있사옵니다."

"그런 얘기가 나올 줄 알고 우리 쪽 인사들을 내버려 둔 것이오. 김건순과 김백순이 사학죄인들과 어울리는 걸 알고도 모른 척했단 말입니다."

박철오였다. 이럴 때 써먹으려고 아껴둔 패였다.

"마마, 김건순과 김백순을 잡아들여 남인의 사학죄인들과 같은 형벌로 다스리시옵소서. 천주교를 당쟁에 이용했다는 소리가 쏙 들어갈 것이옵니다."

"경은 역시 철두철미하구려. 호호호!"

대왕대비는 박철오를 다정하게 건너다봤다.

"김건순과 김백순만으로는 여론을 잠재우기 힘들 것이옵니다."

심환지가 이번에도 훈훈한 분위기에 재를 뿌렸다.

대왕대비는 심환지가 뿌린 재에 찬물을 끼었었다.

"폐궁 것들이 사교에 빠져 있었소. 역률죄인들과 폐궁 것들이 내통하여 모반을 꾸민 것으로 몰아가면 백성들도 더는 이러쿵저러쿵하진 않을 것이오."

조선을 뒤덮은 음울한 기운은 제 알 바 아니라는 듯 녹음은 하루가 다르게 짙어갔다.

그런 어느 날, 의금부 앞마당의 한가운데서 악다구니를 쓰는 사람들과 실랑이를 벌이던 군사 하나가 문득 놀란 눈을 뜨고 합문 쪽으로 달려갔다. 웬 사내가 사람들 틈을 휘적휘적 빠져나가 합문으로 향하고 있었다. 누더기를 겨우 면한 낡은 상복에 살이 풀린 삿갓을 쓴 사내였다.

"멈춰라! 거기가 어디라고 올라가는 것이냐!"

계단을 오르던 사내가 가까스로 말했다.

"내가… 그 사람이오…."

들릴 듯 말 듯 나직한 소리였다.

"우라질! 뭐라는 거야?"

"내가 당신들이 찾는 신부요!"

군사가 놀란 눈으로 신부의 얼굴을 들여다봤다.

"바, 방금 뭐라 했어? 당신이 누구라고?"

"내가 바로 당신들이 찾는 청국인 신부, 주문모요! 내가 왔으니 신자들을 풀어주고 잔인무도한 살육을 멈추시오!"

누구보다 혹독한 심문이 신부에게 가해졌다. 끈질기고도 치밀한 문초가 이어졌다. 굳게 입을 다문 신부의 입에서 비몽사몽 중에 양제궁 이야기가 흘러나오고 말았다. 의금부가 발칵 뒤집히고, 양제궁 궁녀들이 잡혀 들어왔다.

강완숙이 양제궁 군부인들과 궁녀들에게 교리를 가르쳤고, 신부가 군부인들에게 세례를 주었으며, 종종 그곳을 드나들며 신앙생활을 도운 일을 서경의가 실토했다. 신부가 양제궁에 잠시 은신했다는 사실까지 더해졌다. 이때를 기다려왔던 노론과 공서파는 양제궁 군부인들이 나라를 원망하는 무리와 모반을 꾀한 것으로 사태를 몰아갔다. 분노한 백성들은 죄인의 처벌을 요구했다.

두 군부인과 강화도에 유배 중이던 은언군 이인에게 사약이 내려졌다. 서경의와 이덕빈은 입교를 후회하는 말로 고문에서 벗어났다. 입교 사실을 인정하며 신앙을 버리지 않겠노라 선언한 강경복과 문영인은 서소문 형장에서 목이 잘렸다.

"주문모는 한강 새남터로 갈 것이네."

김조순이 주안상 앞에 앉으며 목덜미를 손바닥으로 쓸었다.

"그냥 둬도 괜찮겠나? 청국에서 문제 삼으면 우리 조선에 큰 우환이 될 걸세."

"나도 솔직히 걱정되네. 폐궁과 모반으로 엮기는 하였으나 청국에서 조선 내부 사정일 뿐이라고 선을 그으면 할 말이 없어지거든. 백성들에게 경계심을 심어주고자 군문 효수까지 감행하는 것이겠지만, 청국을 납득시키기엔 명분이 약하지."

김조순의 말에 김달순이 맞장구를 쳤다.

"내 말이 그 말일세. 신부라는 작자 말이야. 황해도로 간 걸 보면 국경을 넘으려 했는지도 몰라. 그대로 달아날 것이지 돌아오긴 왜 돌아와서 사람 골치를 아프게 하는지 모르겠네."

"신의를 지키고자 함이었겠지."

김조순의 말에 김달순은 코웃음을 쳤다.

"신의는 무슨 얼어 죽을 놈의 신의야. 그딴 걸 지킨다고 밥이 나와, 돈이 나와?"

"자기 때문에 신자들이 죽어 나가고 있잖아. 어떡해서든 막고 싶었겠지. 자수하는 게 신자들을 살리는 길이고, 자기 나름의 신의였을 게야."

"사람이란 말일세. 신의가 아니라 처세로 살아야 한다네. 처세를 어찌하느냐에 따라 처지가 달라진단 말일세. 신의를 고집하다가 패가망신한 사람은 봤어도 처세를 잘해서 망했다는 사람은 못 봤네."

"하하하! 산 증인이 여기 있질 않나."

김조순은 목을 뒤로 젖히며 웃었다. 김달순이 쯧쯧 혀를 찼다.

"자네도 참 너무하는군. 지금 웃을 때가 아니야. 자네의 그 처세라는 것 때문에 우리 안동 김씨가 다 잡은 고기를 놓치게 생겼질 않은가."

"내가 뭘 어쨌기에?"

"몰라서 묻나? 부제학, 행호군, 병조판서, 이조판서, 선혜청 제조. 이게 다 자네가 사양한 자리일세. 아무리 겸양이 미덕이라지만 이 정도면 병이야, 병. 대체 왜 벼슬을 마다하는 건가? 자네가 조정에 세를 닦아놔야 장차 왕후마마께 힘이 되질 않겠나."

"왕후마마는 무슨…."

김조순의 낯이 어두워졌다. 딸의 세자빈 삼간택을 앞두고 임금이 승하하는 바람에 삼간택은 국상 뒤로 연기되었다.

"설령 부원군에 오른다 해도 나는 욕심 안 부리고 조용히 살 걸세."

"하하하!"

이번에는 김달순이 박장대소했다.

"이보게. 다른 사람은 속여도 나는 못 속이네. 자네는 욕심이 많은 사람이야."

"내가? 사람 잘못 봤네."

"아니. 내가 제대로 봤을걸."

소문에 의하면 김조순은 죽음을 앞둔 임금에게 뻔뻔한 것을 요구했다. 영춘옥음기가 그것이다.

선왕은 김조순이 숨긴 발톱을 이미 간파하고 있었다고 김달순은 생각했다. 김조순에게 권력을 주는 대가로 자신이 일궈놓은 업적을 허물지 말라는 거래를 한 건 아니었을까.

선왕께서 사람을 잘못 봐도 한참 잘못 봤지. 김달순이 보기에 김조순은 제 살길이 우선인 사람이었다. 대왕대비가 선왕의 정책을 죄 뒤엎고 있는데도 구경만 하고 있질 않은가. 장차 자기 세상을 기다리는 처세임을 김달순은 모르지 않았다. 그런데도 저 음흉한 작자는 자기는 그딴 것에 초월한 사람이라는 듯 초연한 표정을 짓고 있다.

"어찌어찌 재간택은 넘겼으나 국혼을 제대로 치를 수나 있을지 모르겠네."

"자네도 알다시피 삼간택을 두고 말들이 많아. 벽파의 방해도 점점 치졸해지고…."

아닌 게 아니라 김관주를 비롯한 벽파가 삼간택을 두고 시파와 대적하고 있었다.

"날 부른 게 삼간택 때문이었나? 벽파 쪽 사람들을 자네 쪽으로 끌어달라고?"

"시류는 억지로 만들어지는 게 아니지. 되든 안 되든 대왕대비와 척질 생각은 없네. 지금은 그분의 시대야."

"하기야 대왕대비 눈 밖에 나서 좋을 건 없지."

그러나 조만간 안동 김씨 시대가 도래할 것임을 김달순은 믿어 의심치 않았다. 정치는 인사요, 인사가 곧 만사였다. 지금은 대왕대비 앞에 납작 엎드린 모양새이지만, 때가 되면 김조순은 숨겨둔 발톱을 드러낼 것이다.

'그때가 언제가 될지 모르겠지만, 일단 자네 장단에 내 놀아는 주겠네.'

김달순이 속웃음을 웃으며 김조순에게 물었다.

"그나저나 나를 보자는 용건이 뭔가?"

"자네를 전라감사로 천거했네."

"전라감사?"

"유항검이라는 자가 있네. 호남 갑부지."

"천주쟁인가?"

"전라도 교도들의 우두머리일세."

"대왕대비께서 은밀히 믿을 만한 사람을 천거해 달라 하시던걸. 나와 한 문중이지만, 자네는 벽파이니 마마께서도 내 진의를 곡해하진 않으실 거야."

"그분이 자네를 떠보셨군."

"유항검 그자를 체포해 자백을 받아내게. 전라도에 신자가 얼마나 있는지, 그자들이 누군지 알아내서 모조리 잡아들이게. 은밀히 움직여야 하네."

"맡겨두게. 내 제대로 처리해 보이겠네."

전주 쪽을 노려보는 김달순의 눈동자가 살기로 번뜩였다.

유항검이 체포된 데 이어 유관검이 끌려갔다. 유중철은 전주 옥사에 갇혔다.

전라감영에서 급파된 포졸들이 전주와 금구, 김제와 고산, 무장과 홍덕, 영공과 함평, 무안 일대를 이 잡듯 휘젓고 다니며 교인들을 체포했다. 200명이 넘는 교인들이 옥에 갇혔다. 윤지헌과 교우촌의 신자들도 검거의 회오리를 피하지 못했다.

이우집을 심문하는 중에 전라감영이 발칵 뒤집혔다. 유관검에게 들은 큰 배 청원 내용을 이우집이 심문 중에 발설하고 만 것이다. 김달순은 즉각 장계를 올렸다.

노론과 공서파가 오매불망 바라던 바였다. 남인 신서파 교도들이 외세와 결탁하여 나라를 뒤엎고자 했다는 것. 천주교인들은 역적의 오명에서 벗어날 길이 없게 되었다. 박해자들은 주문모 신부를 역적의 괴수로 몰아 처형했다. 청국에 갖다 댈 명분이 생겼으니 머뭇거릴 까닭이 없었다.

강완숙이 한양 서소문 밖 형장에서 순교했다. 강경복과 문영인이 완숙을 뒤따랐다. 넉 달 뒤, 홍필주가 그곳에서 순교했다. 정철상은 약관의 나이에 서소문 형장에서 참수되어 아버지 정약종을 뒤따랐다.

김이우는 포도청에서 고문을 받던 중 절명했다. 아우 김현우는 서

소문 밖 형장에서 죽음을 맞았다. 그날 그 자리에서 윤운혜의 처형이 이뤄졌다. 언니 윤점혜는 고향 양근으로 보내져 처형되었다. 윤운혜의 남편 정광수와 그의 누이동생 정순매는 본가가 있는 여주로 압송되어 참수되었다.

홍순희는 영광으로, 정임은 송화로, 소명은 하동의 관노로 각각 보내졌다. 궁녀 서경의는 옹천으로, 비녀 복점은 영해 지역으로 보내졌다.

그러는 사이 봄이 가고 여름이 왔다.

형조에서 최종선고를 받은 한정흠과 최여겸, 김천애는 고향으로 끌려갔다. 향민들이 그들이 처형당하는 것을 보고 천주교를 두려워해 믿지 못하도록 그들의 목을 잘라 죽이라는 판결이 내려졌다.

유항검과 유관검, 윤지헌과 이우집, 김유산에게도 사형선고가 내려졌다. 판결문이 나오자 그들은 곧장 전라감영으로 보내졌다. 그들이 전주로 향하는 동안 의금부에서는 유항검과 유관검, 윤지헌을 노비로 만드는 법을 시행토록 해달라고 장계를 올렸다. 의금부의 조치가 있던 날, 항검의 초남이 집은 파가저택되었다. 집을 허물고 집터를 파서 연못을 만들어 다시는 누구도 그 터에서 살지 못하도록 흔적을 없앤 것이다.

전주부와 고산현은 반역향이라 하여 등급이 강등되고, 수령이 파직되었다.

십 년 전, 항검의 두 사촌, 윤지충과 권상연이 이곳 남문 밖에서 처형되었다. 항검은 사촌들이 칼을 받은 그 자리에서 능지처참의 형을 받았다.

고산의 저구리에 교우촌을 형성했던 윤지헌은 그 죄가 결코 가볍지 않다는 판결에 따라 항검에 뒤이어 능지처참의 형을 받았다. 고산의 감옥에 갇힌 윤지헌의 남은 가족은 유배지로 압송되어 그곳에서 모두 세상을 떠났다.

윤지헌과 함께 전라감영으로 보내진 유관검은 남문 밖 형장에서 참수되었다. 이우집과 밀서를 품고 북경을 다녀온 김유산 역시 전주 형장에서 죽음을 맞았다. 유항검을 누구보다 존경했던 노비 김천애가 그들의 뒤를 이었다. 그들의 피가 마르기도 전에 유중철과 유문석이 전주 옥에서 순교했다.

유중철의 시신을 거두던 중 그가 입었던 옷에서 이순이에게 부치는 편지가 발견되었다.

누이여, 하늘나라에 가서 다시 만납시다.

유중철은 편지에 이렇게 썼다. 중철은 갇힌 동안 입고 있던 저고리 천을 뜯고 그 안에 편지를 넣어 다시 꿰맸다. 그렇게 숨긴 덕분에 편지는 무사할 수 있었다.

이순이는 전라감영 수금청에 갇혔다가 반나절 만에 장관청으로 옮겨졌다. 그곳에는 시어머니 신희와 시숙모 이육희 그리고 시동생 문석과 시사촌동생 유중성이 먼저 와 있었다. 그들은 서로를 의지하며 천주께 기도했고, 옥졸들 몰래 편지를 썼다. 이순이도 친정 식구들에게 편지를 써서 옥 밖으로 몰래 내보냈다.

옥살이와 고문의 고통을 꿋꿋하게 견디던 어느 날이었다. 이순이와 시댁 식구들은 귀양이 확정되어 길을 떠났다. 이순이는 평안도 벽동군의 여종으로, 신희는 함경도 경원부의 여종으로, 이육희는 평안도

위원군의 여종으로, 유중성은 함경도 회령부의 종으로 귀양처가 정해졌다.

이순이는 유배형을 거부했다. 노비로 사느니 순교하는 영광을 누리게 해달라고 간청했다. 살려달라는 사람은 봤어도 죽여 달라는 사람들은 처음이라고 호송 군졸들이 수군댔다. 이순이의 기도가 하늘에 닿았는지 귀양처로 가던 중 그들을 다시 옥에 가두라는 명이 내려왔다. 이순이는 다시 옥으로 끌려가며 하늘을 향해 기도를 올렸다. 순교할 영광을 주신 것에 대한 감사기도였다.

그 기도대로 이순이는 전주 숲정이 형장에서 순교했다. 유항검의 처 신희, 유관검의 처 이육희, 유익검의 아들 유중성도 함께였다. 항검의 아홉 살 딸 유섬이는 거제부의 여종으로 보내졌다. 여섯 살 난 아들 유일석은 흑산도의 관노로, 세 살배기 유일문은 신지도의 관노로 보내졌다.

이순이의 오라버니 이경도가 끝까지 신앙을 증거하다가 서소문 밖에서 순교했다.

● ● ●

영원히 끝나지 않을 것 같은 고통이었다. 피를 말리는 그들의 집요한 신념 탓에 사는 게 사는 것이 아니었다. 견디다 못해 달아난 길이었다. 수차례 계속된 도피에 지칠 대로 지쳐 있는 상태였다. 그자들이 목전까지 쫓아온 것도 모르고 휴식을 취한 것이 잘못이라면 잘못이었다.

훌쩍 자란 억새가 시야를 가려주는 구릉을 반쯤 올라갔을 때였다. 어린 아들의 배에서 천둥소리가 났다. 아들보다 더 어린 딸은 기운을 잃고 등 뒤에서 축 늘어졌다. 유 체칠리아는 가던 길을 멈추고 주위를 살폈다. 억새로 울창한 아래와 달리 그들이 멈춰 선 구릉의 중간 지점은 딱히 몸을 숨길 곳이 없었다. 구릉의 꼭대기에도 노송이 드문드문 서 있을 뿐이었다. 그렇다고 기껏 올라온 길을 도로 내려갈 수도 없었다.

"그냥 여기서 먹자. 별일이야 있을라고."

유 체칠리아는 어린 아들을 이끌고 키 작은 덤불 앞으로 갔다.

"어머니, 죄송해요."

느닷없이 용서를 비는 사내아이는 정약종의 차남 정하상이었다.

"뜬금없이 무슨 말이냐?"

짐을 덤불 앞에 내려놓은 유 체칠리아가 허리에 두른 포대기 끈을 풀며 지친 소리로 물었다. 정하상이 침울한 목소리로 대답했다.

"배가 안 고팠으면 좋겠는데 자꾸 배가 고파요."

어린 아들의 그 말이 가슴에 비수가 되어 꽂혔다. 유 체칠리아는 포대기를 풀던 손을 멈추고 얼른 얼굴을 들어 올렸다. 어린 아들 앞에서 눈물을 보이고 싶지 않았다. 애써 감정을 추스른 유 체칠리아는 어린 아들을 향해 다짐하듯 말했다.

"밥을 굶으면 배고픈 게 당연한 거야. 그러니까 참지 말고 배고프면 그때그때 말해. 엄마가 다른 건 못 해줘도 너희들 배는 절대 안 곯릴 거니까."

벽력같은 소리를 내지르며 일단의 사내들이 덤불 뒤에서 튀어나온 것은 그때였다.

"하하하! 기껏 달아난 곳이 여기냐?"

가소롭다는 듯 웃어젖히는 험상궂은 인상의 괴한들을 노려보며 유체칠리아는 어린 아들에게 속삭였다.

"달아나, 하상아."

괴한의 수뇌로 보이는 사내가 눈을 부라리며 검을 휙 빼 들었다.

"가긴 어딜 가! 여기가 너희 무덤이다, 이것들아!"

괴한의 수뇌는 검을 허공으로 치켜들었다. 예상치 못한 일이 벌어진 것은 그 찰나였다.

"컥!"

허공으로 치켜든 칼을 홀연 놓치며 괴한의 수뇌가 비명을 토했다. 등을 보이며 앞으로 나동그라진 그의 목덜미 급소에 바람개비 모양의 표창이 박혔다. 수뇌의 난데없는 변고에 당황한 괴한들이 일제히 칼을 뽑아 들고 표창이 날아온 곳을 찾아 사방을 두리번거렸다. 그 순간 허공을 가르는 바람 소리가 또 들려왔다. 괴한 중 하나가 가슴을 부여잡으며 고꾸라졌다. 이번엔 심장을 겨누고 날아온 단검이 가슴에 깊숙이 꽂혔다.

"웬 놈이냐! 썩 나와라!"

괴한들이 우왕좌왕하며 고함을 질러댔다.

"나를 찾느냐?"

완만한 구릉 위로 흑마 하나가 모습을 나타냈다. 마상에 올라앉은 사내는 검은 가죽 안대를 하고 외팔로 고삐를 쥐고 있었다.

"네놈 정체가 뭐냐!"

예사롭지 않은 사내의 외양과 무기를 다루는 솜씨에 괴한들은 겁에 질렸다.

"하아!"

외팔의 사내가 흑마에 박차를 가했다. 길게 풀어헤친 거친 머리칼을 휘날리며 구릉의 비탈을 거침없이 휘달려오던 외눈의 사내가 외팔로 쥐고 있던 고삐를 놓았다.

휙! 휙!

눈 깜짝할 사이에 외팔에 장전된 표창이 휘파람 소리를 내며 허공을 날아와 남은 괴한들의 급소에 가 박혔다. 주춤주춤 뒷걸음질을 치던 괴한들이 외마디 비명을 지르며 쓰러졌다.

부지불식간에 괴한들을 해치운 외팔의 사내가 절명한 괴한들을 휘둘러본 뒤 마상에서 뛰어내렸다. 덤불 뒤편으로 도망쳐있던 유 체칠리아와 정하상이 조심스러운 몸짓으로 사내를 향해 걸어 나왔다. 다음 순간, 둘의 눈이 화등잔처럼 커졌다.

"아니, 자네는…."

"말복이 삼촌!"

책 궤짝을 들켜 포도청으로 끌려갔다가 정약종의 것임을 발고한 덕분에 풀려난 말복이었다. 그 뒤로 종적을 감춰 소식을 전혀 알 길 없던 말복이 절체절명의 순간에 나타나 그들을 구한 것이었다.

"그동안 어디 있었어요?"

"우리가 여기 있는 걸 어찌 알고 온 건가?"

정하상과 유 체칠리아가 놀랍고 믿기지 않는다는 얼굴로 물었다.

"소인이 지은 죄가 있어서 그간 숨죽여 지냈습니다."

술독에 빠져 폐인처럼 지내던 어느 날. 정약종의 남은 가족이 정체 모를 괴한들에게 시달림을 당하고 있다는 소문을 접한 뒤 말복은 술을 끊었다.

생전의 정약종이 말복에게 남긴 부탁이 있었다.

"이제 마님과 아이들을 괴롭히는 것들은 제가 가만두지 않겠습니다. 하오니 마님은 마음 편히 가지시고 아이들과 지낼 곳으로 가십시오."

유 체칠리아의 등에 업힌 계집아이가 잠이 깨는지 칭얼거렸다. 정약종이 생전에 몹시도 아끼던 외동딸 정정혜였다. 정혜가 버둥거리는 바람에 흘러내린 포대기를 추스르며 유 체칠리아는 참담한 심정으로 고백했다.

"우린 갈 곳이 없다네."

정약용이 유배지에서 보내 온 서찰이 있었다. 마재로 가서 지내라는 내용이었다. 하지만 폐를 끼치는 것 같아 선뜻 움직일 수 없었다. 가장도 없이 홀로 어린 자식 둘을 건사하기란 마음처럼 쉬운 일이 아니었다. 닥치는 대로 일거리가 될 만한 것을 찾았으나 천주쟁이한테는 일을 주지 않겠다는 사람들이 대부분이었다. 차라리 그런 경우는 견딜 만한 박대였다. 안면도 없는 괴한들이 몰려와 난동을 부리고 가는 일이 한두 번이 아니었다. 그들을 피해 다른 마을로 이사를 가면 어떻게 알고 그곳까지 쫓아와 괴롭혔다.

척사단이라고 했다.

살아남은 사학죄인들과 그 가족들을 모조리 찾아내 죽이는 것을 목적으로 모인 자들이 자신들의 모임에 그런 이름을 붙였다고 했다.

"저 사람들은 그중 일부야. 저이들 말고도 여럿이 더 있다네."

그들에게 시달렸던 지난 세월을 떠올리다 보니 새삼 서러움이 북받쳤다. 유 체칠리아는 눈물을 참으며 주변을 두리번거렸다.

"그 사람들이 이 근처 어디에 또 있을지도 몰라. 늘 패거리로 몰려다녔거든."

아닌 게 아니라 산비탈 아래로 펼쳐진 키 큰 억새를 헤집고 위쪽으로 올라오는 누군가가 있었다. 모래 밑을 기어 다니는 사막 뱀처럼 모습은 드러내지 않았으나 흔들리는 억새의 반경으로 보아 대여섯은 족히 넘을 듯했다.

"에구머니! 이를 어쩜 좋아….”

"마재로 가 계십시오. 곧 뒤따르겠습니다."

말복은 장검을 뽑아 쥐었다.

"꼭 살아야 하네."

"제 걱정은 마시고 어서 가십시오. 시간이 없습니다."

유 체칠리아가 정하상을 이끌고 구릉의 비탈을 뛰어 올라갔다. 그들의 모습이 구릉 너머로 사라지길 기다린 말복은 괴한들을 향해 몸을 돌렸다. 억새를 난폭하게 꺾어가며 올라오는 괴한들을 노려보는 말복의 외눈이 어느 때보다 형형하게 빛났다.

● ● ●

푸른 어둠에 잠긴 숲의 단풍 든 나뭇잎 사이로 그믐달 빛이 희미하게 흘러들었다. 저녁 무렵 내린 비로 미끄러운 숲길을 황사영은 정신

없이 휘달렸다. 발을 헛디뎌 접질린 발목을 절뚝이면서도 황사영은 쉬지 않고 숲을 헤쳐 나갔다. 뒤쫓는 군사들을 따돌릴 수만 있다면 육신의 고통 따위 얼마든지 감내할 수 있었다. 숨통을 조여 오는 배신감은 견디기 힘들었다.

저들을 이곳으로 부른 이는 대체 누구인가….

올해 초부터 아홉 달을 도망자로 살았다. 교우들의 집을 전전하고, 산으로 숨어들었다. 상복으로 변장한 채 도망치다가 이곳 제천 배론으로 내려와 김귀동의 집으로 피신했다. 배론 사람들에게 서울 사는 이가라고 둘러대고 상주 행세를 한 덕분에 지금껏 무사할 수 있었다. 김귀동을 그에게 소개해준 동료 교우 김한빈이 제천에서 잡혔지만 황사영에 관해서는 고맙게도 함구했다. 그가 위험을 무릅쓰고 한양에 올라가 수집해온 정보 덕분에 박해가 어떻게 진행되고 있는지 정리할 수 있었다. 그것을 토대로 백서를 쓰기 위해 토굴에 들어가 밤낮을 잊고 지내던 중에 군사들이 들이닥쳤다.

그렇다면 황심이 변절했단 말인가….

박해를 피해 떠돌던 황심이 배론으로 황사영을 찾아온 것이 한 달 전이었다. 그에게서 주문모 신부의 순교 소식을 들었다. 황사영은 그에게 구베아 주교에게 보낼 백서를 쓰고 있다고 알렸다. 조선에서 벌어지고 있는 참담한 현실을 낱낱이 기록한 백서를 누군가는 북경으로 가져가야 했다.

이미 수차례 북경에 다녀온 황심은 그 일을 의논하기에 안성맞춤이었다. 황사영은 토굴로 황심을 데려가 백서의 초안을 보여주었다. 황심은 구베아 주교와 친분이 있으니 백서를 자기 이름으로 보내는 것이 좋겠다고 했다. 황사영은 백서의 작성자를 황심으로 적어 넣었다. 그 백서를 가지고 북경으로 갈 사람으로 옥천희를 추천한 황심은 그를 데리고 다시 오겠다며 배론을 떠났다.

그런데 오겠다던 황심과 옥천희 대신 군사들이 들이닥쳤다. 배론에서 돌아간 다음 날 체포된 황심이 혹독한 고문을 이겨내지 못하고 황사영의 거처를 발설하고 말았으며, 옥천희마저 붙잡혔다. 그 사실을 까맣게 모른 채 황사영은 점점 무거워지는 다리를 안간힘을 다해 들어 올렸다.

오… 야소시여. 제발 저에게 힘을 주소서….

간절한 기도에도 불구하고 쫓기는 시간이 길어질수록 온몸에서 힘이 빠져나갔다.

"헉!"

후들거리는 다리로 미끄러운 자락길을 간신히 밟아나가던 황사영은 비명을 지르며 비탈 아래로 굴러떨어졌다. 시시각각 사위를 좁혀오던 군사들이 그의 비명을 듣고 삽시간에 나타나 황사영을 에워쌌다.

"드디어 잡았다, 이놈!"

군사들이 일제히 칼을 뽑아 들고 황사영에게 달려들었다.

조선 정부는 황사영이 작성한 백서를 조작한 가짜 백서를 청국에 들이밀고 외교 문제를 피해갔다. 조선 정부의 의도대로 주문모 신부의 죽음은 조용히 처리되었다. 비로소 가슴을 쓸어내린 대왕대비는 천주교인에 대한 단속을 끝내겠다는 토역반교문을 반포했다. 1801년

12월 22일의 일이다.

황사영은 서소문 밖 형장에서 대역죄로 능지처참 형을 받았다. 그의 아내 정명련은 제주도 대정에 유배되고, 가산은 몰수되었다. 황심과 옥천희 역시 황사영의 뒤를 따랐다. 배론의 김귀동은 고향 홍주로 압송되어 참수되었다.

대왕대비의 금교령으로 시작해 '척사윤음'을 끝으로 막을 내린 신유박해로 처형당한 이들이 100여 명에 달했다. 전국에서 유배된 이들은 200여 명이었다. 진산사건으로도 불리는 신해사옥, 을묘실포사건으로 비롯된 을묘박해, 방백동의 열명록으로 불거진 박해까지 더하면 400여 명에 달하는 이들이 천주교로 인해 희생되었다. 결국 천주교에 한 번이라도 발을 들여놓았거나 신자로 이름이 오르내렸던 이들은 박해의 칼날을 피하지 못했다고 봐도 과언이 아니었다. 그들이 흘린 피와 눈물로 얼룩졌던 산야에 비가 내리고 눈이 내리고 바람이 불었다.

그리고 세월이 흘렀다.

유수와 같은 시간이 흐르는 동안 조선에는 크고 작은 일들이 끊이질 않았다. 어렵게 쥔 권력을 절대 놓지 않을 것처럼 굴던 대왕대비 김씨는 수렴청정 3년 만에 실각하여 무대에서 사라졌다.

삼간택을 통과한 김조순의 딸이 순원왕후에 봉해지자 안동 김씨는 왕후를 등에 업고 실력행사에 들어갔다. 외척과 특정 붕당의 득세를 막고자 친정을 선언한 순조는 김관주와 심환지 등의 노론 벽파를 축출하는 데는 성공했으나 안동 김씨의 세도는 막지 못했다. 그리하여 안동 김씨 시대가 막을 열었다.

새로운 바람

순조 15년(1815) 가을.

"이 더러운 놈의 세상! 확 다 그냥 없어져 버려랏!"

코를 드르렁드르렁 골며 세상모르게 자다 말고 벌러덩 돌아누운 사내는 난데없이 빈 허공에다 대고 주먹질을 해대며 악담을 퍼부었다. 땅딸막한 체구에 금방이라도 터질 듯 땡땡한 올챙이배에 얼굴이 둥글고 붉은 사내였다.

"이봐욧! 언제까지 예서 이럴 거야? 아, 제발 그만 좀 일어나서 가라고!"

주모가 구정물을 버리러 나왔다가 사립문 앞 길바닥을 차지한 채 누워있는 사내를 보고 있는 대로 신경질을 부려댔다.

"거참, 시끄럽네! 따땃하니 등 지지기 좋은데 왜 자꾸 일어나라 성화요! 그래 봤자 주모 입만 아플 테니 잔소리는 그쯤 해두고 술 동이나 여기로 가져다주쇼! 이번에도 달아 놓으시우!"

"아유! 내가 못 살아, 정말! 전생에 내가 무슨 죄를 지어 저런 화상이 달라붙어 떨어지질 않는 거야, 대체!"

주모의 신세 한탄에도 사내는 안면몰수하고 누워 금세 코를 드르렁거렸다. 그 꼴을 아까부터 한심하다는 눈길로 주시하는 청년이 있었다.

"아니, 돈이나 내면서 술을 찾던가! 밀린 술값이 얼만데 또 외상이람! 안 주면 또 진상을 떨어댈 테고…. 어휴, 귀신은 뭐하나 몰라! 저 화상 안 잡아가고…."

"이보시오."

푸념을 쏟으며 주막의 부엌으로 향하는 주모를 청년이 불러 세웠다.

"저분 외상값이 얼마요?"

"왜요? 대신 내주게요?"

"그렇소."

"예? 진짜요?"

농으로 던졌다가 생각지도 못한 화답을 받자 주모는 이게 웬 횡재냐 싶은 표정이었다.

셈을 치른 청년은 사립 밖으로 나와 사내의 곁으로 가 섰다. 실눈을 뜨고 주막 안에서 오가는 양을 훔쳐보던 사내가 청년이 다가오자 잠든 척했다.

"한심하기 짝이 없군."

청년은 사내의 살찐 옆구리를 짚신 발로 툭툭 찼다.

"이봐, 일어나. 네가 이경언이냐?"

"오냐! 내가 이경언이다!"

청년이 발길로 제 옆구리를 질러대자 벌컥 화를 내며 일어나 앉았다.

"감히 내 옆구리를 질러대는 네놈은 대체 누구냐?"

"정하상."

"정하상? 첨 듣는 이름인데…."

"그렇겠지. 술독에 빠져 지내느라 바쁘셔서 딴 데 쓸 관심이나 있었겠냐?"

"근데 이놈이 가만히 듣자하니 계속 반말이네. 야! 너 몇 살이야?"

"너보다 세 살 적어. 하지만 나는 어른답게 구는 사람한테만 존대를 하지. 넌 나보다 나이는 많지만 하는 짓이 영 아니야. 그러니까 나한테 어른 대접 받고 싶으면 정신 차리고 일어나."

비틀대며 일어선 이경언이 정하상에게 손을 흔들어 보이며 주막으로 향했다.

"아무튼 고맙다. 덕분에 외상도 갚았고, 오늘은 코가 삐뚤어지게 마셔볼 테야."

"가를로 형제님과 루갈다 자매님이 지금 널 보면 통곡하실 거다."

이경언의 안색이 창백하게 변했다.

"너, 정체가 뭐야?"

되돌아온 이경언이 눈을 부라리며 정색을 하고 물었다.

"까마귀고기를 먹었냐? 말했잖아. 난 정하상이라고."

"보자 보자 하니 이 자식이 진짜…."

표정으로 보아 그가 하는 말뜻을 알아차린 눈치였다. 헌데도 시치미를 뚝 떼고 빙글빙글 웃으며 여전히 자신을 놀리는 정하상이 얄밉다 못해 부아가 치밀었다.

"널 보낸 작자가 누구냐고 묻잖아, 지금! 우리 형님이랑 누이의 세례명까지 꿰고 있는 걸 보면 넌 내 과거를 아는 놈이야."

형 경도와 누이 순이가 천주교를 믿다가 참변을 당했다. 그들의 순교 이후 남은 가족은 고통스러운 나날을 견뎌야 했다. 사학죄인의 가족이라는 이유로 이웃들은 그들을 역병 취급했고, 문중 사람들과는 왕래가 끊겼다. 어느 지방에나 유행처럼 결성된 척사단 무리는 잊을 만하면 찾아와 행패를 부리고 갔다. 이경언은 그들 중 하나를 죽지 않을 만큼 패주고 한양을 도망쳐 나와 주모에게 들러붙어 살았다.

"그놈들이 보냈냐? 날 잡아 오라든?"

"아니. 난 교회에서 나왔다."

"교회?"

무심코 따라 말했다가 이경언은 소스라쳐 주위를 두리번거렸다.

"너 미쳤냐? 무슨 봉변을 당하려고 그런 소릴 지껄여? 누가 들으면 어쩌려고?"

이경언은 술이 확 깼다. 정하상은 그의 경고 따위 아랑곳하지 않고 여전히 당당한 태도로 말했다.

"정식으로 소개하마. 나는 명도회의 명회장, 돌아가신 정약종 아우구스티노 순교자를 부친으로 둔 정하상이다. 우리 철상이 형도 아버님을 따라 순교하셨지."

"미치겠네! 안 되겠다. 따라와!"

정하상을 주막 골목 안쪽으로 데려간 이경언은 진심을 담아 조언했다.

"너 말야. 그 입 조심해. 들어보니 너도 나처럼 사학죄인 집안인 모양인데, 그리 멋대로 지껄이고 다니다간 제 명대로 못 살아. 그러니 사교는 입에 담지도 마. 알았냐?"

그렇게 말하는 이경언의 눈빛이 불안으로 흔들렸다. 누구의 눈치도 보지 않고 거리낌 없이 제 하고 싶은 대로 막무가내이던 사람이 지을 법한 눈빛은 아니었다. 정하상은 그 점이 실망스러웠다. 그리고 화가 났다.

"너도 천주교가 사교라고 믿는 거냐?"

정하상은 차가운 표정으로 물었다.

"그건 아냐."

이경언은 솔직히 말했다.

"헌데 왜 사교라고 하냐?"

"그리 말하고 다녀야 내가 안 다치니까."

"하!"

정하상의 입에서 실소가 터졌다.

"역시나 한심하군. 하나만 묻자. 너의 아버지와 형과 누이를 걸고 솔직하게 대답해."

"뭔데 이리 거창해?"

"너는 천주님을 믿냐?"

정하상은 이경언의 눈을 뚫어지게 보았다.

"그거야… 그래! 그렇다, 왜!"

불퉁거리거나 건들대던 이경언의 눈빛이 대답을 하는 순간 영롱하게 깊어진 것을 정하상은 놓치지 않았다.

"진심이구나. 기쁘다."

정하상은 이경언의 손을 힘껏 잡았다. 이경언은 질색한 얼굴이 되어 제 손을 정하상의 손에서 **빼냈다.**

"미쳤냐? 사내끼리 손은 왜 잡아!"

이경언의 퉁바리에도 정하상은 기분이 나쁘지 않았다. 오히려 그의 심장은 기대감으로 부풀어 올랐다. 정하상은 흥분한 어조로 이경언에게 말했다.

"나랑 가자."

"어딜?"

"노래산."

"노래산?"

"그래. 거기서 그분들이 널 기다리고 있어."

"날? 왜? 그분들은 또 누군데?"

"일단 가자. 가면서 다 얘기해줄게."

"좋아, 가자. 네놈이 어떤 놈인지도 궁금하고, 날 기다린다는 사람들이 누군지도 궁금하니까."

이경언은 무료하던 참에 슬며시 호기심이 동해 정하상을 따라나섰다. 이윽고 두 사람은 산기슭에 도착했다.

"여기가 네가 말한 노래산이냐?"

"오냐."

정하상은 길가에 면한 주막으로 걸음을 옮겼다.

"으하하! 녀석, 꽉 막힌 줄 알았더니 제법인걸. 그래, 산을 오르기 전에 탁주 한 사발쯤은 들이켜야 발이 잘 떨어지지, 암!"

이경언의 두 발이 휘달리듯 주막으로 향했다.

"어서 오십쇼!"

손님이 뜸한 곳이다 보니 말소리만 들려도 주막의 주인은 귀가 번쩍 뜨이기 마련이었다. 아까부터 사립문 밖으로 고개를 죽 빼고 이쪽을 주시하던 주인 사내가 반색하며 두 사람을 맞았다.

"뭘로 드릴깝쇼?"

정하상이 저고리 안으로 손을 들이밀며 답했다.

"물이나 한잔 얻어 마십시다."

"야!"

발끈하는 이경언을 무언의 눈빛으로 조용히 시킨 정하상은 품에서 뭔가를 꺼내 주인 사내에게 슬그머니 내보였다. 예수의 얼굴이 뒷면에 새겨진 편경이었다. 주인 사내의 눈빛이 의미심장하게 빛났다.

"드리다마다요. 잠시만 기다리십쇼."

부엌으로 달려간 주인 사내가 물바가지와 보따리를 양손에 나눠 들고 급히 돌아왔다.

"지난번에 그분들께서 부탁하신 성상과 묵주입니다."

주인 사내가 보따리를 정하상에게 건네며 속삭였다. 그제야 이경언은 주인 사내도 교인이라는 것을 알아차렸다.

"얼른 마셔. 갈 길이 바쁘다."

"알았다, 임마!"

속에 열불이 오른 이경언은 바가지의 물을 벌컥벌컥 들이켰다.

"올라가자."

보따리를 챙긴 정하상은 입이 한 자는 나온 이경언을 데리고 주막을 나왔다.

"그니까 그 보따리를 가지러 일부러 주막에 들렀다, 이거지?"

"맞아. 산이 깊어서 오르내리는 일이 여간 힘든 게 아니거든. 저분이 맡아 놓고 있으면 이번처럼 시간대가 맞는 사람이 갖고 올라가는 거지. 산에 오르려는 사람치고 저 주막을 그냥 지나치는 사람은 없으니 그 사람이 해로운 사람인지 아닌지 살피기도 하고."

"위험하다 싶으면 알려준다는 거냐?"

"그렇지."

오가는 사람이 뜸한 산의 초입 길가에 일부러 주막을 세운 이유였다.

"하긴 네놈이 웬일로 인심을 쓴다 그랬다. 젠장, 좋다 말았네."

"가면 더 좋은 게 있을 테니 그만 툴툴대고 따라와."

앞장서는 정하상을 따라 가파른 산길을 한참 올라갔을 때였다.

"헉헉! 야, 이놈아! 날 죽일 셈이냐?"

산의 초입부터 숨을 헐떡대며 힘들어하던 이경언은 중턱 즈음에 다다르자 더는 못 걷겠다며 좁은 산길에 주저앉았다. 술로 찌든 그의 퉁퉁한 몸이 땀범벅이 되어 번들거렸다.

"그러게 평소 운동 좀 하지 그랬어."

"운동이고 나발이고 듣기 싫고, 대체 어디까지 가는 거냐?"

짜증을 내던 이경언은 문득 놀란 얼굴이 되어 귀를 쫑긋했다.

"어화… 벗님네야… 우리본향 찾아가세… 동서남북 사해팔방… 어느곳이 본향인고…."

숲이 울창하여 햇빛조차 들지 않는 깊은 산중에서 난데없이 노랫소리가 들려왔다.

"에덴으로 가자하니… 아담원조 내처나고… 복지로 가자하니… 모세성인 못들었네….부귀영화 얻었은들… 몇해까지 즐거우며… 빈궁재화 많다한들… 몇해까지 근심할고…."

구슬프게 이어지는 노랫소리는 한 사람의 것이 아니었다.

"화, 화적들 아니냐?"

정하상이 어이없다는 듯 빙긋 웃으며 산자락을 가리켰다.

십여 명의 사내들이 비탈을 타고 앉아 도끼질이 한창이었다. 커다란 나무를 패고 자르며 사내들이 계속해서 노래를 불러대고 있었다. 맨 상투 아래의 이마에 질끈 동여맨 흰 머리끈과 허름한 옷차림을 하고 제 앞의 일에만 여념이 없는 것으로 보아 화적떼는 아닌 듯했다.

"저 사람들이 나를 기다린다던 그 사람들이냐?"

이경언은 가슴을 쓸어내리며 물었다.

"그럴 수도 있고 아닐 수도 있고…."

아리송한 말을 남기고 산길을 다시 오르는 정하상을 뒤따르며 이경언이 얼마간 더 헐떡댔을 때였다. 이경언은 제 앞에 펼쳐진 장면을 보고 눈을 휘둥그레 떴다.

노래산의 남동쪽 능선 아래, 깊은 골짜기 안에 햇빛이 잘 드는 평지가 있었다. 울울한 산기슭이 마치 병풍처럼 둘러싼 그곳 평지에 작고 허름한 흙집이 옹기종기 모여 있었다. 저녁밥을 짓기에는 이른 시간이건만 민가에서 그리 멀지 않은 곳의 산비탈에서는 흰 연기가 모락모락 피어오르고 있었다.

"이게 웬일이야? 이 깊은 산중에 마을이 다 있네?"

"우리 신자들이 모여 사는 교우촌이야."

놀라는 이경언에게 정하상이 알려주었다.

"교우촌?"

"그래. 박해를 피해 숨어든 사람들이지. 이런 교우촌이 전국에 몇 군데나 있어."

산속으로 피신한 그들은 박해로 상처받은 서로를 위로하고 도와가며 신앙생활을 이어가고 있다고 했다. 끼니조차 어려운 가난한 형편이었지만 가진 것을 모두 내놓아 공동으로 사용하며 과부와 고아들을 거두고 보살피며 우애 좋게 살고 있다고 했다. 글자를 모르는 이에게는 글자를 가르쳐주었고, 기도문과 천주교 교리에 능한 이들은 그렇지 않은 신자들에게 자신들의 지식을 나눠주는 것을 본분으로 삼으며 조선교회가 부활할 날만을 손꼽아 기다리고 있다고 했다.

이경언은 마을로 통하는 좁은 길을 밟아나가며 정하상의 말을 실감했다. 억새로 이엉을 올린 흙집마다 좁은 마당이 있고, 마당 가 텃밭에 푸성귀가 옹색하게 푸르렀다. 마당 안팎에서 어린아이들이 까르르 웃어젖히며 놀고 있었다. 노인들은 손주들이 다치지는 않는지 자른 통나무를 의자 삼아 앉아 인자한 미소로 지켜보았다. 젊은이들은 마을 한쪽의 숯가마에서 숯을 굽느라 바쁘게 움직였다. 행색은 초라했지만 다들 밝고 자유로운 모습이었다.

"…이러한 풍진세계 영원살곳 아니로다… 온갖영화 다얻어도 죽어지면 헛것이요… 세상고난 다받아도 죽어지면 없으리라…."

젊은이들은 열심히 몸을 움직이면서 노래를 불러댔다. 산기슭에서 나무를 하며 사내들이 부르던 노래의 운율과 가락이 같았다.

"저 노래는 뭐야?"

"사향가. 천주가사지."

누가 처음 지었는지 알려지지 않은 작자 미상의 천주가사는 사향가
말고도 여러 곡이 있었다. 교인들은 그 가사를 부르며 신앙을 고취시
켰고, 노동으로 지친 심신에 기운을 불어넣었다. 그곳의 사람들도 마
찬가지였다.

"우주간에 빗겨서서 조화묘리 살펴보니… 눈물고통 이아닌가 귀향
온곳 그아닌가… 아마도 우리낙토 천당밖에 다시없네…."

십여 명의 사람들이 오손도손 모여앉아 사향가를 흥얼거리며 교리
서 필사가 한창이었다.

"교리서가 다 남아 있네? 지난 박해 때 다 없어진 거 아니었어?"

이경언의 놀란 소리에 작업장 안의 신자들이 숙였던 고개를 들어
이쪽을 봤다.

"어서 와요! 환영합니다!"

"잘 왔어요. 오는 길이 힘들진 않았나요?"

교인들은 열린 문을 통해 작업장 안을 들여다보는 이경언을 따뜻한
미소로 맞았다. 검은 안대로 한쪽 눈을 가린 외팔의 말복과 그새 많이
늙은 명순이 그들 틈에 끼어 있었다.

"없어질 뻔했던 성서 몇 권이랑 성물 몇 가지를 겨우 찾아냈어. 그
걸 교우촌의 신자 분들이 필사해서 전국의 교인들에게 나눠주고 있
지."

필사장 안의 교인들에게 목례를 보내는 정하상에게 이경언은 재촉
하는 말투로 물었다.

"그래서 날 보자고 한 건 누군데?"

"내가 보자 했네."

짙은 눈썹 아래 형형한 눈빛과 각진 턱이 인상 깊은 사내였다.

"댁은 누구요?"

"유진길일세. 아니 오면 어쩌나 걱정했는데 이리 와주어 고맙네."

이경언보다 한 살 많은 유진길은 한양의 역관 집안 출신으로 책 읽기를 좋아하여 다독을 하던 중에 천주실의를 읽게 되었다. 천주교에 흥미를 느낀 그는 여러 교리서들을 찾아 읽다가 마음이 동해 입교했고, 신유박해로 무너진 교회를 어떻게 일으켜 세울까 고민하던 중에 정하상을 만나 모종의 계획을 도모하고 있었다.

"모종의 계획? 그게 뭔데?"

이경언은 유진길과 정하상을 갈마봤다.

"우린 교회를 재건할 거야. 북경에 가서 신부님도 모셔올 거고."

정하상이 설레는 목소리로 말했다.

"그게 가능해? 금교령이 여전한데?"

"가능하다고 하면 같이 할 거냐, 우리랑?"

"그래서 날 여기로 데려온 거냐?"

제 눈을 빤히 들여다보며 물어오는 정하상에게 이경언이 되물었다. 그런 이경언을 말없이 지켜보던 유진길이 진지한 표정으로 말했다.

"그러하네. 자네도 우리와 함께했으면 해서 이리 보자 했네."

"뭘 어찌할 건지 우선 계획을 말해봐. 들어본 다음에 판단하겠어."

유진길이 품에서 꺼낸 것을 이경언에게 건넸다.

"읽어보게. 북경의 주교님께 보낼 청원서일세."

흰 비단에 먹으로 쓴 두 통의 편지였다. 사제를 조선에 보내달라는 청원서를 읽고 있자니 이경언은 실로 오랜만에 가슴이 두근거리는 것을 느꼈다.

세상을 원망했고, 처지를 비관했으나 언제까지 이렇게 살 수는 없다는 생각이 문득문득 들었다. 누이와 형처럼 신앙을 위해 순교할 용기까지야 없지만 제 삶을 불태울 뭔가가 있었으면 좋겠다는 바람 또한 마음 한구석에 늘 품고 살았다.

드디어 찾았다!

저 둘을 도와 사제를 모셔올 것이다. 그리하여 무너진 조선교회를 다시 일으켜 세우리라. 부모와 형제들이 이루려 했으나 박해로 좌절되었던 조선교회의 부흥. 그 꿈을 위해 이 한 몸 원 없이 던져보겠노라.

이경언의 가슴에서 강렬한 소망이 기름을 부은 듯 활활 타올랐다.

〈끝〉

참고 문헌 및 자료

〈참고 문헌〉

김규남·이길재, 《지명으로 보는 전주 100년》, 신아출판사, 2002.

김동욱, 《실학 정신으로 세운 조선의 신도시, 수원화성》, 돌베개, 2002.

김영수, 《천주가사 자료집》, 가톨릭대학교출판부, 2000.

김용숙, 《조선조 궁중 풍속 연구》, 일지사, 1987.

김진소, 《천주교 전주교구사》, 천주교전주교구, 1998.

김진소 외, 《한국사회와 천주교》, 디자인 흐름, 2007.

마테오 리치, 《천주실의》, 서울대학교출판부, 2001.

변기영 개역, 《뜨리뗀 공의회 간추린 교리문답》, 한국천주교중앙협의회, 1983.

샤를르 달레, 《한국천주교회사》(전3권), 한국교회사연구소, 1990.

양선아 외, 《조선 후기 간척과 수리》, 민속원, 2010.

유중림 지음, 윤숙자 엮음, 《증보산림경제》, 지구문화사, 2007.

이기석·한용우 역해, 《신역 대학·중용》, 홍신문화사, 2011.

이덕일, 《사도세자의 고백》, 휴머니스트, 2004.

이재기 지음, 여진천 번역, 《눌암기략》, 부산교회사보, 2022.

정약용, 《다산 산문선》, 창작과비평사, 2013.

조광 역주, 《역주 사학징의 1》, 한국순교자현양위원회, 2001.

조광·장정란·김정숙·송종례, 《순교자 강완숙, 역사를 위해 일어서다》, 가톨릭출
　　판사, 2009.

조현범 외, 《한국 천주교회사의 빛과 그림자》, 디자인 흐름, 2010.

최영미, 《복자 강완숙 골롬바》, 하상출판사, 2016.

최해율·백영자, 《한국의 복식문화》, 경춘사, 2000.

하남오, 《너희가 포도청을 어찌 아느냐》, 가람기획, 2001.

한국천주교 주교회의,《성경》, 한국천주교중앙협의회, 2005.

한국천주교회,《가톨릭 기도서》, 한국천주교중앙협의회, 2013.

한국카톨릭편찬위원회,《한국카톨릭대사전》, 한국교회사연구소, 2006.

한옥공간연구회,《한옥의 공간문화》, 교문사, 2004.

허경진,《조선의 르네상스인 중인》, 랜덤하우스, 2008.

황사영 저, 김영수 역,《황사영 백서》, 성·황석두루가서원, 1998.

〈참고 및 인용 논문과 기사〉

김규성(2003),〈한국천주교회의 기원에 대한 제 학설에 관한 연구〉, 인천가톨릭대학교 대학원.

김민영(1986),〈조선 후기 광업경영형태의 발전에 대한 연구〉, 전남대학교 대학원.

김은미(2007),〈조선 시대 문서 위조에 관한 연구〉, 한국학중앙연구원 한국학대학원.

김정자(2009),〈정조대 통공정책의 시행에 관한 연구〉, 국민대학교 대학원.

김정환(2012),〈조선 후기 천주교의 내포 이해〉, 내포교회사연구소.

김종하(2012),〈여와 목만중 기행시 연구: 경세의식을 중심으로〉, 성균관대학교 대학원.

김진희(2004),〈조선 시대 복식에 나타난 색채 연구〉, 충남대학교 교육대학원.

김성식(2006),〈전북지역 논농사 민요 연구〉, 전북대 대학원.

박기서(2003),〈조선 후기 천주교 여성 활동 연구〉, 경희대학교 교육대학원.

방상근(2015),〈立聖母始胎明道會牧訓과 조선 천주교회의 명도회〉,《교회사연구》46.

방상근(2020),〈전주의 재지사족과 유항검 가문의 사회적 위상〉, 제5회 진산성지 교회사 학술 발표회.

방상근(2006),〈조선 후기 천주교회의 신분관〉,《경희사학》24.

배봉한,〈전주교구 초남이 성지를 찾아-젖빛 안개 자욱한 초남이 들녘에서〉,《천주교 경향잡지》(2002년 3월호).

백성호,〈삭발한 정수리 덮어주던 주케토, 진홍색은 순교자의 피 상징〉,《중앙일보》(2014년 2월 24일자).

백승호(2004),〈18세기 남인 문단의 시회-채제공 목만중을 중심으로〉, 서울대학교

국어국문과.

서동찬(2004), 〈샤를르 달레의 한국천주교회사에 나타난 순교자들의 진술에 따른 신앙 이해와 영성〉, 수원가톨릭대학교 대학원.

서종태(1998), 〈성호학파의 양명학과 실학〉, 《조선시대사학보》 7.

서종태(2010), 〈천주교의 수용과 전파의 토대를 구축한 권철신과 권일신〉, 《한국천주교회 창설주역의 천주신앙 2》, 천주교 수원교구 시복시성추진위원회.

서종태 외 지음, 리길재 정리, 〈서학에 대한 학문적 관심을 일깨운 성호 이익〉, 평화신문 643호(2001년 9월 9일자).

서종태(2011), 〈주어사의 실체와 권철신의 강학 장소〉, 《발로 쓰는 한국 천주교의 역사》, 마백락 선생 교회사 연구 50주년 기념논총간행위원회.

신사순(2004), 〈조선시대 조세제도와 사상에 관한 연구〉, 조선대학교 대학원.

아카기 진베에(1995), 〈주문모 신부의 조선 입국〉, 《교회사연구》 제10집, 1995 주문모 신부 선교 200주년 기념 심포지엄, 한국교회사연구소.

이동욱(2005), 〈초기 한국천주교회 교리서에 나타난 토착화〉, 광주가톨릭대학교 대학원.

이유리(2002), 〈이혼에 대한 사목적 제안〉, 《사목》 280호, 천주교주교회의.

원우재(2003), 〈초기 한국천주교회의 평신도 지도자와 단체에 대한 연구〉, 수원가톨릭대학교 대학원.

임동욱, 〈정조의 효심과 정약용의 지혜가 만든 '수원 화성'〉, 《과학향기》 제2574호(2016년 1월 27일).

장유승(2014), 〈1791년 내포(內浦): 박종악과 천주교 박해〉, 한국교회사연구소 발표 논문 수정본.

정민, 〈정민의 다산독본 47 – 주문모의 피신과 다산의 배교 문제〉, 《한국일보》(2019년 1월 24일자).

정민, 〈정민 교수의 한국 교회사 숨은 이야기 – 23. 주머니마다 쏟아져 나온 예수 성상(聖像)〉, 《가톨릭평화신문》 제1585호(2020년 10월 25일).

정윤섭(2011), 〈조선 후기 해남 윤씨가의 해언전 개발과 도서·연해 경영〉, 목포대 대학원.

천주교 서울대교구, 〈교리 톡톡 신앙 쑥쑥 – 부활초의 상징과 의미들〉, 부활 제2

주일(하느님의 자비 주일), 《서울주보》(2020년 4월 19일) 4면.

홍기용·박영규, 〈조선 시대의 회계 및 조세 관련 사건 연구〉, 《회계 저널》 제11권 제4호(2002년 12월).

홍승재(2007), 〈전라감영의 시대적 변화와 건물의 구성〉, 전주시.

〈전주대사습놀이 관련 참고 및 인용 문헌〉

박황, 《판소리 이백년사》, 시사연, 1987.

임미선, 《전북의 음악, 그 신명과 멋》, 국립민속박물관, 2008.

전주대사습놀이보존회, 대사습의 유래, www.jjdss.or.kr.

전주문화사랑회 편집, 《전통문화도시 전주: 아하! 그렇군요》, 전주시, 2007.

〈전국 대사습대회 전주서 9월 22일〉, 《경향신문》(1975년 8월 23일자).

전라북도 공식 블로그 '전북의 대발견', 〈전주대사습(大私習)놀이 부활〉(1975년 9월 21일), http://blog.jb.go.kr/130094629296

〈전주의 '수릿날 민예' '대사습'〉, 《동아일보》(1976년 5월 27일자).

〈판소리의 정수 전주대사습의 부활〉, 《동아일보》(1975년 9월 18일자).

홍현식, 〈남도의 민속 '대사습'〉, 《동아일보》(1965년 7월 17일자).

〈횡설수설〉, 《동아일보》(1976년 5월 25일자).

〈노동요 관련 인용 자료〉

산야타령 – 국악방송, '국악특강, 한국음악시리즈: 민요의 현장을 찾아서' 녹음 파일 중 2009년 1월 9일 방송분, 최상일 프로듀서 진행, 김제군 광활면 옥포리 유판선 옹 소리.

물 푸는 소리 – 한국민요대전 전라북도 편, 1995년.

* 예비자에 관한 설명은 굿뉴스의 가톨릭 사전에 수록된 내용을 인용했다. 굿뉴스에서 밝힌 참고문헌은 '최루수, 회장직분, 1923년', '한국가톨릭지도서, 서울교구 출판부, 1954년'이다.

〈그 외 참고 사이트〉

굿뉴스 http://help.catholic.or.kr/mobile/

국사편찬위원회, 조선왕조실록 http://sillok.history.go.kr

네이트 사전 http://alldic.nate.com

네이버 백과사전 http://100.naver.com

우리소리연구소 http://blog.daum.net/sichoi2/74

엠파스 백과사전을 비롯한 다수의 인터넷 사이트.